Erich Glavitza

Wie geht's der Katze?

Eine Katze, ein Pilot und drei Dominas

R o m a n

SCHWARZE ZEILEN
————————Verlag

Bibliografische Information der Deutschen Nationalbibliothek

Die Deutsche Nationalbibliothek verzeichnet diese Publikation in der Deutschen National-bibliografie; detaillierte bibliografische Daten sind im Internet über »http://dnb.d-nb.de« abrufbar.

1. Auflage 2023

ISBN 978-3-96615-022-4

Coverfoto: ©Maksim Shmeljov/stock.adobe.com

Dieses Buch ist auch als E-Book erhältlich: ISBN 978-3-945967-86-7

Printed in the EU

1

Die Katze ist nicht schuld. Das Frühstück bereits serviert, wir sammeln die leeren Teller und Bestecke ein. Ich wende mich zur Seniorstewardess und entdecke ein schwarzes Wollknäuel am Boden. Hebe das Knäuel auf, damit niemand drüber stolpert. Da bemerke ich, dass sich das Wollknäuel bewegt, dann der Gedanke wie ein Blitz in meinem Kopf: Der Wollknäuel ist kein Wollknäuel – was sich da am Boden rührt, ist eine kleine Katze!

Im ersten Moment weiß ich nicht recht damit etwas anzufangen. Eine kleine Katze hier hoch oben über dem Atlantik, wahrscheinlich knapp vor Irland, Flightlevel 350. Zwischen Toilette und Bordküche, gleich neben dem Vorhang zu den ersten Reihen der Businessklasse, eine Katze? Was soll der Unsinn? Ich schau noch einmal hin. Na klar, keine Fata morgana! Da unten sitzt ein kleines Büschel in schwarzem, struppigem Fell und sieht mich an.

»Oh Gott, Andrea«, stammle ich zur Seniorstewardess, die mit dem Rücken zu mir in der Bordküche werkt und mich nicht hört. Ich mache einen weiteren Versuch, da dreht sie sich etwas ungeduldig um: »Ja, was denn nun schon wieder?«

»Eine Katz‹«, sage ich und zeige auf den Boden.

Sie schüttelt den Kopf, zieht die Mundwinkel nach unten und sagt: »Geh, was soll der Unsinn?«

Dann blickt sie auch hinunter.

»Jössas, eine Katze!«, ruft sie.

Ihre sonst so herben Gesichtszüge verwandeln sich sofort lieblich, ja, engelhaft und kniet nieder, umschließt die kleine, weiche Fellkugel mit ihren Händen und steht auf.

»Woher ist sie gekommen?«

»Woher soll ich das wissen? Sie war auf einmal da.«

»Wo?«

»Na, da.« Ich zeige auf den Vorhang zur Businessclass.

Andrea gibt dem kleinen Engel einen zärtlichen Kuss und geht freundlich lächelnd in die Businessclass und ich höre, wie sie die Passagiere höflich fragt, wem dieser liebe Passagier entkommen ist. Ich wende mich den Containern zu und prüfe alle Verschlüsse. Hatte die Katze rasch vergessen und konzentriere mich auf die Container und die Bestandslisten. Andrea kommt zurück und sagt, dass die Katze niemand abgeht. Das gibt's doch nicht, denke ich.

Sie schüttelt den Kopf und meint, sie würde in der Economy fragen. Auf Englisch und Deutsch versucht sie über das P.A.-System den Katzenbesitzer zu finden. Dann nimmt sie unseren kleinen Passagier und geht bis nach hinten zu den letzten Reihen.

Ein Passagier hätte gerne noch einen Kaffee, kein Problem, sage ich und mache weiter. Dann spüre ich Andrea hinter mir und drehe mich zu ihr um. Sie hält noch immer die Katze an ihrer Brust und schüttelt den Kopf. Die gehört niemand, wiederholt sie.

Ich schiebe den vollen Container in den Küchenbereich, verstaue ihn im Regal und hol den nächsten. Bevor ich wieder zu den Passagieren hinausgehe, sage ich ihr noch schnell, sie soll entspannt bleiben, ich würde das allein machen.

Bleib entspannt, war eine von mir beliebte Redewendung und Andrea muss dabei immer lachen.

Als ich fertig bin, sie hatte inzwischen das Frühstück vom Cockpit entsorgt, setzen wir uns. Was soll jetzt mit der Katze geschehen?

»Stefan, du hast sie gefunden … sie ist jetzt deine Katze«, und zeigt auf mich.

»Aber Andrea …«, protestiere ich.

Sie winkt ab. »Ich kann die Katze nicht nach Hause nehmen, ich habe zwei ausgewachsene Schäferhunde, das überlebt sie nicht.«

Nach einer Pause sagt Andrea weiter: »Bei dir passt sie gut. Katzen sind eigenständig, leicht zu füttern und deine Junggesellenwohnung ist der ideale Platz. Außerdem hat so ein liebes Tier einen guten Einfluss auf dich.«

In einem Großmarkt nahe der Ankunftshalle kaufe ich Katzenfutter, Katzenstreu und einen Napf. Andrea hilft mir dabei. Bevor ich zum Auto gehe, ruft mir Andrea noch nach, ich soll nicht vergessen morgen gleich zum Tierarzt zu gehen, ich sollte sie gleich gegen alles impfen lassen. Erzähl ihm die ganze Geschichte, sagt sie noch, dann weiß der schon, was zu tun ist.

Ist das eine Katzine oder ein Katzerich, will ich noch schnell von ihr wissen und sie schüttelt den Kopf, als wollte sie sagen, wir Männer wüssten überhaupt nichts. Es sei natürlich ein Kater – und vergisst nicht hinzuzufügen, das wüsste doch jeder gleich beim ersten Hinschauen. Ich bin nicht sonderlich deprimiert, hatte sie doch den ersten Studienabschnitt auf der Veterinärfakultät der Wiener Uni hinter sich, bevor ein ungeplantes Kind ihre wissenschaftlichen Ambitionen beendete. Nach weiteren guten Ratschlägen gehe ich zum Auto und bastle ihm mit einem Handtuch ein kuscheliges Nest. Das Fellknäuel blickt mich an, gähnt, schließt die Augen und schläft ein. Während der Fahrt streichle ich sanft über den weichen Kopf meines neuen Partners. Knapp vor Wien ist ein Stau. Tempo runter, Stillstand. Ich kraule mit meinem Zeigefinger die Stirn und sag in die Stille: »Ich taufe dich im Namen des Universums auf den Namen Gato.«

Er scheint von dem Prozedere nicht sonderlich berührt und schläft tief und fest. Ab und an zucken seine fest verschlossenen Augen. Auch Katzen haben die REM-Phase, denke ich.

Gato träumt. Von mir? Woher er kommen mag? Hat er sich in New York in den Flieger geschlichen? Ist Gato ein amerikanischer Staatsbürger? Nein, Blödsinn, wenn dann amerikanische Staatskatze. Wahrscheinlich irgendwo zwischen Terminals im JFK-Airport geboren. Presswehen unter dem Getöse der Turbinen von startenden Jetlinern. Gato bekommt für seine erste Nacht einen Platz in meinem Schlafzimmer. Zwei große Badetücher, eine Plastikschüssel mit Katzenstreu und ein kleiner Napf mit Futter für Kleinkatzen. Um drei in der Nacht wache ich auf. Kratzgeräusche in der Finsternis. Im ersten Augenblick fehlt mir der Zusammenhang und ich mache Licht. Ach ja, wir wohnen seit heute zu zweit. Ich sehe Gato mitten in der Katzenstreu. Er sieht mich an, sein Maul öffnet sich zu einem fast lautlosen Miau, er steigt aus der Kiste, hinterlässt einen kleines dunkles Würstel, geht auf die Handtücher zu, rollte sich ein und schließt die Augen. Ich dreh das Licht aus.

Gato muss ein Frühakademiker sein, wenn er weiß, dass das Kisterl zum Scheißen da ist. Er muss ein Genie sein. Nicht einmal Einstein hat in diesem Alter gewusst, wozu Klos da sind. Aber der Zwerg Gato weiß es! Und zwar um drei in der Nacht. Wacht auf, spürt

Druck im Darm, blickt mit seinen Radaraugen herum, sieht das Häusl und weiß was sich gehört, denke ich. Ein kluges Kind, nein, eine kluge Katz. Schon etwas frühreif, wahrscheinlich. Seinem Alter weit voraus. Wer weiß, was aus dem Gato einmal wird. Ein Quantenphysiker, Chirurg, Mathematiker - widerlegt Gödel. Dann muss ich eingeschlafen sein. US-Flüge schlauchen.

Bevor ich mit meinem Koffer wieder zum Flughafen fahre, habe ich Gato ein Trainingsgerät gebastelt. An der Seite meines Schreibtischs habe ich einen Galgen geheftet, mit einer Schnur und einem Tennisball daran. Ein Punchingball für Gato. Ich werde am Abend wieder zurück sein und er wird wie einer der größte Boxer aller Zeiten, *Sugar Ray Robinson,* um den Ball tanzen.

Obwohl diese Flüge nach Zürich kürzer dauern als eine Kuh furzt, sind sie genauso anstrengend wie ein Flug nach Osaka – solange kann keine Kuh furzen, nicht einmal mit Nachbrenner, denke ich, als ich mit der Fernbedienung das Gartentor öffne. Bevor ich ins Haus gehe, noch schnell ein Sprung zum Briefkasten. Hole das dicke Bündel raus und wende mich zum Mistkübel, der gleich danebensteht. Die dicken, fetten Prospekte vom *Universale-Versand,* ein Monatsheft von den Wiener Stadtwerken ... ich schüttle meinen Kopf, öffne mit dem Ellbogen den Deckel zum Container und versenke gleich dreiviertel des überflüssigen Papierpackens im Müll. Dann Rechnungen über Wasser und Kanal, eine Mahnung vom Computerladen, die PC-Reparatur habe ich noch nicht bezahlt. Dann ein weißes Kuvert, vorne nur mit »Stefan« adressiert, ohne Absender, keine Marken, ohne Datum ... nichts. Was soll das? Ein steirischer Briefbomber der, statt Most Pflanzenschutzmittel in seinen Plutzer geschüttet hatte? Nein. Dazu ist der Brief zu dünn.

Ich versuch mit dem Fingernagel das Kuvert zu öffnen. Geht nicht. Der Depp hat das Ganze zu gut verklebt. Ich werde ungeduldig und beiße einfach ein Eck ab. Dann wieder der Fingernagel. Scheiße! Ich werfe den Blödsinn gleich in den Mist. Noch einmal die Zähne. Jetzt aber anständig und reiß gleich das halbe Kuvert auseinander. Dafür habe ich jetzt Papiergeschmack im Mund und spucke die Papierfuzeln auf den Boden.

Ziehe ein weißes Blatt heraus.

Mit Tinte geschrieben: »*Wie geht´s der Katze?*«

4

Ich lese noch ein paar Mal über die Zeilen. Was soll das? Wer will das wissen? Kein Name. Ich hole das zerknüllte Kuvert aus dem Müll und drehe, wende es ... nein, kein Absender, nichts. Dann wieder das Blatt Papier. »*Wie geht's ...*«

Ja, weiß schon! Auch wenn ich es fünf Mal lese, wird's nicht mehr. Die Schrift? Mit Tinte, breite Feder, schwungvoll ... kenne die Schrift nicht. Stecke das Blatt in meine Hosentasche und gehe ins Haus. Im Vorzimmer rufe ich laut: »Gato, Gato, miau, Gato ...« Der Kater muss glauben, ich habe einen Knall. Ich ziehe die Schuhe aus, dreh mich um, will noch einmal rufen, da steht er neben mir. Vielleicht hat er mich schon seit Minuten still beobachtet. Er sieht mich an, miaut leise, hockt sich vor mich hin und beginnt seine Pfote zu lecken, als wäre ich nicht hier.

Ich hebe Gato hoch und gehe in die Küche, drück mir einen Espresso aus dem Automaten, dann ins Wohnzimmer und setze mich in den Schaukelstuhl. Gato auf meinem Schoß, ich lese ein Buch. Bald schläft er tief und fest auf meinem Bauch. Am Abend habe ich TV-Großkampftag. Aus dem *MGM* in Las Vegas wird der Kampf im Federgewicht zwischen Erik Morales und Francisco Hernandez gezeigt. An so einem Abend will ich nicht gestört werden. Nicht einmal Demi Moore darf mir heut ans Hosentürl. Heute muss sie warten. Leider. Pech für sie. Wahrscheinlich zwölf Runden lang. Hernandez wird es Morales schwer machen. Keine g'mahte Wiesen für meinen Lieblingsboxer.

Diesen spindeldürren, arroganten Zwerg aus Tijuana, hatte ich während eines Urlaubs in Aguascalientes in Mexiko kennengelernt. War sogar am Morgen mit ihm joggen. Er hat im selben Stockwerk gewohnt wie ich. Toller Bursche. Der geborene Boxer. Ein Boxer aller Boxer, denke ich und trinke Corona aus der Flasche, wie damals in Aguascalientes.

Zuerst wird die Hymne für den Gast aus Venezuela gespielt. Hernandez singt mit, Morales gähnt und schaut gelangweilt zu Boden. Auch Gato gähnt auf meinem Bauch. Er gähnt auch, als Hernandez nach einem rechten Aufwärtshaken am Boden kniet und seinen Kopf schüttelt, weil Eriks Faust irgendwo aus dem Universum geschossen kam. Meine Unruhe überträgt sich auf die Katze, als Hernandez die siebte Runde mit einem Schlaghagel eröffnet, der eine halbe Stadt ausgerottet hätte. Aber Erik ist Kummer gewöhnt. Mexikaner sind wie niemand sonst auf dieser Welt in der Lage, erhobenen Haupts durch Feuer zu gehen. Mitte der siebten Runde fängt Hernandez einen Leberhaken, der von Morales schöner aus der Hüfte gedreht kommt, als es in den besten Lehrbüchern der Welt jemals beschrieben werden kann.

Als der Mann aus Venezuela bei sieben noch einmal hochkommt, erhebe auch ich mich aus dem Schaukelstuhl, denn nun geht's zum Vaterunser. Schlussendlich ist es eine rechte Gerade, durch die Führungshand wohl vorbereitet, die mitten aus dem Nichts angeflogen kommt und Hernandez sich lange an nichts mehr erinnern kann. Als er aufwacht, glaubt er sich eben geboren. Gato wird mir immer unheimlicher, denn als Hernandez wie vom Blitz getroffen zu Boden fällt, haucht er ein leises »Au« ... oder hatte ich das »Mi« überhört?

Am nächsten Tag spazieren wir durch die Wiener Innenstadt. Ich nehme ihn in meine bevorzugten Kaffeehäuser mit und stelle ihn den wichtigsten Kellnern vor. Damit kann man nicht früh genug beginnen, denke ich. Sollte er später einmal Strawanzen gehen, gar auf Aufriss unterwegs sein, es gibt genügend fesche Katzen in Wien, so soll er immer wissen, wo es Unterschlupf und frisches Katzenfutter gibt.

Ich bin dann volle vier Tage weg. Es geht nach Dubai. Mela, meine gute Seele aus der Slowakei, die meine Hemden und Hosen bügelt und dafür sorgt, dass meine Wohnung nicht als Senkgrube endet, versorgt Gato. Wir fliegen um Mitternacht retour und kommen am frühen Morgen in Wien an. Nach dem *Groundcheck* und den üblichen Postflight-Formalitäten schleppe ich mich gerädert zum Auto.

Nach solchen Nachtabenteuern kommt mir die Fahrt nach Hause immer viermal so lang vor als sonst. Meine Gesichtszüge werden sofort wieder pudelmunter ... oder soll ich ab jetzt katzenmunter denken, denn Gato sitzt im Vorzimmer und begrüßt mich mit einem leisen »Miau«. Ich küsse ihn, hebe ihn an meine Brust und gehe ins Wohnzimmer. Meine Post liegt am Schreibtisch und Mela, die gute Seele, hat den Packen bereits vom Reklameschrott befreit. Ein paar Rechnungen, Strom, Gas, eine Mahnung vom Installateur, ein Brief vom Handybetreiber und ... und ein weißes Kuvert, vorne mit Füllfeder steht nur »Stefan«.

Diesmal lasse ich meine Zähne in Frieden und nehme ein spitzes, scharf geschliffenes Messer, schlitze den Brief mit einem Schnitt auf.

Ich ziehe einen weißen Zettel heraus: *»Geht's der Katze gut?«*

Was soll der Blödsinn? Was heißt: Geht's der …? Ich setze mich in den Schaukelstuhl, Gato auf meiner Brust, den Zettel in der Rechten. Ich dreh das Blatt Papier ein paar Mal um, halte es gegen das Licht. Nein, nichts Besonderes. Normales weißes Briefpapier, keine Wasserzeichen. Elegant geschwungene Schrift, mit Tinte, wahrscheinlich Füllfeder. Teurer Füllfeder, Montblanc oder Parker. Ich strecke mich nach meinem Schreibtisch und greife nach meiner *Hemingway Replica* und schreibe ein paar Wörter knapp unter den Zeilen des Absenders. Könnte so ein Füller gewesen sein.

Nehme ein Vergrößerungsglas und vergleiche die Tinte … aber was soll der Blödsinn? In der Tinte steht der Name des Schreibers sicher nicht. Gato schnurrt und ist auf meiner Brust eingeschlafen. Ich schau ihn von der Seite an, wer mag sich für dich interessieren?

Durch Zufall begegne ich am nächsten Morgen Andrea, die Senior vom letzten US-Flug. »Hallo, Andrea.«

Sie winkt nur kurz, weil sie sich grad mit ihrem Captain unterhält. Ich warte eine Weile. Als sie mit ihrem Gespräch fertig ist, der Captain mit seinen Unterlagen weggeht, sag ich ihr, Gato gehe es gut. Sie blickt irritiert auf. So, wer soll das sein? Na, meine Katze, kannst du sich nicht mehr erinnern. Gato? Nie gehört, sie schüttelt den Kopf. Na, die kleine Katze, vom Cockpit. Ach so. Sie schlichtet ihre Papiere, hört nicht richtig zu.

»Willst du nicht wissen, wie's ihr geht?«

Sie sieht mich erstaunt an, schüttelt wieder ihren Kopf. »Wieso sollte mich das interessieren?«, fragt sie.

Da merke ich, dass ich mit meiner Vermutung völlig falschliege. Ich entschuldige mich. »Tut mir leid Andrea, ich dachte, du hättest dich nach der Katze erkundigt.«

»Nein … aber wenn du es schon erwähnst, wie geht's ihr?«

»Gut, sehr gut. Ich habe sie Gato getauft und sie gleich am nächsten Tag zum Tierarzt gebracht. Wie du es mir empfohlen hast.«

»Ja, und?«

»Er hat gesagt, sie sei pumperlgesund, soweit er das auf den ersten Blick beurteilen könne. Impfte sie, gab mir Wurmtabletten und das war's auch schon.«

Ob die Katze nun bei mir bliebe, will sie noch im Weggehen wissen, ist aber nicht wirklich interessiert, wie ich merke. Trotzdem antworte ich mit meinem ganzen Charme: »Ja, freilich, sie bewacht meine Wohnung.«

»Schön für dich. Wiedersehen Stefan, fliegt ihr heute?«

»Ja, nach Moskau.«

»Auch schön«, antwortet sie kurz und rauscht ab.

Also von Andrea kommen die Briefe nicht. Es dauert zwei Wochen, bis wieder ein weißes Kuvert mit der Aufschrift »Stefan« im Briefkasten liegt. Diesmal hat der Absender den Brief nach dem Postler in den Kasten geworfen.

»Ich hoffe für dich, dass es der Katze noch immer gut geht.«

Was soll das schon wieder heißen? Klingt nach Drohung! Wer will da was für mich hoffen? Wer hat überhaupt das Recht ... schimpfe ich in mich hinein. Natürlich geht's meinem Gato gut. Fehlt nur noch, dass er sich den Fernseher selbst einschaltet und sich ein Bier aus dem Kühlschrank holt! Wen soll das was angehen, ob's ihm gut geht oder nicht? Ich bin irritiert. Ein Vergleich mit dem früheren Schreiben ist überflüssig. Tinte, Papier, Schriftstärke, alles identisch. Den ersten Zettel finde ich nicht mehr. Hab ihn sicher gleich weggeworfen. Mit den beiden Zetteln in der Hand gehe ich zur Verandatür und schau hinaus auf die Grünfläche. Es ist schon dunkel draußen, die Büsche und die Eibe pechschwarz. Versteckt sich vielleicht da draußen irgendein Arschloch und spioniert da herum?

Woher weiß jemand, dass ich eine Katze habe? Außer Andrea und vielleicht Rosi von der Crew ... aber von denen hat sich doch niemand um die Katze gekümmert. Blödsinn, versuche ich mich abzulenken. Vergiss den Scheiß! Ich werde aber ein unheimliches Gefühl nicht los. Bekomme da Briefe, von einem unbekannten Absender, der auch noch blöde Fragen stellt ... aber irgendwie geht das Ganze tiefer und lässt mich nicht kalt!

Ja, mir wird mit einem Mal klar, dass es unheimlich und irgendwie bedrohlich wird. Ich setze Gato wieder auf den Teppich und denke, jetzt hätte ich lieber einen Hund. Einen ordentlichen Schäferhund, den würde ich jetzt hinauslassen und der würde dem Spanner die Eier ausreißen. Ja, nicht nur einen Schäferhund, sondern gleich zwei ... oder kalbsgroße Doggen, die dieses Arschloch da draußen in Stücke reißen. Ich fühle mich unsicher.

Der Hausbesitzer ist natürlich nicht da. Der ist nie da. Kommt nur zum Opernball, Neujahrskonzert und ab und an zu den Wiener Festwochen. Sonst liegt er in Bel Air in Hollywood in der Sonne am Pool. Ich bin allein in dieser Riesenhütte und eigentlich schutzlos. Kein Gewehr, keinen Revolver, keine Bluthunde. Scheiße! Ziehe die Vorhänge zu und geh zum Schreibtisch. Gato boxt gegen den Tennisball. Der Ball geht nie k.o., doch Gato gewinnt immer nach Punkten. Diese Nacht schlafe ich schlecht. Um dreiviertel drei fahre ich erschreckt auf, hab geträumt, dass vor der Verandatür ein Einbrecher, irgend so ein Arschloch aus Moldawien mit einem Brecheisen, auf und ab geht. Morgen kaufe ich mir eine Pumpgun, beschließe ich trotzig. Kann aber trotzdem nicht mehr einschlafen.

Morgen geht's wieder nach Moskau. Ich weiß nicht, warum alle von grölenden Russen erzählen. Bei meinen Flügen waren bisher alle brav. Im Gegenteil, ich mag die Russen. Sie haben schöne Weiber, denke ich und erinnere mich an eine Schwarzhaarige mit toller Oberweite und blauen Augen. Sie muss so in meinem Alter gewesen sein. Die hat mich mit ihren Augen durchbohrt ...

Beim heutigen Flug war niemand mit großer Oberweite, blauen Augen und schwarzen Haaren dabei. Nach dem Moskauflug gleich vier Tage lang um fünf Uhr morgens nach Brüssel, zu Mittag zurück und am nächsten Morgen wieder ... das schlaucht. Die drei Tage Pause danach brauch ich dringend, sonst schau ich in ein paar Jahren aus wie hundert. Im Fitnessclub *Manhattan* im Süden Wiens halte ich mich fit. Will eben nicht wie hundert ausschauen in ein paar Jahren.

Dann steht wieder Dubai am Plan. Abflug Abend, Ankunft Mitternacht. Das geht. Schlimmer ist der Rückflug. Um fünf in der Früh anzukommen ist immer deep shit. Ich gebe Gato ein Tschüss-Bussi und den Hinweis, dass Mela morgen kommt und den ganzen Tag hier sein wird. Hemden bügeln, Knöpfe annähen, die Fenster putzen. Gato hätte genügend Zeit, mit ihr zu spielen. Mela mag Gato. Ich zieh meinen Uniformrock über, nehme meinen Koffer und geh zur Haustür. Greife zur Klinke, da fällt mir ein weißer Fleck am Boden auf – ich schau hinunter und sehe, dass da ein Kuvert halb unter dem Türspalt liegt. Ich weiß sofort, was das für ein Kuvert ist. Ich stelle meinen Koffer ab, bücke mich und spüre, wie der Schreck über meinen Rücken rieselt. Wie kommt dieses Kuvert hierher? Da muss jemand im Garten gewesen sein, das Gartentor ist aber abgeschlossen. Oder nicht? Ich bin völlig verwirrt.

»Ich möchte wissen, wie es der Katze geht«, steht da.

Diesmal fordernd, im Befehlston. Was ist da los? Da ist jemand im Garten ... wiederhole ich immer wieder. Aber ich muss gehen, darf nicht zu spät kommen. Als ich zu meinem Wagen gehe, steht Gato hinter mir und wünscht mir mit einem zarten »Miau« einen guten Flug.

Wer kann das sein? Was will der von mir? Wie in Trance lenke ich meinen Wagen hinaus Richtung Flughafen. Immer wieder denke ich an den Text oder die Texte der Briefe, versuche einen Hintergrund zu entdecken, irgendwelche Anhaltspunkte zu finden. Warum kann das jemanden interessieren, wie es der Katze geht? Das Ganze ist so abstrus, ich weiß nicht einmal, wo ich einhaken soll. Weiß nicht den geringsten Anhaltspunkt, kann damit überhaupt nichts anfangen.

Eigentlich soll es mir vollkommen egal sein, wer sich da um meinen Kater kümmert, wissen will, wie es ihm geht, so ein Schas! Die ganze Sache ist nur deshalb unheimlich, weil da muss jemand heute im Laufe des Nachmittags im Garten gewesen sein. Das Tor war zu, man kann es allerdings von außen öffnen, wenn man sehr gelenkige Arme hat, denke ich. So kann man die Klinke im Inneren schon erreichen und das Gartentürl öffnen. Diese Person ist ein großes Risiko eingegangen, ich hätte in diesem Moment aus dem Haus kommen können und dann hätte ich diesem Idioten den Arsch aufgerissen, denke ich.

Unsere Maschine ist bis auf den letzten Zipf voll, das bedeutet viel Arbeit, da fällt es leicht die Briefe zu vergessen. Im Hotelzimmer in Dubai ist wieder alles da. Nach der Dusche sitze ich nackt am Schreibtisch, ein eiskaltes Cola aus der Zimmerbar neben mir und die beiden Briefe, oder besser Zettel, vor mir. Am Abend treffen wir uns alle mit dem Captain im Restaurant. Er hat heut Geburtstag und lädt die Crew ein. Er kommt aus dem salzburgischen St. Johann im Pongau und ist ein toller Sportler. Marathon – immerhin um die drei Stunden. Wir beschließen spontan, den nächsten Wiener Marathon gemeinsam zu laufen. Eine der Stewardessen will auch mit.

Vor der Nachspeise, hole ich die beiden Briefe aus meiner Hosentasche und frag ihn, wer kann das geschrieben haben? Er schaut sie lange an, schüttelt den Kopf, das wäre schwer zu sagen. Will mir die beiden Papiere schon wieder zurückgeben, schaut sie aber ein zweites Mal an und sagt dann, während er seinen Kopf langsam hin und her wiegt, er glaube an eine ältere Person, führt das Papier nahe an seine Augen und sagt dann: Eine Frau?

Glaub ich aber nicht. Für mich schaut das eher nach Männerschrift aus. Der Captain zweifelt, könnte auch ein Mann ein ... ja, wahrscheinlich ist es auch ein Mann, sagt er. Die Schrift erinnere ihn aber an die Handschrift seiner Mutter. Die hätte auch so geschrieben und auch immer mit Füllfeder – sie hätte nie mit einem Kugelschreiber geschrieben. Das würde die Handschrift verderben. Die Handschrift wäre das Abbild des Charakters, hatte seine Mutter gesagt. Vielleicht hat ihre Mutter diese Briefe geschrieben? Ja, aber vom Himmel. Die Mutter wäre schon lange tot. Sie war eine große, starke und sehr strenge Frau, fügt er abschließend hinzu. Wir schließen dann noch eine Wette ab, wer von uns schneller auf der verrückten Schiabfahrt im Shopping-Center von Dubai wäre. Wir fahren auf der Parallelabfahrt zwei Durchgänge. Er ist deutlich besser. Am Abend hat die ganze Crew wieder einen Grund zu feiern.

Am nächsten Tag geht es wieder zurück. Dann gleich der nächste Flug nach Dubai. Wir treffen uns um zehn in der Lobby.

Die Seniorstewardess geht mit uns noch einmal den Preflightcheck und ein paar Security-Dinge durch. Um Nulleinsdreißig ist Takeoff. Auch beim Rückflug ist die Maschine wieder bumsvoll. Während ich die Bordküche noch einmal überprüfe, erzähle ich der Senior die Geschichte mit der Katze. Sie kannte die Geschichte bereits. Irgendwer hatte sie ihr schon einmal erzählt. Wer war das nur? Die Andrea Perschall vielleicht? Die war damals auch ...? Ja, natürlich, Andrea war's. Beide hätten gerätselt wie die Katze an Bord gekommen war. Ob ich etwas in der Zwischenzeit erfahren hätte?

Nein, keine Ahnung, keine Spur, nichts. Die Katze heißt Gato und ihr geht es gut.

Zuerst über den Iran, dann weiter über dem Schwarzen Meer wird es ruhig an Bord. Alle haben gegessen, waren auf der Toilette und schlafen.

Über Ungarn servieren wir das Frühstück. Ankunft in Wien am frühen Morgen. Postflight-Checks, noch schnell einen Espresso mit dem Kapitän. Wie geht's mit meiner Fliegerei, möchte er wissen. Okay, momentan bin ich am Stundensammeln. Stunden für IFR? Ja, geht ganz gut. Möchte im Herbst zur Prüfung antreten. Viel Glück wünscht er, dann ab nach Haus.

Mein erster Weg zum Briefkasten. Der Griff nach dem Packen Papier. Dreiviertel davon wandern gleich mit Schwung in den Müll. Rechnungen, ein Brief vom Luftfahrtamt, eine Einladung zu einer Vernissage – in Wahrheit interessiert mich das alles nicht. In Wahrheit suche ich ein weißes Kuvert mit der kargen Aufschrift. Ich finde keins. War es vielleicht zwischen den Reklamebriefen und mit dem Packen im Müll gelandet? Ich suche im Müllcontainer, hole die ganzen Kataloge und Prospekte heraus, blättere durch jede einzelne Seite. Fische dazwischen geklemmte Rückpostkarten heraus – da endlich, ein weißes Kuvert. Scheiße, nein. Das Kuvert ist von einer dieser verbrecherischen Lotteriegesellschaften, denke ich.

Nein, diesmal kein weißes Kuvert mit »Stefan« drauf. Ich greife noch einmal in den Müllcontainer, hab das vorher noch nie gemacht. War noch nie *Miststierer*. Jetzt suchen meine Hände fahrig und nervös im Mist nach einem Kuvert. Einem weißen Kuvert. Enttäuscht ziehe ich ab. Gato tröstet mich und bohrt zur Begrüßung seine kleinen Krallen in meine Waden. Ich schau ihn an, er kann von den Kuverts nichts wissen. Die nächsten Tage sind frei.

Ich fahre mit meinem Kater zum Vöslauer Sportflugplatz, nehme mir eine *Piper Arrow*. Gato hilft mir am Copilotensitz beim Prefligthcheck. Ich habe ihn in einem Kisterl mit Polster am Nebensitz festgeschnallt. Die nervös zuckenden Zeiger in den Armaturen irritieren ihn. Wir fliegen Richtung Süden. Der Himmel ist vollkommen klar, die Sicht fantastisch. Ich will ein Mädchen in Kärnten besuchen. Ihre Eltern haben ein Haus am Wörthersee. Sie ist nicht da. Mit ihrer Schwester nach Venedig gefahren. Ich hätte anrufen sollen, sagt ihre Mutter und bittet mich zu bleiben. Ich will aber nicht. Sie findet die Katze süß und ich eine gute Ausrede, um nicht bleiben zu müssen. Sie füttert Gato. Aber bitte nicht zu viel, sonst kotzt er am Rückflug. Ich disponiere um und fliege nach Salzburg.

Dort kenne ich auch ein Mädchen. Sie ist da. Gato und ich bleiben über Nacht. Sie heißt Monika und hat meinen kleinen Copiloten gleich ins Herz geschlossen. Gato tobt mit zwei Golfbällen durch ihre Wohnung. Irgendwann ist er mit einem Ball zwischen den Pfoten eingeschlafen. Wir trinken Rotwein und essen spanischen *Jamon* aus Jerez Frontera, dann noch harten Käse und gewürztes Weißbrot. Irgendwann werde ich so geil, dass ich uns nicht einmal die Zeit bis zum Schlafzimmer gönne. Wir fallen übereinander her wie zwei ausgehungerte Panther. Entsprechend schauen wir in der Früh aus. Gato hat sich während der Nacht zwischen uns gekuschelt und ebenfalls bis in die Mittagsstunden geschlafen. Monika fährt uns zum Flugplatz. Nach einem kurzen Brunch im Fliegerrestaurant machen wir uns auf den Heimweg. Nein Heimflug.

Irgendwo auf halben Weg weiche ich einem Gewitter aus, ich möchte Gatos Geduld nicht strapazieren. Lange vor der Dämmerung sind wir beim Haus angelangt. Gato springt vor Vergnügen auf der Wiese herum und ist überrascht, dass die Amseln keinen Wert auf seine Bekanntschaft legen. Enttäuscht blickt er zur Dachrinne hinauf, wohin sich die beiden Schwarzfedern verzogen haben.

Unter dem Haustor sehe ich den Zipfel eines weißen Kuverts. Diese unverschämte Type hat nicht einmal den Anstand, fremdes Territorium zu respektieren, sondern geht einfach hinein und schiebt das Kuvert unters Haustor. Dabei hatte ich diesmal das Gartentor fest verschlossen. Er muss über den Zaun geklettert sein, dieses Arschvieh! Eine Pumpgun muss her! Pfefferspray, Elektroschocker, ich muss mir ein Waffenarsenal anlegen. Aufmunitionieren! Die Festung gefechtsbereit machen. Wie Schlachtschiffe des Zweiten Weltkriegs, mit wegstehenden Kanonenrohren gleich den Stacheln eines Igels. Dazu zwei Bluthunde, deren Zähne ich täglich mit einem Winkelschleifer zu Kampfmessern schärfe.

Im Zimmer öffne ich den Brief. »Entspanne dich. Ich habe dich verzaubert. Du gehörst mir.«

Was soll jetzt dieser verblödete Scheiß, verdammt noch einmal! Irgendein Arschloch macht da Witze. Verzaubert? Wir sind doch nicht in der TV-Kinderstunde.

Ich lese die Zeilen immer wieder. »... *dich verzaubert. Du gehörst mir.*«

Das ist ja derart deppert, der kann nicht mich meinen. Vielleicht Kinder die Zauberin spielen oder so ein Unsinn. »Du gehörst mir«, lese ich zum wiederholten Male und spüre Spannung aufkommen.

Eine innere Erregung macht sich in mir breit. Die anfängliche Wut, der Zorn, alles kurz und klein zu schlagen, wandelt sich in sonderbare Erregung, die über meinen Rücken rieselt und meinen Brustkorb umfasst. Ein Gefühl wie vor einem Abenteuer, eine Höhle zu entdecken, unbekanntes Terrain zu erforschen. Nicht mehr Angst, panische Angst vor bewaffneten Räubern, maskierten Einbrechern aus Moldawien, Brutalos aus Serbien.

Nein, prickelnde Erregung wie vor einer Begegnung mit E.T., außerirdischen Wesen. Ich stehe auf und gehe zur Verandatür, die auch in den Garten führt. Steht dieses Wesen einer fremden Galaxie vielleicht gerade da draußen, versteckt in der Finsternis der Büsche und der riesigen Eibe, die sich beim Gartenzaun breitgemacht hat? Ich öffne die Glastür zum Garten und stehe auf der Veranda mit dem Brief in der Hand. Der Außerirdische soll mich sehen. Er soll sehen, dass ich ihm entgegenkomme, mit dem Brief in der Hand. Die Finsternis bleibt schwarz. Nichts rührt sich. Gato ist am Hosenbein. Ich setze mich wieder an meinen Schreibtisch und zeichne Gato ein Zertifikat für das bestandene Rating zum Copiloten. Während des Fluges habe ich mit meiner Digicam ein Foto von ihm gemacht, als er versuchte, mit der Pfote den Steuerknüppel zu erreichen. Mein Drucker spuckt das Bild aus, ich schneide es zurecht und klebe es auf das Zertifikat. Es bekommt einen Ehrenplatz über dem Schreibtisch.

2

Nach drei Tagen das nächste Kuvert. Diesmal erinnert sich der unbekannte Schreiber der ethischen Normen von Erdenbürgern und deponiert das Kuvert, wie es sich gehört, im Briefkasten.

»So gefällst du mir schon besser. Dein Aufbegehren hilft dir nichts. Du bist ein Gefangener deiner Leidenschaft. Bald gibt es Instruktionen.«

Hatte mich schon der vorherige Brief in ein seltsames Gefühl der Erregung versetzt, so verwirrt mich der neue Text völlig. Was kann der Bursche von mir wollen? Ein Schwuler? Ich habe auf Homosexuelle noch nie gewirkt und kann auch nichts damit anfangen. Wir haben einige Stewards vom andern Ufer. Ich unterhalte mich zwar mit ihnen, es hat aber nie Annäherungsversuch gegeben. In deren Augen bin ich ein unverbesserlicher Macho.

Was ist, wenn der unbekannte Schreiber eine Unbekannte ist? Eine Frau? Aber ...? Was soll sie von mir wollen? Verzaubert? Gefangener meiner Leidenschaften? So einen Scheiß habe ich überhaupt noch nie gehört, denke ich.

Michaela schickt ein Paket. Für Gato ein Spielzeug und exklusives Katzenfutter. Sie möchte nach Wien kommen. Ich weiß nicht, ob ich das will. Eher nicht. Sie ist ganz nett, aber gleich nach Wien kommen? Grundsätzlich habe ich keine Lust, mich zu verlieben. Die derzeitige Situation ist recht angenehm. Habe über alle Bundesländer einige Betthupferln verstreut. Alle *»at armlength«* auf Distanz. Hatte auf der Landkarte mit einem Zirkel einen Kreis gezogen. Der Radius entspricht ungefähr einhundert Kilometer. Mein Schwur: keine Freundin innerhalb des Schutzkreises – eine Art Schutzmauer. Sonst ziehen die bei mir ein und ich werde sie samt ihren Müttern und Anhang nicht mehr los.

Jedes Mal, wenn sie mich in meiner Eremitage besucht haben, folgte sofort dieser gewisse Rundblick in meinen Zimmern: So, das wird jetzt alles anders werden! Vorbei die Messi-Zeit! Schon bei den Gedanken daran, bekomme ich eine Gänsehaut. Also rasch ein SMS: »Am Wochenende bin ich leider unterwegs!« Ist zwar eine Lüge, aber wirkungsvoll. Die Fickintervalle sollten nie kürzer als sieben Wochen sein, sonst wird's verbindlich.

Das angekündigte Kuvert ist erst nach zwei Wochen im Kasten. Die ersten vier Tage hatte ich mit Spannung darauf gewartet. Dann legte sich die Aufregung. Dazwischen war ich zwei Mal in Moskau und besuchte Ursula in Graz. Sie studiert Physik und erforscht die Verbrennungsvorgänge in Benzinmotoren. Ein blitzgescheites Mädchen, etwas anstrengend, fickt aber gern – und lebt außerhalb der Schutzzone.

Wie das Leben so spielt, als ich das weiße Kuvert am wenigsten erwartete, liegt es im Briefkasten. Ich bleibe locker. Gehe in aller Ruhe ins Haus, setze mich an meinen Schreibtisch, Gato am Schoß, leckt seine Pfoten, ich schlitze das Kuvert langsam auf – diesmal mit einem silbernen Taschenmesser mit einer geschmiedeten Klinge aus Solingen. Ein Erbstück meines Vaters.

Ich rieche am Brief, da ist aber nichts und falte ihn auf. *»Am Freitag um 22 Uhr hat die Concierge im* Marriotts *eine Botschaft für dich.«*

Das ist morgen, denke ich. Blöd, am Freitag wollte ich nach Klagenfurt, das Mädl am Wörthersee wäre laut Serviceplan dran. Neun Wochen war der letzte Besuch her. Zwei Wochen überfällig. Die Mutter ist sehr anlassig, da kann man schon eine Ausnahme machen. Mein Dienstplan ruft mich erst am späten Samstagnachmittag nach London. Also, *Marriotts* ist okay.

Am Abend schlendere ich durch die Innenstadt. Ich ende völlig unaufgeregt im *Café Bräunerhof* und versinke im Literaturteil der aktuellen Nummer von *Die Zeit*. Eine seitenlange Reflexion über meinen Lieblingsautor Samuel Beckett hält mich dermaßen im Bann, dass ich die Zeit fast übersehe. Es ist knapp vor zehn, als ich aus meiner Lesetrance aufwache, zahle und die Johannesgasse in zügiger Schrittfrequenz Richtung *Marriotts* durcheile. Bahne mir den Weg durch ein Menschencluster aus Arabern und Russen zur Rezeption. Es ist fünf nach zehn, bis das Mädchen die Nachricht für mich sucht. Es ist neun nach zehn, bis ich das Kuvert öffne, eine Chipkarte für das elektronische Schloss eines der Zimmer in diesem Hotel heraushole und einen Zettel mit: *»7575«*.

Ich hasse es, zu spät zu kommen. Bin sonst krankhaft pünktlich und bekomme fast einen allergischen Ausschlag am Hals, weil ich um zehn Minuten hinter dem Uhrzeiger haste. Die Warterei auf den Lift, fast dreißig Männer strömen heraus, fast dreißig zwängen sich hinein. Die Ausdünstungen der Leute sind narkotisierend. Endlich siebter Stock, nix wir raus.

Ich schiebe die Karte in den Schlitz des Schlosskastens und blicke nach allen Seiten, ob jemand am Gang mich beobachtet. Das leise Klick des elektronischen Schlosses kommt mir auf einmal geheimnisvoll vor und öffne mit angehaltenem Atem langsam die Tür. Drinnen ist es stockdunkel, ich kann nur das Flackern von ein paar Kerzen erkennen. Ich suche den Lichtschalter, drücke drauf, es bleibt dunkel. Ach ja, die Chipkarte muss ich hineinschieben. Aber wohin? Egal, Schritt für Schritt nähere ich mich dem Schreibtisch mit den Kerzen. Das Zimmer wirkt wie eine Leichenhalle. Ich blicke zum Bett. Nein, dort liegt keine Leiche.

An der Wand hinter dem Schreibtisch hängt ein großes schwarzes Tuch. Ich geh zum Schreibtisch und bemerke einen Zettel zwischen den Kerzen.

Ich falte ihn auf: »*Heute ist der Beginn des Oratoriums der Leidenschaften. Folge Punkt für Punkt den Befehlen.*«

Etwas weiter darunter: »*Du bist dreizehn Minuten zu spät! Wage nie mehr deinen Geist warten zu lassen!*«

Was soll der Scheiß? Im ersten Moment kommt Wut auf. Ich drehe mich um. Nichts, niemand da. Um besser lesen zu können, halte ich den Zettel an die Kerze: »*Punkt eins: Ziehe dich aus. Punkt zwei: Am Bett liegen vier Riemen. Binde sie um die Fußgelenke und um die Handgelenke. Punkt drei: Knie nieder, mit dem Gesicht zu den Kerzen. Punkt vier: Beuge deine Arme nach hinten und verhake deine Armfesseln mit den Fußfesseln.*«

Gezeichnet: »*Der Geist deiner Leidenschaft.*«

Ich schau mir den Zettel noch einmal an. So etwas hatte ich in meinem ganzen Leben noch nicht gelesen, gehört oder auch nur gedacht! Ich will sofort gehen. Überfliege noch einmal die Zeilen. Der Geist ... und so fort und so weiter. Klingt nach Frau. Immerhin.

Setze mich aber ans Bett und ziehe meine Schuhe aus. Dann streife ich das dunkelblaue Poloshirt ab, die Jeans, die Socken ... bei den Shorts zögere ich. Drehe mich um. Niemand im Raum. Was soll der Blödsinn? Wenn das jetzt eine geile Geschichte wird, vor wem soll ich da Hemmungen haben?

Lege die Shorts zu den Jeans. Da bemerke ich, dass mein Penis schon seit geraumer Zeit wie ein Fahnenmast stock und steif jedem

Wind trotzt. An den schwarzen Lederriemen am Bett sind kurze
Ketten und Haken angebracht. Ich ziehe sie an den Händen und
Beingelenken fest, knie mich nieder und versuche, die Haken unter-
einander zu verbinden. Nicht so einfach. Erst nach mehreren Versuchen gelingt es mir. Ich ziehe an den Armen und stelle im ersten
Moment befriedigt fest, dass alles so wie auf dem Zettel beschrieben fertig ist. Die Fußgelenke sind miteinander verbunden und
daran die Arme hinten fixiert. Aber kann ich mich daraus wieder
selbst befreien? Shit! Nein – oder nur mit allergrößten ... da beginnt
plötzlich Musik im Zimmer.

Männerchöre erfüllen den Raum. Ich kenne diese Nummer, denke
ich. Das sind die gregorianischen Chöre von der CD *Officium* und
während ich an den Norweger Jan Garbarek denke, setzt der mysti-
sche Klang seines Sopransaxofons ein. Die Musik scheint irgendwo
vom Firmament wie eine riesige Klangdecke den Raum auszu-
füllen. Ich blicke nach oben, da wird mein Kopf von zwei Händen
erfasst und ein Tuch über meine Augen gestülpt und plötzlich ver-
wandelt sich die Welt um mich in ein einziges Schwarz.

Gefesselt, auf den Knien und nun völlig blind! Es dauerte nur
wenige Sekunden und das Werk war vollbracht. Ich spüre an
meiner Seite den Druck von Beinen, die mich wie ein Schraubstock
festklemmen. Eine kühle Hand an meiner Stirn drückt meinen Kopf
... oder ein Becken? ... Schambein? Meine taktilen Sensoren am
Hinterkopf haben noch nicht jene Sensibilität erreicht, dass ich
sofort Bescheid wüsste. Ich versuche meinen Kopf nach hinten zu
drücken. Mein Druck erzeugt Gegendruck. Fingernägel kratzen
sanft über meine Brust.

»She wrote her name into my back. Boy, her nails were sharp ...«,
fällt mir Mick Jagger ein.

Ich atme tief und die Fingernägel kratzen schärfer. Dann gleitet die
Hand tiefer. Ich spüre rechts und links von meinem Kopf weiche,
glatte Haut. Das könnten zwei Brüste sein, denke ich und sehe in
meiner Fantasie zwei große volle Titten und spüre Bewegung zwischen meinen Beinen. Die Hand umfasst meinen Schwanz und
schiebt die Vorhaut langsam und bedächtig nach hinten. Ich spüre
an meinem Kopf wie mein »Geist« tief ein und ausatmet. Das
macht mich geil ... Noch einmal greift sie nach meinem Schwanz
und beginnt ihn ganz leicht zu wichsen. Als meine Hoden schon
zum Spritzmarsch blasen wollen, fährt ihre Hand hinunter und

zwickt fest zusammen, dass ich vor Schmerz zusammenzucke. Innerhalb von Sekunden ist mir jede Form von Ejakulation vergangen. Der Schmerz ist bis ins Hirn gerast!

Ich falle zur Seite und krümme mich am Boden vor Schmerz. Zerre an den Armen und Beinen, versuche die Beine noch mehr anzuziehen und die Arme nach unten zu drücken. Es dauert eine Ewigkeit ... plötzlich ist mein rechter Arm frei. Da merke ich, dass es still um mich ist. Kein Garbarek, keine Männerchöre und spüre auch keinen fremden Körper mehr an mir. Ich ziehe Augenbinde runter und es ist vollkommen finster. Keine Kerzen, nichts. Mit der freien Hand versuche ich die Verbindung der Fußfesseln mit dem linken Handgelenk zu lösen. Das dauert, aber dann bin ich frei. Ich taste mich zum Fenster, ziehe die Vorhänge auf, unten auf der Ringstraße fließt dichter Autoverkehr. Dann schnell zum Lichtschalter. Das Zimmer ist vollkommen leer. Die schwarzen Vorhänge hinterm Schreibtisch weg.

Am Schreibtisch ein Zettel:

»Mal schauen, was du aushältst.«

Die Zimmertür ist zu, ich werfe einen Blick auf den Gang. Nichts. Dann entdecke ich eine Verbindungstür zum Nebenzimmer. Die ist auch zu. Meine Jeans, T-Shirt, Socken, ... alles liegt am Bett. Ich schau mir die Fesseln an, die Augenbinde, ein schwarzes Seidentuch. Die Hoden tun weh. Rasch ins Bad, heißes Wasser in die Wanne. Es ist fast Mitternacht.

Um ein Haar wäre ich eingeschlafen. Die Musik dudelt Blues und langsame Balladen rund um die Badewanne, das heiße Wasser mit allerlei Essenzen durchsetzt, lullt mich in eine bleierne Müdigkeit. Erst eine strenge Abreibung mit dem Frotteehandtuch weckt mich aus der Narkose.

Während der Heimfahrt ist mein Schädel völlig leer. Einerseits fühle ich mich vom Zauber des Erlebten gefangen, andererseits geistert fast ein kolikartiger Schmerz in meinen Hoden. Aber ich spüre einen Restreiz in mir. Dieses Gefühl der Hilflosigkeit, bewegungslos und ausgeliefert zu sein, hat was, denke ich. Völlige Lähmung. Wie ein Todgeweihter im Bett. Wo ich sonst die Beherrschung in Person bin. Ich erlaube mir nie einen Rausch, kotze nie, spucke nie aus ... schon gar nicht in der Öffentlichkeit. Bin immer bemüht niemals mit einem offenen Hosentürl herumzurennen oder gar einen Nasenrammel an der Oberlippe zu dulden. Dann das da. Alles in Verbindung mit einem pulsierenden Schwanz und die Erkenntnis, allein der Geilheit wegen die Contenance zu verlieren.

Wenn die Hoden es wünschten, pinkelten wir uns doch glatt vor vollen Tribünen in die Hosen! Daran teilhaben, am Verfall, am Verlust der guten Sitten. Es ist erschütternd und doch irgendwie geil, finde ich – und bemerke, dass es drei Uhr ist, als ich endlich nah Hause fahre.

Gato liegt mitten auf meiner Bettdecke und sorgt für Vorwärmung. »Wenn du wüsstest«, sag ich zu ihm und streichle seinen Rücken. Er lässt sich nicht aus der Ruhe bringen. Als ich mich hinlege, krümme ich meine Beine um ihn herum und schlafe weg ...

Ich kann die Ankunft vom Moskauflug von Samstag auf Sonntag nicht erwarten. Immer wieder steigen einzelne Details des *Oratoriums* im Hotel *Marriott* wie isländische Geysire in die Höhe. Der Ekel war längst aufflammender Libido gewichen. Einmal hätte ich mich am liebsten in die Toilette verkrochen und meinen Samenstau abgewichst. Die Maschine war bumsvoll und die Gäste ununterbrochen von Durst geplagt. Ständig Whiskey, Wodka nachschenken. Der Fundus an Pretiosen war bis zum bitteren Ende leer gekauft – alles an goldenen Armbändern, Rolex Uhren oder mit Diamanten besetzten Kugelschreibern weg. Ich habe den Eindruck, die Russenweiber werden von ihren Männern im Gold und Silber erstickt. Mir soll's recht sein. Die Provisionen nach den Russlandflügen sind immer geschmalzen. Noch bevor ich mit der Fernbedienung das Gartentor öffne, steige ich aus und gehe sofort zum Briefkasten. Der übliche Mist geht gleich in dem Müll, dann der Rest ... aber kein weißes Kuvert. Ich unterdrücke meine Enttäuschung, fahre meinen Wagen rein, steige aus, rasch zum Haustor, ein Blick auf den Boden ... nein, nichts. Hier auch kein weißes Kuvert. Ich drehe mich abrupt zu den Büschen am Zaun, schüttle meinen Kopf und verschwinde im Haus.

Auch am nächsten Morgen kein Brief und auch nach dem dritten Moskauflug am übernächsten Morgen nichts. Weder im Kasten noch unter der Haustür. Ich bin enttäuscht. Sehr enttäuscht. Sitze an meinem Schreibtisch und sortiere lustlos irgendwelche Papiere von der linken Seite auf die rechte. Völlig sinnlos und nutzlos. Was war mit meinem Geist los? Dem Geist meiner Leidenschaften? Hatte ich ihn beleidigt? Mich falsch verhalten? Ich stehe auf und geh zum Fenster und schau hinaus in den Garten. Ich versuche mich an irgendwelche Details im *Marriott* zu erinnern, um irgendein Fehlverhalten zu entdecken. Hatte ich irgendwas Beleidigendes oder gar Abwertendes gesagt? Nicht möglich. Ich hatte nichts gesagt. Beleidigendes schon gar nicht.

Oder den Geist hat's zerrissen ... Blödsinn, nichts war so real wie der Geist, seine Krallen an meiner Brust, seine Hände an meinem Schwanz. Trotzdem, warum plötzlich Funkstille? Warum rührt er oder sie sich nicht mehr?

Außer überflüssiger Post ist in den nächsten Tagen nichts im Kasten. Morgen geht es wieder vier Tage nach Dubai. Bei der Post nix dabei. Als ich zu Mittag das Gewinsel des herannahenden Mopeds höre, hoffe ich im Stillen, dass der Expresszusteller für mich was dabeihaben könnte. Nein. Er fährt an meinem Gartentor vorbei und hält beim Nachbarn. Mir doch egal. Dann bekomme ich eben keine Post. Scheiß drauf. Bin trotzdem enttäuscht.

Am späteren Nachmittag fahr ich zum Flugplatz. Ich ziehe die Abfahrt etwas hinaus. Weiß zwar nicht warum? Erwarte ich Besuch? Sollte jemand vorbeikommen? ... oder nur einen Brief ... ein Kuvert? Ich ziehe meine Uniformjacke an, nehme meinen Koffer und gehe langsamer als üblich zum Haustor. Blicke nach unten. Nein, kein Kuvert. Nichts. Okay, dann eben nicht, schimpfe ich trotzig. Dann ist die ganze Geschichte halt vorbei.

Im Crewoffice warten Preflightcheck, Security-Briefing und so weiter. Andrea ist bei diesem Flug Senior. Sie nimmt ihren Mann mit und macht dort zwei Wochen Urlaub.

Während der Vorbereitungen an Bord betrachte ich Andrea. Beobachte ihre Schritte, Bewegungen. Nein. Sie war es nicht. Mein Marriotts-Geist hatte vollere Brüste und dürfte auch größer sein. Wenn ich mich erinnere, als die Unbekannte mich von hinten zu fassen bekam, musste sie in die Knie gehen, um mit ihren Händen meinen Schwanz zu fassen. Andrea hat kurze Beine – und ihr Busen? Nein, viel zu klein.

In Dubai die übliche Hitze, der Smog, die Baustellen und jeder Schritt mit einem Taxi. Außer Einkaufsbummeln mit den Stewardessen, Kaffeetrinken und ... wieder Taxi, ist hier nicht viel los. Steak im *Hard Rock Cafe*, Taxi wieder zurück ins Hotel. Der Fitnessclub im Hotel ist dürftig. Die einzig fesche Stewardess hat ihren Freund mit, die andere Akne im Gesicht.

Der Rückflug zieht sich. Die Passagiere geben wenigstens Ruhe. Nachdem sie sich vollgefressen und vollgesoffen und leer gepisst haben, schlafen die meisten durch.

Als ich im Auto sitze, irrlichtern meine Gedanken im schwerelosen Denkraum. Ob diesmal Post? Nein! Nicht daran denken. Keinen einzigen Gedanken daran denken. Lass deinen Kopf völlig leer. So leer wie das Universum. Dann, und zwar nur dann, besteht die Chance, dass da vielleicht im Postkasten oder am Boden unter der Haustür ..., nein, ich habe dir verboten daran zu denken!

Wer daran denkt, bekommt keine Post, keinen Brief ... aber an was darf ich denken? Ich versuche, mich mit meiner IFR-Ausbildung abzulenken. Übermorgen gibt's mit meinem Fluglehrer einen Instrumentenflug nach Salzburg, dann weiter über Bayern zum Bodensee. Muss mir den Approach von Salzburg noch einmal genau anschauen. Versuche, meine Gedanken abzulenken. Scheiße, in Wahrheit ist das Einzige, was ich denken will, ob heute ein Brief da sein wird oder nicht. Enttäuscht klappe ich den Briefkasten zu. Nichts. Ich bin zu Gato nicht so nett, wie er es verdient hätte. Nur weil keine Post da ist. Was ist los mit mir?

Komisch, dieses Warten, die Ungewissheit, das Hoffen ist ebenso qualvoll, wie gefesselt zu sein und der schmerzhafte Griff in die Eier. Aus, Schluss! Morgen fliege ich nach Kärnten und bumse die reiche Tussi am Wörthersee und ihre Mutter braucht mir keinen Guglhupf zu servieren, sondern soll mir einen blasen. Komm, Gato, komm her. Ich leg mich auf die Couch und Gato rollt sich auf meiner Brust zusammen und kuschelt sich in den Schlaf. Ich wache plötzlich auf, es ist später Nachmittag geworden.

Nein, ich kann morgen doch nicht nach Klagenfurt fliegen, um meinen Kopf und Sack zu entleeren, fällt mir ein. Ich muss mich auf den IFR-Flug nach Salzburg und weiter bis Friedrichshafen vor-bereiten. Bevor ich in die Stadt fahre, dampfe ich ein paar Minuten in der Badewanne. Dann frische Jeans, Poloshirt und ab in die City. Dort ist nicht viel los. In den Kaffeehäusern lauter alte Weiber. Bin schon um elf wieder zu Hause. Sperre die Haustüre auf und ... auf dem Fußabstreifer ein Kuvert. Schlagartig wird der Puls schneller. Plötzlich wieder Leben in mir – als wäre ich bis jetzt scheintot gewesen. Ich setze Gato auf meine Schulter und eile zum Schreibtisch.

»Ich brauche einen Fußabstreifer für meine verschmutzten Schuhe. Bist du bereit? Wenn du meinen Schmutz aufzulecken bereit bist ... dann könnte ich dich noch einmal benutzen. Du Schmutzfink!«

Ich atme schwer. Lese den Text wieder und wieder. Schmutzfink, lecken, Schmutz lecken. Furchtbar. Trotzdem bin ich von diesen Worten gefesselt. Voyeurismus an der sündigen Welt. Düstere Abgründe. Menschen starren gebannt auf den zerrissenen Körper am Straßenrand. Der Blick hinüber, ins Jenseits. Sie starren zum Verurteilten, bevor die Falltür fällt und das Genick bricht, der Schädel in den Korb poltert. Wollen einen Blick hinüber erhaschen. Vom Diesseits in Jenseits. Vielleicht tut sich ein Fenster auf im Moment des Genickbruchs und wir sehen von drüben etwas. Gibt es ein Leben nach dem Tod – und danach einen Tod nach dem Tod? In zehn Sekunden weiß der Delinquent mehr als wir alle. Die Diesseitigen, wir, die wir noch hierbleiben müssen. Wir, die wir nicht sündigen dürfen.

Ich aber muss Schmutz lecken. Ihre Stiefel sauber lecken. Überquere erstmals den tiefen Wassergraben vom Heilen ins Unheil. Falte den Brief zusammen und will ihn einstecken. Entfalte ihn aber noch einmal und lese zum wiederholten Male vom Lecken. Ich spüre eine feste und unbarmherzige Erektion in meinem Schritt. Dann stecke ich den Brief in die Hosentasche, ganz nah an das erigierte Fleischrohr, dass allein beim Lesen über das Lecken beinah Funken sprühen. Die Nacht wird unruhig, ich finde kaum Schlaf. Irgendwann ist mir, als würde ich mit den Armen am Rücken gefesselt auf einem kratzigen Teppich knien, eine Galerie beschmutzter Gummistiefel vor mir, die ich mit meiner Zunge sauberlecken muss ...

Am nächsten Tag überspiele ich geschickt meinen Morgenkater. Bereite alles für den Instrumentenflug nach Salzburg vor. Mein Fluglehrer ist Airbuskapitän. Wir haben ein höflich distanziertes Verhältnis zueinander. Mir ist das lieber. Ich mag diese Wiener »Verhaberungen« nicht.

Über Salzburg muss ich verschiedene Warteschleifen fliegen, er ändert die Schedule mehrmals und strapaziert meine Schnelldenkkapazität. Ich bringe die Sache einigermaßen hin und zum Abschluss lässt er mich zwei Mal Durchstarten und allerlei simulierte Probleme durchführen. Er ist nicht sekkant, sondern möchte einfach einen guten Piloten aus mir machen. Ich bin ihm dafür dankbar. Nicht nur wegen der schwierigen Aufgaben, sondern der Stress hat mich von den verschmutzten Stiefeln abgelenkt. Ohne diese Denkaufgaben wäre ich sicherlich ein paar Tage mit einem tropfenden Schwanz herumgelaufen.

Am Abend fliegen wir weiter nach Friedrichshafen. Wir landen bei stockdunkler Nacht. Der Seitenwind spielt keine Rolle. Ich bring die Sache einigermaßen hin. Am nächsten Morgen geht's über München wieder zurück nach Wien. In München kommen wir gerade zur Hauptverkehrszeit an. Wieder ein paar Warteschleifen in verschiedenen Levels, dazwischen jede Menge Incomingtraffic, dann endlich runter. Der Flug nach Wien ist dann wie TV-Kinderstunde. Mein Lehrer ist relaxed und erzählt aus seiner Fliegerzeit. Triebwerksausfall über Neufundland, Emergency Approach in Gander bei stahlharten Sturmböen. Damals mit der Boeing 707. Die Passagiere hatten sich fast angeschissen.

Ich bin todmüde, als ich endlich zu Hause bin. Kein Kuvert, dafür schnurrt Gato zufrieden, als ich mit ihm auf der Brust beim Fernsehen einschlafe. Um Mitternacht wache ich verkrümmt auf und mache mich auf den Weg ins Bad. Da bemerke ich einen weißen Zipfel am unteren Spalt der Haustüre. Der Brief war noch nicht da, als ich vor sechs Stunden nach Hause kam. Das Kuvert muss also während der letzten Stunden, als ich vor dem Fernseher eingeschlafen bin, unter der Tür durchgeschoben worden sein. Sie muss sich ans Haus herangeschlichen haben, während ich schlief. Ein sonderbares Gefühl. Ich war wieder einmal völlig wehrlos. Es ist noch immer keine Pumpgun oder ein Bluthund im Haus! Im Bad öffne ich mit einer Nagelfeile das Kuvert.

»Freitag 22.00. Marriotts, Nachricht bei der Concierge. Diesmal pünktlich! Keine Entschuldigung.«

Laut Flugplan sind wir morgen Mittag aus Frankfurt zurück. Das sollte kein Problem sein. Ich spüre, wie mein Herz mit festen Schlägen gegen meine Brust pocht.

Der Wecker treibt mich um halb fünf aus dem Bett. Wir gehen mit der ersten Maschine nach Frankfurt und dann gleich wieder zurück. Die Passagiere am Hinflug sind müde und geben Ruhe. Die Maschine ist in beiden Richtungen bumsvoll.

Der Rückflug ist anstrengender. Die Passagiere sind munter und wollen ständig irgendetwas. Um drei am Nachmittag lass ich mich müde bei mir zu Hause auf die Couch fallen. Mela bügelt meine Hosen und Hemden. Heute heult kein Staubsauger. Gato ringelt sich in meine Kniekehlen und schläft. Am späten Abend fahre ich in die Stadt. Zur inneren Befriedung zuerst in ein Kaffeehaus. Das Studium der Tageszeitungen lenkt ab.

Zur Sicherheit stell ich im Handy den Wecker auf halb zehn. Am Wege zum *Marriott* genieße ich ein Glas Champagner an der Bar. Mein Handy ruft zum Aufbruch. Diesmal bin ich eine gute Viertelstunde früher in der Lobby. Blättere nervös in der aktuellen Ausgabe der *USA Today*. Fünf vor zehn bin ich bei der Concierge, sie sucht eine Weile, dann kommt sie mit dem Kuvert.

»*Room Nr. 7575*«

Heute werden mich im Lift keine Russen aufhalten, denke ich. Trotzdem dauert es, bis es endlich wie zur Erlösung meiner Sünden himmelaufwärts geht. Ich schiebe die Schlosskarte ein und öffne vorsichtig die Tür. Drinnen ist es stockfinster. Wie beim letzten Mal. Erst nachdem sich meine Augen daran gewöhnt haben, erkenne ich vier große Kerzen am Schreibtisch, der wie beim letzten Mal an der Rückwand mit einem schwarzen Tuch verhangen ist. Ich blicke mich um, versuche hinter mir irgendetwas auszumachen, Umrisse zu erkennen. Nichts. Sogar über dem Bett ist eine pechschwarze Decke gelegt. Die Flammen der Kerzen flackern gespenstisch im Luftzug.

Am Schreibtisch liegt wieder ein Blatt Papier mit großen Lettern, die Anordnungen. In knappen Worten, keine Fragen, keinen Widerspruch duldend. Ich ziehe mich aus und lege Jeans, Poloshirt und Slip auf den Boden. Zuerst muss ich meine Füße an den Gelenken fesseln. Die Lederriemen spreizen meine Beine auseinander. Dann die Handgelenke in Lederriemen, die mit Schnüren verbunden sind. Ich liege mit dem Bauch am Bett und soll laut Anordnung, die Arme auseinanderspreizen. Der Raum wird plötzlich von einem dumpfen Dröhnen erfüllt. Ich kenne die Musik. Es sind die düsteren Sphärenklänge einer Windharfe die an den steilen Felsklippen Norwegens den polaren Wind eingefangen haben ... mitten in das drohende Getöne Jan Garbareks Sopransaxophon, wie das Schwert Gabriels zum jüngsten Gericht.

Ich lasse mich langsam nach vorne nieder, strecke die Arme von mir wie zum Gebet, wenn der Muezzin ruft. Dann geht alles sehr schnell. Die Seile reißen meine Arme in die Breite, meine Brust fällt aufs Bett, eine Hand fasst meine Haare und biegt den Kopf weit nach hinten.

Ich will »Hallo« sagen, komme aber nur bis zum »Hall ...«, da spüre ich zwei Finger gegen meine Wangen drücken, mein Mund öffnet sich und eine lederne Kugel schlüpft in meinen Rachen, noch bevor ich etwas dagegen unternehmen kann. Der Lederknebel sperrt meinen Rachen so weit auf, dass sich Speichel sammelt und ich nicht runterschlucken kann. Ich will meinen Kopf nach hinten legen, da der Speichel vorne raus zu rinnen beginnt. Das ist mir nicht nur unangenehm, diese Scheißsituation bringt mich sofort in Wut.

Sie merkt das und hält meinen Kopf noch fester in ihren Händen. Und um das Ganze innerhalb Sekunden in eine Qual für mich zu verwandeln, hält sie mir die Nase zu und beugt meinen Kopf etwas nach vor und schon rinnt mir rechts und links der Speichel aus den Mundwinkeln. Ich spüre das furchtbare Kitzeln von langsam abtropfendem Speichel. Habe ich grundsätzlich Ekel vor allen Körpersäften und hasse Spucke und diesen ganzen Scheiß, muss ich jetzt auch noch ertragen, wie dieses Gesabber an mir herunterrinnt, tropft und meine Brust und Oberschenkel verschlatzt.

Dieser furchtbare Geist meiner beschissenen Leidenschaften hält meinen Kopf fest verschraubt und weidet sich daran, wie ich unter diesem Geschlatze leide! Ein schweres Knie im Genick zwingt meinen Kopf aufs Bett. Ich höre stoßweise Atem. Es ist der Atem einer Frau. Dann spüre ich wie meine Beine an den Fesseln neu gebunden werden. Ich bringe die Beine nicht mehr zusammen und spüre, wie auch meine Hände an den Fesseln neu gebunden werden. Sie reißt meinen Kopf an den Haaren hoch und bindet ein Seidentuch um meine Augen. Jetzt spüre ich die Beine und Arme an einem Stock fixiert, der sie auf Distanz hält. Als das Werk vollbracht ist, richtet sie sich auf und ich höre wieder ihren Atem.

Gabareks Saxophon jubiliert in Höhen an der Schmerzgrenze, als ihre Hand an meine Hoden ist. Diesmal kein fester Griff, keine Quetschung, sondern sanftes Streichen. Dann befühlt sie mein wild erigiertes Glied. Ich spüre, wie sie sanft den Schaft wichst. Ihre Fingerspitze rotiert leicht an meinem Anus. Wegen der Dunkelheit konzentriere ich mich auf meine taktilen Rezeptoren und versuche zu erraten, was als Nächstes kommen wird. Ein Finger streicht in Schlangenlinien entlang meiner Wirbelsäule, oben angekommen packt sie mit fester Hand mein Genick. Dann klettert sie nach oben und setzt sich genau vor mich hin.

Mein Kopf ist zwischen ihren Schenkeln festgeklemmt. Sie reißt ihn an den Haaren hoch und während sie ihn in die Höhe hält und mein Genick zu schmerzen beginnt, holt sie den Knebel aus meinem Mund. Ich japse nach Luft und spüre plötzlich Nässe im Gesicht und den scharfen Geruch einer Möse. Dann spüre ich einen Finger in meinem Mund. Die Augenbinde wird ein wenig hochgezogen und ich blicke direkt in einen Mösenspalt nur wenige Zentimeter vor meinem Gesicht. Mein Kopf ist noch immer schmerzhaft noch oben gebeugt und vor meinen Augen taucht ein Finger eines schwarzen Gummihandschuhs in den Lustspalt, fingert tief darin herum. Dann zieht sie ihn heraus und steckt ihn in meinen Mund. Ich spüre Begierde. Teils geschockt, teils ängstlich, aber auch gierig nach Lust. Sie zieht ihren Finger aus meinem Mund und streicht langsam ihre Möse aus. Wie man mit einem Stück Brot das Bratenfett aus der Pfanne wischt. Holt den klatschnassen Finger heraus und steckt ihn tief in meinen Rachen. In Trance lutsche und sauge ich am Finger. Sie fasst meinen Kopf mit ihren Händen und presst mit einem Ruck mein Gesicht gegen ihre Scham. Ich spüre an den Lippen Nässe und rieche den scharfen Geruch ihrer Lust. Kurz darauf reißt sie meinen Kopf hoch und drückt ihn in ihren Schritt.

Ich will meine Zunge in ihre Vagina stoßen, will an ihren Schamlippen lecken, als sie meinen Kopf aber sofort wieder hochreißt. Ein Riemen klatscht auf meine Pobacken. Schmerz zuckt durch meinen Kopf, während sie ihn langsam gegen ihre Scham heranführt, aber gerade so weit, dass ich sie mit der Zunge nicht erreiche. Ich strecke sie so weit nach vor wie nur möglich, erreiche sie aber nicht. Nur wenige Zentimeter, aber doch zu weit ... das dünne Häutchen der Zunge schmerzt, weil ich sie so weit hinausstrecke. Lechze nach ihrem Spalt, ihrem Saft, kann ihn in meinem Kopf schon schmecken, diesen fruchtigen, herben Nektar ... aber jedes Mal, wenn ich glaube dran zu sein, reißt sie mich zurück und gleichzeitig schnalzt ein fester Hieb auf meine Pobacke, die bereits höllisch von den gezielten Hieben brennt.

Durch das ständige vor und zurück hat sich die Augenbinde etwas verschoben. Rechts unten habe ich einen kleinen Schlitz entdeckt, durch den ich nach draußen sehen kann. Draußen die Welt, sonst bei mir nur Finsternis. Obwohl nur vier Kerzen den Raum spärlich beleuchten, kann ich das helle Fleisch ihres Beckens erkennen und den unteren Rand eines schwarz glänzenden Korsetts, mehr sehe ich nicht. Der Gedanke macht mich noch geiler, und ich versuche, es mit meiner Zunge zu erreichen, um daran zu lecken.

Da merkt sie meine verrutschte Augenbinde, zieht sie sofort wieder über die Augen und verknotet sie fester hinter meinem Kopf. Ich fühle, wie sie sich aufrichtet und sich zur Seite beugt. Dann spüre ich ihren Daumen und Zeigefinger wieder an meinen Kiefern und den Lederknebel in meinem Rachen. Sie hebt mein Becken, so dass ich wieder in die Gebetshaltung mit ausgestreckten Armen aber angezogenen Knien den nächsten Gang erwarte. Ihre Hand beginnt an meinen Hoden zu spielen. Sanft drückt sie zusammen und ich will schon vor Angst »nein, nein« schreien, aber der Knebel lässt nur ein dumpfes Brummen und wegen des Speichels ein Gurgeln nach draußen.

Ich glaube ein hohnvolles Lachen von ihr zu hören und sie spielt weiter mit meinen Eiern, dazwischen wieder leicht gequetscht, als würde sie mir kundtun, je nach Belieben zu jederzeit mir höllische Schmerzen bereiten zu können, ich aber wäre durch Fessel und Knebel ihren Launen völlig ausgeliefert. Sie umfasst meinen Schwanz und beginnt ihn leicht zu wichsen. Ich atme immer schneller und als mein Becken zuckt, rast ihre Lederpeitsche über meine ohnehin schon schwer gestriemte Pobacke.

Sie wichst weiter, ein neuerlicher Anlauf ... kaum beginnt sich mein Schwanz in ihrer Hand zu rühren, schnalzt der Lederriemen schnell und konsequent auf die Backe nieder. Der Schmerz fegt wie ein Blitz durch meinen Kopf ... und im selben Moment wird auch das Fleischrohr in ihrer Hand wieder weich. Aber sofort beginnt sie wieder die Flamme zu entfachen. In langsamen Tempi bewegt sie die Vorhaut auf und nieder. Die Kanone strafft sich schnell wieder zur Schussbereitschaft. Ich stöhne vor Lust, möchte endlich mich entladen, da bringt mich aber der nächste Schlag sogleich wieder auf den Boden der Realität zurück.

Dann folgen zwei schnell durchgezogene Hiebe auf meinen Po und ihre Hände umklammern mit festem Griff meine Hoden. Vor

Schreck halte ich die Luft an und wage mich nicht zu bewegen. Der Griff wird fest und fester und schon das Schlimmste vor Augen, lässt sie mit einem Mal los, klettert zu Seite und ich spüre, wie eine Schlinge um meinen Hals meinen Kopf tief nach unten zieht. Das Kinn fest an die Brust gepresst, so liege ich mit angezogenen Knien am Bett und erwarte den Genickschuss, um allem ein Ende zu bereiten.

Es ist vollkommen still um mich. Ich wage nicht, mich zu bewegen, versuche völlig geräuschlos durch die Nase zu atmen. Nach endlosen Minuten halte ich es nicht mehr aus und versuche, mit meinem Kopf gegen die Schlinge nach oben zu drücken. Biege meinen Rücken weiter durch, um den Nacken zu entlasten – als mein Kopf sich auf einmal ohne jeden Widerstand noch oben richten lässt, so als wäre er nie heruntergedrückt worden. Ich will die Position meiner Hände verändern und bemerke zu meinem Erstaunen, dass sie völlig frei und ohne jeden Widerstand zu bewegen sind. Ich ziehe mir die Augenbinde herunter und bemerke, dass es im Zimmer finster ist. Keine Kerzen, nichts. Ich greife sofort nach dem Knebel, reiße ihn heraus und hole erst einmal tief Luft. Dann wische ich mit dem Unterarm über meinem Mund und versuche, den eingetrockneten Speichel wegzuwischen.

Irgendwie hat sie kurz vor ihrem Verschwinden mit einem Zaubertrick die Fesseln gelöst und nur die Beine waren noch an die Spreizstange gebunden. Ich bleibe noch eine Weile am Bett sitzen, dann befreie ich meine Beine und drehe die Bettlampe an. Die schwarzen Vorhänge, die Kerzen, alles weg. Wie macht das die Gute? In Wahrheit interessiert es mich nicht wirklich. Wahrscheinlich hat sie da irgendwelche Seiltricks oder ... What the hell!

Ich stehe langsam auf, greif mir an die Hoden und massiere sie langsam. Gott sei Dank, sind sie noch dran. Mein Penis ragt gereizt und nass im rechten Winkel von meinem Becken, als gehörte er nicht zu mir.

Am Schreibtisch ein Zettel: »*Du hältst dich besser als vermutet.*«

Was soll das nun wieder?

Ich lass die Badewanne ein, meine Hoden schmerzen, aber nicht, weil sie verprügelt wurden, sondern weil da im Sack ein Stausee auf Öffnung der Schleusen wartet. In der Badewanne kräuselt heißes Wasser um mich und je mehr ich an den Eiern massiere, desto geiler werde ich. Ich beginne an meinem Schwanz zu arbeiten. Das Telefon läutet. Der Hörer hängt direkt über mir. Wer soll das sein? Die Concierge vielleicht? Ich solle gefälligst verschwinden, der nächste Fudsklave wartet schon?

Ich knurre ein sparsames »Ja« ins Mikro. Nichts rührt sich. Ich drehe den Wasserhahn ab. Trotzdem nichts zu hören. Dann ein leises Atmen. Das muss sie sein. Ich halte die Luft an und spüre, wie sie in meiner Lunge stillsteht. Will ins Telefon was sagen, als sie auflegt. Zu spät. Ihr Atmen klingt mir noch im Ohr. Es ist mir vertraut und macht mich geil. In meiner Erinnerung taucht der Geruch ihres Körpers auf und vor allem der ihrer Muschi, als sie meinen Kopf brutal dagegen drückte. Mit ein paar schnellen und festen Tempi zuckt mein Schwanz und lässt alles ins Freie. Herrlich, das heiße Wasser, die elektrischen Entladungen in meinem Kopf und wie sich die warme Entspannung wie eine schützende Decke über mich ausbreitet. Wohliger Schauer rieselt bis zu den Zehenspitzen.

Es ist lange nach drei Uhr früh, als ich zu Hause bin. Gato öffnet nur ein Auge, und auch das nur wenige Millimeter, und schläft auf meiner Bettdecke sofort weiter. Ich bin dafür wach wie um elf Uhr Vormittag. Kann nicht schlafen. In der Badewanne im *Marriotts* noch hundemüde, die Augenlider zugefallen wie Falltüren und der Kopf nach vorn geknickt. Hatte schon Angst, im Schlaf zu ertrinken. Hier in meinem Bett fühle ich mich pudelputzmunter. Ich muss an »Sie« denken. Aber wer war »Sie«? Wie mag sie ausschauen? Ich lege mich auf den Rücken, verschränke meine Hände am Hinterkopf und schiebe Gato sanft zur Seite.

Ermahne mich nicht abzuschweifen: Wie schaut sie aus? Na ja, wie eine Domina eben aussieht? Und wie sieht eine Domina aus? Woher will ich wissen, wie eine Domina aussieht? Auszusehen hat? Darum geht's doch, du Eierkopf! Die Domina muss so ausschauen, wie du gerne eine Domina hättest. Wehe sie sieht nicht ...! Also wie schaut sie aus? Natürlich muss sie so ausschauen, wie ich es will! Ich bekomme schließlich Schläge! Und mit einem Mal frage ich mich, mit wem ich eigentlich da herumstreite. Ich mit mir, dem »Mir«, dem »Dir«? Dem anderen da drinnen. Das ist doch völlig bescheuert!

Ist ja irre, streite in mir drinnen mit mir! Ich gegen mich und wer möchte die Domina so haben, wie er glaubt, dass sie aussehen muss, auszusehen hat und wer ist der andere, der diese Hypothesen als »*Self fulfilling prophecy*« hinstellt?

Egal, vergiss den dummen Streit in mir. In dir. Ich rufe mich zur
Ordnung: Wie schaut die Domina aus? Mir fallen alle Weiber ein,
denen ich bisher begegnet bin, die in meinem Kopf so genannte
Domfantasien ausgelöst haben. War das wirklich so? Mischt sich
die andere Stimme in mir dazwischen. Ja, antwortet das zweite Ich.
Doch. Ich sehe da große, starke Frauen, weit entfernt von schwindsüchtigen Models mit Stecknadelbrüsten, die ich ab und an nach
Hause abgeschleppt und flachgelegt hatte. Die Fickereien heißen
allesamt nichts, weil sich diese Tussis ständig in den Spiegel
schauen müssen. Nur ja keine Falten und dann das dumme und
schlecht gespielte Gestöhne ... das kann auch ein Walkman. Alles
nichts als übertriebene und idiotische Theaterspielerei. Das haben
diese Gänse bei irgend so einem Hollywood-Trampel gesehen und
glauben das wäre geil. Ein Schas ist das, sonst nichts, schimpft es in
mir!

Und was ist an deiner Domina so viel besser, fragt der »andere«?
Das weiß ich jetzt noch nicht, gevögelt haben wir noch nicht.
Momentan lässt sie mich nicht einmal spritzen, das muss ich in der
Badewanne allein nachholen.

3

Von den jungen Mädels hat mich in Wahrheit überhaupt noch keine wirklich geil gemacht. Wegen einer der üblichen In-Hasen hatte ich mir noch nie einen runtergeholt. Nicht die Spur! Da ist wichsen mit dem *Playmate of the Month* aus der neuen Playboy-Ausgabe lustiger. Ich denke an die Domina im *Marriott*: Wie hättest du sie gerne? Sie muss oder soll älter sein als ich, denke ich. Ich möchte eine große Frau mit breiten Schultern und kräftigen Armen ... da höhnt das andere Ich dazwischen: Möchtest einen Holzknecht mit Muschi und Titten? Halt die Klappe, Arschloch, keife ich sofort zurück. Entweder wir diskutieren, wie meine Domina ausschauen sollte oder wir unterhalten uns über die Blümchenweiber, die am Nachmittag bei Guglhupf und Eierlikör in der Konditorei hocken!

Zurück zur Domina. Starke Arme und große Hände, wenn sie meine Eier und meinen Schwanz in die Hand nimmt, muss ich was spüren. Ich habe einen großen Schwanz, das wurde schon mehrmals bestätigt, ich brauche also feste Hände daran. Den spindeldürren Modetussis war er immer zu dick und zu lang. Ich brauch diese schwindsüchtigen Heuschrecken nicht im Bett. Weiters sollte die Domina große Brüste haben. Ja, große Brüste! Das mag ich. Mag an Nippeln saugen, lutschen und merke plötzlich, dass mein Schwanz nach Raum unter der Bettdecke sucht.

Wo waren wir stehen geblieben? Bei den Brüsten. Sie sollte schwarzglänzende Bustieres tragen, wo die Brüste oben herausquellen. Während ich in meiner Fantasie die prallen Fleischbälle sehe, muss ich meinen Schwanz richten, weil er sich sonst verklemmt. Bin ich vielleicht auch verklemmt, weil ich so auf volle Brüste stehe? Egal. Volle Brüste müssen her!

Nichts hasse ich so an einer Frau, wenn ihre Vorderseite einem frisch gehobelten Brett gleicht. Ich will Rundungen sehen. Pralles Fleisch. Wallende Kurven. Darin kann ich mich hinein kuscheln, hinein lutschen, hinein betten. Eine enge Taille, breite Hüften und ein großer Arsch! Ja, auch hier möchte ich Kurven, Biegungen und keine scharfen Kanten, Ecken oder messerscharfe Schneiden. Ich will mit der Figur nicht Brot schneiden, sondern mich in den Eiderdaunen verkriechen und dafür gepeitscht werden. Und dann als

Krone dieses Gesamtkunstwerks eine große saftige Möse, die wie eine Anemone am Meeresgrund lauert und alles in ihrer Nähe in sich hineinsaugt und verschlingt.

Mir fällt die Geschichte von Lawrence Durrell über den Eskimo ein, der nach langem Tag und schwerer Jagd in den Iglu zu seiner Eskimobraut kriecht und sich die Kälte aus dem Leibe vögelt. Sie spreizt die Beine und er fickt sie mit polarer Inbrunst. Schließlich vögelt er sich in eine derartige Trance, dass er beim Spritzen in ihrer Muschi verschwindet. Am nächsten Morgen geht sie aus dem Iglu und während sie ihr Wasser abschlägt, purzeln blanke Gebeine heraus. Ihr Mann wurde nie mehr gesehen.

Warum bist du so auf Mösen aus? Weil ich so bin ... so bin ich und so bleibe ich, so bin am ganzen Leibe ich ... aus, Schluss, basta!

Ja, große saftige Mösen, die konvulsiv pulsieren, meinen Schwanz umklammern, nicht mehr auslassen, sich weit öffnen und mit ihrem zarten Fleisch meine Zunge zu sich locken und – da unterbricht mich wieder das andere Ich: »Ganz schön krank.«

Und belle sofort zurück: Ja, von mir aus krank! Fuck das Gesunde. Das gesunde Volksempfinden, den Anstand, den ganzen Gehört-sich-nicht-Shit. Ich liebe das Abnormale, Perverse. Scheiß auf alles Normale. Bin ich eben krank. Aber das macht mich geil. Und geil ist geil!

Mein Alter Ego aus dem Hintergrund: Ganz schön Macho, wenn du das Weibliche auf große Titten, festen Arsch und Muschi reduzierst!

Ich lehne meinen Kopf erschöpft nach hinten: Auf was denn sonst, du altkluges Arschloch! Soll ich mich vielleicht über Quantenphysik oder Husserl mit den Weibern unterhalten?

Willst du damit sagen, sie wären alle zu deppert ...?

Nein, will ich nicht. Aber wenn mein Schwanz steht, dann will ich eigentlich ... weißt du was? Leck mich am Arsch!

Dann ist es ... muss endlich finster geworden sein, denn das Nächste, was ich weiß, es ist Viertel vor elf. Ich spüre Kitzeln in der Nase und wische ein paar Katzenhaare weg. Gato dürfte auf meinem Kopf geschlafen haben. Unter der Dusche komme ich langsam wieder zum mir. Dann ab ins Kaffeehaus. Ein großer Espresso, Buttersemmel und die aktuellen Tageszeitungen lassen mich wieder langsam mit beiden Beinen auf dieser Welt landen. Mitten in meine Exerzitien plötzlich Lärm. Vor meinem Tisch steht Brigitte, aufgedonnert wie üblich und kreischt um eine volle Oktave zu hoch »Hallo« und setzt sich vor allem ungebeten an meinen Tisch. Sie rückt an den Stühlen, dass die Gäste an den Nachbartischen um ihre Getränke bangen. Die ganze Show ist zu laut und schrill. Sie arbeitet beim lokalen Fernsehsender, ist fast jeden Abend im Schirm zu sehen, darum kennen sie Pensionisten und Bald-Sterbende. Eine Berühmtheit in allen Altersheimen und Hospizen.

Während sie sich hier aufführt wie eine angeschossene Henne, dreht sie sich immer wieder nach allen Seiten, ob irgendjemand sie erkennt. Peinlich! Oh Gott, denke ich und die habe ich einmal flachgelegt. Alter, was war da los mir dir, frag ich mich allen Ernstes? Während sie beim Kellner Grünen Tee, Leitungswasser und frisch gepressten Orangensaft bestellt, schau ich sie mir in aller Ruhe an. Was soll ein Mann mit so einer eitlen, egomanischen Selbstdarstellerin im Bett? Die Fickerei war damals so schwach, dass ich mich nicht einmal mehr daran erinnern kann. Ich weiß so gut wie nichts mehr von ihr. Brüste? Was heißt Brüste?

Die dumme Kuh hat sich abgemagert, als müsste sie Modell für eine Hungerkatastrophe stehen. Ihre Frisur ist künstlich auf Windstoß geklebt, obwohl seit Tagen absolute Flaute im ganzen Land ist. Alles künstlich, kalt, Polyester, aufgedonnert, Chemie, On-Stage, egozentrisch, Kulissenschieberei, Schreckschraube, Schmierenkomödiantin.

Nicht um die Gage der Welt wollte ich diesen Trampel noch einmal flachlegen. Während ich ihre geschminkten Augenringe, gelaserten Krähenfüße, furchtbar bemalten Lippen, den Eisennagel auf ihrem Nasenflügel in angemessener Ruhe betrachte, füllt sie die Luft mit dem Brustkrebs ihrer Mutter, den neuesten Scheidungsgerüchten der Citysociety und sonstigem Trash. Als sie auf ihre entzündeten Eierstöcke schwenkt, lege ich zehn Euro auf den Tisch, ziehe den Reißverschluss meiner Lederjacke zu, setze eine Sonnenbrille auf und verlasse den Tisch, ohne mich zu verabschieden.

Wäre ein Arzt im Café, würde ich mich auf der Stelle kastrieren oder zu einem Homo umpolen lassen. Umkehrschub! Aber da hätte meine selige Domina nichts mehr zu malträtieren. Ich will ihr den Spaß nicht verderben. Der Schwanz bleibt dran und wenn sie frischen Stacheldraht drumherum wickelt. Weiß eigentlich meine

Domina, wie ich über Frauen – zumindest die meisten – denke? Hoffentlich nicht, sonst wirft sie mich das nächste Mal in die Badewanne und den eingeschalteten Haarföhn hinten nach.

Ich fahre in die City und suche mir ein anderes Café. Ein stilles, ruhiges Literatencafé. In dem Schriftsteller in schwarzen Jeans, schwarzen Rollkragenpullis und schwarzen Sakkos und unordentlichen Frisuren verkehren. Wobei diese Frisuren wenigstens nicht künstlich auf wild gestylt sind, sondern weil die Kerle sich kaum waschen und wie sie aus dem Bett rollen, ins Kaffeehaus marschieren. Keine Bussi-Bussi-Gesellschaft, falsche Umarmungen, Judasküsse. Das Café ist alt und muffig, riecht nach Männerschweiß, kaltem Zigarettenrauch und die Polsterung an den Sesseln ist verschlissen. Der Kellner mit ständig nässenden Augen, gezeichnet vom Alkohol schon am frühen Morgen, serviert schlechten, bitteren Kaffee. Aber auch diese stillen Klausen der Besinnung bleiben vor Überfällen nicht verschont. Entweder es stürmt ein Trupp Japaner herein, vorne der Anführer mit hoch erhobenem, knallrotem Regenschirm, mit dem er wild in der Luft fuchtelnd seine Herde zusammentreibt. Oder es tauchen kugelrunde Figuren zu größeren Gruppen geballt, grau in grau bekleidet, wie von einem anderen Stern auf. Urlaubsgäste aus dem Osten! Der schmierige Kellner beugt sich zu mir und raunt: »Die Russen sind da!«

Die sind wenigstens still und lassen mich mit den Unterleibsschmerzen ihrer Mütter in Ruhe. Da es Zeit für einen Lunch ist, bestelle ich Knödel mit Ei, grünen Salat und vertiefe mich ins Feuilleton der Frankfurter Allgemeinen. Literatur ist diesmal sehr umfangreich angesagt. Eine SMS auf meinem Handy reißt mich aus den Reflexionen über den späten Günther Grass.

Monika kündigt sich an. Sie will das Wochenende mit und bei mir verbringen. Am Samstag Oper. Ihre Mutter hat drei Karten ... dieser Schlusssatz evoziert sofort panische Fluchtgedanken. Am Wochenende, am Wochenende, schnell, wo bin ich nur am Wochenende? Und zwar unabkömmlich! Ich muss doch gerade an DIESEM Wochenende .... Scheiße, was muss ich nur so dringend am Wochenende? Ist da nicht ein Flug nach ... das geht nicht, da braucht sie nur nachzufragen. Lügen liegt mir nicht. Vielleicht ein IFR-Schulungsflug? Ja, natürlich. Ein Blindflug ist am Wochenende geplant, und zwar gleich durch den ewigen Nebel. Nein, da fliege ich lieber mit Lederhaube und Fliegerbrille über den Atlantik, und zwar Nordpolroute, bevor mich die beiden in die Oper abschleppen.

Oper ... wenn ich das Wort schon höre! Nichts hasse ich so wie Oper. Die aufgeputzten Weiber und daneben deren glatzköpfige Karrieristen, nichts als Arschlöcher im Smoking. Diese dummen und uninteressanten Wichtigtuer aus Politik und Wirtschaft. Dazu ein vierstündiges Gebrüll und Gekreische, von dem kein Wort zu verstehen ist. Scheißoper! Und als Draufgabe, sozusagen strafverschärfend, Oper mit Mutter! Monika allein ginge noch. Obwohl ihre Geschichten immer mühsamer werden. Immer derselbe Partytrash aus Salzburg, den niemand interessiert. Welche Prominenten wo, wie lange und was, diniert haben. Diese Lackidioten interessieren mich nicht die Bohne. Am liebsten wäre mir, sie würde die Klappe halten, die Beine spreizen und nicht viel herumreden. Blasen kann sie noch immer nicht. Sie wird's nie lernen.

Egal! Am Wochenende will und brauch ich meine Ruhe. Ich werde Roland bitten, mit mir irgendeinen IFR-Flug zu unternehmen. Er ist Copilot bei unserer Linie und nebenbei Fluglehrer. Wohin wir fliegen? Völlig egal, nur weg von hier. Und was machst du, wenn die Domina befiehlt, auf die Knie zu gehen? Kein Problem! Dann werde ich naturgemäß da sein.

Warum eigentlich diese Zuneigung zur Domina? Ich versuche alle Eindrücke, die ich von ihr gespeichert habe, abzurufen. Wieder einmal bleibe ich bei der Frage hängen: Wer mag sie sein? Was treibt sie an, mich zu fesseln, zu knebeln? Sie muss daran ein Vergnügen haben, mich vor sich gefesselt, unbeweglich und hilflos zu sehen. Die Gedanken daran erregen mich. Plötzlich spüre ich in mir heiße Wellen. Ich stelle sie mir vor, wie sie beim Anblick von mir geil wird. Wie sie angesichts eines zur Bewegungslosigkeit verschnürten und geknebelten Mannes eine nasse Fud bekommt. Und merke mit einem Mal wie mich diese Gedanken aufgeilen. Ich finde es einfach geil, wenn jemand sich daran erregt, mich gefesselt zu haben, dann gefesselt vor sich zu sehen und nicht nur das, sondern auch meine eigene Erregung zu sehen, sich daran zu weiden – und wie ich wegen der Fesselung einen steifen Schwanz habe. Ja, das ist die Wahrheit. Die Fesselung allein ist es nicht und merke jetzt, der Gedanke an meine Fesselung und Knebelung, jeder Lautäußerung beraubt, machen mich erst ordentlich geil. Das ist die Wahrheit und nichts als die ... Es ist das reziproke Spiel der Gefühle, der Sinne, der Leidenschaft! Gegenseitiger Austausch der Gefühle. Das eigene

Vergnügen am Herrschen und Quälen und das Vergnügen des Beherrschten an seiner Situation potenziert das Feuer der Lust, philosophiere ich vor mich hin, während ich Richtung Tiefgarage spaziere.

Ich bleibe stehen und überdenke noch einmal meine Hypothese: Der Unterworfene, im SM Jargon *Sub* genannt, spürt sexuelle Erregung, wenn er an seine Unterwerfung denkt, genauso wie sich die Domina offensichtlich am Akt der Unterwerfung aufgeilt. Andererseits findet der Sub es geil zu wissen, dass seine Situation die Domina heiß macht – und die Domina wiederum die Vorstellung geil findet, dass der Sub seine hilflose Situation reizvoll empfindet. Das Ganze funktioniert in einem ständigen Wechsel und einem Austausch gegenseitigen Empfindens.

Bin stolz auf diese Denkwege und geistigen Pfade in meinem Kopf und gehe zufrieden weiter. Während ich durch die engen Kurven der Tiefgarage immer höher fahre, denke ich, dass diese hohe Intensität der Gefühle, dieser dichte Austausch sexueller Lust in einem normalen Liebesverhältnis niemals möglich sei. In Wahrheit, so denke ich, bestünde dieses Lieben eigentlich nur in der Befriedigung des eigenen Egos. Die Ampel wird grün und ich biege nach rechts in die Hauptstraße und bin mir sicher eben eine wichtige Entdeckung in der Sexualpsychologie gemacht zu haben. Dieses überflüssige Geschmuse und Händchenhalten diene doch nur der eigenen Befriedigung, sage ich mir. Diese Schmierenkomödien dienten doch nur dazu, nach außen hin Liebe und Treue vorzugaukeln.

In Wahrheit würde jeder der beiden Liebeskombatanten völlig andere Gedanken denken. Ich denke meistens an einen geilen Playboy-Hasen, damit mein Schwanz steif bleibt und ich irgendwann endlich komme – und sie denkt an Küchenkästen, Schlafzimmereinrichtung, Bettwäsche, Kinder, Babynahrung und Bügeleisen!

Ich frage mich plötzlich, ob ich in Zukunft überhaupt noch in der Lage sein werde, ein sogenanntes normales Verhältnis mit einer sogenannten normalen Partnerin zu haben. Ob ich jemals je wieder normalen Sex haben könnte. Ob er mir überhaupt noch stünde, ohne vorher eine über die Rübe bekommen zu haben, ohne vorher fest verschnürt worden zu sein, geknebelt und ihre Fingernägel wie Stahlkrallen in meinem Bauchfell stecken.

Nach den Happenings im *Marriotts* wird es nie mehr so sein wie vorher, sage ich mir. Ich werde auf die herkömmliche Art nie mehr lieben können. Und vorher – also vor dem Big Bang im *Marriotts*? Waren das nicht allesamt fade Pflichterfüllungen? Mühsame Pflichterfüllungen? Während ich mein Auto durch den dichten Nachmittagsverkehr lenke, komme ich zur furchtbaren Erkenntnis, vor den Nächten im *Marriott* nie wirkliches Feuer erlebt zu haben und eigentlich, wenn ich es mir recht überlege, nicht einmal wusste, was Feuer ist!

Nein, ich hatte noch nie wirkliche tiefe Erotik und damit auch nie Liebe empfunden. Erotik und Liebe hängen in meinem Denken untrennbar zusammen! Das eine kann ohne dem anderen nicht funktionieren. Fühlen der Erotik, Erregung – das war eigentlich mein wahres Ich! Wer sonst an meinem Körper war in der Lage diese wunderbaren Gefühle zu spüren. Meine Kniescheiben, mein Hals, mein Schwanz ... alles nur Material! Abhängig von meinem *Ich* ... auf Befehle meines *Ichs* wartend.

Eine Ampel ist vorne auf Rot, die Kolonne kommt zum Stillstand. Gut für mein Denken und ich betrachte meine Hand am Lenkrad. Meine Hand die *Existenz* – der Befehl, das Lenkrad festzuhalten, von der *Essenz* ... mein *Ich*. In diesem Moment erinnere ich mich, dass diese *Essenz* aber nicht nur aus einem *Ich* besteht ... denn meistens diskutieren oder besser, streiten zwei *Ich* in mir. Zum Teil im Dialog.

Das Licht der Ampel wird grün, wir fahren los. Und was spielt sich nun beim dominanten und unterwerfenden Spiel ab? Ich muss aufpassen, denn die Autofahrerin vor mir fährt zögernd los, bremst, beschleunigt.

»Warum kann die Kuh nicht einfach losfahren, wie alle ... und muss da blöd mit ihrem Wagen herumscheißen!«

Endlich fährt sich los. Wahrscheinlich hat sie statt des zweiten Gangs den Vierten erwischt. Üben, gnädige Frau, üben ...

Also wie war das? Ich versuche wieder in mein vorheriges Denkprocedere einzusteigen. Ja, das Erleben, das Erkennen, Genießen und so weiter, kann nur das *Ich*. Mein Hals kann nicht glücklich sein – auch mein Schwanz nicht, sondern nur das *Ich*! Das ist die erste wesentliche philosophische Erkenntnis und atme einmal tief durch. So – und bei so genannten *normalen Liebesbeziehungen*, die

zumeist mit Heirat und Schwiegermütter, Schürzenkleid, Lockenwickler und Guglhupf enden, gehen eigentlich die *Ichs* ihre eigenen
Wege – zumindest bei mir. Hört sich etwas egozentrisch an.

Scheiße, ich bin nun mal ich und kann nicht in andere *Ichs* hinein-
denken. Altruistisches Getue ist doch in Wahrheit ohnehin nur
Lüge, sage ich mir und wechsle die Fahrspur, weil die vor dahin
kriechende Autofahrerin mir auf die Nerven geht, und ich überhole
rechts, ein bissl brutal, aber was soll ich tun, wenn die Kuh da
vorne mir auf die Nerven geht wie nichts sonst auf der Welt?

Sogenannte *normale Beziehungen* ... sind eigentlich blödes Theater.
Nichts als Lüge und Betrug! Und wie schaut's bei Dominas und
Submissiven aus? Da wirken in Wahrheit die *Ichs* aufeinander ein!
Klar! Die Reaktion der einen Existenz – gesteuert durch das *Ich*,
erregt die andere *Existenz*, gesteuert durch dessen *Ich*. Ich atme
schwer. Ich habe das Gefühl, auf der Spur einer völlig neuen philosophischen Richtung zu sein! Ich sehe mich schon auf der Liste mit
den großen Namen der Philosophie, wie Kant, Heidegger, Sartre!
Das Denken erschöpft und ich muss fast stehenbleiben, um mich
auszuruhen. Es ist nicht mehr weit bis zu mir nach Hause.

Gato begrüßt mich freundlich, ich lass mich sogleich aufs Bett fallen
und schlafe, noch bevor ich auf dem Laken lande. Intensive Denk-
arbeit strengt an.

Am nächsten Tag springe ich für eine erkrankte Stewardess ein. Ich
übernehme ihren Flug nach London Gatwick. Wir übernachten in
der City und fliegen am nächsten Tag wieder zurück. Ich mag
London. Mag das Englische. Das Einzige, was mich vor einem
Leben auf die Insel bisher zurückgehalten hatte, war der ständige
Regen. Ich bevorzuge aride Klimate. Wüste, Sand, Sonne, trockene
Hitze. Dort fühle ich mich wohl. Meide Länder mit dichtem Gras-
wuchs und munter sprießendem Grünzeug, denn dort gibt es die
meisten Niederschläge. Das war und wird immer mein Credo bleiben.

Wir übernachten im Hilton Hyde Park . Sonst dürfte alles voll sein.
Am späten Nachmittag checken wir ein, der Crewbus wird uns
morgen um elf am Vormittag abholen. Mein Handy piepst. Monika
quält mich mit der Operneinladung am Wochenende.

»Bin in London. Musste einspringen. Komm erst nächste Woche
zurück«, tippe ich die Lüge ins Keyboard.

Wenn sie dahinterkommt, dass ich schon am Samstag zurückkomme, wird sie zwar einen Wirbel machen, aber das ist mir egal. Ihre Mutter hatte sich schon so gefreut, wird sie sagen. Auch das ist mir egal. Sag deiner Mutter, sie soll mich fesseln, knebeln, auspeitschen und mir einen blasen, dann würde ich mit ihr in die Oper gehen. Aber selbst dort müsste sie mir – während Kriemhild wie eine abgestochene Sau auf der Bühne brüllt – einen runterholen. Den Samen in ihr seidenes, von der Großmutter besticktes Taschentüchlein aufnehmen und meinen Schwanz damit sorgfältig reinigen. Sonst wird´s keine Oper geben, Punktum!

Wer sich auf mich freut oder nicht, ist mir vollkommen egal. Wir müssen unsere Standpunkte endlich einmal klar und deutlich formulieren und durchsetzen, rufe ich mich zur Ordnung. Also, das mit der Mutter und dem Blasen schreibe ich ihr nicht, aber dass ich keine Zeit hätte ... ich bin doch ein feiges Schwein, sage ich mir und schick die Antwort per SMS und ohne Skrupel ab.

Meine Gedanken wandern zu meiner Domina. Was sie wohl gerade jetzt in diesem Moment macht? Einen anderen Jüngling ans Kreuz nageln? Sich für eine Peitschenorgie heute Abend vorbereiten ... oder sie schleicht sich an mein Haus heran und schiebt eine weitere Nachricht unter die Tür? Ich hole das Telefonbuch mit den Yellowpages aus dem Nachtkastl und blättere zuerst wahllos, dann suche ich auf der Seite mit dem Buchstaben D unter Dom, Domina ... und unter Domina beginnt in alphabetischer Folge eine lange Reihe von Namen. Mein Zeigefinger gleitet über *Black Alpha*, eine Reihe von *Doras* und *Noras*, unzählige *Madame Soundsos* bis hinunter zu *Venus in Furs*. Ich lese mich wieder hinauf bis *Black Leather*. Okay, warum nicht. Heute ist mir nach *Black Leather*. Ich rufe an. Nach zwei Ruflauten setzt düstere Musik ein und eine rauchige Stimme meldet, dass *Mistress Black Leather* verhindert sei, aber in einer Stunde sollte ich noch einmal anrufen.

Ich lege auf und stelle mir vor, wie die Ledertante einem Opfer gerade mit einer neunschwänzigen Nilpferdlederpeitsche den Hintern poliert und Kerzenwachs auf seine Eier tropft, dass der rothaarige Schottenarsch quiekt wie ein Schwein auf der Schlachtbank. Warum versengt sie ihm nicht gleich mit einem Schweißbrenner die Haare oder streicht mit einer Kettensäge langsam über seine Eier?

Ich stell mir vor, wie der fette Schafmillionär mit gespreizten Gliedern an ein Kreuz gefesselt ist und eine Domina wie Grace Jones im verchromten Stahlkorsett den Schwabbelbauch des Schotten mit einem Baseballschläger bearbeitet. Ich schüttle über meine Fantasie den Kopf, leg mich zurück und schlafe ein. Um Mitternacht wache ich auf. Im ersten Moment wundere ich mich über das aufgeschlagene Telefonbuch zwischen meinen Beinen. Ach ja, die Domina ... irgendwas mit *black* und so weiter. Fuck it. Ich will heute keine Prügel, dusche heiß und lege mich wieder ins Bett.

Ich stehe am *Hyde Park Corner* und Grace Jones steht auf der anderen Seite der Oxford Street und wartet den Verkehr ab und stöckelt dann auf steilen High Heels und einem schwarzen Lackregenmantel über die Straße – genau in meine Richtung. Sie lacht mich an, wie ein ausgehungerter Panther vor einem Festbraten. Ihre Augen wild geschminkt und funkeln wie Laserstrahler. Sie bleibt dicht vor mir stehen, öffnet ihren Mantel und ich höre eine tiefe männliche Stimme aus ihrem Rachen, »Follow me«.

Sie trägt ein unglaublich enges verchromtes Stahlkorsett, ihre Brüste scheinen mit fünfzig bar prall und knallhart aufgeblasen, jederzeit bereit wie Atombomben zu platzen, mit Nippeln, mit denen man Diamanten ritzen kann, denke ich und folge wie ein Dackelhund ins Verlies irgendwo in die dunkle East Side nahe *Hackney Bridge.* Normalerweise würde ich dort nur bei Tageslicht und mit entsicherter Pumpgun flanieren. Im Sog des schwarzen Raubtiers wär's eigentlich egal, ob mich hier ein Junkie aufschlitzt oder Grace in der Mikrowelle röstet, denke ich und steige eine enge Wendeltreppe hinab in die Tiefen des Hades. Ihre rechte Hand fest um meinen Penis, zieht sie mich hinter sich her wie einen Ochsen zur Schlachtbank. Der heiße Atem von frischem Blut dampft mir entgegen, ich glaube dumpfes Stöhnen, *»someone moanin' low«* (Tom Waits) und Schmerzensschreie von unten zu hören. Wenn ich kurz innehalte, um genauer zu hören, reißt sie an meinem Glied, als wäre es ein zolldicker Hanfstrick.

Unten angekommen sehe ich hunderte Sklaven in schweren Ketten an feuchte Steinmauern geschmiedet. Verschwitzte und verschmutzte Leiber mit Striemen an den Oberkörpern. Blutunterlaufene Augen starren mir aus tiefen Höhlen der ausgemergelten Gesichter entgegen. Grauenhaftes Stöhnen dampft aus zahnlosen, weit aufgerissenen Rachen. Grace Jones schnalzt mit ihrer Peitsche, worauf das Geheul aus den gemarterten Seelen sofort verstummt. Sie schleppt mich durchs Spalier der Verdammten und schleudert mich mit einem Ruck gegen eine Wand. Zwei dicke Eunuchen werfen mich zu Boden und schmieden Eisenringe um meine Handgelenke. Dann ziehen sie mich an Ketten hoch und fixieren mich an der Wand. Mit Armen und Beinen weit gespreizt, hänge ich an der Wand und Grace im glänzenden Mieder kommt peitschenschwingend auf mich zu ...

Ich reiße die Augen auf und um mich herum Finsternis. Es dauert Minuten bis ich den schmalen Lichtspalt an den zugezogenen Vorhängen bemerke und bin der Welt sehr dankbar, dass ich im Hilton im neunten Stockwerk in einem riesigen Bett aufwache. Zwischen den Beinen macht sich ein strammer Penis wichtig. Aber das ist mir jetzt egal. Hauptsache ich bin nicht im satanischen Verlies von Grace Jones ... mit pfeifender Nilpferdpeitsche. Im Bad frage ich mich allen Ernstes, ob ich den ganzen SM-Schrott wirklich brauche.

4

Auf dem Weg nach *Gatwick* überdenke ich meinen gegenwärtigen »Hasenstall« und lasse sie der Reihe nach in meinem Kopf aufmarschieren. Sehe Brigitte vor mir, dann Monika, Sylvia, Michaela und Eva. Alle leben außerhalb meiner hypothetischen Sicherheitszone von mindestens einhundert Kilometer. In Gatwick angekommen, resümiere ich, dass außer Eva keine der anderen Maiden mich wirklich aus der Reserve zu locken vermag. Und warum ausgerechnet Eva? Klar, Eva ist mit einem reichen *Lulli* verheiratet, der eigentlich keine Lust am Ficken hat und deshalb kommt sie zu mir in meine Lusthöhle. Ganz einfach ist das. Er ist Generaldirektor der verstaatlichten Druckerei, ein politischer Tausendsassa und hat genug zu tun, seine Position mit allerlei Parteischnickschnack zu halten. Jeden Abend Aufsichtsratssitzungen, so nebenbei ist er bei hundert verschiedenen Ausschüssen und wenn nicht dort, dann sitzt er mit Parteigenossen beim Abendessen in teuren Gourmethütten.

Eva sitzt derweilen mit glühendem Schritt zu Hause. So etwas muss gelöscht werden. Also rasch ins Auto heißt es dann für mich. Die einhundertzwanzig Kilometer sind ein Klacks. Eine Flasche Champagner oder sie kommt gleich zu mir. Eva ist im Gegensatz zu den anderen Girls fast zehn Jahre älter als ich. Sie will weder über eine gemeinsame Zukunft noch Kinder oder sonst Überflüssigen diskutieren. Ihren Schädel zieren weder Lockenwickler noch eine dieser potthässlichen Schürzenkleider ihren verruchten Leib. Sie macht die Beine breit und ich muss parat sein. Wie angenehm. Keine Mutter, die mich grüßen lässt und mich mit selbstgemachtem Guglhupf einbacken will. Eva will weder Kinder von mir – welch abstruser Gedanke, noch schleppt sie ihre Verwandtschaft an. Fick for Fuck!

Mehr gibt's drüber nicht zu sagen. Das Einzige, was mir dazu einfällt, sagen wir als Kritikpunkt, ist die Tatsache, dass die Fickerei in letzter Zeit zu maschinell wurde. Manchmal komme ich mir vor wie eine Stanzmaschine, die während ihrer Arbeitsschicht hunderte Suppenlöffel herausstanzt. Man schaltet sie ein und Tschack, Tschack, Tschack ... am anderen Ende hüpfen fertig getanzte kleine Kompottlöffel in den Auffangkorb. Das wird mit der Zeit eintönig.

Eva ist manchmal derart in Zeitnot, dass sie am liebsten statt einem »Servus« gleich meinen Schwanz in sich stecken würde. Ab und an wird eine Ausschusssitzung früher abgebrochen – und wenn dann der Herr Abgeordnete wider Erwarten früher heimkehrt, sollte sie zumindest vor ihm zu Hause sein. Nicht dass er sie dann etwa hernimmt, gleich einem spanischen Zuchtstier! Nein, woher denn. Er labbert sie voll mit seinen Politkabalen. Er will sie vor dem Fernseher sitzen sehen oder in der Küche abwaschen, mit Gummihandschuhen und Schürze, brav und fleißig im wohl bestellten Haushalt.

Nicht das ich was gegen Gummihandschuhe – vor allem in meinen Arsch gesteckte - und kleinen Schürzen und heißer Haut hätte, aber dass da Frust bei ihr aufkommt, vor allem bei so einem Vollblutweib wie Eva, die in ihrer heißen Frucht prall im Saft steht, ist klar. Trotzdem denke ich mir während des Takeoffs: »Ich bin keine Stanzmaschine!« Es fehlt unserem Verhältnis die Kreativität. Ja, das ist es, denke ich und lehne mich zufrieden zurück, weil ich wieder einmal die richtigen Schlüsse ziehe, und so etwas gefällt mir immer.

Ich bin eben ein geborener Philosoph, sage ich mir. Der Denker, der Fragende, der Ficker. Der fragende Ficker! Ich ficke, also bin ich – ich werde gefickt, also bin ich noch mehr! Auch Ficken gehört ständig hinterfragt und philosophisch reflektiert! Sonst artet das in eine Stanzsinfonie aus. Das kann und darf nicht sein. Also Evas Zukunft in meinem Bett wird demnächst zu einem Ende kommen und schnalle mich von meinem Sitz los und beginne mit der Seniorstewardess den Lunch für die Passagiere vorzubereiten.

Wollte ich noch vor dem Überflug von Frankfurt die Geschichte mit der geheimnisvollen Domina einer kritischen Analyse unterziehen, so war ich über Würzburg in Flightlevel 350 noch verunsichert und beim Descend ab Linz war ich mir sicher, ihr vielleicht doch noch eine Chance zu geben. Ich wusste zwar nicht, wie die ganze Geschichte mit ihr weitergehen würde, und ob ich nicht doch noch – wie in meinem Traum im Hilton – an Ketten geschmiedet in einem feuchtkalten Keller enden würde, aber irgendwie war da was Prickelndes, Spannendes in der Story und die Erinnerung an die Fesselungen im *Marriott* ... und spürte plötzlich den Geschmack des Lederknebels im Mund, die Hilflosigkeit, das Scheißgefühl, wie der

Speichel rausgetropft war ... und spüre bei den Gedanken sogleich Bewegung im Schritt.

Ich lenke mein Fahrzeug in den Garten, drücke am Türschließer. Das Tor schiebt sich langsam hinter mir wieder ins Schloss. Nehme meine Aktentasche und gehe zum Haus. Drehe aber kurz vorher um, Mela war nicht da. Mir fällt ein, dass die Post noch im Kasten ist. Nach kurzer Durchsicht landet der ganze Packen im Müllcontainer. Irgendwie erwarte ich diesmal kein weißes Kuvert. Die Überraschung ist deshalb groß, als ich unter der Haustür einen weißen Papierzipfel bemerke. Mit Gato am Schoß setze ich mich an meinen Schreibtisch und schlitze das Kuvert auf.

»In der Vollmondnacht 22.00 Schellingweg. Weitere Instruktionen demnächst.«

Vollmond? Wann ist Vollmond, denke ich? Woher soll ich das wissen? Kann aber in Wahrheit kein Problem sein, beruhige ich mich sofort wieder ... aber Schellingweg! Diesmal nicht im *Marriott*. Schellingweg ... am Ende bei ihr zu Hause? Natürlich. Kann nur bei ihr zu Hause sein, sage ich mir. Mein Puls legt zu. Aufregend! Nicht mehr *Marriott*, sondern bei ihr zu Hause. Schellingweg. Wo kann das sein? Ich schalte meinen PC ein, die Landkarte von Wien und tippe »Schellingweg« hinein. Das Planquadrat zeigt eine Gegend ganz am Rande von Wien. Hietzing, Ober St. Veit, Lainz, Lainzer Tierpark, Wälder. Wildschweine, fällt mir bei der Gegend ein. Werde ich diesmal gar von einem Eber in den Arsch gefickt?

Muss bei den Gedanken lachen und beschließe, gleich morgen dorthin zu fahren, um mich umzuschauen. In der Karte sind nur wenige Häuser eingezeichnet. Viel ist dort nicht los. Auf irgendeinem Parkplatz mit Brennnesseln und Ameisen will ich mich aber nicht fesseln lassen und schüttle in Gedanken meinen Kopf. Da fällt mir ein, dass ich morgen einen IFR-Prüfflug machen will, um dem Gespann Monika und Mutter aus dem Weg zu *fliegen*. Ich schau auf die Uhr. Egal. Ich fahr gleich jetzt hin.

Zuerst drucke ich den Kartenausschnitt aus. Trage Gatos Körberl samt Kater ins Auto und fahre los. Hinauf nach Ober St. Veit, dann Lainz, immer weiter hinauf in die düsteren Randgebiete des Wienerwalds. Dann endlich der Schellingweg. Eine Hausnummer wird im Schreiben nicht erwähnt. Es gibt auch nicht sehr viele

Häuser. Ein paar wenige Hütten, zwei, drei Villen versteckt im Gebüsch.

Nachdem ich zwei Mal auf und ab gefahren bin, steig ich aus und spaziere entlang der Zäune. Die Häuser schauen eher unbewohnt aus. Niemand zu sehen. Vorne ein alter Volkswagen, weiter unten ein schmutziger Geländewagen. Nichts. Ein Hund bellt. Es ist schon dunkel, trotzdem kann ich keine Lichter in den wenigen Fenstern erkennen.

Am Ende des Pfads verhindern Bäume und Büsche ein Weiterkommen. Dahinter eine hohe Mauer, die die Welt des Tiergartens von der Zivilisation trennt. Also gut, da hinten kann sie mich nicht auspeitschen, bleiben nur die paar Häuser. Ich spaziere langsam zurück zum Wagen. Die Zäune der Anwesen sind älter, entweder morsch oder rostig. Keine Namensschilder. Sogar die Nummernschilder sind kaum lesbar, die Buchstaben und Zahlen verwittert. Ich zähle eigentlich nur vier Häuser auf der rechten Seite und drei auf der Seite der Mauer. Die Häuser auf der linken Seite hinter ungepflegten Obstbäumen und wild wucherndem Gebüsch. Die rechten sind zwar näher zur Straße aber alt, modrig und von ungepflegten Gärten umgeben.

Inzwischen war es stockdunkel geworden. In keinem der düsteren Behausungen kann ich Licht sehen. Das Szenario könnte aus einem der Romane Franz Kafkas sein. Eines der links weit hinten an der Mauer gelegenen Häuser dürfte etwas größer sein, aber in der Finsternis ist nichts zu erkennen. Da nur am unteren Ende, also am Anfang des Schellingwegs eine Straßenlaterne spärlich leuchtet und die oberen Laternen alle kaputt sind, ist nach Einbruch der Dunkelheit hier oben nur tote Hose. Ich gehe zurück zum Auto. Sonderbare Gegend hier. Die Grundstückspreise sicher unverschämt teuer. Gato ist inzwischen auf das Armaturenbrett gekrochen und beobachtet mich stumm. Wir fahren wieder zurück.

Am Abend kommt ein SMS aus Salzburg. Monika sagt ab und schreibt, ich soll nicht traurig sein, dass ich nicht mit ihr und Mutter in die Oper gehen kann, und wünscht mir guten Flug. Die kapiert nichts, denke ich und lösche die Botschaft aus dem Speicher. Am nächsten Tag fliege ich mit meinem Fluglehrer nach Innsbruck. Wir üben ein paar Anflüge und dann gleich weiter nach Graz. Die Prüfung ist in ein paar Wochen. Im Flughafencafé von Graz prüft mein

Begleiter ein paar Fragen ab. Möglicherweise kommen die bei der Prüfung.

»Du bist eh ganz schön angestrebert«, findet er.

Dann Nachtflug zurück nach Wien.

Die nächsten Tage geht's wieder einmal nach Dubai. Es ist dort brennheiß, vom Hafen stinkt es nach Diesel und abgestandenem Salzwasser. In den Taxis bläst es eiskalt aus den Airconditions und die Shopping-Center gleichen Tiefkühltruhen. Draußen hat es fast vierzig Grad, drinnen braucht man Pudelmütze und Daunen gefütterte Anoraks. Ich bleib die meiste Zeit im Hotelzimmer.

Zu Hause wieder angekommen, beginnt mein Handy zu winseln. Ich bin müde. Scheiß Handy, wer sekkiert mich? Ich will jetzt meine Ruhe, denke ich. Auf dem Display:

»Bitte dringend anrufen Büro, Flugplanänderung. Morgen früh sieben Uhr Departure, Destination Moskau. Briefing nullfünfdreinull.«

Kein Problem: »I'll be there.«

Wir bleiben über Nacht und übernehmen am nächsten Tag die Maschine aus Osaka-Tokio. Im *Moskau Hilton* werfe ich mich gleich aufs Bett. Irgendwie bin ich hundemüde. Die Maschine von Wien war bumsvoll, die Russen haben gekauft, als gäb's kein Morgen. Nicht ein einziger Parker Füller in Gold oder ein Dunhill-Feuerzeug blieben über. Die müssen alle ein schlechtes Gewissen haben, wenn sie ihre Weiber so mit Gold zuschütten. Mir soll's recht sein. Die Provision ist gesalzen.

Darum liebe ich die Flüge nach Moskau. Da gibt's immer was zu verdienen. Von Moskau nach Wien ist es nur halb so lustig. Ob's in Moskau heiße Dominas gibt? Klar, die russischen Frauen wurden schon in meiner Kindheit in den Filmen immer als leidenschaftliche Frauen mit ernstem Blick und großen Oberweiten dargestellt. Entweder der Konsalik-Kitsch, die Landser vor Stalingrad, die sich in eine Partisanin verlieben oder ein Westagent hat sich an einer KGB-Agentin vergriffen. Sie hat natürlich dunkle Augen, tiefe Stimme, strenge Frisur und festen Busen. Ich schaue ins nächtliche Moskau hinaus, unten auf der Soundso-Skaja strömt dichter Verkehr. Ab und an das heisere Gebrüll eines Porsches oder Lamborghinis. Von diesen teuren Verschwendungen sieht man hier mehr als in London und Paris zusammen.

Da muss es doch auch Dominas geben, denke ich und beginne im Telefonbuch zu blättern. Ich finde nichts. Ich schalte den Computer im Zimmer an, öffne das Internet und suche im Google nach »domina.ru« – mit der Schrift tu ich mir schwer. Ich öffne auf Gefühl eine der Dominas ... und siehe da, in rotglänzendem Latex schaut mir eine schwarzhaarige Schöne mit enger Taille und Riesenbusen, feurigen Augen und Raubtiergesicht entgegen. Ich tippe eine andere Domina an, aber die ist fast 60 und 400 Kilo schwer. Ich gehe zurück auf die vorherige Seite. Na ja, die ist da schon was anderes. Ich öffne Bilder von ihr. Na, die ist die Wahre, denke ich. Einen Busen, der fast das Mieder zerreißt. Sie auf einem Bett, massiert mit der Linken ihre Brüste und die Rechte steckt tief in ihrem Schritt. Je länger ich auf das Bild starre, desto mehr spüre ich das Fleisch ihrer Oberschenkel an meinen Ohren, spüre wie sie meinen Kopf wie in einem Schraubstock fixiert und mit ihrer Hand gegen ihre Scham presst. Träume uns beide in eine düstere Blockhütte mitten in den sibirischen Wäldern ... Als Bub dachte mir vor dem Einschlafen immer Geschichten aus, in denen ich als einsamer Apachenkrieger geile Weiber vor blutgierigen Pumas rettete. Oder als mutiger Feuerwehrmann, der mit einer vollbusigen Schönen in den Armen hoch droben auf der Feuerwehrleiter balancierte und gerade noch im letzten Moment diese Riesentitten aus der Feuerhölle rettete.

Zwischendurch Spion, Agent, Chirurg oder Kriminalkommissar und am Ende immer ein großer Busen vor den Augen. Bevor ich jedoch herzhaft zum Lutschen gekommen bin, riss zumeist der Film – und ich war wach. Und zwar ohne Busen, dafür das drohende Mathematikexamen am Vormittag im Gymnasium vor Augen.

Ich muss zehn gewesen sein, als die vollbusige Schulfreundin meiner fünf Jahre älteren Schwester in meinem Traum plötzlich auftauchte. Ich musste sie aus einem See retten. Die Sache ging gerade noch einmal gut, denn hinter uns hatten sich bereits hungrige Krokodile zum Abendmahl auf den Weg gemacht. Wie immer in den Filmen, sind sie mit breitem Grinsen vom Ufer schnell ins Wasser geflitzt. Ich erledigte die Rettungsaktion wie erwartet mit Bravour. Die Kontrolle ist mir allerdings rasch entglitten, als ich mit der Schönen aus den Fluten stieg und ihre Bluse klatschnass am Busen klebte – und dieser sich wie zufällig an meinen Lippen gerieben hatte - da begann ich plötzlich am ganzen Körper zu zucken, als wäre ich in den Stromkreis eines Kraftwerks gekommen. Das Nächste, was ich spürte, war ein klebriger Kleister an meinem Oberschenkel. Ich erinnere mich an unseren Religionsprofessor, diesen Naziarsch, der uns einmal erzählte, dass wir im Falle des sündigen Verlusts unserer Körpersäfte mit galoppierendem Muskelschwund zu rechnen hätten. Panisch rannte ich ins Bad, winkelte den rechten Arm an, spannte den spärlichen Bizeps und musste mit Entsetzen feststellen, dass der Muskel, der Inbegriff aller Männlichkeit, kaum mehr zu sehen war. Schlaflos wälzte ich mich im Bett, mit der Erkenntnis, ab morgen ein Mädchen zu sein.

Diese postfaschistoiden Perspektiven unserer Erzieher hatte ich inzwischen gottlob überwunden. Das vor mich hin Fantasieren mag ich aber heute noch. Jetzt liege ich in meinen Tagträumen in den russischen Birkenhainen mit gebrochenem oder verstauchtem Knöchel in Erwartung, von den Partisanen gegrillt zu werden. Ich wurde natürlich nicht gegrillt, denn ich habe überhaupt noch keines meine Abenteuer verloren oder wurde nie tödlich verletzt. Ich hatte immer in meinen Träumen gewonnen. Hatte immer gut dabei ausgesehen. Es war zwar immer knapp. Haarscharf am Desaster vorbei, aber am Ende hatten die Titten immer mir gehört – wenn ich nicht vorher eingeschlafen war.

Aber das ist mir jetzt eigentlich egal, mir tut der Knöchel in meinem Traum höllisch weh, mein Flugzeug hat hunderte Meter von mir im Wald eingeschlagen und brennt aus. Ich rieche förmlich den Brandgeruch hier im bequemen Hilton-Bett. Als ich im Gebüsch bereits die ersten heiser gebellten Befehle auf Russisch höre. Das Russische klingt bei Konsalik immer wie heiseres Bellen, weiß ich, obwohl ich noch nie russische Befehle gehört habe und außer »Da« und »Njet« nichts auf Russisch sagen kann.

Ich will mich eben hinter einem Gebüsch ducken, als mich metallisches Klicken aufs Allerhöchste alarmiert. Zwei Partisanen stehen hinter mir und entsichern ihre Maschinenpistolen. Ich hebe meine Hände zur Aufgabe. Sie fordern mich auf aufzustehen und mitzukommen, anstelle mich gleich an Ort und Stelle zu erschießen. Ich versuche aufzustehen, aber das gebrochene Bein macht das unmöglich. Inzwischen kreisen meine Kollegen in *Focke-Wulfs Fw 190* im Tiefflug über den Wald auf der Suche nach mir. Die Partisanen schleppen mich in eine Höhle, damit ich den Fliegern keine Zeichen geben kann. In der Höhle merke ich, dass einer der Partisanen, die mich gefangen hatten, eine Frau ist. Sie nimmt ihre Schildmütze ab

– und herausquellen lange, wunderschöne schwarze Haare. Wie beim Konsalik. Dort quellen immer lange, wunderschöne und vor allem schwarze Haare ... Sie richtet sich auf und ihre grobe Uniformbluse spannt sich über ein Paar beachtlich großen Brüsten. Da der Lauf ihrer Maschinenpistole noch immer direkt auf meinen Kopf gerichtet ist, kann ich ihr jetzt schwer an den Busen greifen. Ich deute auf meinen Fuß und zeige mit den Händen, dass der Knochen gebrochen ist. Sie sieht mich eine Weile mit strengem Blick an, legt aber dann die Maschinenpistole, im Jargon Puschka genannt, zur Seite und beugt sich zu mir. Sie tastet vorsichtig die marode Stelle an meinem Fuß ab. Als ich kurz aufstöhne, nickt sie.

Sie wendet sich zum Höhlenausgang und bellt ein paar Befehle. Ein ungewaschener Typ mit Puschka, Schildkappe und groben Lederstiefeln kommt herein und brüllt herum. Er stinkt nach Wodka. Alle brüllenden Russen stinken nach Wodka, denke ich. Meine schwarzhaarige Sirene keift zurück. Das geht jetzt so eine Weile hin und her. Offensichtlich streiten sie um meine Erschießung. Als der Betrunkowitsch schon abdrücken will, entreißt sie ihm die Waffe, wirft sie in ein Eck und versetzt ihm eine schallende Ohrfeige und gleich drauf einen Arschtritt.

Das Stinktier verdrückt sich aus der Höhle. Ein anderer Iwan kommt herein und bringt ihr einen Rucksack. Sie schnürt ihn auf und holt Verbandsmaterial heraus. Ein anderer bringt zwei Holzlatten. Mein Engel legt eine Schiene an das Bein und ich erzähle ihr mit Händen und ... nein, mit den Füßen geht's nicht, die sind doch gebrochen – also mit Händen fuchtle ich, dass ich aus Wien komme. Sie lächelt das erste Mal und sagt Mozart und Schubert. Ich stimme das Lied von der Forelle an und sie greift mir in den Schritt.

Draußen schlagen die Granaten ein, dazwischen das Rattern von Maschinengewehren. Gerade das richtige Szenario, um eine Partisanin zu besteigen. Sie sagt, sie sei Ärztin – auch das kommt in allen Romanen vor – und massiert mein Gehänge. Während sie die Bluse öffnet, verspreche ich ein guter Kommunist zu werden. Als mein Schwanz zu tropfen beginnt, intoniere ich die Internationale - bei »... höret die Signale« meldet sich das Telefon am Nachtkastl.

Der Kapitän möchte mit der Crew essen gehen. Als ich höre, dass er uns einlädt, ist der Krieg für mich sofort vorbei und springe aus dem Bett. Das Essen wurde wie üblich zum gruppendynamischen

Patt. Wenn Chefs ihre Dienerschaft einladen, traut sich keiner, etwas zu sagen. Jeder wartet auf den anderen. Niemand will der Erste sein. Erzählt der Boss einen Witz und ist er noch so fad, alt und schlecht vorgetragen, brüllen alle los, als wäre eben die Pointe aller Pointen losgelassen. Das einzige Schöne an solchen Geisterstunden, sie kosten nichts und das Essen ist zumeist sehr gut.

Der Rückflug ist wie alle Moskau-Trips bumsvoll, die werten Gäste kaufen und saufen als gäb's kein Morgen. Ich weiß nicht, was einige der Leute in Wien vorhaben. Schaun die zuerst gleich in Kalksburg auf einen flotten Entzug vorbei? Einige sind derart waschelnass, blunzenfett, dass ich mich frage, werden die wieder zu sich kommen bis sie Wien als Wien erkennen?

Nach der Landung müssen wir diesmal in drei Fällen sogar die Ambulanz und den Notarzt anfordern. Würde man ihnen den Blinddarm nehmen, es wäre keine Narkose notwendig. Man könnte sogar eine Organentnahme vornehmen ... aber nicht die Leber, denke ich während der Heimfahrt. Gato begrüßt mich wie einen Heimkehrer aus jahrelanger Gefangenschaft im Gulag in Sibirien. Während ich die Post durchschaue, hockt er auf meiner Schulter und schnurrt mir ins Ohr. Dann das weiße Kuvert.

»Donnerstag, Schellingweg 7, 22.00, rasiert. Anweisungen am Haustor.«

Schellingweg sieben? Wo war das nur? Die Hausnummern waren kaum zu lesen, die Nummernschilder verschmutzt oder hinter Büschen versteckt. Ich werde morgen bei Tageslicht hinfahren, denn bei Dunkelheit finde ich das sicher nicht. Noch drei Tage bis Donnerstag.

Am nächsten Tag fahre ich gleich nach dem Frühstück im *Café Dommayer* zum Schellingweg hinauf. Ich kann aber die Nummer sieben nicht finden. Nur die Nummer eins ist leicht zu lesen, dann verliert sich alles. Zum Teil stehen auf den Grundstücken keine Häuser oder sind nicht erkennbar oder es fehlen die Nummernschilder. Ich hole vom Auto ein Fernglas und fange noch einmal von vorne an. Da entdecke ich beim zweiten Haus, einer weit hinten zwischen Bäumen versteckten und heruntergekommenen Villa ein Nummernschild mit einem fast senkrechten schwarzen Strich auf weißem Hintergrund, der obere Balken zu einer Sieben ist nicht erkennbar. Da aber die Nummer eins ganz unten ist, dazwischen Häuser oder Hütten liegen, muss das die Nummer sieben sein, denke ich. Nichts deutet darauf hin, dass da drinnen jemand wohnt. Das Gartentor ist mit einer schweren Eisenkette und einem dicken rostigen Schloss versperrt.

Wie und was immer, denke ich, ich werde am Donnerstag um zehn in der Nacht da sein, und zwar rasiert. Rasiert? Das hatte ich noch nie gemacht. Jetzt soll ich mich auf einmal ... Na ja, okay, ich werde es versuchen. Nächste Woche habe ich Prüfungstermin für den Instrumentenflug, fällt mir ein und fahre heim, um zu lernen. Morgen werde ich mit meinem Lehrer Anflüge Flughafen Graz, Warteschleifen und Standardkurven üben. Während der Procedures wird er mich mit Fragen quälen. Immer wenn es kritisch wird, prasseln seine Testfragen über mich. Er will dabei Stressfähigkeiten prüfen. Das Lernen lenkt ab.

Nach dem Trainingsflug nach Graz bin ich todmüde. Gato hat im Garten eine Amsel erwischt und legt sie stolz vors Haustor. Warum frisst er sie nicht? Dann bliebe mir der Anblick erspart. Klar, bei dem noblen Katzengourmet jeden Tag tut er sich die Arbeit mit dem Entfedern nicht mehr an. Wenn ich ihm sag, er soll die Vogelschlachterei lassen, wird das nicht viel nützen. Gegen neun mache ich mich auf den Weg. Vorher habe ich mich unten noch schnell rasiert. Unangenehm. Ich habe gleich mit der Rasierklinge angefangen. Ein Fehler. Bis ich draufgekommen bin, dass ich die Haare zuerst mit einer Schere stutzen sollte, habe ich geblutet wie eine Sau. Um das Schambein bin ich zerkratzt und zerschnitten, als hätte ich mit dem Fleischermesser gearbeitet. Bin gespannt, was meine Domina dazu sagen wird.

Ich bin wieder einmal um eine halbe Stunde zu früh, darum fahre ich nach Hietzing und setze mich in eine Konditorei. Eine Tasse grünen Tees sollte meine Aufregung etwas kalmieren. Cool, Baby, cool, sage ich mir immer wieder. Aber bei den Gedanken an ihre Fingernägel bekomme ich gleich einen Steifen. Acht vor zehn fahre ich los. Am Schellingweg ist es finster wie in einem Bergwerksstollen. Nur die untere Straßenbeleuchtung funktioniert halbwegs. Aber auch nicht mehr lang, denn die verrückte Birne blinkt, als müsste sie geheime Botschaften ins All morsen. Die anderen Laternen sind kaputt.

Ich parke meinen Wagen am Beginn des Schellingwegs, dort stehen noch zwei andere Autos. Dann gehe ich hinauf zur Nummer sieben. Die Kette am Gartentor ist weg! Ich gehe an einer Reihe Obstbäume vorbei und weiter nach hinten in die Finsternis. Nur schemenhaft erkenne ich die Umrisse des Hauses.

An der hölzernen Haustür klemmt ein Kuvert. Ich hole einen Zettel heraus. Obwohl ich vorher noch gegen einen der Laternenmasten mit kaputter Leuchte pisste, könnte ich gleich noch einmal. Die Spannung und Erregung vor dem schwarzen Haustor der finsteren Villa ist schon am Höhepunkt. Ich öffne mit dem Fingernagel das Kuvert und hole eine kleine Taschenlampe aus der Hosentasche. Ohne diese Lampe könnte ich den Inhalt auf dem Zettel niemals lesen.

»Öffne das Haustor – vor der Stiege links, die graue Tür – steig hinab – die Tür am Ende des Gangs – trete ein – dort gibts weitere Anweisungen.«

Noch während ich die Zeilen überfliege, schiebe ich mit dem Ellbogen das Tor auf, gehe in ein dunkles Treppenhaus und lasse den Schein der Taschenlampe im Raum kreisen. Eine breite Holzstiege führt nach oben, ein paar unbedeutende Bilder hängen an der Wand, daneben ein leerer Kleiderständer mit Schirmablage. Der Teppich dämpft meine Schritte zur Tür links von den Stiegen.

Ich öffne langsam die Tür, kein Licht, nichts. Absolute Finsternis, nur der Schein meiner Lampe huscht gespenstisch und unheimlich entlang der Wände. Es ist sonst vollkommen still. Ich komm mir wie ein Einbrecher vor. Wenn das Ganze eine Finte ist und plötzlich die Polizei auftaucht: »Halt! Stehenbleiben ... was machen Sie hier? Sie sind verhaftet!« Momentan hätte ich schlechte Karten, für so ein Szenario, denke ich und taste mich langsam die engen Stufen hinunter. Muffiger kalter Kellergeruch strömt mir entgegen. Kein Laut, nichts. Meine Hand sucht Halt an einem eisernen Handlauf. Im Kellergang leuchte ich bis nach hinten und entdecke eine Holztür. Vorsichtig, fast auf Zehenspitzen schleiche ich mich an die Tür heran. Aber warum? Lächerlich! Eigentlich sollte ich pfeifen oder singen .... so wie ich es als kleiner Bub immer getan hatte. Wenn ich als Bub in den dunklen Keller musste, um irgendetwas zu holen, hatte ich jedes Mal die Hosen voll. Entweder pfiff oder sprach ich laut mit mir, denn Einbrecher oder Mörder sollten glauben, ich käme nicht allein.

Jetzt ist das nicht einmal mehr lächerlich, denke ich und öffne die Tür am Ende des Kellergangs. Vier Kerzen leuchten stumm und traurig vor sich hin ... erst im Schein meiner Taschenlampe sehe ich die Umrisse eines Tischs, der mit einem schwarzen Tuch umhüllt ist. Darauf vier große Kerzen, deren kleine Flammen durch den Luftzug der Tür nervös flackern. Ich lenke den Lichtstrahl in den Raum und bemerke, dass alle Wände mit schwarzen Tüchern verhängt sind. Auf der dem Tisch gegenüberliegenden Seite sehe ich ein großes Bett, dessen Laken ebenso schwarz sind. Ich drehe meine Taschenlampe ab und steck sie in die Hose.

Zwischen den Kerzen liegt ein Zettel. Meine Augen müssen sich erst an das trübe Licht der Kerzen gewöhnen, dann erst kann ich den Text mit den neuen Anweisungen lesen.

»Zieh dich aus und leg dich mit dem Rücken aufs Bett und bedeck deinen Körper mit dem schwarzen Tuch, das am Fußende des Betts liegt.«

Ich drehe mich zum Bett um und entdecke ein zusammengefaltetes schwarzes Leintuch. Bevor ich mich ausziehe, schau ich mich noch einmal um, ob ich irgendjemanden entdecken kann. Meine Jeans, das T-Shirt lege ich rechts vom Tisch auf den Boden, dazu die Socken und Schuhe. Nach einigem Zögern ziehe ich auch meine Boxershorts aus und lege sie dazu. Ich spüre unangenehme Kälte an meinem nackten Körper und frage mich, ist es wirklich kalt oder friere ich nur aus Nervosität. Dann krieche ich aufs Bett, falte das Tuch auf, leg mich hin und bedecke meinen Körper. Vom Kopf bis zu den Füßen bin ich zugedeckt. Ich wage kaum zu atmen und konzentriere mich voll auf meine Ohren, versuche in der Stille irgendetwas herauszuhören, mich zu orientieren ... da spüre ich plötzlich, wie beide Handgelenke von festen Griffen gepackt werden und rechts und links von mir sind offensichtlich zwei Gestalten über mir und halten mich nieder.

Ein Arm schlingt sich um meinen Nacken und hebt mich mit einem Ruck auf. Ich kann mich nicht wehren, weil das Tuch um mich gewickelt ist und wie eine Ganzkörperfesselung wirkt. Jetzt bin ich ganz sicher, dass da zwei Gestalten an mir werken. Meine Arme werden brutal nach hinten gebogen und gefesselt. Obwohl durch ein Tuch abgedeckt, spüre ich an meinem Gesicht eine weibliche Brust, die mich an sich presst, während meine Hände auf dem Rücken gefesselt werden.

Es geht alles sehr schnell. Die Handgriffe sitzen perfekt. Das Tuch haben die beiden gleich am Anfang rasch um meinen Oberkörper gewickelt, sodass ich mich nicht rühren kann. Bevor ich noch zu einer Gegenwehr in der Lage bin, sind meine Arme hinten

54

zusammengebunden. Die Bewegungen der beiden Gestalten sind schnell, geschickt, professionell, fehlerlos – ohne Hast. Dazwischen höre ich ab und zu schnelle Atemzüge. Die Arbeit ist zwar effektiv, aber offensichtlich anstrengend. Kaum sind meine Arme an den Handgelenken straff gefesselt, ergreifen sie meine Beine, schieben das Tuch hoch und ich spüre einen kühlen Luftzug an den Unterschenkeln und Lederriemen um meine Fußknöchel. Dann werden die Beine mit einem Ruck auseinandergezogen und in Spreizstellung fixiert. Es folgt eine kurze Pause.

Ich höre Rascheln, leise Laute und nach einigen endlos erscheinenden Minuten wird das Tuch langsam von meinem Kopf gezogen. Obwohl im Raum noch immer nur vier Kerzen leuchten, erscheint er mir jetzt um vieles heller. Das schwarze Tuch über meinen Augen hat die Pupillen weit geöffnet. Unwillkürlich muss ich an die Quantentheorie denken und bin den wenigen Photonen dankbar, die meine Netzhaut treffen – was aber an meiner Lage nichts ändert. Mit Erstaunen und zugleich Erschrecken erkenne ich zwei Gestalten vor mir. Ich hatte schon während der Fesselung gedacht, dass da zwei am Werk seien – jetzt wird meine Hypothese bestätigt. Im *Marriott* war doch immer nur eine – oder hatte ich mich damals schon getäuscht? Sie sind beide groß, kräftig – das habe ich während der Fixierung schon gespürt. Kräftige, schnelle Arme und geschickte Hände, die keinen Widerstand erlauben. Eine der beiden beugt sich zu mir und zieht einen Lederriemen unter meine Achseln. Sie trägt eine schwarze Maske, die nur den oberen Teil ihres Kopfes bedeckt. Ihre prallen Brüste stecken in einem engen Korsett, die Scham hinter einem spärlichen Slip. An den Beinen schwarze Lackstiefel, die knapp über den Knien enden. Ich spüre ihren Atem, als sie mit ihrem Gesicht nahe an meinem ist, während sie die Lederriemen hinter meinem Rücken zusammenzieht und an der Wand fixiert – ich nehme an, dass da schon ein Haken vorbereitet wurde, bevor ich herkam. Als sie fertig ist, richtet sie sich wieder auf und wendet sich an ihre Partnerin. Beide schauen mich für ein paar Sekunden stumm an. Ich erkenne, dass die zweite Gestalt ebenfalls mit einer Maske, Korsett und Stiefeln ausgestattet ist. Sie nicken einander zu und ich höre eine leise Stimme sagen: »So - fangen wir an.«

Wer von den beiden das sagte, weiß ich nicht. Eine von ihnen greift nach hinten, nimmt eine Kerze und kommt auf mich zu. Sie kniet sich aufs Bett, hält die Kerze etwas schräg und heißes Wachs tropft auf meine Oberschenkel. Obwohl ich sie genau dabei beobachte, erzeugt der erste Tropfen einen Schmerzschock in meinem Hirn. Ich zucke zusammen und stoße einen kurzen Schrei aus.

»Oh, wehleidig ist unser Prinz!«, höre ich wie aus weiter Ferne die fast höhnisch lachende Stimme der anderen.

»Los, leg einen Gang zu, ich mag das, wenn er schreit ...« Dabei kommt sie ebenfalls aufs Bett gekrochen.

5

Die nächsten Tropfen tun schrecklich weh. Ich schreie noch einmal … da verdreht sie meine Oberschenkel nach außen und tropft auf die noch empfindlichere Haut auf der Innenseite meiner Oberschenkel.

Ich schreie auf.

»Im Schmerz liegt die Ekstase«, höhnt die andere und greift nach meinem Schwanz und beginnt die Vorhaut auf und ab zu schieben.

»Dein Schwanz mag den Schmerz … sonst würde er nicht schon steif und fest sein.«

Die Geilheit ist mir vergangen. Die Kerzenpeinigerin verdreht genüsslich meine Beine und lässt nun knapp über der Haut das flüssige Wachs abtropfen.

»Nein«, schreie ich auf.

Die andere legt ihre Hand auf meinen Mund und sagt: »Dein Geschrei nervt … ich kann das nicht hören!«

Ich schmecke Gummihandschuhe und beiße die Kiefer fest zusammen und wende mich ab.

»Hiergeblieben, mein Süßer!«, höre ich ihre höhnische Stimme. »Das haben wir gleich.«

Ich spüre wie sie ihren Daumen und Zeigefinger wie eine Zange fest in meine Wangen drückt. Vor Schmerz öffne ich die Kiefer, während sie einen Knebel in meinen Rachen schiebt. Sie holt ein Isolierband, reißt ein Stück mit ihren Zähnen ab und klebt es über meinen Mund, damit ich den Knebel nicht ausspucken kann.

»So, das wär's fürs erste Mal«, sagt sie zufrieden und hockt sich auf die Fersen. »Hier in unserer Kammer kann dich ohnehin niemand hören … aber ich vertrag das Gewinsel nicht.«

Die Kerzenfolterin beugt sich zu meinen Oberschenkeln und leckt leicht über die Innenseite und beißt zart in meinen Schwanz.

Dann richtet sie sich auf und gurrt zufrieden: »So und jetzt gehörst du uns ganz allein, niemand kann dir jetzt helfen – wir wollen dich, deinen Körper, dein Blut, deinen Saft ... ich bin schon ganz nass, bei den Gedanken, was wir jetzt alles mit dir machen.«

Ihre Kollegin drückt meine Schenkel auseinander und deutet: »Komm und jetzt die andere Seite.«

Das heiße Kerzenwachs schmerzt höllisch und ich werfe jedes Mal mein ganzes Becken dagegen.

»Oh, schau wie er leidet, der Herr Flieger ... unser süßer Held mit den harten Augen, Fliegerhemd und Ray-Ban Brille«, höhnt sie, während sie mein Becken niederhält.

Sie greift nach meinem Schwanz und beginnt ihn langsam zu wichsen. Und obwohl mir eigentlich nicht geil zumute ist, spüre ich, wie mein Rohr trotz Schmerzen und Erkennen meiner beschissenen Situation, die alles andere als zum Lachen ist, fest und fester wird.

»Schau, schau – wusste ich's doch, wenn er auch wehleidig ist, so hat er doch einen stattlichen Schwanz und den werden wir uns jetzt bis morgen in aller Ruhe anschauen.«

Dann ihre Partnerin: »Ein bissl Kerze drauf?«

Ein kalter Schauer rennt über meinen Rücken, aber die Stimme der anderen erlöst mich – zumindest für die nächsten Minuten: »Nein, wart noch damit – wir werden dieses Prachtstück doch nicht verbrennen – das kommt später. Jetzt will ich mal davon kosten.« Und dann zu mir in strengem Ton: »Wage nicht zu spritzen.«

Sie beugt sich über mein Becken, mit einer Hand wischt sie ihre Haare zurück und mit der anderen schiebt sie die Vorhaut langsam runter und umschließt meine bis zum Platzen pralle Eichel mit ihren Lippen. Endlich keine Schmerzen mehr, ich genieße ihre weichen Lippen und mit einem Mal war alles vergessen und fühle mich schon im Himmel – meine Hypophyse beginnt langsam aber sicher, Feuer zu fangen. Nichts mag ich so, wie wenn mein Schwanz von einem kundigen Mund geblasen wird. Diesmal ist wirklich eine Großmeisterin vor dem Herrn am Werk. Und während ich schon auf Wolke sieben schwebe ... setzt sie plötzlich ab.

»So, mein Kleiner und dass du nicht glaubst, das geht so weiter.« Sie nimmt meine Hoden in die Hand und drückt blitzartig so fest zu, dass der Schmerz durch mein Hirn rast.

Ich versuche meinen Körper hochzuschnellen, sie drückt jedoch mein Becken energisch nieder. Es ist der Moment, ab dem ich meine Situation unerträglich finde.

»Ich glaube, er braucht jetzt ein paar Hiebe«, sagt sie zu ihrer Partnerin, die hinter ihrem Rücken eine Peitsche hervorzaubert.

Ich erkenne einen dicken schwarzen Ledergriff und daran mehrere dünne Riemen. Sie wiegt die Peitsche in ihren Händen, leckt langsam an den Riemen, lächelt mitleidig und spitzt ihre Lippen wie zum Kuss. Dann als könnte sie sich nicht mehr zurückhalten, beugt sie sich zu mir nach vorn, nimmt meinen Kopf in beide Hände und presst ihn gegen ihren Busen. Im Nu sind bei mir alle Schmerzen vergessen. Klar, die andere wichst meinen Schwanz auf Hochtouren ... und dazu die prallen Brüste in meinem Gesicht! Sie haucht mir einen Kuss auf die Nase und leckt mit ihrer Zunge langsam drüber, sodass ihr Speichel von der Nasenspitze tropft. Sonst habe ich allergrößte Abscheu vor Speichel, aber diesmal kommt er mir wie süßer Saft vor und während ich in meiner Libido dahinträume, schnalzt völlig unerwartet die Lederpeitsche quer über die Brust. Der rasende Schmerz verschmilzt in meinem Hirn mit dem Lustrausch. An meinem Schwanz fühle ich weiche Lippen, spüre eine zarte Zungenspitze an der Eichel lecken und in meinem Kopf befiehlt die Hypophyse meinen Hoden zu spritzen – aber da trifft mich wieder die Peitsche. Ich bin knapp daran überzuschnappen, da halten sie inne und richten sich abrupt auf. Eine der beiden heißen Hexen beugt sich vor und zieht das Klebeband von meinem Gesicht und zieht den Knebel aus meinem Mund.

Ich japse wild nach Luft, der angesammelte Speichel strömt aus meinen Mundwinkeln ... da beugt sie sich schnell nach vorn und reißt meinen Kopf hoch.

»Ich werde dich aussaugen.« Ihr Gesicht ist dicht über meinem und spüre ihre Zunge tief in meinen Rachen und an meinem Speichel schlürfen.

Sie wird immer wilder und saugt wie eine Ertrinkende an mir, zieht meine Zunge in ihren Rachen, dass das Häutchen unter meiner Zunge teuflisch brennt. Sie saugt immer wilder, der Schmerz immer rasender ... und mein Schwanz zuckt im Fieber, denn die andere Hexe bläst und lutscht daran, dass bereits Blitze in meinem Hirn zucken. Die beiden merken das und ich höre ihr genussvolles Gurren, während die Peitsche wieder niedersaust. Mit einem Ruck

beenden sie ihr heißes Duett und richten sich auf und nach einer
Sekunde der Stille beginnen sie lauthals zu lachen. Die wilde
Küsserin dreht sich zu mir, streichelt mir über die Wange.

»Süßer, das war erst das Vorspiel. Das Hochamt beginnt erst. Jetzt
greifen wir nach deiner Seele ... Ich will dein Herz, mein Schatz ...
und sie will dein Blut.«

Ihre Partnerin greift voll in meine Hoden und drückt sie fest
zusammen. Der Schmerz rast durch mein Hirn, so muss flüssiges
Eisen schmecken. Einer meiner Meisterinnen hält plötzlich eine
Binde in ihren Händen, beugt sich zu mir und legt sie auf meine
Augen. Sie wickelt die Binde zwei Mal um meinen Kopf und ver-
knüpft sie hinten. Dann richtet sie noch das Stoffband vor meinen
Augen, damit kein Spalt frei bleibt.

»Gott sei Dank, kann ich die Maske jetzt abnehmen. Ich habe schon
furchtbar unter dem Zeug geschwitzt«, höre ich eine sagen.

Sie drehen mich um, ich muss meine Beine anziehen und spüre
Hände an meinem Kopf, dann schmecke ich Haut, weiches feuchtes
Fleisch und rieche den scharfen Odor einer blühenden Vagina.

»Los, mein Held, los – ich will deine Zunge spüren. Komm schon –
du wirst mich jetzt lecken.«

Ihre Hände führen meinen Kopf tief zwischen ihre weit gespreizten
Beine. Meine Zunge muss nicht lange suchen. Ich lasse die Spitze
wie die Zunge einer Äskulap über das weiche Lustfleisch streichen.
Spüre schon, wie Bewegung in ihr Becken kommt. Sie beginnt
rhythmisch zu stöhnen und reißt an meinen Haaren. Alle meine
Sinne sind tief in dem Festmahl der Lust und spüre nicht, wie mein
Anus für das Oratorium vorbereitet wird. Eine Hand kreist um die
Rosette und massiert ätherische Öle rund um den Vulkan. Dazwischen schlüpft immer wieder ein Finger hinein. Ich bediene mich
weiterhin am reichhaltig fließenden Lustnektar meiner Herrin.
Lasse meine Zunge kühn nach oben gleiten und reibe ... mehr und
mehr, während ihr Becken immer heftiger mir dagegen stößt, ihre
Hand wilder an meinen Haaren reißt und ihr Stöhnen verrät mir,
dass es in ihr zu brennen beginnt ... da durchzuckt schon wieder
ein stechender Schmerz mein Gehirn. Ihre Kollegin muss einen
ganzen Laternenpfahl mit einem Ruck – und vor allem ohne jede
Vorwarnung in meinen Anus getrieben haben.

60

Mein Loch ist zum Zerreißen gespannt. Ich habe das Gefühl, mein Schädel zerspringt. Meine Peinigerin kennt keine Gnade. Sie hat diesen dicken Pfahl nicht nur tief in mein Loch hineingetrieben, sondern beginnt damit sofort mein Loch nach allen Regeln der Kunst auszuficken, dass mein Hirn das Feuerwerk eines Kometenschauers spürt. Im ersten Schreck habe ich auf meine Leckpflichten vergessen, vergrabe mein Gesicht stöhnend vor Schmerz zwischen ihren Beinen.

Meine Herrin hat aber für derlei Gefühlsausbrüche wenig Verständnis. »Was ist los, mein Junge? Wer hat dir erlaubt schon Feierabend zu machen?«

Sie zieht meinen Kopf an den Haaren hoch und drückt ihre Vagina wieder auf meinen Mund. Ich spüre die Nässe, das weiche Lustfleisch, den scharfen Geruch ihrer fordernden Lust, bin aber noch nicht in der Lage ihr zu Diensten zu sein.

»Los, an die Arbeit, mein Süßer«, höre ich ihre strenge Forderung und versuche meine Zunge neu zu orientieren.

Schwierig! Meiner Nase folgend suche ich ihre heißen Punkte. Menschen sind eben keine Makrosmatiker. Wir riechen zwar ein bissl besser als Wale aber lange nicht so gut wie Haie. Ein strammer Tigerhai könnte auf hunderte Kilometer ihre Vagina ausloten. Ich suche und suche, während mein Arschloch mit Presswehen kämpft. Meine Peinigerin am unteren Ende fickt mit der brutalen Konsequenz einer Dampflokomotive mein Loch in Weißglut.

Abwechselnd spüre ich ihre Hand an den reifen Hoden. Dann wieder wichst sie meinen Schwanz, fast zärtlich, mit viel Gefühl ... macht den Hoden Hoffnung auf Entladung. Um knapp vor dem Trompetensignal zur Erlösung den Kolben mit unvorstellbarer Brutalität wieder in Bewegung zu setzen. Zur Bestätigung der Qual spüre ich ihre Lippen ganz nahe an meinem Ohr. »Nein - Süßer, du wirst dichthalten. Lass deinen Saft ruhig im Sack.« Nach einer Pause haucht sie: »Wage nicht zu spritzen, mein Lieber. Halte ja zurück – die Strafe überlebst du nicht!« Damit drückt sie meine Hoden fest zusammen.

Ich schreie auf.

Sie drehen mich um und ziehen den Pfahl aus meinem Anus. Das Arschloch brennt, die Eier schmerzen – ich bin am Ende! Eine der edlen Damen richtet meinen Oberkörper auf.

Ich spüre Bewegliches an meinen Lippen. »Los Bube, lutsch mal an meinen Zehen!«

Ich spüre eine dicke Zehe an meinen Lippen. Sie wippt keck auf und ab, schiebt erst meine Lippen und dann die Zähne auseinander. Ich schmecke die Unterseite der Zehe mit meiner Zunge – sie ist weicher als meine. Keine schrubbelige Hornhaut, sondern glatt und weich. Eben eine gepflegte Zehe. Ich beginne daran zu saugen, lecke die Unterseite ab, wie einen *Cornetto-Eislutscher*. Die Zehe schmeckt salzig. Dann die anderen. Ich spüre sie aufgefädelt wie Soldaten in Reih und Glied, angetreten zum Appell im Kasernenhof. Ich lutsche sie in Serie, als würde ich die Tonleiter einer Panflöte blasen – und zwar in gis-Moll!

»Die Zunge, mein Lieber! Deine Zunge möchte ich spüren«, befiehlt meine Herrin.

Ich folge aufs Wort. Meine Eier werden inzwischen von kundiger Hand geknetet. Gerade so viel, dass es keinen Schmerz bereitet. Sie spielt mit meinen Samenkugeln wie ...? Da fällt mir ein Film ein. Ich muss damals fünfzehn oder so gewesen sein. Krieg, Militär und ein Kapitän spielt ständig mit zwei Stahlkugeln in seiner Hand. Er war nervös, die Mannschaft schon nahe daran zu meutern. Wer war der Kapitän, Humphrey Bogart ...? Ach ja, »Die Caine war ihr Schicksal« – und das muss mir ausgerechnet jetzt einfallen! Und auf die Sekunde spüre ich wieder ihre Hand an meinen Hoden. Au, das war zu viel des Guten, sie hat meiner Eier gequetscht. Nichts tut so weh wie ...

Da fordert meine Herrin, ich solle die anderen Zehen ebenfalls leckend verwöhnen. Sie lässt ihre große Zehe in meiner Mundhöhle kreisen. Erforscht den Hohlraum meines Rachens. Der Zehennagel schrammt an meinem Gaumen ... Dann wieder Gedankenfetzen, was ich hier überhaupt mache? Wie bin ich nur in diese Lage gekommen? Als anerkannter und zum Teil gefürchteter Macho, in diese peinliche Situation? Pilot, angehender Kapitän, Herr über hundertfünfzig Tonnen Startgewicht, Verantwortung über zweihundert Passagiere, Held tausender Abenteuerfilme, im Fliegerhemd mit Schulterstücken und der ständig am Nasenrücken klebenden *Ray-Ban* Brille, die so dunkel ist, dass man damit schweißen könnte – und nun hier auf den Knien am Boden und Zehen lutschend – und nicht eine Stahlrohrkonstruktion schweißend. Wenn mich meine Fliegerkumpane so sehen würden! Gottlob musste das meine Mutter nicht erleben, vom Vater, diversen Onkeln, Großvater bis Urgroßvater ganz zu schweigen. Ob Winnetou, John Wayne oder Clint Eastwood auch einmal an Zehen ...?

Kaum drohen meine Gedanken diese prekäre Situation zu reflektieren, schließen die Finger den Griff wieder fest um meine Hoden. Und ich spüre aus dem Gemisch von salzigem Gelecke und Hodenschmerz, trotzdem mein Glied – so hart, dass es schon wehtut. Freudsche Kastrationsangst? Der Rauschebart mit dem ernsten Blick hatte recht, denke ich. Mir fallen die Eskimoweiber ein – oder waren es heiße Mongolinnen, die den Hengsten die Hoden mit ihren Zähnen entfernten? Ob die Noch-Hengste kurz vor dem alles entscheidenden Biss auch einen Steifen hatten? Vielleicht der Guten sogar ins Gesicht ejakulierten? Kannst nicht »spritzen« sagen – musst dich nicht so geschwollen ausdrücken, denke ich, während ich folgsam wie ein Hund ihre Zehen lecke. Inzwischen hat sich an meiner Augenbinde im unteren Teil ein kleiner Schlitz aufgetan. Wenn ich den Kopf nach hinten beuge, sehe ich Licht, Konturen – erkenne rote Zehennägel. Ich darf das Zurückbeugen meines Kopfes nicht übertreiben, sonst kommen die beiden Dominas hinter meine Schliche und – wer weiß, schneiden sie mir zur Strafe die Eier ab. Oder beißen am Ende gar ...?

Ihre Kollegin kommt dran. Meine Hoden werden sofort von einer anderen Hand umschlossen, während die Befehlshaberin statt ihren Zehen nun Knautschlackstiefel an meinen Mund führt. Ihre Hand fasst in mein Haar, krallt sich darin fest und schließt die Finger wie die Fangarme eines Kraken. Es tut weh. Sie lässt mich langsam den Schaft entlanglecken und nachdem ich ohne Widerspruch mein Pensum erfüllt habe, schiebt sie die Stiefelspitze in meinen Mund. An meinem Glied spüre ich Hände mit meiner Vorhaut spielen.

Inzwischen habe ich meine Gedanken gut im Griff. Mir gelingt es, wie die linke Hand am Klavier immer den passenden Kontrabass zur virtuosen rechten Hand zu spielen. Kaum wird die rechte Hand gefährlich und droht mit atemberaubenden Arpeggios einem Höhepunkt zuzusteuern, spiele ich im Hirn eine tiefe Basslinie dagegen. Ron Carter am Bass löste die schwierige Situation gegen den wild auszuckenden Miles Davis – mein Hirn gegen meinen spastisch zuckenden Schwanz. Der zwar vor Erregung in die Hand meiner Meisterin tropft – aber der entscheidende Schuss aus dem Kanonenrohr bleibt aus.

Die Stiefelträgerin legt einen Gang zu und schiebt mir ihren erigierten Nippel in den Mund. Für Männer wie mich, eine der härtesten Prüfungen vor dem Herrn. Pralle Brüste und dazu steife Brustwarzen bringen mein Neuronennetz sofort zur Raserei. Diese Perspektive wirkt auf meine Hypophyse wie das Gift der Schwarzen Witwe, das seine Opfer erst lähmt und so dem haarigen Monster die Gelegenheit gibt, sein Opfer in aller Ruhe auszusaugen.

Mein Glück, dass meine Augen verbunden sind. So kann ich die Rundungen voller Brüste nicht sehen und den mir streng entgegengerichteten Nippel schon gar nicht. Bis das taktile Empfinden in mir Bilder zeichnet, habe ich mein Hirn schon wieder im Griff. Das merken meine Schwarzen Witwen offensichtlich, denn mit einem Schlag drehen sie mich um, ich spüre einen dicken Pfahl im Hintern, stöhne im ersten Schmerz ... dann ist es finster um mich. Ich wälze und winde mich nach allen Richtungen, ich habe das Gefühl, als würde der Pfahl nicht nur meinen Anus, sondern meinen ganzen Körper bis zur Haut von innen ausfüllen.

Ich zerre mit den Unterarmen und – die sind plötzlich frei! Ich fasse es nicht! Aber die Fesseln liegen nur locker an den Handgelenken. Ich ziehe an der Augenbinde, reiße sie runter und – völlige Finsternis um mich. Ich ziehe den dicken Dildo aus meinem Poloch. Eine pralle Lederwurst. Als ich ihn rausziehe, zerreißt es mir fast den Arsch. So muss es einem gehen, wenn er von einem Kampfstier gevögelt wird. Einen dieser stolzen Muskelprotze aus der Zucht von Sepulveda, Domeque oder gar Miura! Aber halt, Unsinn. So schön die Stiere auch ausschauen, so mickrig ist ihr Penis. Was heißt mickrig? Eine kümmerlich verkrümmte Cabanossi ... Cabanossi ... Caballo? Natürlich, die Pferde. Die haben die prächtigsten Kanonen.

Nein, zurück zum Start ... und denke: So muss es einem gehen, wenn man von Maistoso, dem prächtigsten aller Lipizzanerhengste, bei untergehender Sonne am karstigen Geläuf der Hochalmen Sloweniens hergefickt wird, dass es im Hirn nur so zwitschert.

Hör auf mit dem blödsinnigen Kitsch, geht es durch meinen Kopf. Der Lederknüppel fühlt sich schmierig an. Ich rieche Vaseline. Mein Anus zieht sich langsam und geduldig zu seiner ursprünglichen Größe zurück. Das Gefühl der wohltemperierten Schrumpfung korreliert mit meinem gesamten Körpergefühl. Alles schrumpft, zieht sich zusammen und zurück, regt sich ab, erschlafft – nur mein Schwanz nicht. Er hofft wahrscheinlich noch immer, dass irgendwo und irgendwann eine kundige Hand für Erlösung sorgt.

Ich stehe auf und taste im Dunkel herum. Die Luft ist erfüllt von verdampften Kerzenwachs und gelöschtem Docht. Ich versuche mich zu orientieren. Ertaste die Bettkante. Wo habe ich nur meine Hose und Poloshirt hingelegt? Ach ja, an der unteren Bettkante. Jetzt war ich sehr froh, dass ich im Grunde meines Herzens eigentlich ein ordentlicher Mensch bin – schon seit Jahrzehnten lege ich vor dem Ficken meine Kleidung immer fein säuberlich entweder auf einen Tisch, Sessel oder was immer. Diesmal war ein Tisch meine Kleiderablage.

So geht es einem Blinden, denke ich und ertaste mühsam die untere Bettkante. Lasse meine Beine drüber gleiten und dann ... so ein, zwei Meter, dann müsste der Tisch mit meinen Sachen kommen. Ich spüre Stoff.

Gott, was bin ich doch nur für ein Genie. Na ja, Pilot knapp vor der IFR-Prüfung. Blindflug! Die Jeans in meiner Hand, das Hosentürl, Beine rein – und die kleine Taschenlampe am Schlüsselbund. Meine Rettung! Wer hat gesagt, ich soll mir diesen Ramsch im Souvenirladen in Dubai nicht kaufen? Ein Idiot natürlich. Aber ich, weise wie Diogenes im Fass, hatte wieder mal Ahnungen, Vorahnungen. Nun die rettende Lampe!

Ab diesen Zeitpunkt ist es nur noch eine Frage von Minuten, bis ich draußen bin. Während ich das düstere Haus eiligen Schrittes verlasse, suche ich nach Spuren. Aber außer halb abgebrannten Kerzen und ein paar schwarzen Tüchern an der Wand, nichts. Am Gartentor drehe ich mich noch einmal um. Das völlig abgedunkelte Haus ist zwischen den Bäumen in der Finsternis wie weggetaucht. Ein großer schwarzer Fleck, wie ein schwarzes Loch im Weltall, Sterne, Galaxien sogar Licht verschlingend – und ich bin ihm entronnen.

Nein, eigentlich nicht, wenn ich mir´s so überlege, während ich mit dem Auto zurückfahre. Irgendwie hat´s mir gefallen, denke ich. Diese beiden Frauen. Wer waren sie? Was hat sie bewegt, dass sie das getan haben, was sie getan haben? Ich kenne sie nicht – wer von den beiden hatte mich schon vorher in der Arbeit? Woher kannten sie mich überhaupt? Ich weiß nicht einmal wie sie aussehen – das Einzige, was ich von ihnen kenne, sind Gerüche. Ich rieche noch immer den scharfen Odor ihrer Schamhöhlen. Habe noch den Geschmack ihrer Haut, Zungen und Säfte in mir.

Muss bei einem Bahnübergang stehenbleiben. Rot, hier dauert es immer. Neben mir hält ein schwarzer Jaguar. Zwei Frauen sitzen drinnen. So um die vierzig. Die eine trägt Brille, die andere am Nebensitz kann ich nicht erkennen. Ob die beiden? Blödsinn. Mir tut das Arschloch weh. Endlich donnert ein fast unendlich langer Güterzug vorbei.

Es ist schon weit über Mitternacht, als ich nach Hause komme. Gato hat um diese Zeit keine Lust mehr auf Spielereien. Als ich endlich aus der Dusche komme und mich todmüde ins Bett verkrieche, öffnet er kaum ein Auge.

Obwohl geschlaucht, kann ich nicht einschlafen. Immer wieder geistern Bilder aus der dunklen Villa durch meinen Kopf. Dazwischen schlafe ich kurz ein und träume – sehe die beiden Frauen in voller Größe vor mir, sie sprechen mit mir, befehlen mir, mich auf den Boden zu legen, vor ihnen zu knien ... und wache auf. Dann die Gewissheit, ich liege im Bett, bin zu Hause. Gato schnurrt in meinen Kniekehlen. Ob er von Katzendominas träumt?

Irgendwann graut der Morgen herauf und ich schlafe schlussendlich ein. Am späten Vormittag klettere ich mit einem Schädel, als wäre er mit Baseballschlägern traktiert worden, aus dem Bett. Mein Kreislauf kommt nach einer dampfendheißen Dusche kaum auf Touren. Ich muss ins Café Dommayer. Zwei Eier im Glas, Buttersemmel und ein großer Brauner ... einer nur? Nein, zwei. Koffein sollte meine Neuronen schleunigst wieder ins Lot bringen. Ich blättere lustlos durch die Tageszeitungen. Wie zufällig bleibe ich an den Inseraten hängen. Kontakte, Sexmassage, strenge Herrin, unberechenbare Domina, strenge Erziehung, Natursekt, asiatisches Trio ... alles Scheiße. Ich kann mir nicht vorstellen, dass eine Profiböse auch nur annähernd so eine knisternde Atmosphäre herzustellen vermag, wie meine Zauberinnen.

Ich halte spontan inne und schau aus dem Fenster hinaus. Mit einem Mal muss ich erkennen, dass ich meine beiden Damen, Herrinnen, Dominas, was immer, mag – ja, ich mag sie. In der Tat, ich mag die beiden, hoffentlich rühren sie sich bald wieder. Habe jetzt schon Entzugserscheinungen. Diesmal lag kein Zettel am Tisch. Weder ein Belobigungsschreiben noch ein paar Zeilen, um die Hoffnung zu erhalten. Und während ich noch immer aus dem Fenster blicke, wandern meine Gedanken, ob ich die beiden am Ende sogar ... liebe? Schwer zu sagen. Liebe. Aber was ist schon Liebe? Ich mag ihren Geruch, ihre Haut, ihre Lust ... Ja! Ich mag ihre Lust an meinem Schmerz. Bin zwar sonst wehleidig wie ein Sechsjähriger, weit von Winnetou oder Old Shatterhand entfernt. Aber diese Art Schmerzen mag ich. Mein Arschloch tut noch immer höllisch weh. Nein, nicht richtig. Es spannt und presst. Es fühlt sich anders an als sonst. Tut nicht richtig weh – wie Zahnweh zum Beispiel. Es ist ein anderer Schmerz. Ein Schmerz, der geil ist. So ist es! Ein Geilschmerz. Und während ich in meinem Kopf kritisch rationale Analysen über den Schmerz denke, spüre ich, dass zwischen meinen Beinen ebenfalls Einverständnis herrscht. Mein Schwanz gewinnt an Festigkeit, Steifheit, mit einem Wort, er wird allein bei diesen Gedanken zum festen, strammen Rohr. Er braucht Platz. Immer, wenn er mit meinen philosophischen Gedanken konform geht, braucht er Platz – wahrscheinlich zum Denken. Wahrscheinlich habe ich den einzigen philosophischen Schwanz auf der Welt. Und wie alle, kluge Denker fordert er sein Recht ein.

Ein Denker braucht Platz zum Denken. Diogenes hatte sein Fass, Thomas Bernhard das Café Bräunerhof, meinem Schwanz bleibt leider nur die enge Hosenröhre. Darum die Forderung nach mehr Denkraum. Also stehe ich auf und bereite mit der Hand in der Hosentasche mehr Raum für meinen Denker. An der Spitze ist er etwas feucht. Ich suche das Klo auf, um wieder geordnete Verhältnisse herzustellen.

Als ich das *Café Dommayer* verlasse, richte ich ein stilles Gebet in den Himmel: »Lieber Gott, lass meine zwei Damen mich bald wieder einladen.«

Ich fahre Richtung nach Hause. Was soll ich dort? Nein, drehe um, ab in die City. Kärntnerstraße, Michaelerplatz, Graben und so. Ich weiß zwar nicht, was ich dort soll, suche, wohin ich gehe. Okay, Operngarage. Ist zwar nicht billig, aber wie heißt es so schön: Man kann ohnehin nichts mitnehmen. Nämlich ins Grab. Ich habe Glück und muss nicht in die unterste Kelleretage und über Stiegen endlos rauf latschen. Beim Damenparkplatz wird gerade was frei. Also rein in die Spalte. Heute Nacht haben mir zwei Damen kalt und warm gegeben. Darum nehme ich mir jetzt das Recht heraus, mein Auto auf einem Frauenparkplatz abzustellen. Bin schon einmal auf einem Invalidenparkplatz gestanden – und nachher weggehumpelt, als hätte ich ein Holzbein.

Ziellos wandere ich durch die Kärntnerstraße. Mein innerer Kompass ist völlig aus dem Lot. Normalerweise ziehe ich wie ein Marschflugkörper ohne Umwege auf meine Ziele los. Heute gibt es keine Ziele, nur ein geweitetes Arschloch. Ab dem Stephansdom bringe ich etwas Ordnung in meinen Kopf und gehe zum *Morawa*, Wiens größtem Zeitungsladen. Damit ich nicht völlig leer das Geschäft verlasse, kaufe ich mir wichtige Lektüre: Das amerikanische *Ring Magazine* und das britische *Boxing Journal*. Endlich gibt es wieder eine Aufgabe für mich auf dieser Welt! Einerseits kritische Analyse der Weltranglisten in den Gewichtsklassen, andererseits die Kampfergebnisse der vergangenen Monate.

Ich ziehe mich in das *Café Tiroler Hof* hinter der Staatsoper zurück und beschäftige mich stundenlang mit der Frage, wie Bernard Hopkins sein Gegenüber Oscar de la Hoya mit einem linken Körperhaken erwischen konnte. Dieser Schlag in die Leber muss furchtbar wehgetan haben – meine Arschdehnung war da nichts dagegen.

Womit ich wieder beim Thema bin. Ich mach mich auf den Weg Richtung Graben, dann weiter zum Michaelerplatz. Um diese Zeit defilieren Wiens schönste Frauen zwischen den teuren Läden. Ich schau mir jede Einzelne genau an. Wer von ihnen könnte ...? Ich enge den Selektionsbereich ein. Nicht unter dreißig ... nein, nicht unter fünfunddreißig und nicht über fünfzig? Quatsch. Die obere Grenze liegt sicher nicht über fünfundvierzig. Wer von meinen Luftfahrtkollegen hat mir gesagt, über achtundvierzig hört es bei den Frauen mit der Lust am Vögeln auf? Ab sechzig wollen sie dann aber wieder. Soll mit dem Wechsel zu tun haben, hat mir mein Kollege anvertraut. Er ist zwar kein Frauenarzt, aber ein stadtbekannter Casanova. Er muss es wissen. Schließlich ist er fünfzehn Jahre älter als ich und ein sehr betterfahrener Flugkapitän. Also, wenn jemand Bescheid weiß, dann er, sage ich mir und merke, wie eine fesche Frau in einem dieser schwarz glänzenden Lackmäntel mir gerade in die Augen lacht. Im ersten Moment bin ich verlegen und wage nicht zurückzulächeln. Wahrscheinlich habe ich furchtbar deppert dreingeschaut, denn sie eilt rasch weiter.

Dabei liebe ich diese Mäntel wie nichts auf der Welt. Alle geilen Weiber in den französischen Krimis der sechziger Jahre hatten diese Mäntel getragen. Stets mit aufgestelltem Kragen und einem Gürtelband eng um ihre schmalen Taillen geknotet. Pascal Petite, Brigitte Bardot oder die rothaarige Stephane Audran mit dem kalten Blick. Diese geilen Schnitten hatten auf den regennassen Gassen in den dunklen Vierteln von Marseille auf Jean Gabin oder Ives Montand gewartet und Mordwaffen versteckt.

Ich drehe mich nach der vermeintlichen Gangsterbraut um – sie ist natürlich längst verschwunden. Zu langsam reagiert, du Idiot, schimpfe ich! Andererseits, was hätte ich sagen sollen? Wunderschöne Frau, würden sie so nett sein und mich ein bissl peitschen? Oder mir einen Feuerwehrschlauch in den Arsch stecken und einen Einlauf machen, dass das Wasser bei den Ohren rauskommt? Oh Gott, bist du deppert, sage ich mir und gehe weiter.

Da drüben, die Blonde im Mantel mit Leopardenmuster vor dem *Gucci* Laden. Gnädige Frau, habe ich vielleicht an ihrem Schienbein geleckt? Nein, sie ist zu klein. Meine Domina war größer. Oder? Ich weiß es nicht und stelle mir zum ersten Mal die Schicksalsfrage: Was mache ich eigentlich, wenn die beiden ausschauen wie der erste Wagon der Grottenbahn vom Wiener Prater? Irgendwann wird die Augenbinde einmal verrutschen und dann kommt der Moment der Wahrheit! Wie beim Todesstoß bei der *Corrida de los Toros Bravos*. Dann heißt es Karten auf den Tisch. Und wenn ich dann merke, dass ich mit zwei Almkühen im Bett herumbalge – Na, Servas!

Ich beschließe sofort nach Hause zu fahren und mich mit den Skripten für die IFR-Prüfung auseinanderzusetzen. Ein Anruf am Handy, übermorgen geht's nach London, dann von Linz, Charter nach Mallorca. Mit den Skripten in der Hand und Gato am Bauch lege ich mich erst einmal flach. Approachprocedure Linz. Anflug, VOR-Frequenz, homing in, from-to …

Ein Freund ruft am Abend an. Vernissage in der Seilerstätte, Wien City. Warum nicht? Eine Menge klasse Hasen soll dort sein, fügt er hinzu. Ich wollt ihm schon sagen, dass mir meine Eier noch immer wehtun, habe mich aber zurückgehalten. Geht ihn eigentlich nichts an. Diese Dinge bleiben mein Geheimnis. Das erweiterte Arschloch und die Eier sind noch immer im Stress. Hätte mir unter der Dusche einen abwichsen sollen. War aber zu müde und jetzt habe ich keine Lust mehr.

Am Abend in der Galerie gibt's den üblichen Almauftrieb Wiens. Es sind immer dieselben, denke ich. Ein Baumeister, der kaum lesen kann, und sein schrilles Weib. Eine dumme Gans mit aufgeschwollenen Lippen, gleich einem Schlauchboot ums Maul und kugelrund gespritzte Backen – sieht aus, als wäre ihr Schädel gerade in ein Wespennest getaucht worden. Dazu jede Menge spindeldürrer Models. Ich hasse diese dummen Skelette. Nix im Schädel, zum Ficken nicht zu gebrauchen. Nimmt man die einmal ordentlich her, muss man wegen Totschlags ins Gefängnis.

Nach den üblichen Ansprachen und Künstlerhuldigungen drehe ich eine Runde und schau mir die Bilder an. Nicht wirklich sensationell. Da fällt mir eine Dame in einem schwarzen Ledermantel auf. Ich stelle das Champagnerglas sofort weg und folge ihr in die zweite Halle. Warte ab, an welcher Seite sie beginnt, und schneide ihr den Weg ab. Nach vier Bildern muss sie an mir vorbei. Als sie näherkommt, setze ich ein besonders intelligentes Gesicht auf. Stütze mein Kinn nachdenklich in meine rechte Hand und wiege kritisch meinen Kopf hin und her. Als sie bei mir ankommt, versucht sie hinter mir vorbeizukommen. Ich mach zufällig einen Schritt zurück, schrecke gut gespielt auf und entschuldige mich bei ihr. Ich wäre gerade so vertieft und darum »... bitte verzeihen Sie mir!«

Eine ganz billige Anmache. Sie schaut mich misstrauisch an und ich bekomme schon Angst, dass sie mir eine knallt. Aber nein – und bevor sich die Sache negativ zuspitzt, kommen wir ins Gespräch. Durchaus nett, die Dame. Ob mir das Bild gefällt? Nun, beim Lügen tu ich mir schwer. Nein, es gefällt mir überhaupt nicht. Die Perspektive des linken Unterarms dieses Akts sei falsch.

Ich schau ihr in die Augen und erwarte: Sie arroganter Pimpf! Aber nein! »Jetzt wo Sie es sagen«, sieht sie es auch so.

Der Winkel zur Hand stimme nicht. So einen tollen Eisbrecher hatte ich noch nie. Sie ist sehr hübsch, groß, schlank, frauliche Figur, der Busen nicht zu übersehen. Muss um die späten dreißig sein. Wenn sie lacht, bildet sich ein reizendes Grübchen an ihrer Wange. Eine Superfrau. Dazu noch intelligent. Wir lustwandeln zu den nächsten Bildern. Mein Freund taucht auf, will mir was sagen, sieht aber wie beschäftigt ich bin, und schleicht sich sofort still und leise. Nichts hasse ich so, wenn ich gerade einen feschen Hasen brate, taucht ein Störenfried auf. Die große Gefahr: Der Hase könnte auskühlen!

Während wir uns langsam nach dem Rundgang wieder der Bar nähern, überlege ich die nächsten Schritte. Jetzt muss schnell ein

Champagner her – und zwar gleich ein paar Gläser. Dann werden wir schauen, wie sie hergekommen ist. Lieber Gott, bitte lass sie mit einem Taxi hergekommen sein. Wenn ich sie einmal in meinem Auto hab, gehört sie mir. Mitten im Gebet an den lieben Gott und an alles, was dort oben an Heiligen gerade versammelt ist, schlägt zur Strafe Satan zu: Ein Robert-Redford-Typ kommt auf uns zu. Sie stellt ihn als ihren Mann vor. Porschefahrer natürlich. Ich hasse alle Porschefahrer.

6

Am nächsten Tag geht's zum Flugplatz. Mit einer zweimotorigen Cessna 310 machen wir ein paar touch-and-go's und als Draufgabe stellt mein Lehrer bei einem Approch ein Triebwerk ab – muss neu tarieren, aber es geht. Ich dürfte mich nicht ganz deppert angestellt haben, weil er mich am Abend zu einer Gulaschsuppe in der Flugplatzkantine einlädt. Dann geht's nach Hause. Vorbereitung für London Gatwick und dann die Charterflüge mit den Linzer Prolos nach Mallorca. Werde ein paar Tage unterwegs sein. Die Flüge nach Mallorca waren immer sehr schlimm. Als wäre der komplette Fanclub von Rapid-Wien an Bord. Ein einziges Gegröle und Gesaufe. Ausgefressene Zuhältertypen, tiefbraun, bunte Hemden, vorne bis zum Nabel offen und schwere Goldketten um die Stiernacken. Dazu die passenden Weiber – trotzdem haben diese grindigen Weiber was Erotisches an sich. Man kann sich durchaus, wie ich denke, eine wilde Balgerei in einer Hilton-Suite vorstellen. Ficken sicher besser als alle sterilen Modepuppen. Dennoch ist und bleibt die ganze Truppe ein einziger Kotzbrocken. Weil sich in dieser grölenden Proletentruppe auch die geilen Weiber den dummen Männern anpassen. Nach dem Touchdown tosender Applaus – 1:0 für Rapid!

Im Crewbüro die Nachricht, dass es gleich morgen nach Moskau geht. Drei Tage ohne Pause hintereinander, zwei Stewardessen sind ausgefallen.

Während der Fahrt nach Hause, denke ich an den Briefkasten. Natürlich nicht an den Kasten – aber ich hoffe inständigst, dass ein Brief gekommen ist. Eigentlich müssten sie sich inzwischen gemeldet haben. Meine beiden strengen, und keinen Widerspruch duldenden Herrinnen. Vielleicht ein neuer Termin im finsteren Schloss hoch über Hietzing. Bevor ich ins Haus gehe, öffne ich den Kasten. Eine Menge Schrottpost, die gleich in den Mistkübel landet, dann zwei Strafzettel – weiß schon, einmal parken und einmal um 7 km/h zu schnell – sollen sich nicht anscheißen.

Dann – ja, dann, endlich ein weißes Kuvert, die Adresse mit Tinte geschrieben, kein Absender. Jubilierend und vor Übermut Wechselschritte hüpfend, gehe ich ins Haus. Hebe Gato hoch und küsse ihn auf die Schnauze. Ich weiß, er mag das nicht, mach es aber trotzdem, darum kassiere ich einen tiefen Kratzer an der Hand.

»Sei nicht immer so angerührt«, lache ich und lass ihn zu Boden gleiten.

Dann gehe ich noch immer halb tanzend – obwohl ich nicht tanzen kann – in mein Zimmer und lege den Brief feierlich auf meinen Schreibtisch. Zur Feier des Tages schütte ich mir ein Achtel Rotwein von einer edlen Zweigeltrebe ein. Die Lektüre solcher Briefe verlangt Gelassenheit und innere Seelenöffnung gegenüber der Welt. Setze mich schwungvoll in den Sessel, lasse einen Schluck des trockenen Roten am Gaumen etwas ziehen und nehme das Kuvert zur Hand. Mit dem Fingernagel lässt es sich nicht öffnen. Ich nehme mein schlankes Jamonmesser aus Spanien und schlitze das Kuvert in einem Zug auf. Dann wie ein Hammerschlag die bittere Wahrheit. Schon an der kindlichen Schrift erkenne ich den oder besser die Schreiberin der Zeilen. News vom Wörthersee! Aus dieser Richtung hatte ich am wenigsten einen Brief erwartet. Ich überfliege die ersten Zeilen. Warum ich mich nicht melde, ob ich sie den gar nicht mehr liebhabe, sie denke so oft an mich und auch ihre Mutter ... und so weiter und so fort. Was hat denn ihre Mutter damit zu tun? Weiß sie denn nicht, dass mir generell alle Mütter auf die Nerven gehen – und ihre steht an oberster Stelle der Rangliste aller verhassten Mütter!

Jetzt schmeckt mir der Zweigelt auch nicht mehr. Es geht dann im Jammertonfall weiter, über ihre Gefühle für mich und ob ich Gefühle für sie und vor allem Gefühle für ihre Gefühle ... und weiterer Scheiß! Warum kapieren die Weiber nicht, dass einem so ein Gewinsel auf die Nerven geht. Sie muss doch merken, dass ich sie nicht will! Muss es da immer ernste und dramatische Aussprachen geben, womöglich mischt sich dann ihre fette Mutter mit ein und erzählt uns, wie es damals mit ihrem Ottokar, dem Arschloch gelaufen ist? Wen interessieren ihre Gefühle – oder meine Gefühle?

Ist doch völlig uninteressant, was ich fühle ... lege den Brief auf den Schreibtisch und denke an meine beiden Damen in der finsteren Villa. Was denken die eigentlich? Welche Gefühle haben die beiden – und frage mich erschrocken, wieso mich plötzlich die Gefühle der beiden interessieren? Du magst die Zwei, nicht wahr? Ja, knurre ich mein zweites inneres Denk-Ich an. Das hatten wir doch schon einmal erörtert. Darüber brauche ich jetzt nicht mehr zu diskutieren.

Aber zurück zur Frage: Was empfinden die beiden, wenn sie mich in die Hilflosigkeit gefesselt haben? Bereitet es ihnen Freude oder etwa sogar *sexual arousement*, wie der Engländer sagt? Und stelle mir vor, wie sie das Szenario antörnt, wenn ich mich nicht rühren kann, mich winde, der Knebel mir Qualen bereitet und spüre mit einem Mal, wie mich die Vorstellung, dass meine Lage sie erregt, mich auch erregt.

Dagegen ist jede so genannte Normalbeziehung lauwarmes und abgestandenes Wasser. Und zwar Brackwasser, lege ich eins nach. Neunzig Prozent der Beziehungen, ob verliebt, verlobt oder verheiratet, sind doch alles Schrott, denke ich. Was heißt neunzig ... fünfundneunzig, nein, neunundneunzig Prozent sind für den Schrotthaufen!

Fades nebeneinander, vor dem Gesetz aneinandergekettet sein. Nach dreißig Jahren der böse Blick zum längst verhassten Partner. Warum stirbt er nicht endlich! Und unser Dreierzirkel? Was spielt sich da so Besonderes ab, dass ich von einer anderen Ebene der Gefühlswelten spreche? Gedankenverloren schaue ich auf die Schreibtischplatte und sehe Gato vor mir. Er hockt entspannt auf der ledernen Schreibunterlage und leckt sich eine Pfote ab. Ich bin müde, muss morgen früh raus. Moskau, besoffene Russen, die den Bordshop leer kaufen. Komm Gato, ab in die Federn!

Beim Hinflug fällt mir eine fesche Russin auf. Knapp dreißig schätze ich. Solange jung, seien sie alle recht hübsch, hat mir jemand gesagt, der es wissen muss. Er arbeitet seit Jahren in unserer Moskauer Außenstelle. Sie hat schwarze Haare und auffallend blaue Augen. Sie hält meinem Augenkontakt stand und lächelt. Als Belohnung lasse ich ihr eine doppelte Ladung Mozartkugeln am Tablett. Der Dicke mit dem finsteren Gesicht neben ihr dürfte ihr Mann sein. Gegen ihn schaut ein cholerischer Elefantenbulle wie ein holder Sängerknabe aus.

Da ich nicht vorhabe am Roten Platz abgefackelt zu werden, halte ich mich vornehm zurück. Der Russe schüttet inzwischen den vierten Whiskey hinein, seine Augen werden schwer und als ich vorbeigehe, rülpst er unüberhörbar. Am dick geschwollenen Armgelenk trägt er eine goldene Rolex. Irgendwann steht seine schlanke Mamutschka auf und schreitet wie auf dem Catwalk zur Toilette. Wäre jetzt auch gern drinnen – mit ihr allein, träume ich vor mich hin. Und stelle mir gleich in fließender Fortsetzung im Kopfkino vor, wie ich sie von hinten gnadenlos ... und im Moment, als wir beide kommen – gleichzeitig natürlich, wie in Filmen üblich – prasselt ein Kugelhagel los. Ihr Gangsterboss entlädt durch die Toilettentür eine russische Maschinenpistole. Im linken Mundwinkel eine handgerollte Havanna, die Zähne vor Freude gefletscht. Mamutschka und ich zerfetzt von den Projektilen wie Bonnie und Clyde. Auch ein herrlicher Tod. Mitten im Lustkrampf der Tod!

Allemal besser als Siechtum oder Verdursten in der Wüste, denke ich. Als die beiden in Moskau aussteigen, zwinkert mir die Hübsche zu – Oh Gott, ich hätte doch in die Toilette nachgehen sollen. Ihr Kosakengalan schwankt mühsam raus. Wie kommen solche Tiere zu derart hübschen Frauen? Wahrscheinlich gehört ihm halb Sibirien und dazu alle Ölquellen. Mir nicht einmal ein Nasenrammel in der Steiermark. Darum auch nicht diese tolle Frau.

Die Moskauflüge brachten keine Sensationen. Die Turnarounds müssen schnell gehen, eine einzige Hetze und Hudelei und schon geht's wieder zurück. Drei Tage lang hin und zurück, hin und zurück. Irgendwann verliert man den Faden und weiß nicht mehr, fliegen wir grad nach Moskau oder schon wieder nach Wien.

Erschöpft fahre ich nach dieser Tretmühle nach Hause. Irgendwie im Herzen die Hoffnung ... nach einem weißen Kuvert. Kaum bei Hof und Heim angekommen, der Griff ins Postkastl. Dann die bittere Wahrheit ... wieder nichts!

Tief enttäuscht, mit hängenden Schultern, todmüde von den Russlandflügen, schleiche ich ins Haus. Gato spürt meine Stimmung. Für mich ist der Kater der beste Therapeut. Er lehnt sich schnurrend wie zum Trost an mein Bein. Jetzt halten mich nur noch die Dusche und der Gedanke an mein Bett auf den Beinen. Gato schnurrt mich in den Schlaf.

Ich bin aber zu früh ins Bett. Um acht Uhr sollte man als Erwachsener nicht schlafen gehen. Wache um Viertel nach zwei auf. Bin hellwach, pudelputzmunter. Scheiße. Ich hole mir ein Buch vom Regal. Nein, jetzt nicht Dürrenmatt vielleicht Camus. Ich wanke in mein Arbeitszimmer. Zwischenlandung in der Toilette. Dann weiter zum Bücherregal. Da bemerke ich einen weißen Zipfel, als ich an der Haustür vorbeigehe. Zur Vergewisserung meines Wachzustandes reibe ich mir die Augen. Ich träume nicht!

Würde ich jetzt dahinterkommen, dass ich nur träume, würde ich fuchsteufelswild werden! Ich bücke mich langsam, einen Hexenschuss kann ich jetzt nicht brauchen und ziehe vorsichtig an dem weißen Papierzipfel. Ein Kuvert kommt zum Vorschein. Mit einem Schlag bin ich gleich noch wacher. Wach, wacher, am wachsten! In so einem Glückszustand schreib ich gleich den Duden neu.

Mit dem Brief zwischen Zeigefinger und Daumen, als wäre er auf mit Speichel gewirktem Papyrus und dem Blut der Kleopatra geschrieben, schwebe ich in mein Arbeitszimmer an meinem Schreibtisch. Aber halt! Warum die übertriebene Vorfreude? Was ist, wenn drinnen steht, ich möge mich zum Teufel scheren! Mein Schwanz zu klein, die Haut zu unrein und schmerzfest sei ich auch nicht – oder nicht ausreichend leidensfähig! Im ersten Schreck trau ich mich nicht den Brief zu öffnen. Soll ich ihn eine Weile ablegen lassen? Wie ein Stück Lungenbraten von argentinischen Pampasrindern? Übertreib nicht, rufe ich mich zur Ordnung. Du kannst ihn auch morgen lesen – oder ...? Ich will ihn schon zur Seite legen, da beginnt meine innere Stimme: Sag, wie deppert bis du eigentlich? Öffne den Brief – und zwar sofort! Und wenn sie dich zum Teufel jagen, dann jagen sie dich eben. Aus, basta!

Ich greife zum spanischen Kampfmesser – aber halt! Das hat mir das letzte Mal Unglück gebracht und lege es sofort wieder weg. Ich hole ein altes Taschenmesser aus der Schreibtischlade. Ein Klassiker in edlem Silber. Erbstück meines Vaters. Die Klinge aus feinem Solinger Messerstahl. Am kalten Stein mit viel Wasser geschärft. Mit einem kühnen Schnitt ist das Kuvert offen.

Auf einem Blatt Papier mit Tinte geschrieben steht: *»Eine weitere Vorprüfung bestanden – vom Examen bist du aber noch weit entfernt. Halte dich bereit!«*

Meine Augen wandern immer wieder über diese wenigen Worte, als hätte ich Schwierigkeiten mit dem Lesen. Ich atme erleichtert auf und Gato springt vor Freude auf meinen Schoß. Er spürt sofort, wenn ich in übler Laune bin oder Freudeschauer über meinen Körper rieseln. Die gesamte Psychotherapie scheint in seinem Kopf vereint. Halte dich bereit! Und wie ich mich bereithalten werde, und bekomme sofort einen Steifen. Auch der Meister zwischen meinen Beinen scheint einverstanden.

Ich blicke zum Fenster hinaus in die Finsternis. Wie ist dieser Brief nun wieder unter meine Tür gelangt? Gestern Abend war noch keine Spur davon. Da muss jemand während der Nacht wieder einmal herangeschlichen sein und hat das Kuvert unter die Haustür geschoben.

Ich werfe einen Blick auf Gato: Hast du was gehört? Er erwidert meinen Blick und antwortet eines seiner leise gehauchten Miaus. Also doch! Er hat etwas gehört. Wecke mich das nächste Mal gefälligst, wenn jemand auf unserem Grundstück herumschleicht, du Penner!

Ich gehe zum Fenster, schatte mit den Händen meine Augen gegen die Spiegelung ab und starre hinaus. Steht da draußen vielleicht gerade jetzt eine meiner Damen und beobachtet mich? Es könnte durchaus sein, dass die genau Bescheid wissen, ob ich auf Reisen oder zu Hause bin. Wohnen sie oder eine von ihnen vielleicht sogar in der Nachbarschaft?

Draußen ist nichts zu entdecken, darum gehe ich wieder ins Bett. Der Brief am Nachtkastl und Gato in meinen Kniekehlen. Am nächsten Tag wird durchgelernt. Die Approaches der Flughäfen in Graz, Klagenfurt, Salzburg und Innsbruck. Übe am Computersimulator Warteschleifen und Anflugprocedures, sage die Frequenzen der VOR und ILS Anlagen auswendig herunter. Morgen fliegen wir zuerst nach Innsbruck und dann nach Salzburg. Mein Fluglehrer hat mich für die kommende Woche bei der Prüfungskommission angemeldet. Ich will die Prüfung nicht nur bestehen – ich will der Beste sein! Bist halt ein ehrgeiziges Arschloch, höre ich im Inneren mein zweites Ich. Ist mir aber egal.

Die »Trockenflüge« an meinem kleinen Simulator lenken mich von meinen strengen Tanten ab. Gato jagt einen Golfball durchs Zimmer. Das Wetter am nächsten Tag gehört in die Kategorie beschissen. Langanhaltendes Tief über Mitteleuropa, Regen, tiefe Wolkenbasis, Vereisungsgefahr. Sollte ich nicht besser morgen krank sein? Du feige Sau, höre ich die drohende Stimme aus den Tiefen meines Unterbewusstseins: Natürlich werde ich fliegen!

»If you wanna make it, you gotta be tough«, singt Johnny Cash! I'm tough, Honey!

Und fürwahr. Schon ab fünfzehnhundert Fuß fliegen wir in einer dicken Suppe. Cool, Baby! Unsere 310er steigt munter in die Böen hinein. Mein Fluglehrer warnt mich vor Vereisung. Na toll. Aber noch ist es nicht so weit. Wir verlassen den Wiener Bereich auf

Flightlevel 150, ab St. Pölten steigen wir auf 210 und brechen durch die Wolkendecke. Das ist jedes Mal eines der schönsten Gefühle auf dieser Welt! Wenn du dich minutenlang durch eine bockige Drecksuppe durchkämpfst und es wird langsam heller um dich und dann: Bumm mit einem Mal bleibt die ganze Scheiße hinter dir! Nur noch strahlendes Weiß um dich und wenn du Glück hast sogar tiefblauer Himmel.

Fast schöner als Ficken, sag ich. Peter nickt. Ich trimme unseren Flieger gegen den Nordwestwind. Ruhig schnurren die beiden Motoren der Dreizehner über die Wattelandschaft. Ich liebe dieses Flugzeug. Zwar schon etwas älter, aber noch immer eines der besten privaten Reiseflugzeuge der Welt. Ich erzähle Peter, dass ich als Gymnasiast Bilder der Cessna 310 aus der *Flugrevue* ausgeschnitten und in ein Heft eingeklebt habe. Hatte mich damals monatlich schwerst verschuldet, um diese teure Zeitschrift zu kaufen. Als Gegenleistung hatte ich meinen Gläubigern Zeichnungen für den Malunterricht gemacht – die waren meist zu deppert, einen geraden Strich zu zeichnen. Ich erinnere mich an die sogenannten Zeichenausflüge auf den Brucker Schlossberg. Dort sollten wir Buchen zeichnen oder Teile der Burgmauern. Manchmal hatte ich auch für ein Mädchen gezeichnet – als künstlerisches Honorar durfte ich ihr auf den Busen greifen. Sie hat mir darauf ihre Zunge in den Rachen gesteckt. Dachte damals, das wäre nun der absolute Gipfel aller Sünden gewesen – hatte schon Angst, dass sie ein Kind bekäme.

Peter krümmt sich vor Lachen. Über Linz dann weiter nach Salzburg. Wir gehen die Anflugprocedures für Innsbruck durch. Die Tiroler melden einen fallenden QNH, Regen, starke Windböen mit teilweise zwanzig Knöpfen. Beschissener geht's nicht mehr. Ich lasse unseren braven Brummer in die Waschküche hinein. Peter sitzt seltsam gelassen neben mir, er hat die Arme verschränkt. Dass der Stress ja nicht abnimmt, lässt er mich den Funkverkehr machen. Der Wind beutelt uns anständig durch.

»Passt eh' auf die Vereisung auf?«, höre ich ihn.

Meine Augen zirkulieren über die Instrumente. Ich habe nicht einmal Freiraum um »Jaja« zu sagen. Der minutenlange Ringkampf mit den Gewalten und gleichzeitig auf die Geschwindigkeit zu achten, drohende Vereisung, der Prelandingcheck – all das kommt mir vor, als würde es Stunden dauern. Ich muss noch ein bissl Gas reinschieben und merke, dass wir bereits durch die Wolkenschicht sind und zwischen den grauen Bergen direkt Innsbruck anfliegen. Ich folge dem ILS-Balken am Instrument, richte die Maschine exakt danach aus. Vor mir schon die Lichter der Landebahn. Dann ein kurzer, aber starker Hieb einer Böe von oben. Gott sei Dank haben wir unsere Gurte festgezurrt. Ein Kollege hatte sich bei so etwas schon einmal eine Platzwunde am Schädel geholt.

Dann schweben wir auf die Rollbahn ... wie immer lasse ich den Flieger, solange es geht, über die Bahn gleiten und kontrolliere nur mit dem Arsch sein Absinken. Ich liebe weiche Landungen. Auch diesmal »lecken« unsere Räder sanft den Beton. Ich atme durch. Unter den Achseln bin ich nass. Am Ende der Rollbahn wische ich mir mit einem Papiertaschentuch den Schweiß von der Stirn. Ich schiele zu Peter, der sich in einem Block Notizen macht.

Ich trau mich nicht zu fragen, welche Fehler ich gemacht hatte und woran ich noch arbeiten muss. Als wir zum Platz der General Aviation rollen höre ich ihn: »Bei so einem Wetter wird Innsbruck wie eine Landung auf einem Flugzeugträger.«

Ein Kompliment? Ich weiß es nicht. Wenn's ums Fliegen geht, ist er streng wie ein Wachhund an der ehemaligen DDR-Grenze. Im Flughafenbuffet fange ich mich langsam – er auch? Ich kenne ihn nicht so genau. Peter ist sehr ruhig, fast introvertiert, langjähriger Flugkapitän und nebenbei macht er auch Fluglehrer. Aber nur mit Leuten, die er mag, wie er immer betont. Heute ist er besonders ruhig. Nach einer Weile wird unser Gespräch persönlich. Er fragt mich, ob ich verheiratet bin. Nein. Ob ich eine feste Freundin hätte. Hatte ich, im Moment gäb's nur lose Beziehungen. Sehr lose Beziehungen. Ich kann ihm doch nicht von meinen Dominas erzählen.

Ich frage beiläufig nach seiner Situation. Er stehe gerade mitten in einer Scheidung. Oh, Scheiße - tut mir leid. Macht nichts, sagt er. Einen Zahn zu ziehen, sei manchmal besser, als tagelang mit Schmerzen zu leben. So könne man es auch sehen, nicke ich zustimmend.

Wie lange er verheiratet war? Nicht ganz fünfzehn Jahre, antwortet er und blickt zum Fenster in die verregneten Berge hinaus. Ich trau mich nicht nach dem Grund fragen, finde so etwas peinlich. Er kommt mir entgegen und sagt, ohne von mir gefragt zu werden: »Sie hat einen Freund – ich bin selten zu Haus. Fliegerschicksal.«

Er steht auf und geht auf die Toilette. Ich schau zu den Nebelfetzen der Nordkette hinüber. Fliegerschicksal? Da habe ich es mit meinen beiden strengen Damen leichter. Ob die verheiratet sind? Wahrscheinlich ja. Ich schätze meine Dominas so um die vierzig. Oh Gott, daran hatte ich noch nicht gedacht! Klar, die zwei sind wahrscheinlich verheiratet. Haben Mann und Kind zu Hause. Und immer, wenn ihnen danach ist – oder nach mir ist oder nach Fesselung und Watschen ist, bekomme ich einen Marschbefehl. Einen Watschenbefehl sozusagen. Ich stelle mir die beiden vor, zu Hause, im Schürzenkleid am Herd, an der Abwasch, Hausaufgaben machen mit den Kindern, am Abend mit den Ehemännern im Kino, Oper oder Restaurant. Und die Ehemänner wissen nichts von deren Doppelleben.

Oder die strengen Mädels arbeiten irgendwo in einem Büro. Sind vom Chef frustriert. Einem Angeber, der auf Manager spielt, mit genagelten Schuhen und Porsche in der Garage. Und an mir toben sie sich aus.

Peter kommt zurück: »Okay, bist fertig? Machen wir jetzt Salzburg. Gehen wir aber zuerst einmal die komplette Procedure durch. Salzburg wirst du sicher zur Prüfung bekommen.« Und Innsbruck? Eher nicht, winkt er ab. Er glaube, dass ich Graz und Salzburg machen muss.

Der Tag war sehr lang bis ich nach Haus komme. Salzburg war nicht weniger beschissen als Innsbruck. Im Gegenteil. Die bodennahen Böen waren fast schlimmer. Aber unsere 310er meinte es wieder einmal gut mit uns. Dieser Flieger liegt für mein Gefühl sehr satt am Luftpolster und wenn es auch noch so bockig zugeht, lässt sie sich gut halten. Man sollte nur immer auf die exakten Geschwindigkeiten achten – da ist die 310er eher spaßbefreit.

Gato erwartet mich schnurrend am Eingang. Ich hebe ihn auf meine Schulter und gehe in mein Arbeitszimmer und stelle meinen Fliegerkoffer ab. In der Post nichts Besonderes. Dafür neuer Dienstplan für die nächsten Tage in der Mailbox. Dubai steht am Programm. Hinflug, zwei Tage dort und dann Rückflug. Wir werden dort eine Maschine aus Singapur übernehmen. Morgen knapp vor Mitternacht: Departure.

Ich werde meine Unterlagen für die IFR-Prüfung mitnehmen. Während der zwei Tage kann ich wunderbar lernen. Dubai ist tote Hose.

Die Einkaufszentren hängen mir zum Hals heraus, die Sonne am Strand Hautkrebsgarant. Unsere Seniorstewardess wird Andrea sein. Als wir uns im Büro treffen, ist ihre erste Frage nach dem Kater.

»Er heißt Gato und wird schon ein richtiger Panther«, antworte ich.

Ich bin ihr gegenüber noch immer sehr misstrauisch, ob sie nicht doch irgendwas mit meinen Dominas zu tun hat. Eines ist für mich klar: Sie gehört sicher nicht zum strengen Duo. Weder ihre Stimme noch ihre Figur, nein, da passt einfach nichts. Ich kann mir sie auch nicht als Korsett tragende Heroine vorstellen. Sie kann zwar eine ordentliche Zange sein, aber ihre Keifereien haben wenig Erotisches an sich.

Und ihr Mann, ein typischer Wiener Gschaftlhuber, der ständig vorgibt alle und alles zu kennen. Was immer für ein Name am Tisch fällt, vom Oberchirurgen bis zum Bundeskanzler – gerade gestern war er mit ihnen essen. Ein Arschloch! Aber sonst ist Andrea ganz nett. Zu mir zumindest. Die anderen Stewardessen hassen sie wie die Pest – ich komm gut mit ihr aus. Alles andere gleitet an mir ab. Während wir die Bordküche und die Container noch einmal überprüfen, kommt sie noch einmal kurz auf meinen Kater zu sprechen und möchte wissen, wer sich um ihn kümmert, wenn ich nicht zu Hause bin.

Gato käme sehr gut alleine zurecht, erkläre ich ihr. Ich habe für ihn ein kleines Türl an der hinteren Hausseite montieren lassen, so könne er nach Belieben in den Garten oder wieder zurück ins Haus. Futter gäbe es mit einem Zeitschalter per Automat, sonst würde meine Haushälterin auf ihn schauen. Als ich ihr erzähle, dass er, wenn ich zu Hause bin, in meinem Bett schläft, und zwar gegen meine Kniekehlen gedrückt, da schaut sie mich liebevoll an und sagt: »Dem geht's aber gut.«

Nachdem Andrea unsere Gäste in der Businessklasse begrüßt und die Safety-Procedures erklärt hatte, ging's ab Richtung Dubai. Wir haben nur sechs Passagiere zu betreuen. Ein Ehepaar, zwei Frauen, die zusammen reisen und dann zwei Männer, wahrscheinlich beruflich unterwegs, denn gleich nach dem Start klappen sie ihre Laptops auf und arbeiten bis zum Abendessen. Wir servieren Champagner und Rotwein für die beiden Herrn. Da die Economy bumsvoll ist, helfe ich den Mädchen hinten aus. Ich mach das gern und den Stewardessen ist wirklich geholfen. Andrea will wissen, wie's mit meiner Fliegerei weitergeht und als ich ihr von meinem Prüfungstermin nächste Woche erzähle, ist sie überrascht: »Du legst aber ein ordentliches Tempo vor!«

Während der beiden Tage in Dubai würde ich noch ein Schäuferl nachlegen und mich ordentlich vollstrebern, versichere ich ihr. Wir waren zirka zwei Stunden unterwegs, als mich die beiden Damen rufen und mich um Rat fragen, was sie in Dubai so alles erleben könnten? Ich will ihnen nicht die Hoffnung rauben und erzähle von Kamelritten zu den Sehenswürdigkeiten des Landes – Gott sei Dank fragen sie mich nicht, was es dort zu sehen gäbe? Erzähle ihnen von den riesigen Einkaufszentren, der verrückten Indoor-Ski-anlage und den protzigen Hotels. Ob ich während der Tage nicht mit ihnen in das Einkaufszentrum mit der Skianlage fahren würde.

Hinter mir steht Andrea und als ich mich fragend umdrehe und schon über eine gute Ausrede nachdenke, nickt sie mir aufmunternd zu: »Natürlich Stefan, du hast während der beiden Tage ohnehin kein Programm.«

Na gut, jetzt ist es zu spät, um meinen Kopf aus der Schlinge zu retten. Andrea, die Ratte zwinkert mir zu, als wüsste sie genau, dass sie mir da wieder einmal ein Ei ins Nest gelegt hatte. Die beiden Damen wohnen wie wir im *Hilton* und würden mir eine Nachricht hinterlassen. Ich nicke freundlich, ziehe mich in die Bordküche zurück und beginne Geschirr und Besteck in den Kästen zu ordnen.

Dann werfe ich einen Blick durch den Vorhang zu den beiden Damen. Ob die beiden ...? Vom Alter her könnte es stimmen, denke ich. Sie sind sehr gepflegt, attraktiv, tolle Figur und teuerst geklei-det. Businessclass nach Dubai wird auch nicht gerade zum Spott-preis angeboten. Ursprünglich wollten sie First-Class-Tickets – aber die haben wir nicht auf dieser Route. Andererseits passen die Stim-men nicht – vielleicht verfälschen die Masken die Stimmen? Sie wünschen noch zwei Gläser Champagner. Als ich ihnen den Cham-pagner serviere, lächeln sie mir verschmitzt in die Augen. Ob wir ein Auto brauchen werden? Sie haben »wir« gesagt – nun, meinen sie Auto für sich oder haben sie mich mit eingeplant? Ich winke ab. In Dubai fährt alles mit Taxis, die seien dort sehr billig und stünden haufenweise an jeder Ecke. Ich will schon abhauen, als mich die Dame am Fensterplatz fragt, ob ich schon öfter in Dubai war. Jaja, antworte ich artig, aber ich würde mir immer was zu lesen oder arbeiten mitnehmen, weil die Tage dort grundsätzlich fade seien. Na, dann würden sie diesmal für meine Abwechslung sorgen, lachen beide.

Wie lange sie in Dubai bleiben werden, frage ich höflich, obwohl es mich in Wahrheit nicht interessiert. Nur ein paar Tage, dann ginge es für sie weiter nach Qatar, denn dort hätten sie geschäftlich zu tun. Oh, wie interessant, ob sie gar ins Ölgeschäft einsteigen wollen, heuchle ich weiterhin Interesse und schenke vom Champagner nach. Nein, nein, sie wollen sich ein Hotelprojekt anschauen. Sie hätten Verbindungen zum *Marriott*-Konzern und »wollen denen dort unten ein bisschen auf die Finger schauen.«

Marriott-Konzern? *Marriott* Wien ...? Ich werde unruhig. Die Dame am Fensterplatz lächelt mir besonders lässig in die Augen. Andrea rettet mich. Wir müssen unsere Kabinen für die Nachtruhe vorbereiten. Ich entschuldige mich und beginne mit dem Abräumen der Gläser und Flaschen. Dann machen wir finster. Eine Stunde vor der Landung gibt's Frühstück.

Gleich nach der Landung in Dubai verdrück ich mich aufs Zimmer. Bin hundemüde und hab überhaupt keine Lust, mich mit jemanden zu unterhalten. Am Nachmittag hole ich meine Skripte ans Bett. Am Abend gibt's Boxen im Fernsehen. Ich lass mir einen Meeresfrüchtesalat aufs Zimmer bringen. Junior Jones spielt sich zwölf Runden lang mit einem klar unterlegenen Gegner. Er lässt ihn bis am Schluss stehen und gewinnt unter furchtbarem Pfeifkonzert klar nach Punkten. Ein Boxkampf möbelt mich immer auf! Voll Übermut tänzle ich ins Badezimmer, ducke einem fantasierten Haken ab und kontere mit rechts gegen die Milz meines Gegners. Ich schlage den Körperhaken perfekt aus der Drehung, vergesse aber, dass Wandkacheln härter sind als alle noch so trainierten Bauchmuskeln. Im ersten Moment glaube ich schon meine Hand gebrochen. Gott, bin ich ein Depp!

Eine Packung Eiswürfeln aus dem Tiefkühlfach verhindert eine Schwellung. Die Hand ist wenigstens nicht gebrochen. Sie tut zwar höllisch weh, aber ... kein Gips und kann übermorgen heimfliegen.

Am nächsten Nachmittag gelingt es mir nicht, meinen beiden »Tanten« zu entkommen. Sie beharren auf ihrer Einladung und meinem Versprechen, sie zu dieser lächerlichen Skianlage in der Betonwüste zu begleiten. Als wir mit dem Taxi in dem riesigen Shoppingcenter angekommen sind, haken sie sich bei mir unter und zerren mich lachend und scherzend in diese schrecklich schrille Neonlichtwelt hinein. Natürlich müssen wir hinein – und zwar in die Schneebox - Saukälte.

Für den Energieaufwand brauchen die sicher zehn Nuklearkraftwerke, schätze ich. Um mich etwas aufzuwärmen, beschießen mich die beiden mit Schneebällen. In einem der kitschigen Schweizerhütten trinken wir eine Art Jagatee ... wie gesagt, eine *Art* Jagatee. Zumindest ist das Gesöff heiß. Ich komme immer mehr in Fahrt. Wir schlendern blödelnd zwischen den exklusiven Boutiquen. Irgendwie mag ich jetzt meine zwei Begleiterinnen, wir haben eine Mordshetz. Später kommen ein paar unserer Stewardessen entgegen. Anfangs schauen sie etwas komisch, dann lockert sich die Partie und sie schließen sich uns an. Als wir in das große Restaurant mit westlicher Küche einbiegen, stehen plötzlich unser Kapitän und der Co vor uns. Mit großem Hallo wird beschlossen, dass wir gemeinsam Abendessen werden. Die beiden Damen bestehen darauf, die gesamte Mannschaft einzuladen. Sie wären noch nie mit so einer netten Crew unterwegs gewesen und aus Dankbarkeit würden sie uns zu einem Festmahl einladen.

Zum Lernen komme ich heute nicht mehr, wird mir in diesem Moment klar. Dafür haben wir eine Gaudi. Als der Kapitän mich fragt, wie es mit meiner Fliegerei weitergeht, wenden sich die beiden Damen an mich: »Sie sind auch Pilot?« Nein, noch nicht, das heißt eigentlich schon, also Privatpilot, aber bald »richtiger« Berufspilot und rede um den Brei herum.

»Also was jetzt, Stefan? Können Sie fliegen oder nicht?«, bohren sie weiter. Ich versuche ihr zu erklären, dass ich knapp vor der Prüfung zum IFR-Piloten stehe – und erkläre kurz, was IFR ist.

Darauf beginnt die andere zu jubeln: »Wir möchten nämlich ein Flugzeug kaufen – na ja, jetzt haben wir schon einen Piloten!«

Allgemeiner Jubel und der Grund, eine Flasche Champagner zu öffnen. Der Kapitän ist am Tisch, darum trinke ich keinen Schluck – obwohl meine Begleiterinnen mich fast dazu zwingen wollen. Es ist sehr spät, als ich endlich ins Bett komme. Also die beiden sind ganz sicher nicht meine Dominas, denke ich kurz, bevor ich einschlafe. Um Mitternacht geht es wieder zurück nach Wien. Unterwegs über dem Irak lange nach Mitternacht, als wir den Passagierraum bereits auf Nachtruhe geschaltet haben, mache ich einen Sprung ins Cockpit. Der Kapitän kennt meinen Fluglehrer. Sie sind früher gemeinsam bei einer privaten Linie geflogen. Wir kommen auf die beiden Damen zu sprechen. Sie haben ihm verraten, dass sie tatsächlich daran dächten, einen Privatjet anzuschaffen. Und zwar gemeinsam mit einem Wiener Geschäftsmann. Es soll ein Businessjet werden und fügt hinzu, ich solle mich dahinterklemmen, denn das wäre eine tolle Gelegenheit für mich. Mein Fluglehrer könne mir ebenfalls weiterhelfen.

Wir kommen pünktlich am frühen Morgen in Wien an. Wie üblich fühle ich mich etwas zerknittert. Bevor ich nach Hause fahre, schau ich noch schnell im Crewoffice vorbei. Gut, dass ich vorbeigekommen bin, lacht mir die Kollegin entgegen, denn ich müsste morgen früh gleich nach Linz. Von dort geht's nach Manchester und dann für drei Tage Charter nach Mallorca.

Ich sage ihr, dass ich danach mindestens fünf Tage außer Gefecht sei, denn da wäre meine IFR-Prüfung angesetzt. Dann aber schnell nach Hause, bevor denen noch irgendwas einfällt. Es ist gerade Grippewelle in Wien! Da fallen wieder einmal alle um wie die Dominosteine, denke ich auf der Heimfahrt.

Nach der Dusche rasch ins Bett. Gato schnurrt mich in den Schlaf. Am Nachmittag rolle ich mich müde aus dem Bett. Hätte zwar gerne noch ein bissl weitergeschlafen, aber dann kann ich während der Nacht wieder nicht schlafen und bin dann am nächsten Tag angeschlagen wie ein Boxer. Mit einem dumpf brummenden Schädel setze ich mich mit einem Badetuch um die Hüften an den Schreibtisch und lege zur Entspannung meine Beine auf die Tischplatte.

Im morgendlichen Trubel hatte ich die Post ganz vergessen. Ein doppelter Espresso und ein aufgebackenes Croissant helfen mir auf die Beine, zumindest im Kopf. In der Post nichts Neues. Viel Papierverschwendung, daneben ein paar Rechnungen. Aber dann … ganz am Schluss, und zwar ohne Briefmarke, ein weißes Kuvert.

»Die Pflicht ruft!«

Daneben das Datum – ein Blick in meinen Terminkalender: genau einen Tag nach meiner Prüfung. Ich schau mir das Kuvert noch einmal an. Es kam sicher nicht mit dem Briefträger. Damit war für mich klar, dass die beiden fröhlichen Damen im Flug nach Dubai nichts mit meinen Dominas zu tun haben. Oder hatte jemand anderer das Kuvert für sie in den Briefkasten geworfen? Wäre ja möglich. Das nächste Treffen ist also in ungefähr zwei Wochen. Bis dorthin könnten die zwei wieder zurück sein. Also ganz so abwegig sei meine Theorie nicht, denke ich und streichle Gato, der es sich inzwischen am Schreibtisch bequem gemacht hat – und meine Zehen fixiert. Irgendwann raffe ich mich dann doch auf, ziehe mich an und fahre ins nächste Café. Ein Salat mit gegrillten Putenstreifen, dazu ein spritziges Mineralwasser und vor mir die aktuellen Tageszeitungen – die Welt ist wieder im Lot.

Eigentlich beginnt der Tag erst jetzt. Diese Nachtflüge mit der Ankunft am frühen Morgen lasten immer schwer auf Seele und Gemüt. Den Tag beschließe ich mit einem Rundgang durch die City. Die kommenden Tage werden wieder sehr anstrengend. Es ist schlimmer als befürchtet. Die Mallorca-Prolos sind besoffener und lauter und führen sich auf wie Liverpooler Hooligans nach einer Niederlage gegen Manchester. Komme dazwischen kaum zum Luftschnappen und gehe einmal ins Cockpit und lass mich vom Captain oder dem Co für die bevorstehende IFR-Prüfung abfragen. Hundertmal gehen wir die Approach-Procedures Linz und Salzburg durch, dazwischen lässt er mich alle nur möglichen Emergency-Procedures aufsagen.

»Ganz schön angestrebert«, lacht er und wünscht mir alles Gute. In meinem Linzer Hotelzimmer verstecke ich mich vor den seelischen Störungen dieser Welt. Die Stewardessen wollen mich ins *Bermuda Dreieck* der Linzer City abschleppen. Ich reagiere aber weder auf Klopfen an meiner Zimmertür, noch melde ich mich am Telefon. Mein Handy bleibt abgeschaltet. Ich darf nicht immer an die blöde Prüfung denken! Der Captain hat zwar gesagt, ich schaffe das mit links – hab aber trotzdem die Hosen voll.

Ich liege nackt im Bett, alle viere von mir gestreckt. Im Fernsehen geht gerade ein Tierfilm zu Ende und wie immer beginnt im letzten Viertel die übliche Jammerei vom Aussterben der Arten, dem Verfall des Regenwaldes und dass alles den Bach runtergeht! Grundsätzlich mag ich die Filme – nur das ständige Gejammer von den Wilderern und alles wäre schon dem Ende nah, nicht fünf Minuten vor zwölf, sondern nach zwölf, geht mir ordentlich auf die Nerven. Sollen sie eben alle aussterben, die blöden Viecher und die Tierschützer gleich dazu! Wenn der letzte Walriese seine Äuglein schließt, werde ich eine Flasche Champagner öffnen und auf das Ende der Natur furzen!

Ich denke an meine Dominas ... was würde ich geben, wenn sie mir jetzt den Hintern versohlten. Allemal gescheiter als das Gejammer um die bedrohten Tierarten! Lieber ein Abflussrohr in meinem Anus als die sinnlose Diskussion über den Walfang der Japaner oder Norweger. Schließe die Augen und fantasiere mir meine Dominas herbei. Und mit einem Mal denke ich mir die beiden ganz nah bei mir – über mir, neben mir – ich in ihren Körpern! Ich glaube ihre Haut zu spüren. Hauthunger! Mich von Gerüchen umfangen, schmecke heiße Nässe ihrer Lusthöhlen! Ich flehe meine Gedanken an, nicht aufzuhören durch diese herrlichen Welten zu wandern. Ich strecke mich, schau an mir runter und beobachte, wie mein Schwanz steil nach oben gerichtet still vor sich hinzuckt – und für sich weiter träumt. An der Spitze der knallroten Kirsche steht ein kleiner milchiger Tropfen. Na Servus! Hoffentlich geht die Kanone nicht gleich ohne Vorwarnung los!

Was mögen die beiden Herrinnen jetzt gerade machen? Jetzt, in diesem Augenblick! Haben sie eben einen anderen Sklaven an einen Pfahl gefesselt und spielen an dessen Hoden mit einem Feuerzeug. Dunhill in Gold. Peitschen mit geöltem Riemen seine Brust – oder die Arschbacken ihres Opfers, bis die Striemen platzen? Oder sind das am Ende zwei völlig biedere Weiber. Eine strickt einen Winterpullover für ihr Enkelkind, die andere holt gerade das Geschirr aus dem Spüler? Oder waren das doch die beiden flotten Damen im Flieger nach Dubai? Hotel in Qatar, Businessjet, dazwischen eine Runde mit einem Zweimeter großen Schwarzen und einem Schwanz wie eine Panzerkanone aus Rommels Wüstenschlacht um El Alamein? Was mag in ihnen vorgehen, wenn sie mich gleich einem Schmetterling mit Stecknadeln fixiert und ausgestreckt zur Fleisch- und Seelenbeschau vor sich haben? Welche Gefühle und innere Brände entfache ich in ihnen durch meine Hilflosigkeit? Wahrscheinlich sind beide mit Karriereidioten als Ehemänner gesegnet. Metallfersen an den Maßschuhen, blauen Hemden mit weißen Krägen, ewige Krawattenträger, goldenen Rolex an den feisten Handgelenken und Handys in der Sakkotasche. Opernball, Ausschusssitzungen, Verwaltungsrat, Aufsichtsrat und ordinäre Witze, wenn die Fettleiber unter sich in den Saunaregalen schwitzen. Da ist dann von den Heldentaten in Bangkok mit zwölfjährigen Mädchen die Rede. Von den zarten rosaroten Muschis, frischen Vaginas – und wie die Mädchen vor Schmerz brüllten, wenn sie von den Betonrohren aufgerissen wurden! Echte Burschen, die

Herrn erfolgreichen Manager! Habe diese Arschlöcher allesamt erlebt – und könnte sie eigenhändig erwürgen und ihnen ins Maul Scheiße von indischen Ochsen treiben. Hatte auch davon gelesen, wenn sie nach einem Jahr wegen irgendwelcher Wirtschaftsverbrechen in Handschellen vor dem Staatsanwalt standen.

Ja, wahrscheinlich haben die beiden, solche »Manager des Jahres« zu Hause. Werden ab und zu in die Promifresstränke *Steirereck* ausgeführt, Essen mit dem Herrn Bundeskanzler, dem Herrn Präsidenten der Industriellenvereinigung, dazu ein bissl Staatsoper, Philharmoniker – dort wird verschlafen – den Opernball nicht zu vergessen. Der Nukleus aller Arschlöcher dieser Welt in Frack, Zylinder, Orden und knallroten Schärpen! Um sechs Uhr früh am Naschmarkt zu drei, vier »Fluchtachteln« und im Vollrausch im Auto nach Hause. Die kleine bescheidene Welt der Bosse! Und im Windschatten stumm wie ein Fisch, die Frau Gemahlin.

Klar, dass mit der Zeit Frauen einmal ausrasten – und sich dann einen jungen Buben an die Kandare nehmen und mit ihm Rodeo reiten. Und stelle mir vor, wie ihre Herzschläge um eine volle Terz zunehmen, wenn sie mich vor sich sehen. Gefesselt, geknebelt, bewegungslos, zwischen den Beinen ein steifer Schwanz, der zuckend um Entladung fleht.

Einmal nicht das übliche Geschwätz von breiten Reifen am Porsche oder Angebereien von Heldentaten am Golfplatz. Nein! Stummes Krümmen eines sportlich schlanken Körpers, maximal ein verzweifeltes Grunzen aus geknebeltem Munde.

Und was empfindest eigentlich du, frage ich mich? Nun, allein der Gedanke an die Gedanken meiner Herrinnen erregt mich. Ich sehe sie vor mir, in ihren knappen Korsetts, fühle ihre Hände voll in meine Hoden greifend oder an meinem harten Schwanz spielend. Es erregt mich, dass sie erregt sind – wissend um meine Erregung ... aber wissen sie auch, dass mich ihre Erregung erregt?

Ich rufe mich zur Ordnung, und versuche den Algorithmus zu entwirren. Also noch einmal: Ich spüre meine Hypophyse pulsieren, allein schon bei den Gedanken an die Erregung meiner Herrinnen. Aber wissen sie das? Würde sich am Ende deren Erregung vielleicht sogar noch um ein Vielfaches steigern, wenn sie wüssten, dass mich schon die Vorstellung ihrer Erregung, nämlich mich zu fesseln und zu knebeln, geil macht? Was würde oder könnte wirklich passieren, wenn sie über meine Vorstellungen ihrer Vorstellungen wüssten? Würde sie das noch mehr aufgeilen – und diese Vorstellung würde – nein, wird mich noch mehr anmachen und das wiederum ... Ich sehe zwei in sich eng verflochtene Spiralen aus wild erregten Gefühlen immer enger werdend, sich immer schneller und wilder drehend, wie eine Eiskunstläuferin bei einer Pirouette! Am Schluss die alles in sich verzehrende Verschmelzung, Implosion der Gefühle, Selbstentzündung und sofortiges Abbrennen der Materie! Wenn alle Orgasmen zu Ende vibriert und alle Hoden leer gespritzt sind, bleibt nichts mehr übrig. Ausgebrannte Plutoniumstäbe in einem Kernkraftwerk, ein Haufen wertloser, nur noch vor sich hin glosender Schlackenstücke!

Ja, das ist das Einzige, was von uns dreien übrigbliebe! Wahrscheinlich liegen noch drei spastisch zuckende Hypophysen zwischen den Aschestücken. Ab und zu ein kurzes Aufglimmen einzelner Geschlechtsteile, weit verstreut in der noch rauchenden Asche. Wie die Reste eines gewaltigen Osterfeuers am nächsten Morgen. Aus den lodernden Haufen hoch aufgetürmter Holzstämme, einer heidnischen Brandorgie, weithin sichtbar zur mitternächtlichen Stunde – am Morgen nur noch grauweiße Asche. Von der strahlenden Pracht ist nichts mehr zu sehen. Genau das wird von uns überbleiben – wenn sich unsere Gefühle zur unbarmherzigen Feuerspirale vereinigen. Mehr nicht! Diese Gefühle werden alle Materie wegblasen wie nichts, denke ich. Und obwohl mein Schwanz wie ein Obelisk kerzengerade gegen den Himmel droht, schlafe ich ein.

7

Die Prüfung war einfacher als erwartet. Nicht gerade ein Klacks, einmal hatte ich etwas Glück, weil Entfernung falsch berechnet, mich aber dann gut herausgeredet, sonst keine Probleme. Ich kann es noch gar nicht so richtig fassen, aber mit der sogenannten Blindflugberechtigung, bin ich nun in die Riege der *echten Piloten* aufgestiegen. Das Fliegen auf Sicht hat etwas Amateurhaftes, Hobbymäßiges ... wer will schon gern ein Hobbypilot sein? Großer *Jeppesen* Fliegerkoffer, weißes Hemd mit Schulterstücken, *Breitling* Uhr und *Ray-Ban* Brillen machen noch lange keinen Piloten. Erst der Flug durch die Nebelsuppe, drohende Vereisungen an den Flügeln, exakt geflogene Warteschleifen an Flughäfen, From-to-Kursberechnungen, Winkelfunktionen machen einen echten Piloten - und endlich bin ich einer der *ihren*!

Am Abend ziehe ich mich in meine Hütte in Hietzing zurück und öffne eine Flasche *Corona*. Gato braucht lange, bis er sich zu einem Schlecker aus dem mexikanischen Edelbräu entschließt. Dazu eine Tiefkühlpizza – dann der Schock! Eine Gummistiefelsohle eines betrunkenen, russischen Infanteristen schmeckt besser. Nach ein paar Bissen fliegt der miese Fladen in den Mistkübel. Gato würde es als eine Beleidigung ansehen, böte ich ihm etwas davon an.

Er ist inzwischen auf den Geschmack vom *Corona* gekommen und berührt mit seiner Pfote die Flasche. Nachdem ich die Pizzazumutung entsorgt habe, schenke ich ihm mit dem Tipp, er möge mit seinem Alkoholkonsum Maß halten, nach. Bevor ich wieder zurückgehe, sehe ich im Augenwinkel einen weißen Papierzipfel aus dem Briefkasten ragen. Post? So spät noch?

Als ich vom Flugplatz kam, hatte ich doch den Postkasten geleert. Ich blicke nach links und rechts in die Finsternis. Nichts als schwarze Nacht. Das Kuvert muss jemand zwischen meiner Ankunft und der Pizzaentsorgung in den Kasten geworfen haben. Ob dieser oder diese meine Rückkehr vom Flugplatz abgewartet hatte? Irgendwie unheimlich. Vielleicht werde ich gerade jetzt beobachtet? Von dort – oder von da links, hinter der Hecke am Nachbargrund.

Was weiß ich überhaupt von meinen Nachbarn? Eigentlich nichts. Wir begegnen einander so gut wie nie. Wenn ich Dienst habe, verlasse ich meist das Haus zu einer Zeit, da schläft noch alles. Oder ist von der Arbeit noch nicht zurück. Habe ich keinen Dienst, liege ich noch im Bett, wenn alle längst im Büro sind – oder die Hausfrauen beim Friseur. Ich weiß nicht einmal, wer im Haus auf der gegenüberliegenden Seite lebt. Ein Ehepaar, eine Frau, allein, mit Lebensgefährten, Kindern? Nichts. Meine Eltern würden sich im Grabe umdrehen, wüssten sie um meine soziale Verweigerung. Nach einer Überprüfung der Umgebung gehe ich wieder ins Haus. Verschließe die Tür und – nein, ich öffne den Brief noch nicht! Zuerst mach ich's mir in meinem Zimmer bequem, Gato hat seine Bierration bereits weggesoffen. Hoffentlich miaut er jetzt nicht im Rausch die ganze Nacht. Er rollt sich auf den Rücken und fuchtelt mit den Pfoten in der Luft. Er möchte gestreichelt werden. Ich öffne aber jetzt erst einmal den Brief.

»Morgen hast du frei – sei bereit. Wir melden uns.«

Sofort spüre ich erhöhten Puls und ein seltsames Gefühl durch meinen Körper. Kribbelige Unruhe in den Armen und Beinen. Wie mag es ihnen beim Schreiben dieser Zeilen gehen? Wenn sie beschließen mir einen Brief zu senden, einen Termin planen. Ich lege meine Beine auf die Tischplatte, Gato schlägt mit seiner Pfote nach meiner großen Zehe. Au, Grobian! Lass gefälligst deine Krallen drinnen und bemerke ein Loch im Socken.

Zurück zum Brief. Ich frage mich erneut, was in den Köpfen der beiden ehrenwerten Damen wohl vorgehen mag, wenn sie den Beschluss fassen: Los, jetzt holen wir uns wieder den Honigbuben auf die Streckbank. Da muss doch was in ihnen vorgehen! Ich fantasiere mich in ihre Köpfe hinein. Stelle mir vor, wie die Anführerin streng sagt: Jetzt wäre es wieder mal an der Zeit, dass wir ihn ordentlich versohlen! Nein, Unsinn, so denken die nicht, sage ich mir. Woher willst du wissen, wie sie denken, geht es in meinem inneren Dialog weiter. Nein, weil das zu billig klingt. Das sind keine Friseusentussis, nein, die beiden sind aus der *oberen Sozialschicht.* Sie machen einen gebildeten Eindruck. Kann schon sein, dass die beiden im Flug nach Dubai auch aus dieser Ecke kommen! Welcher Ecke? Na ja, Frustrationsecke. Wohlhabende Damen, Karrieremänner als Ehepartner, Kinder schon draußen, Enkel noch in weiter Ferne ...

Beide stehen noch voll im Saft des Eros und wollen was erleben. Was erleben? Und deshalb gehen sie mit Peitschen auf dich los? Mein innerer Dialog nimmt an Heftigkeit zu. Na, klar – was erleben! Von den eigenen Männern kommt nichts mehr. Die kommen von ihren Ausschusssitzungen nach Hause, trinken ein Bier, irgendwann ist das Match Bayern München gegen Frankfurt vorbei und dann ab ins Bett. Und bevor sich gnädige Frau den Venushügel glattrasiert hat, schnarchen und furzen die fleischgewordenen Kolosse bereits.

Als »*keep your mouth shut*« gibt es dann einen protzigen Porsche Cayenne in Schwarz und mit goldenen Felgen. Und was wollen sie dann von dir? Gibt das andere *Ich* keine Ruhe. Ihre sexuellen Fantasien ausleben! Quatsch! Frauen wollen doch beschützt werden. Ein starker Mann an ihrer Seite, der das Überleben der Brut und der ganzen Familie sichert. Und da spielen die mit so einem Würstel, wie mit dir herum? Das seien eben die verborgenen Fantasien der beiden ... wahrscheinlich gerade dieser beiden.

Hormonelle Verlagerungen, frühkindliche Erlebnisse, schlag nach bei Freud oder anderen Psychoanalytikern. Diese Kerle wissen immer alles, wie, was, warum! Du bekommst einen Steifen, schon wenn du ein weißes Kuvert ohne Anschrift und Absender am Türspalt oder im Briefkasten siehst und die beiden ...? Mein anderes *Ich* zögert und sagt dann, die beiden sitzen wahrscheinlich im *Café Dommayer* am Hietzinger Hauptplatz, blicken einander stumm in die Augen, dann beginnt eine zu grinsen und die andere nickt stumm und ...?

Blödsinn, unterbricht wieder der streitbare Teil in meinem Inneren. Da wird nicht stumm genickt und gelächelt! Es könnte auch ganz anders laufen. Die zwei unterhalten sich – von mir aus im *Café Dommayer* – und eine von ihnen erzählt von ihrem Ehemann, seinen Freundinnen, wie er im Bett schnarcht und wie sein Bauch immer größer wird und der Schwanz mehr und mehr in den Speckfalten verschwindet ... und von ihr grunzend fordert, ihm einen zu blasen, und sie keine Lust mehr dazu habe.

Ums Blasen geht's bei denen längst nicht mehr, winkt das *Ich* ab. Bei diesen Ehen ist das Feuer draußen, da kommt nichts mehr. Es hat auch keinen Sinn, wenn der Herr Generaldirektor in einem Leopardentanga ins Bett springt ... da geht höchstens das Bett kaputt und er endet mit einem Oberschenkelhalsbruch! Nein, die beiden wollen was erleben – und zwar nach ihren Ideen. Sie träumen davon einen Mann zu unterwerfen, hilflos, bewegungslos vor sich haben – einmal kann *Er* nicht die Befehle erteilen, muss die Klappe halten, einmal geht's nicht nach seinem Schädel, einmal sind sie nicht von ihrem Hausbankomaten abhängig - das kann was! Das reizt sie. Macht sie geil.

Natürlich sitzen sie im *Café Dommayer* – irgendwoher wissen sie, wann du Dienst hast und wann nicht, eine sagt es der andern, sie zwinkern sich zu und beschließen: Den Buben greifen wir uns!

Wahrscheinlich beschließen sie dann auch das kommende Programm. Wie legen wir es an? Das Drehbuch, die Dialoge, die Action, die Plots, den Höhepunkt, die Kadenz, dabei reiben sie sich im Schritt! Sicher nicht, du alte Sau. Die beiden sind dazu viel zu beherrscht. Stehen über den Dingen.

Das andere *Ich* mault hinein: Die stehen über den Dingen! So ein Blödsinn! Das Einzige, was steht, ist jetzt dein Schwanz, weil deine Fantasien dir wieder mal davongaloppieren. Du wirst ja schon geil, wenn du dir nur vorstellst, wie die beiden sagen: Den greifen wir uns!

Das *Ich* nickt schuldbewusst. Ja, wir Männer sind wirklich leicht zu reizen. Ein paar Worte nur, wenn auch nur gedachte Worte, dazu ein prall gefülltes Korsett – allein die Vorstellung sie würden einem in die Eier greifen – und schon sind wir gefügig. Theoretisch könnten uns die Weiber für die niedersten Arbeiten abrichten. Ein paar Mal in die Hoden greifen, die Bluse offen und schon waschen wir widerstandslos Geschirr, trocknen ab, schlichten Teller in den Schrank, kehren Lurch vom Boden, putzen Fenster, Klomuscheln, Scheiße vom Hund, Speibe vom Baby, wenn es von drei bis sieben Uhr früh durchbrüllt ... legen uns ins Bett zum Butzilein, singen es in den Schlaf, wiegen, streicheln – oder lesen ein Gedicht zum Beispiel von Marquis de Sade laut dem Kindlein vor.

Ich lege den Brief auf den Schreibtisch und entziehe Gato meine zum Punchingball mutierte Zehe. Ich hebe ihn auf meine Schulter und schlurfe geknickten Hauptes ins Bad. An den Frauen ist schließlich schon Sokrates gescheitert. Die heiße Dusche befreit mich fürs Erste von meinen Depressionen. Gato schaut mir aus sicherer Entfernung, vom Handtuchregal herab, zu. Nicht um diamantene Mäuse ließe er sich zu einem Duschbad verführen. Während ich mit dem Shampoo in meinen Augen kämpfe, fällt mir ein, dass ich mit dem heutigen Tag zu den echten Piloten aufgestiegen war. Vor lauter Freude stimme ich Mark Knopflers *»Send them postcards from Paraguay«* an - *»I robbed a bank full of dinero - a great big mountain of Dough - so it was goodbye Companero and cheerioo ...«*

Gato schaut mich an, als würde er denken, nach zwei Bieren schon besoffen? Ich werfe den Badeschwamm nach ihm, er springt auf und flüchtet mit einem Fauchen!

»Kennst du nicht das vierzehnte Gebot? Sei niemals frech zu deinem Herrn!«, rufe ich ihm nach.

Im Bett sind wir wieder Freunde. Ich ziehe meine Beine an und er kuschelt sich in die Kniekehlen eines Piloten mit IFR-Rating, allemal besser als in die Knie eines Sichtflugdilletanten! Es ist der erste Tag als Vollblutflieger, darum frühstücke ich zur Feier des Tages mit Gato im Garten. Zwei Eier im Glas, aufgebackene Croissants, Butter und Marillenmarmelade. Für Gato öffne ich eine Dose Katzenfutter aus einem Pariser Feinkostladen. Mein Panther ist ein Gourmet, der begnügt sich nicht mit Billigfutter vom Discounter.

Die Befehle kommen am Nachmittag. Die finstere Villa nahe der Mauer zum Lainzer Tiergarten sei morgen aufzusuchen, und zwar eine Stunde vor Mitternacht und wehe, ich käme zu spät! Mein Schwanz rührt sich sofort. Schon beim Öffnen des Kuverts, flüchtiges Überfliegen der ersten Zeilen und schon bin ich erregt. Mein Hirn eilt wieder einmal dem Erlebten um Stunden voraus. Nimmt Dinge vorweg, von denen noch gar nicht gesagt ist, ob und in welcher Form sie geschehen werden. Ich blicke zum Fenster hinaus. Die Dunkelheit hat sich wie eine schwarze Wolldecke über das Haus gelegt. Die Fensterscheiben schwarz, wie lackiert. Ob sich jemand in den Garten geschlichen hat und von den Büschen nahe am Zaun mich beobachtet? Ich lege den Zettel auf meinen Schreibtisch, setze mich hin und lege meine Beine auf die Tischplatte.

Ich bin gut aufgelegt und reibe mir vor Freude die Hände. Freue mich schon auf morgen. Freue mich? Ja, bin sozusagen freudig erregt und gespannt, was mir morgen blühen wird. Peitschen, Kerzenwachs, ein Dildo von der Größe einer Gurke in den Hintern, ab und zu ein paar Ohrfeigen. Man ist bescheiden geworden, denke ich. Man gönnt sich ja sonst nichts. Ich blicke wieder zum Fenster ins unerbittliche Schwarz. Auf was freue ich mich eigentlich? Auf die Hiebe oder auf meine beiden Dominas? Und plötzlich spüre ich, dass diese Frage eigentlich von entscheidender Bedeutung ist. Dass sich da eine Ambivalenz auftut ... wem gehört eigentlich mein Herz in diesem Spiel? Den Schmerzen, den Gefühlen der Unterwerfung – oder den Damen? Nein, den Damen kann mein Herz nicht gehören, ich kenne sie ja gar nicht. Hab ihnen noch nie ins Antlitz geblickt. Begegneten sie mir auf der Straße, ich würde sie nicht erkennen. Habe nicht die leiseste Ahnung, wie sie aussehen. Sie reizen zwar meine Libido bis zum Zündpunkt, aber ich kenne sie nicht! Sie spielen mit meinem Körper, meiner Haut, meiner Zunge, meinem Schwanz, aber ich weiß nicht, wer meine Spielgefährtinnen eigentlich sind. Aber sie wissen es!

Ja, natürlich kommt mir mit einem Male die Erkenntnis. Die beiden wissen über ihr Opfer, ihr Spielopfer eigentlich bestens Bescheid. Sie wissen wie ich aussehe, spreche, rieche, leide – ja, mehr noch, sie wissen sogar über meine Fantasien, meine tiefsten inneren erotischen Welten Bescheid. In allen Zusammenkünften haben sie bisher immer alles richtig gemacht. Sie – anfangs war es doch immer nur eine Dame oder hat sich die Zweite im Hintergrund gehalten - oder sie haben vielleicht sogar *fliegend* die Rollen gewechselt, ohne dass ich es gemerkt hatte? Wäre möglich gewesen. Hatte meist verbundene Augen und wenn sie den Wechsel geschickt vollzogen hätten, wäre so etwas für mich niemals zu bemerken gewesen. Auf jeden Fall, ob anfangs alleine oder gleich zu zweit, sie haben immer sofort den Nukleus meiner erotischen Fantasien getroffen. Und darum muss ich mir jetzt gestehen, dass ich mich mehr nach ihrer Therapie sehne ... und weniger nach ihren Seelen.

Und wie mag es den Damen gehen? Versuche dich einmal in deren Hirne hinein zu denken. Was mögen sie spüren und fühlen? Ob sie sich nach dir sehnen? Du kannst doch bei ihnen ebenso nur auf ein Objekt reduziert sein. Erwarte nicht, dass die beiden auf deine Seele, dein *Ich* aus sind.

Nein, ein Stück Fleisch, ein lebendiges Stück Fleisch, das zuckt und ruckt, zittert, bebt vor Schmerzen, sich windet und krümmt unter den Peitschenhieben. Nicht dein So-Sein, deinen Charakter, dein Mannsein wollen sie, sie wollen eher ein Spielzeug. Ja, ein lebendiges Spielzeug. Keine quäckende Puppe mit einer Batterie im Bauch, sondern ein lebendiges Stück Materie, dass ihnen gehorcht – und zwar bedingungslos. In Wahrheit ein lebendiges Stück zwischen Haustier und Mensch. Pariert auf Pfiff, aber weil Mensch und vor allem Mann, immer mit der Möglichkeit des Einspruchs. Wahrscheinlich gibt es für eine Frau nichts Schöneres als ein Stück Mann vor sich liegen zu haben und es zu steuern wie eine Modelleisenbahn. Lokomotive los, Schranken zu, Signal auf, Lokomotive halt! Und der große Schalter ist kein Bankkonto, sondern sitzt in den tiefen Katakomben des Eros.

Ich denke an die Heerscharen von Freundinnen, mit denen ich während der letzten Jahre zusammen war. Von der Zeit im Gymnasium, die ersten Partys bis herauf ins hohe *Alter*, wie ich amüsiert räsoniere. Die haben das alle nicht kapiert. Nach ein paar Schmusereien waren sie sofort mit hocherotischen Themen, wie Kinder kriegen, Haushaltsgründungen und Verlobungsterminen zur Stelle. Als deren Mütter dann noch mit Guglhupf und Eierlikör ein Eheversprechen herauslocken wollten, löste ich mich in Luft auf.

Meine beiden Dominas schnallen mich hingegen auf die Streckbank, spielen mit meinem Schwanz, bei striktem Spritzverbot – und können von mir sofort und auf der Stelle alles haben. Ich sehne mich nach den beiden, habe bereits schwerste Entzugserscheinungen, hingegen bekomme ich in Wahrheit alle Zustände, wenn sich meine Freundinnen ob nah oder fern ankündigen. Verspüre einfach nichts, absolut nichts, weder Verlangen – nicht einmal Nichtverlangen. Eine Tragödie, denke ich. Dabei sind die alle aus bestem Hause, wohlhabend, jung und schön, gebildet, nette Eltern, die mich auch noch mögen - allein, ich schaff's nicht!

Ich könnte mit keiner ins Bett gehen. Ich weiß nicht einmal, ob ich einen Steifen bekäme, wenn sie nackt vor mir stünden. So weit hab ich's gebracht! Da kommen zwei Frauen, deren Aussehen ich nicht einmal kenne. Fesseln und knebeln mich, knallen mir eine, treten mich in den Arsch – und ich bin ihnen hörig wie ein abgerichteter Pudel. Mache Männchen, wenn sie es wünschen, Purzelbaum vor und zurück, Rolle links, rechts und furze und belle im Dreiviertel- oder Viervierteltakt, wie gewünscht.

Der Herr Macho, Boxer, Motocross Rennfahrer und Pilot in einem Vogelkäfig und krächzt auf Kommando »Guten Morgen, Herr Briefträger«! Und wenn meine Herrinnen mit ihrer Peitsche zwei Mal schnalzen, sag ich die Bürgschaft von Schiller fehlerlos auf. Irgendwas kann mit mir nicht stimmen, denk ich und hol mir Gato auf meinen Schoß, weil ich ihn jetzt streicheln will. Mein Panther sträubt sich aber und klammert sich an die Tischplatte. Ihm ist jetzt nicht nach Streicheln und Schmusen. Er will seine Ruhe haben, will schlafen, dann kommt der Größenwahnsinnige und will streicheln!

Gato will nicht und flüchtet mit einem gefauchten Jagdschrei vom Schreibtisch.

Na ja, Gato hat's schön, der wehrt sich, wenn man ihm seinen Willen aufzwingen will. Das liebe ich so an ihm. Gegen die ganze Meute dressierter Hunde, die wie Volldeppen ihren Herrn parieren, ist er ein Philosoph. Ein Denker! Ein Wissender! Aber wie soll das mit mir nur weitergehen? Ich kann doch kein Inserat aufgeben.

»Suche Ehefrau, die mich fesselt und ab und zu einen Baseballschläger über den Schädel zieht. Dann und nur dann bekäme ich einen Steifen und könnte meinen Pflichten als Kindserzeuger nachkommen.«

Eigentlich steht mir eine furchtbare Zukunft bevor, fällt mir ein. Bis hinein ins hohe Alter für einen Steifen vorher immer eine Tracht Prügel. Nach ein paar Jahren würde ich als sabberndes und stotterndes Wrack wie ein alter und dumm geschlagener Profiboxer herumtorkeln. Nein, ich muss schleunigst zu einem Arzt! Und zwar sofort! Ich atme tief ein, lehne mich weit zurück und verschränke meine Hände hinter meinem Kopf.

Ein Arzt muss her – ich schließe meine Augen und sehe, wie ich die Tür zu einer Ordination öffne. Das strahlende Weiß der Wände und Einrichtungen blenden mich. Ein Arzt hinter dem Schreibtisch steht auf – nein, es ist eine Ärztin. Groß, schlank, der weiße Mantel oben weit geöffnet, zwischen den Spalten quellen große Brüste. Sie bittet mich, ich möge mich ausziehen und schnallt mich auf einen Gynäkologenstuhl, ihre Hände umfassen meine Hoden, dass es schmerzt, und mein Schwanz fährt in die Höhe wie der hydraulische Stempel einer Hebebühne. Bist du schon ganz übergeschnappt?

Scheiße, alles Blödsinn ... aber die Ärztin wichst meinen Schwanz. Meine Gedankenwelt ist wirklich krank, denke ich und breche meine geistigen Etüden ab. Gehe unter die Dusche und dann ab ins Bett. Morgen gibt's die Peitsche! Im Bett ausgestreckt atme ich tief aus und ein. Zwerchfellatmung. Meine übliche Einschlafzeremonie. Es klappt aber nicht wie erwartet. Kann nicht sofort einschlafen. Gato ist noch nicht da. Treibt sich wieder mal irgendwo herum. Hoffentlich brunzt er mir nicht in meine Trainingstasche – das tut das Mistvieh immer, wenn er beleidigt ist. Denke an meine beiden Heroinen. Denke eigentlich oft an sie, fällt mir auf. Bin ich am Ende verliebt? Verliebt in meine Folteramazonen? Was heißt schon verliebt, grüble ich im inneren Dialog.

Toni Bentley schreibt zu diesem Thema, Liebe sei dann, wenn man jemanden träfe, mit dem man keine Angst zu sterben habe. Ich lass diesen Gedanken für Sekunden im Hirnraum rotieren. Keine Angst zu sterben? Habe ich Angst, mit ihnen zu sterben? Ist eigentlich egal, wenn ich tot bin – ob mit ihnen oder allein. Oder wenn die Pumpe mitten im Spritzen haltmacht. So ganz ohne Vorwarnung. Mitten in den herrlichsten Lustkrämpfen, der Schalter umgelegt. Finsternis. Danach nichts. Die Vorstellung hat was, denke ich und stelle mir einen Sarg vor mit den Dominas nebeneinander geschlichtet. Meine Herrinnen und ich zwischen ihnen eingelagert, sozusagen. Beide haben ihre Hände an meinem Schwanz.

Man sagt, Haare und Zehennägel würden über den Tod hinaus weiterwachsen. Ob mein Schwanz auch weiterwächst, wenn ich einmal nicht mehr bin? Ganz einfach so. Ich bin tot – und die Röhre macht weiter. Die den Schwanz umklammernden Hände meiner Dominas sind bereits zum Skelett abgemagert. Nur noch dünne Knöchelchen ringeln sich um mein pralles Glied und das wächst einfach weiter. Gibt keine Ruhe! Stirbt nicht! Er ist der Unsterbliche. Wie Jesus, der Heilige Geist und das ganze Himmelspack.

Mein Schwanz bleibt das einzig Ewige von mir. Das ewige Glied. Und ich stelle mir vor, wie die Friedhofsbesucher zu Allerheiligen, Allerseelen, Weihnachten und Ostern zu den Gräbern ihrer Anverwandten pilgern, vorne beim Eingang aus dem Automaten Grablichter kaufen und anschließend an meinem, unserem Grab vorbei defilieren und aus dem Grabhügel ragt mein Schwanz heraus. Wie ein Stück zu groß geratener Spargel – natürlich nicht weißlich bis hellgrün, sondern schwarz glänzend wie ein Latex umhüllter Strunk. Oben an der Spitze dunkelrot leuchtend die pralle Eichel, eine Art ewiges Licht oder Leuchtturm in der tobenden Nordsee. Blödsinn. Am Friedhof tobt nichts. Also Leuchtturm in der Mitte eines stillen, klaren – aber ständig kalten Bergsees.

Solange der Lustknödel innerhalb der Kopfhöhe bleibt, wird er sogar außerhalb der üblichen Besuchszeiten am Friedhof immer wieder besucht. Ausschließlich Frauen aller Altersschichten spazieren täglich, stündlich, minütlich an dem steifen Obelisken verwegener Träume vorbei. Knapp auf der Höhe meines Grabes blicken sie sich verstohlen um, ob niemand sie beobachtet. Oder ver-

steckt, verborgen hinter anderen Gräbern lauert. Nachdem sie sich
überzeugt haben, allein zu sein, wagen sie einen schnellen Schritt
zu meinem Grab und berühren meinen Schwanz. Erst berühren,
dann greifen sie nach der Haut und befühlen das Leben in ihm.
Dann noch ein Blick nach hinten, noch immer niemand in der Nähe
– dann besteigen sie den Grabhügel und greifen mit beiden Händen
danach. Und wenn sich noch immer in der Umgebung nichts Störendes getan hat, umschlingen sie das Rohr mit beiden Armen und
beginnen erst langsam, dann immer schneller die Haut an dem
Fleischstrang auf und ab zu wichsen. Manche werden von ihrer
Lust derart erfasst, dass sie versuchen ihre Beine um den Schwanz
zu schlingen. Wie Maibaumkletterer versuchen sie hinaufzusteigen,
greifen gierig nach der Eichel – die prompt zu pulsieren beginnt
und wenn die Kletterin besonders geschickt ist, bebt und zuckt der
ganze Prügel in der Folge, um sich schließlich aus Dankbarkeit und
natürlich Höhepunkt des Schauspiels, sozusagen, gleich einem
Vulkanausbruch, nach oben zu entladen. Pflichtbewusst wird der
Samen schließlich bis auf den letzten Tropfen aufgeleckt. Dann
schreiten die holden Damen, zumeist Witwen, zufrieden mit sich
und der Welt nach Hause – nicht bevor sie ein kleines Grablichtlein,
windsicher, versteht sich, in das blecherne Laternengehäuse stellen.
Dann noch ein kurzes Gebet an den heiligen Schwanz, er möge für
sie im Himmel nicht nur fürbitten, wie es so schön heißt, sondern
wenn sie dereinst mit Posaunen und Trompetenbegleitung hinauffahren, sollte er ihnen zur Verfügung stehen – allemal gescheiter,
als endloses Rosenkranzgemurmel mit frigiden Engeln. Der
Schwanz wächst natürlich weiter und weiter. Schwänze machen nie
halt! Sie können schlaff werden und krumm wie faltige Regenwürmer nach unten hängen, aber Stillstand gibt es nicht, denke ich
und stelle mir vor, wie nach vielen, vielen Jahren der Schwanz wie
eine alte Friedhofslinde über den Gräbern thront.

Endlich schlafe ich mit einem betonharten Glied ein und bemerke
nicht einmal Gato, der es sich diesmal zwischen meinem Kopf und
der Schulter bequem gemacht hat.

Den Tag beginne ich im *Café Bräunerhof*. Eines meiner bevorzugten
Caféhäuser in der Innenstadt. Wahrscheinlich, weil Thomas Bernhard dort viele Nachmittage gesessen war. Schmunzelnd und mit
etwas verkniffenen Augen hat er von dort aus Gäste beobachtet. Ich
beobachte nie Gäste. Sie gehen mir zumeist auf die Nerven. Vor
allem wenn sie kleine Kinder ins Café schleppen. Die dann zwi

schen den Tischen herumlaufen oder weinen, weil sie gestolpert sind – ohne, dass ich ein Bein gestellt hätte. Während ich in meinem großen Braunen rühre, rufe ich mir in Erinnerung, dass ich nichts mehr hasse als Lastwagen auf der Autobahn und kleine Kinder im Kaffeehaus. Als ich das einmal im Kreis der Familie einer meiner Freundinnen äußerte, hätte deren Mutter beinah die Polizei gerufen.

Die *Frankfurter Allgemeine* auf meinem Schoß und die morgendliche Ruhe eines Kaffeehauses sind Labsal für meine Seele. Ein Helikopter ist mit einem Sportflugzeug über Zell am See zusammengekracht, lese ich. Die beiden müssen sich wie Magnete angezogen haben. Der Helikopterpilot habe das Flugzeug gesehen, lese ich kopfschüttelnd. Wer hat ihn nach dem Knaller gefragt – der war doch nach der unfriendly Begegnung tot? Oder hatte er sich vom Himmel gemeldet? Per Himmelstelefon oder Stimme aus den Wolken?

Dann das geliebte Feuilleton. Kultur, Literatur und Wissenschaft. Erinnere mich, dass die Deutschen immer »Föjetong« sagen ... und »schemische« statt chemische und so fort und so weiter. Aber mit einer deutschen Mutter muss einem das egal sein – und bleiben!

Überfliege einen kleinen Einspalter. Es geht um tropische Wespen und Kakerlaken. Oh, wie interessant. Tief bin ich gesunken, wenn ich meine wertvolle Zeit mit Tropenwespen und Kakerlaken vergeude! Die Wespen würden die Kakerlaken sozusagen dressieren, wandern meine Augen teilnahmslos über die Zeilen. Die Wespen injizieren eine Chemikalie in das Hirn der Kakerlaken und machten sie damit gefügig.

Halt! Was hatte ich da eben gelesen? Ich richte mich auf und beginne den Artikel noch einmal von vorne. Tropische Wespen nähren ihre Brut mit Kakerlaken. Aha, das hatte ich vorhin in meiner Arroganz übersehen. Die Kakerlaken werden von den Wespen ausfindig gemacht, dann spritzen sie ihnen eine Chemikalie ins Hirn, der die Neurotransmitter der Gliederfüßer blockiert. Die Kakerlaken sind dann vollkommen willenlos und die Wespen führten sie anschließend an Fühlern, wie Hunde an der Leine zum Nest. Dort würden sie dann von der Brut bei lebendigem Leibe verzehrt, und zwar langsam, wird in der hochwissenschaftlichen Schrift nicht vergessen hinzuzufügen. Zitat *Nature News*, einer anerkannten naturwissenschaftlichen Schrift.

Wie geil, denke ich. Und in meiner Fantasie sehe ich meine zwei *Wespen* mir eine chromblitzende Injektionsnadel ins Hirn rammen und ich ihnen dann völlig willenlos ausgeliefert bin. Die Blockade meiner Neurotransmitter würden sich natürlich in meinem Falle auf meinen Schwanz niederschlagen. Das Rohr würde sofort teleskopartig ausfahren und mein Hirn wäre einem ewigen Orgasmus verfallen. Und der nicht enden wollende Samenguss würde meine *Wespen* wiederum nähren. Irgendwie gelingt es mir, mich zur Ordnung zu rufen. Sag einmal, was für eine Scheiße geht eigentlich ständig durch deinen blöden Schädel? Die erotischen Fantasien von Toni Ungerer, dessen grafisches Werk ich sehr verehre, sind gegen meine Kopfbilder fade Stillleben. Äpfeln, Birnen, Weintrauben und ein Tonkrug mit Wein, von einem *eing'rauchten* Holländer gemalt.

Ich sollte doch dringend einen Arzt aufsuchen, denke ich und blättere weiter zum Sport. Dort springt mir mit weit gespreizten Beinen die Amerikanerin Marion Jones entgegen! Bevor ich noch den Titel vom größten Dopingskandal in der Geschichte der Leichtathletik wahrnehme, stelle ich mir vor, wie ich vor ihr liege, mein Kanonenrohr steif in der Höhe ... und sie springt einfach mit einem Knall drauf!

Jawohl, ein Arzt muss her, und zwar sofort, sagt in mir die mahnende Stimme. Außer pralle Schwänze, ständig nasse Muschis und volle Brüste, hat offensichtlich in meinem Schädel nichts mehr Platz. Ich lege die *FAZ* weg und greife nach der *Neuen Zürcher Zeitung*. Ich hoffe mir von den Schweizern ruhigere Klimate. Keine Stürme, zuckende Blitze, tosende Meere. Die mögen es eher Adagio. Die sind vor allem langsamer – »Ich bin der Rüedi ...«, habe ich einmal einen Schweizer am Nebentisch zugehört, als er eine fesche Italienerin anbraten wollte. Die hätte ihm beinah ins Gesicht gespuckt. Als er sich dann kurz auf die Toilette verdrückte, hat sie mir ihre Telefonnummer rübergeschoben. Sie war aus Verona und wollte es immer auf dem Rücken liegend mit den Knien bis zum Jochbein angezogen.

Die *Neue Zürcher* ist um vieles moderater als die *Frankfurter Allgemeine*. Über viele Zeilen wird über den Streit zweier Landwirte um das Wasserrecht einer Weide in Hilwill, oder so ähnlich, gestritten. Die Redakteure fanden es sogar kommunikationswissenschaftlich für wichtig, die beiden Deppen abzubilden. Zwei dumpfe Köpfe mit Strickhauben und Quasten dran. Dann fällt mir am Nebentisch ein Pärchen auf. An und für sich nichts Ungewöhnliches. Gezwungenermaßen nehme ich an ihrer Unterhaltung teil. Sie erzählt vom Gartenzaun, der demnächst gestrichen werden müsste, der Winter sei nicht mehr weit und er zeigt Fotos, vom Zuhause im Salzkammergut. Ich erkenne aus den Augenwinkeln regennasse Straßen. Klar, Salzkammergut. Er holt ein weiteres Bild aus seiner Jackentasche und sagt, das sei sein Bruder. Gott, wie spannend. Ein Dachdecker, der jetzt bei Gmunden lebt. Sie nickt interessiert und blickt dazwischen auf die Uhr. Im Kopf noch immer der Gartenzaun mit der abblätternden Farbe. Darum muss er neu gestrichen werden. Dann treibt sie den interessanten Dialog mit dem Eierstockkrebs ihrer Mutter weiter. Er rührt in seinem Espresso, die Stirn mitleidig in Falten und nickt.

Wie mag sich dieses seltsame Paar gefunden haben? Sicher über eine Partnervermittlung. Das Ganze schaut mir nicht nach spontanem Aufriss aus. Eher nach Zeitungsinserat. Junge, hübsche Frau, Mitte dreißig, frauliche Figur ... na ja, sie kann schwer »Bierfassfigur« reinschreiben, denke ich. Er ein rotwangiger Landjunker, der bereits zu dieser frühen Stunde ein geleertes Krügel Bier vor sich stehen hat. Wahrscheinlich haben sie sich vorher geschrieben. Launige Briefe hin und her. Liebe Grüße, freu mich schon dich zu treffen. Vielleicht haben sie sich sogar übers Internet kennengelernt. Sie hat zehn Jahre alte Bilder ins Web gestellt, er irgendwo in einer Krachledernen auf einer Alm. Und jetzt – Karten auf den Tisch! In ihren Blicken steht »Flucht«. Sie kann aber jetzt schwer aufstehen und gehen. Eigentlich wollte sie ohnehin gleich wieder aus dem Café laufen, nachdem sie ihn gesehen hatte. Er plaudert munter weiter, erzählt von einer Reparatur eines Skilifts, Seilbahn oder so ähnlich. Sie nickt immer wieder und als er mit seiner rechten Hand ein Seil in die Luft zeichnet, folgen ihre Augen brav der fiktiven Gondel am Wege zum Gipfel. Warum sagt sie diesem Idioten nicht, dass er sich endlich verdünnisieren soll? Und zwar rasch, bevor sie ihm Strychnin in den Espresso schüttet!

Ich kann dem Gemetzel nicht mehr länger zuschauen, zahle und verschwinde in die frische Luft. Mein Geist braucht Sauerstoff und ein bissl geistige Nahrung. Darum gehe ich zu einem Zeitschriftenladen hinter dem Wiener Stephansdom, der eine große Anzahl internationaler Publikationen führt. Schwer beladen mit *USA Today* und *El Pais* und diversen Boxmagazinen setze ich mich ins *Segafredo* am Graben. Mein Handy piepst. Eine SMS. Die Nummer kenne ich nicht und deshalb möchte die Nachricht schon löschen. Ich hasse diese Meldungen über gewonnene Preisausschreiben oder Billigreisen nach Mallorca. Ich öffne sie aber trotzdem.

»23.00 im Haus. Pünktlich!«

Oh, meine Herrinnen melden sich bereits über mein Handy! Woher kennen sie meine Nummer? Ich lehne mich zurück, nippe am kleinen Espresso »kurz« und lese die Meldung noch einmal. Nur wenige Worte, knapper geht's nicht. Trotzdem lese ich sie immer wieder. Dann ein Blick auf die Vorbeispazierenden, Vorbeischlendernden. Mitten im Graben, umgeben von den teuersten und exklusivsten Läden von Wien, reges Wandern, Gehen, Hasten.

Junge Manager mit knallenden Stahlfersen an den Maßschuhen und wichtigen Gesichtern, Aktenkoffern, Computertaschen in den Händen, dazwischen Frauen aller Altersstufen und Vermögensklassen. Lässig gekleidet in Leopardenmustern, breiten Hüten, schlanke Füße in hohen Stilettos, ihre Blicke hinter kühn geschwungenen Sonnenbrillen verborgen. Ob eine dort drüben, mir eben ...? In Wahrheit bin ich schon ganz scharf auf heute Abend. Kann es nicht mehr erwarten. Was werden die beiden heute mit mir machen? Was haben sie vor?

Ich nippe am Espresso. Der bittere Geschmack sticht mir ins Hirn. Ich bemerke eine elegante Dame drei Tische weiter. Schlank, tolle Figur – besonders die Schultern und der Übergang in den Hals, finde ich aufregend. Schwarze Haare zu einem strengen Knoten gebunden. Mitte vierzig? Mit einer lässigen Handbewegung befiehlt sie den Ober zu sich. Der pariert wie ein dressierter Hund, steht stramm und nimmt dienernd ihre Bestellung entgegen. Sie würdigt ihm keines Blickes. Sie macht das mit der unterkühlten oder fordernden Eleganz wie Anne Bancroft im Film *Die Reifeprüfung*.

Ich erkenne eine goldene *Rolex* am Handgelenk. Sie holt eine *Marlboro Lights* aus der Schachtel, dann das saftige Schlack eines *Dunhill*-Feuerzeugs. Auch schweres Gold. Nona. Sie könnte auch eine von ..., denke ich.

Ja. Ich kann sie mir gut vorstellen. Die sehnigen Arme sind von ausreichender Kraft gesegnet. Mich zu fesseln, ist keine Schwerarbeit. Vor allem mag ich es. Meine Gegenwehr ist gleich null. Ich stelle sie mir vor, in Maske, Korsett, ihre Hände an meinen Eiern.

Mein Schwanz meldet sich sofort. Aber was mich besonders interessiert, wie planen und beschließen die beiden ihr heutiges Programm?

Was geht in ihnen vor, wenn sie einander gegenübersitzen und sagen: »Was machen wir heut mit ihm?«

Welche Gedanken, Gefühle strömen durch ihre Köpfe, wenn sie planen mich zu fesseln, prügeln, mein Arschloch dehnen. Was sagen sie? Welche Worte gebrauchen sie? Sind sie auch so ordinär wie Männer?

»Komm, los, heut ficken wir ihm das Hirn aus dem Schädel!«, oder »Heute muss er spritzen, die kleine Sau!«

Ich schau zur Anne Bancroft hinüber. Der Kellner kommt mit einem Kaffee Latte angerauscht, serviert ihn mit einer tiefen Verbeugung auf ihren Tisch. Der scheißt vor ihr in die Hosen, denke ich. Nein, ordinär ist sie sicher nicht, komme ich auf meine ursprünglichen Gedanken zurück. Aber ob sie »Heute lassen wir den Knaben ejakulieren, bis er der Orientierung nicht mehr mächtig ist« sagt, kann ich mir auch nur schwer vorstellen. Ich sollte hinübergehen und mich an ihren Tisch setzen und sie fragen: »Gnädige Frau, wie würden sie sich ausdrücken, wenn sie zu einer Freundin sagen, komm, lass uns diesen Jungen ins Bett abschleppen und nach allen Regeln der Kunst ausficken, bis er den Verstand verliert?«

Ich sehe, wie sie sich langsam aufrichtet, mit einer langsamen Bewegung der rechten Hand ihre mit Juwelen verzierte Sonnenbrille abnimmt und wie ihre grünen Augen mich hypnotisieren. Sie zieht langsam an ihrer Zigarette, bläst den Rauch mir ins Gesicht und ich höre ihre tiefe Stimme wie aus einer Stereoanlage: »Mein holder Knabe, dich schlürfe ich weg wie eine frische Auster ...«

Ich liebe solche Frauen. Hab sie immer geliebt. In ihren Augen ist immer die ganze Wahrheit des Universums. Sie fackeln nicht lange. Niemand kommt so schnell zum Punkt wie der Blick einer Frau um die Vierzig. Sie sind die einzigen Wesen dieser Welt, die immer die kürzesten Linien zum Ziel wissen. Diese Heroinen hassen Umwege. Für Ausreden und Ausflüchte kennen sie nur eines: Daumen runter! Sofort Enthaupten!

Während meiner frühen Jahre als volontierender Sportjournalist bei Wiens damals größter Tageszeitung hätte mich ein Abenteuer fast

Kopf und Kragen gekostet. Der Chefredakteur unserer Zeitung, in Wien natürlich ein mächtiger Mann, schleppte mich eines Abends zu einem Promiauftrieb ins Restaurant *Wegenstein* im neunten Wiener Gemeindebezirk. Eine der teuersten Speisehütten Wiens. Das Lokal gibt's heute nicht mehr, irgendein Großmarkt hat die noblen Feinschmecker rausgedrängt. Dort hätte ich mir nicht einmal einen Zahnstocher leisten können. Worum es bei diesem Fest'l gegangen ist, weiß ich heute nicht mehr – wusste es damals auch nicht. So etwas hatte mich nie interessiert. An unserem Tisch saß einer der reichsten Druckereibesitzer Wiens. Ein dickes, fettes Monstrum, das während des Abends mindestens zwanzig Kilo Gänseleber in sich hineinstopfte. Was immer auf den Tisch kam, wurde sofort Opfer seiner feisten Finger. Er watete fast bis zu den Ellbogen in den so genannten Gourmetschmankerln. Seine Hände waren den ganzen Abend damit beschäftigt das frisch Servierte sofort wie ein Schaufelbagger dem Krokodilrachen zuzuarbeiten. Es war ein echtes Gemetzel.

Ich hatte damals auf meine Einsachtzig runde neunundsechzig Kilo verteilt. Also mehr lungenkrankes Skelett als blühendes Leben. Neben dem nimmer satten Fleischberg seine Frau. Wahrscheinlich Ende dreißig, enge schwarze Röhre um ihre Figur, volle Brüste. Grüne Augen, die zu jeder Zeit in der Lage waren einen bis auf den Slip auszuziehen. Ein Wahnsinn diese Frau. Schweres Gold dezent verteilt über das erotische Gebilde. Ich traute mich nicht einmal in ihre Augen zu schauen. War gegen sie und gegen die ganze Gesellschaft hier nicht einmal ein Spatzenfurz in zehntausend Meter Höhe.

Der Wiener Bürgermeister, der Finanzminister und Innenminister, Sicherheitsdirektor, Polizeidirektor, der Generalintendant des österreichischen Rundfunks, alle Spitzen der wichtigsten Banken Wiens, kurz um, die gesamte Mitgliederliste der Freimaurer war angetreten – und ich, der steirische Almhirte, »der deutschen Sprache kaum mächtig«, wie es einmal ein Journalist ausdrückte. Zuerst berührten wir einander wie zufällig unter dem Tisch. Ich zuckte panisch zusammen. Warum weiß ich auch nicht.

Im Grunde meines Herzens war ich eben eine feige Sau! Ich wollte mich schon bei ihr entschuldigen, ich Rindvieh. Sie beachtete mich nicht einmal. Nahm vom Kuhhirten aus steirischen Almen nicht einmal Notiz. Dann berührten wir einander wieder. Dann wieder. Ich hatte sofort einen steifen Schwanz. Sie spielte mit ihren Zehen mit mir und unterhielt sich währenddessen kaltblütig mit ihrem Tischnachbarn, als wäre nichts geschehen. Erst dachte ich, sie würde mich verwechseln. Mit einem Tischbein, einem Kübel, Spucknapf oder so. Aber in so einer Nobelhütte stehen keine Kübel oder Spucknäpfe unter den Tischen. Sie kitzelte mich schamlos mit ihrer Zehe am Schienbein.

Ich glaubte meinen Kopf schon knallrot glühend wie eine Riesentomate. Dann stand sie plötzlich auf und schritt Hüfte wiegend auf die Toilette. Ich wischte mir mit der Serviette über den Mund, stand auf und eilte hinaus. Mit etwas Nachzündung. Gerade so, dass ich ihr am Gang begegnete. Ich sprach sie an. Irgendwas dürfte ich ihr zugelallt haben. Ihre Augen durchbohrten meinen Schädel, ob ich den Verstand verloren hätte. Sie schüttelte den Kopf und ich erwartete schon eine schallende Ohrfeige. Dann war sie weg. Ich stand da, versteinert, gelähmt, stumm – und hatte plötzlich eine Visitenkarte in meiner Hand. Minutenlang starrte ich wie ein Idiot auf die Karte. Eva ....

Damit hatte eines der schönsten Abenteuer meines bisherigen Lebens begonnen. Ich wollte sie gleich am nächsten Tag anrufen. Zum Glück fand ich vor lauter Aufregung die Visitenkarte nicht. Mein Glück! Hätte ich sie erreicht, sie hätte mit den Daumen meinen Kehlkopf zerquetscht – und zwar langsam.

So aber fand ich die Karte erst am dritten Tag, rief an und hörte ein drohendes Timbre in ihrer Stimme. Warum ich erst jetzt anriefe? Ich log etwas von Terminen und viel Arbeit. Klingt immer gut, dachte ich. Wir trafen uns das erste Mal im *Café Raimund* gleich gegenüber dem Volkstheater. Ich war schon fünfzehn Minuten früher dort. Sie eine halbe Stunde zu spät. Mit leichter Vorderlage rauschte sie plötzlich herein. Sie trug einen eleganten schwarzen Ledermantel, engen schwarzen Rock und dazu einen schwarzen Rollkragenpulli. Das dezent verteilte Gold war nicht zu übersehen. Nur mit Mühe schaffte ich es, rechtzeitig aufzuspringen und ihr aus dem Mantel zu helfen.

Schließlich hatte sich meine Mutter immer sehr bemüht, aus mir einen anständigen und wohlerzogenen jungen Mann zu machen. Sie wich aus, wollte nicht aus dem Mantel geholfen werden, sondern fragte, ob ich schon gezahlt hätte. Nein, und ich versuchte umständlich den Kellner herbeizuwinken. Ohne Erfolg. Sie machte eine unmerkliche Handbewegung und er war hier. Was wir nun machen wollten, fragte ich schüchtern.

»Na, hier bleiben wir sicher nicht«, war ihre knappe Antwort.

Wo ich wohne, wollte sie wissen. Am Wilhelminenberg in der Nähe des sogenannten Fuchsenlochs, benannt nach einem historisch berühmten Gasthaus noch aus dem Dreißigjährigen Krieg, erklärte ich. Oh, wie spannend, sagte sie und warf einen Blick auf ihre Rolex. Dann sah sie mir gerade in die Augen und meinte, ob ich ihr nicht meine Briefmarkensammlung zeigen wollte. Fast hatte ich schon die Antwort zwischen meinen Lippen, dass ich keine Briefmarkensammlung besitze. Besann mich aber in letzter Sekunde. Kapierte, was sie eigentlich wollte. Das wollte ich doch auch und lachte ihr ins Gesicht. »Okay! Den Markensatz mit den Trachten aus den fünfziger Jahren habe ich komplett. Los, fahren wir.«

Ich hatte noch von einem Besuch in der Tschechoslowakei eine Flasche Krimsekt im Cooler. Als ich die Flasche auf den Tisch gestellt hatte, sagte sie, ich möge diesen verkommenen Nuttensprudel ins Klo schütten – und zwar rasch! Dann zog sie sich aus. Ich war ihr sofort mit Haut und Haaren verfallen. Ein Junkie des Ficks sozusagen. Sie mochte es besonders, wenn ich ihr meinen Schwanz von hinten hineintrieb und sie dabei wie in einem Schraubstock mit meinen Händen an den Hüften fixierte.

»Fester, fester«, pflegte sie zu rufen – nein, zu schreien.

Ich musste am Boden ein Leintuch auflegen, da sie sich am Spannteppich die Knie verbrannte. Sie wollte es immer nur am Boden. Ich fickte mir die Seele aus dem Leibe, während sie brüllte: »Komm schon, du Sau!«, oder »Fick mich! Jaaa, fick mich tiefer, fester – du Schwein!« - »Du Drecksau«, und Ähnliches musste ich mir gefallen lassen.

Mit dem Ergebnis, dass mich die alte Nachbarin bei zufälligen Begegnungen ignorierte. Obwohl ich immer sehr freundlich grüßte und manchmal auch für sie beim Lebensmittelhändler eingekauft oder ihre schwere Einkaufstasche in die Wohnung getragen hatte. Undank ist eben der Welten Lohn! Wenn sie mir mit ihrem Mann, einem pensionierten Beamten der Finanzlandesdirektion, entgegenkam, blickte sie zornig weg, während er mir aus dem Hintergrund zuzwinkerte. Also hatte ich doch noch einen Gesinnungsgenossen im Haus.

Eva war geil wie eine brünftige Löwin. Nach einem minimalistischen Wortwechsel gingen wir sofort aufeinander los und verbissen uns in unsere heißen Körper. Nur einmal, wie ich mich jetzt hier auf der Terrasse des *Segafredo* erinnere, kam es zu einem philosophischen Diskurs. Wenn wir einige wenige Worte wechselten, dann ob ich eine Freundin hätte. Ja, hatte ich früher, jetzt nicht mehr. Eva hatte alle aus meinem Portefeuille gelöscht. Keine meiner bisherigen Mädels hatte gegen sie auch nur den Funken einer Chance. Mit diesen Gören war es immer ein ungeschicktes und verklemmtes Getapse und Gestocher, mit der wenig erotisierenden Frage am Schluss, ob ich kinderlieb wäre oder ihre Mutter würde mich kommenden Samstag einladen. Diese Zusammenkünfte waren eher Kastrationsmessen als erotische Festspiele. Die kapierten das alle nicht. Ich kam bald dahinter, dass sie eigentlich gar kein großes Interesse an einem elementaren Fick hatten. Musste bald erkennen, dass das ganze Gestöhne und Gekeuche und die »Ahhs« und »Ohhs« nichts als Schauspielerei war. Ja, sie diese Schmierenkomödien eigentlich nur aufführten, um mir erotisches Verlangen vorzutäuschen.

In Wahrheit wollten sie mich nur zu ihren Müttern schleppen und einen Verlobungsring oder sonst einen Scheiß an meine Finger ankleben. In Wahrheit fickten sie nie gerne! Fickten nur widerwillig! Eine Schande! Eva war da anders. Sie fickte allein, um des Fickens willen! Sie hat mir einmal gesagt, dass sie bei unserem ersten Treffen in der Wiener Nobelhütte, nachdem sie meine Hände gesehen hatte, sofort wusste, dass ein dicker fester Schwanz hinter dem Hosentürl versteckt sei.

So etwas nenne ich weise Voraussicht! Solides Grundwissen in der Anatomie. Und dazu der induktive Schluss – nämlich aus den Dimensionen einer Hand, auf die Abmessungen eines Schwanzes zu schließen. Also eine Philosophin, und zwar analytische Philosophin - Positivismus, Empirismus, Wiener Kreis! An und für sich mag ich einen intellektuellen Touch beim Ficken. Ich denke, man muss nicht unbedingt Hegel lesen, während man einen geblasen bekommt. Obwohl, wenn ich mir es genau überlege, mag das durchaus seinen Reiz haben, denke ich und bestelle mir ein Croissant bei der Kellnerin. Was mag Eva heute machen? Ist sie noch immer mit ihrem millionenschweren Fettsack verheiratet? Sicher. Ohne Geld würde sie es nie aushalten. Für sie war viel Geld genauso selbstverständlich wie ein guter Fick.

Man konnte die Uhr danach stellen, wenn sie mich besuchte. Punkt neunzehn Uhr hörte ich ihren Porsche die schmale Gasse hinauf brausen. Sie war eine elendige Autofahrerin. So gefühlvoll sie mit meinem Schwanz umzugehen wusste, so gefühllos traktierte sie ihren schwarzen 911er Targa. Kaum war sie in der Nähe meiner Hütte angekommen, begann die Knallerei beim Einparken. Schonungslos bumste sie gegen die vor oder hinter ihr geparkten Autos.

»Warum stellen sich die Dummköpfe auch gerade dorthin«, war ihr einziger Kommentar.

Dann der satte Knall der zugeschlagenen Porschetür und darauf das Tack-tack ihrer hochhackigen Stöckelschuhe. Zur Begrüßung griff sie mir sofort in die Eier. Ein flüchtiger Kuss und es ging zur Sache. Einmal kam sie nackt unterm Nerz. Die Wohnungstür war hinter ihr noch nicht zugeschlagen, fiel der Pelz zu Boden. Ein andermal breitete sie am Boden ein Tischtuch auf, mit Kerzen rechts und links – seit meinem schüchternen Versuch mit einem Krimsekt, musste es immer teurer Champagner sein. Wir entzündeten die Kerzen, sie sagte: »Es ist angerichtet«, legte mich aufs Tischtuch und wir begannen ein wildes Abenddinner am Boden bei flackerndem Kerzenschein.

Als sie beim Abschied bemerkte, dass mein Schwanz noch immer eine sogenannte Restfestigkeit in sich hatte, befahl sie in barschem Ton: »Los, komm noch einmal her – schad' um jeden Steifen!«

Ich lebte in einem Paradies. In einem Fickparadies. Ich war Eva völlig hörig. Sie spielte auf mir wie Glenn Gould am Piano – die *Goldbergvariationen*. Sie erfühlte mit ihren Händen, Fingern, Fingerspitzen förmlich alle Farbskalen der Tonleitern – sie erfand sogar neue Töne, Skalen und Kadenzen, die noch kein Komponist gefunden, gefühlt, gehört hatte. Nur ich durfte sie hören – und auf sie spritzen!

Dann kam der Schlussakkord. Es musste ja einmal so kommen. Bekanntlich ist nicht nur das Ende der Erde, der Sonne, des Milchstraßensystems, ja sogar des gesamten Universums absehbar – so hatte naturgemäß auch unser Schlaraffenland des Ficks ein Ablaufdatum. Ihrem Mann ist von unserem Paradies berichtet worden. Der Dicke hat natürlich sofort den Verleger der Zeitung benachrichtigt, der wiederum hat sich den Chefredakteur ins Büro kommen lassen – der Chef hat meinen Ressortleiter an die Brust genommen und dann war der Teufel los. Eva wollte keine Scheidung riskieren – das Ende war somit in Sichtweite.

Während der Fahrt nach Hause, denke ich an sie. Was ist aus ihr geworden? Was macht sie jetzt? Ist sie noch mit dem dicken Monster verheiratet - lebt der überhaupt noch – oder hat sie ihn mit einem Kopfpolster erstickt? Ich möchte sie wieder einmal sehen, beschließe ich. Sie war damals so gegen Ende dreißig, also muss sie jetzt so Mitte bis Ende vierzig sein, überlege ich. Ich erinnere mich, als ich sie einmal nach München chauffierte. Chauffieren durfte. Ihr Mann war in Russland unterwegs. Geschäftlich, natürlich. Ihre Schwester war schwer erkrankt. Nierenversagen, Lebensgefahr. Es regnete in Strömen, sie hatte Angst. Ich war zufällig im Lande, auch mit der Fliegerei war grad nichts los, also setzte ich mich in ihren Porsche, richtete den Sitz und brauste los. Trotz schweren Regens und einigen Aquaplanings brauchten wir weniger als drei Stunden bis München.

Eva war von den schlechten Nachrichten über den Zustand ihrer Schwester derart schockiert, dass sie von dem Tiefflug ins Bayrische nichts mitbekam. Ich wartete unten im Empfang des Spitals, während sie mit den Ärzten sprach. Es war Abend geworden und wir quartierten uns im *Sheraton* ein. Vom Zimmer rief sie in der Firma in Wien an, erhielt die Nummer ihres Gatten in Moskau und rief ihn an. Es dauerte eine Ewigkeit, bis sie ihn dran hatte. In der Zwischenzeit war ich bei ihr drinnen. Und zwar von hinten und tief. Während sie ihrem Ehegespons von der Nierenkolik, furchtbaren Schmerzen und Krämpfen ihrer Schwester erzählte, spürte ich ihre Säfte an meinem Becken. Sie schien ohne Unterbrechung zu spritzen. Das Leintuch war nachher pitschnass. Ich ließ mein Rohr in langsamen wohltemperierten Rhythmen raus und rein gleiten. Und ich erinnere mich noch genau, wie sie ihrem Mann abschließend von der regenglatten Autobahn erzählte. Und sie versicherte ihm, ja langsam und vorsichtig zu fahren – der Porsche sei im Regen nicht so einfach.

Bei jedem dieser Sätze versetzte ich ihr einen besonders festen Stoß. Als sie zum Abschluss nach einer kurzen Unterbrechung – während der ihr Gatte sicherlich »ich liebe dich« gesagt hatte – und sie darauf »ich dich auch« gesagt hatte, bin ich besonders tief in sie hinein. Sie hatte daraufhin den Hörer langsam aufgelegt und gesagt: »Du Schwein! Komm fick mich, tief, tiefer - tu mir richtig weh!«

Am Heimweg auf der Höhe Chiemsee, bis dorthin hatte sie kaum ein Wort gesprochen, wandte sie sich plötzlich zu mir und sagte: »Was ich an dir so liebe, ist die Tatsache, dass du völlig ohne Gewissen bist.« Nach einer Pause fügte sie hinzu: »Ein kaltes Herz und ein charakterloser Schwanz – ich mag das.«

8

Ich bereite Gato ein Gourmetdinner für den Abend. Er hat leider keine strengen Katzendominas, die ihm mit geschärften Krallen das Fell in Streifen abziehen. Dann gehe ich ins Bad, Gato folgt mir.

»Hey Panther! Pass auf, ich geh jetzt unter die Dusche – bleib, wo du bist! Vergiss nicht, dass du Duschen hasst, wie nichts sonst. Okay, bleib weg ...!«

Jetzt rede ich schon mit meinem Panther, bin also schon richtig durchgeknallt, denke ich. Vom Bett aus schalte ich den Fernseher an, den ich vor Monaten im Schlafzimmer aufgestellt hatte. Während ich mich abtrockne, schau ich mir die Nachrichten an. Nicht viel los heute. Queen Elisabeth feiert ... Geburtstag, Namenstag? Ich hör nicht genau hin. An ihrer Seite, als hätte er einen Besenstiel geschluckt, ihr Mann Philipp. Fescher Kerl, trotz hohem Alters, denke ich. Möchte mit achtzig auch so ausschauen. Dann kommt Charles mit seinem Krokodil ins Bild. Gott, ist dieses Weib hässlich. Diana hat sie Bullterrier genannt – eine Beleidigung für alle Bullterrier. Von seinem Vater weiß man, dass er ordentlich rumgevögelt hat. Und die alte Elisabeth? Hat sie sich auch ab und zu einen der Rolls Royce Chauffeure oder ihren Reitlehrer kommen lassen? Krone runter, Zobelmantel gleitet langsam zu Boden ... der Bursche öffnet ihr das Mieder: »Durchlaucht, er steht mir schon!«

Ich muss mich fertig machen. Geduscht, die Zähne blank, alle Achselgerüche eliminiert, frisiert, geschniegelt, mein Schwanz bereit – es ist Zeit. Hoffentlich dämpfen sie heute Nacht keine glühenden Zigarren auf meinem Hintern aus.

Es ist Nacht, als ich losfahre. Sehe im Geist die strenge Truppe, wie sie im Café sitzen und den heutigen Programmablauf planen.

Ich fessle ihn – Du schiebst ihm den Knebel in den Mund – Gut, dann greif ich ihm in die Eier – willst du ihm dann gleich einen blasen?

Ich bekomme einen Steifen. Stelle mir vor, wie sie während ihres Gesprächs geil werden. Ob sie ahnen oder gar wissen, dass während ich mir vorstelle, dass sie sich so etwas vorstellen, einen steifen Schwanz bekomme? Natürlich macht das die Girls an, sag ich mir. In Wahrheit denken Frauen genauso wie Männer.

Das Gartentor angelehnt, ich trete ein, der Vorraum im Haus wie beim letzten Mal stockfinster. Am Boden ein weißes Kuvert mit einer Wegbeschreibung. Es geht diesmal nicht in den Keller, sondern nach oben. Aha, eine neue Variante! Die hölzernen Stufen knarren unheimlich. Ich fühle mich mitten in einem Hitchcock-Thriller – ob ich auch in die Dusche muss, und dann erscheint hinter dem Vorhang eine der Damen mit einem riesigen Schlachtermesser?

Scheiß dich nicht an, heute wird hoffentlich einmal ordentlich gefickt. Ein Blick auf den Plan, die mittlerer Tür muss ich nehmen. Ich drehe die Stablampe ab und stecke sie hinten in den Gürtel. Greife nach der Türklinke und öffne langsam die Tür. Kerzen flackern gespenstisch im Hintergrund. Dunkle Schatten huschen über die Zimmerdecke. Ich trete ein, schließe hinter mir die Tür und bemühe mich, sie so leise wie irgendwie möglich ins Schloss zu drücken. Ich blicke um mich. Mitten aus der tiefschwarzen Stille im Hintergrund eine weibliche Stimme: »Zieh dich aus!«

Natürlich im Befehlston, was anderes kennen die Tanten nicht, denke ich und decke mit der Hand die Kerzen ab, um etwas zu erkennen. Ich sehe nur drei schwarze Kegel – könnten Personen mit schwarzen Umhängen und Kapuzen sein.

»Los, zieh dich aus!«, bellt es noch einmal aus dem Hintergrund.

Diesmal von der Seite. Drei schwarze Gespenster – soll das am Ende heißen, dass sie heute zu dritt sind? Ich ziehe mein Poloshirt über die Schultern und lege es – ordentlich wie ich nun mal bin, auf die Tischplatte. Irgendwann muss ich ja wieder aus dieser Geisterhütte raus, da will ich nicht ausschauen, als hätte ich unter der Donaubrücke genächtigt. Dann die Jeans, den Slip. Alles ordentlich ausgebreitet und glatt gestrichen auf die Tischplatte. Meine Mutter hätte ihre Freude gehabt.

»Komm her«, geht's im Feldwebelton weiter.

Ich schiebe zwei der Kerzentische vorsichtig auseinander und zwänge mich durch.

»Auf die Knie!«

Ich lasse mich langsam auf den Boden nieder. Ja, jetzt ist mir klar, heute sind sie zu dritt. Wie ich alle drei kniend ficken soll, ist mir ein Schleier, denke ich und muss innerlich ob meiner Kühnheit lachen. Ich komme mit meinen Gedanken nicht weit, meine Arme werden gefasst und die Handgelenke einzeln schnell von Lederriemen umschlossen. Wenig später werden meine Arme nach beiden Seiten weggezogen. Auch an den Fußgelenken spüre ich Lederriemen festgezurrt. Eine Hand drückt meinen Kopf nach vor. Ich kann nichts und niemand erkennen.

Meine Arme werden noch weiter auseinandergespreizt, an den Schultern drücken mich zwei Hände energisch runter. Ich habe das Gefühl, für alle bisherigen Sünden meines Lebens zu büßen. Eine Augenbinde beendet den visuellen Kontakt mit der Außenwelt. Ab jetzt beschränken sich meine Informationen nur noch auf die olfaktorischen, akustischen und taktilen Modalitäten – aber halt, die Geschmacksknospen habe ich vergessen. Ich hoffe, dass meine Zunge bald gefragt ist. Ich liebe an nassen Muschis nicht nur zu riechen, sondern vor allem zu lecken. Ich spüre Körper gegen meinen Kopf. Ob Becken, Oberschenkel, Arsch – nein, Arschbacken sind weich, der Körperteil gegen meinen Schädel ist hart. Also eher Becken. Eine Hand krallt in meine Haare und zieht meinen Kopf hoch. Dann bekomme ich den von mir vermuteten Körperteil ins Gesicht gepresst. Ich rieche Muschi, ergo, wie der Logiker schließt, handelt es sich um ein Becken, Schambein und spüre feuchtes Fleisch. Diese Muschi muss weit offen sein, denke ich und versuche, mit meiner Zunge nach ihr zu lecken.

»Ja, komm du süßes Schweinchen, leck mal schön«, höre ich ihre Stimme und denke, aha, die Frau Generalfeldmarschall drückt mich da an ihren Spalt, eine Wienerin würde niemals »leck mal schön«, sagen.

Egal, auch der Duft aus dem Wuppertal oder woher immer, macht geil und bin sogleich emsig an der Arbeit. Ich erahne die Ephemeriden ihrer Klit, zoome mich hin und beginne das Spiel mit meinen Lippen. Bingo, Treffer. Ich spüre periodisches Zucken ihres Beckens, zwischendurch krallen sich ihre Finger in meine Haare, als möchten sie sie büschelweise rausreißen.

»Ja, das tut gut. Junge, mach mal«, höre ich, während ich schlapp, schlappera, schlapperata, meine Arbeit verrichte.

Offensichtlich zur Zufriedenheit meiner Herrin. Dann kurzer Stellungswechsel, die Nächste ist dran.

»Komm Schweindl, bemüh dich ...«

Das »-dl« am Ende von Schwein, nimmt phonetisch die Härte von »Schwein«. Wenn »Schwein« aus norddeutschem Munde kommt, dann glaubt man die Schlachtbank nicht weit. »Schweindl« ist etwas diminuendo, sanfter, aber hat noch immer etwas Erotisches in sich. Andererseits kommt »dl« aus der Gegend des zehnten oder sechzehnten Wiener Gemeindebezirks. Sozialistische Hochburgen – hoffentlich muss ich nicht die »Internationale« singen! Ich habe trotzdem »Schweindl« lieber als »Schweinchen«, das ein bisschen nach lieblichem Rüschchensex klingt. Da ist Marmorkuchen und Eierlikör nicht weit. »Schweindl« liegt genau dazwischen. Es ist härter als »Schweinchen«, denn bei »Schweinchen« muss ich gezwungenermaßen immer an »Schweinchen schlau« aus Walt Disney denken.

Diese fünf oder sechs neunmalklugen Jungsäue, die mit der Intelligenz von Quantenphysikern die wildesten Abenteuer meisterten, aber doch immer rosarote Ferkel blieben. Ich mag kein rosarotes Spanferkel sein. »Schweindl« hat etwas Augenzwinkerndes und dabei doch ausreichend Sündiges an sich. Ein »Schweindl« vermag eben tief und entschlossen in eine triefnasse Muschi zu tauchen und seine Arbeit anständig und nach Maß zu leisten.

Schlapp, schlapp! Ich beginne ihre Klit zwischen Oberlippe und Zähne zu massieren. Sie reißt mir fast die Ohren aus und beginnt wild zu stöhnen ... an meiner Nase streift ihre Hand vorbei. Erst in gemächlichen Rhythmen, dann immer schneller – bis mit einem lauten Aufschrei ein Strahl edlen Muschisaftes sich über mich ergießt. Ich bin inzwischen derart in Rage, dass ich diese Spende genieße und mit offenem Mund danach lechze.

Im Hintergrund vernehme ich eine tiefe, gurrende Stimme mit der Aufforderung: »Spritz der geilen Sau ins Maul!«

So konnte man es auch sehen. Dann kommt die Dritte dran. Sie verrät ihre Herkunft nicht, sondern reißt meinen Kopf nach hinten und bricht mir fast das Genick. Sonderbar - denke ich. Drei Muschis von einer Gattung, nämlich Homo sapiens sapiens, überall weiches, klatschnasses Fruchtfleisch und doch drei verschiedene Gerüche. Klar zu unterscheidender Odor. Genickbruch beim Fudlecken, fällt mir spontan ein.

Wahrscheinlich könnte ich nun bei TV-Gottschalks »*Wetten dass*« auftreten, und zwar als Muschiriecher. Bekomme alle weiblichen Besucher vorgesetzt, dazwischen geschickt verteilt, meine drei

Dominas. Meine Aufgabe beschränkt sich auf das Herausriechen der Muschis meiner strengen Mädels, und zwar mit verbundenen Augen, naturgemäß.

Stell dir vor, denke ich, tausend Weiber sitzen weitgespreizt vor mir. Ich kauere in Gebetsstellung vor ihnen und muss an ihren Muschis schnuppern. Und dann mitten in diesem olfaktorischen Fest rufe ich freudig: »Halt! Das hier ist meine Generalsfud!« Tosender Applaus – Standing Ovations, und ich muss Gottschalk die hohe steirische Kunst des Fudriechens erklären.

Nein, so ordinär würde ich es nicht ausdrücken. Ich stelle mir einen dezenten Schalter an meiner rechten Seite vor, mit einem großen rotlackierten Knopf. Immer wenn ich eine meiner Muschis rieche, betätige ich mit der rechten Hand den Schalter. Ein lautes Tröt-Trööt schallt durch den Saal, knallrote Lichter leuchten auf. Aha, Muschi erkannt! Wieder Applaus und nach der dritten richtig erkannten Muschi langanhaltende Standing Ovations und lautes Encore Gebrüll.

Was passiert, wenn ich alle Lustspalten korrekt gerochen habe? Dann muss dem Reglement entsprechend der Quizmaster ein Versprechen einhalten und eine Gegenleistung erbringen. Was soll ich vom Gottschalk verlangen? Er muss sich während der Mitternachtsmesse im Stephansdom einen herunter wichsen, und zwar von der Kanzel – statt der Weihnachtspredigt! Au, meine Gedanken werden durch einen festen Griff an den Hoden jäh unterbrochen.

»Los steh auf, Fudbube.« Ein fester Ruck zerrt an meinem Hals und ich merke jetzt, dass irgendwann ein Lederhalsband daran geschnallt wurde. Dann werde ich nach hinten gezerrt. Das ist besonders heimtückisch, denn mit verbundenen Augen nach hinten gezerrt werden, versetzt einen sofort in Panik, weil die absolute Orientierungslosigkeit eintritt. Irgendwie stolpere ich gegen ein tischhohes Möbelstück und falle mit dem Rücken auf die Platte. Rechts und links werde ich an den Armen rauf gezogen. Es muss ein Tisch sein, denke ich, denn die Platte ist völlig eben und ich fühle Holz unter meinem Hintern. Gottlob, glattes Holz, sonst hätte ich jetzt zumindest einen Splitter in meiner Arschbacke. So derb haben sie mich darüber gezogen. Die Arme werden weit auseinandergezogen und fixiert. Gleichzeitig spüre ich Riemen an meinen Fußgelenken festgezurrt. Atem über mir. Jemand ist auf den Tisch geklettert. Die Flanken meines Brustkorbs werden zwischen zwei kräftige Oberschenkel eingeklemmt. Weiches Fleisch an meinen Wangen. Zwei Hände suchen nach dem Knopf der Augenbinde. Die Binde wird seitlich weggezogen.

Ich öffne meine Augen. Es ist noch immer sehr düster im Raum, das Kerzenlicht flackert gespenstisch. Das weiche Fleisch ist praller Busen, der sanft und warm über meine Wangen streicht. Ich kann das Gesicht im Gegenlicht nicht erkennen. Oder ist es hinter einer Maske verborgen? So genau kann ich das nicht feststellen. Einerseits sind meine Pupillen wegen der völligen Verdunkelung der Augenbinde sperrangelweit geöffnet, andererseits muss ich mich erst orientieren, um irgendetwas in dieser geisterhaften Umgebung auszumachen.

Langsam erfassen meine Augen die Umrisse, der über mir thronenden Gestalt. Ich erkenne helle Haut, nackte Schultern, pralle Rundungen wunderschöner Brüste in schwarzen Korsagen eng verpackt. Eine stolze Reiterin über mir … das macht mich gleich noch geiler, als ich ohnehin schon bin. Jemand spielt mit Schwanz und Hoden. Ich spüre angenehme Massage an meiner Eichel. Im Hirn machen sich die Artilleristen bereit zum Spritzgefecht. Die Alarmbereitschaft in meinen Eiern bleibt natürlich nicht verborgen.

»Wehe, du spritzt, Junge«, höre ich Frau Generalfeldmarschall und ein rascher allumfassender Griff an meinem anschwellenden Hoden jagt einen stechenden Schmerz durch den Schädel.

Inzwischen ist meine Reiterin von ihrem »Bock« runter und sehe nun Umrisse dreier Damen, die um den Tisch versammelt sind. Sie tragen enge schwarze Korsagen und ihre Gesichter sind bis zur Nase hinter schwarzen Masken verborgen. Meine Fantasie ergänzt das Bild und macht mich noch geiler. Einer der Damen spreizt meine Knie, die andere greift in mein Gehänge und fischt meinen Hodensack hervor, die Dritte wickelt irgendetwas um den Sack. Ich kann das Ganze in der Dunkelheit nur schwer verfolgen, weil mein Oberkörper derart stramm an der Tischplatte fixiert ist, dass ich auch bei größter Anstrengung nichts erkennen kann. Ich muss mich auf meine taktilen Fähigkeiten verlassen, um zu erahnen, was die drei Strengen zwischen meinen Beinen herummurksen.

»So, mein Kleiner«, höre ich eine Stimme mit betont süßem Timbre. »Jetzt wirst du einmal so richtig auf die Probe gestellt. Wir werden sehen wie lange du es aushältst. Mmh, dein Schwanz schaut vielversprechend aus.«

Eine Hand beginnt zart meinen Prügel zu wichsen. Langsam spüre ich die Vorhaut hinuntergezogen, dann wieder hinauf, hinunter ... hinauf. Ich atme schwer.

»So magst du es ... Sag schon was, Süßer.«

Das ist die Wienerin aus gutem Hause, denke ich. Ihre Stimme ist etwas rauchig, tief, sehr erotisch. Finger spielen an meiner Eichel, eine Hand umfasst meinen glasharten Prügel und drückt ihn zusammen. Nicht zu fest und nicht zu schwach. Die drei verstehen ihr Geschäft! Mein Atem wird schneller.

»Schau, er tropft schon. Wie süß!«

Eine Schlinge schließt sich fest um die Schwanzwurzel.

»Seine Eier zerreißt's bald«, höre ich die Stimme aus dem Arbeiterviertel.

Eine der holden Damen wendet sich zu mir und beugt sich über mich. Ein zarter Kuss auf meine Stirn, dann streicht sie ihren Busen über meinen Mund. Die Situation wird bedrohlicher. Einerseits absolutes Spritzverbot, andererseits tun die drei alles, dass ich im Falle des Falles nicht nur meine Hoden leere, sondern gleich das ganze Rückenmark mit hinausjage. Unter meiner Schädeldecke geht's zu wie in einem Hornissennest, in dem jemand mit einem Haselstock rumrührt. Weiche, warme Brüste streichen sanft über mein Gesicht. Ich versuche mit meinen Lippen nach ihren Rundungen zu schnappen.

»Oh, das Baby möchte mal 'n bisschen lutschen.«

Es ist die Deutsche. Sie greift tief in ihr Korsett und holt eine ihrer Brüste heraus und steckt mir den Nippel in den Mund. Ich beginne zu nuckeln und zu saugen, während mein Schwanz in langsamen Rhythmen abgewichst wird. Meine Hoden starten einen weiteren Anlauf. Mir fällt Woody Allens Film ein, bei dem die in rosaroten Höschen bekleideten Samengnome wie Fallschirmspringer aufgereiht auf das Spritzkommando warteten – und dann auf ein Pfeifsignal lossprangen. Bei mir pfeift aber nix – ich darf nix ...!

In der Verzweiflung beginne ich mein Becken in die Höhe zu stemmen, winde mich nach allen Seiten und stöhne herzzerreißend.

Allein, es hilft nichts. Die Peinigung hat längst alle Gipfel erklommen.

»So, jetzt legen wir einen Gang zu«, höre ich eine der Damen, die meine unteren Etagen bearbeitet.

Der deutsche Superbusen wird mir abrupt entzogen. Sie richtet sich auf und wendet sich an ihre Kolleginnen. Meine Beine werden losgebunden, gespreizt und bis zum Bauch aufgebogen. Dann die Fußfesseln wieder fixiert. Eine beschissene Stellung, denke ich und spüre eine Hand an meinem Hintern.

»Ja, was haben wir denn da für'n niedliches Arschloch?«, höre ich die Deutsche.

Darauf die Wiener Rauchstimme: »Das werden wir jetzt einmal ordentlich ausficken!«

Eine Hand beginnt meinen Anus mit einer Salbe einzureiben. Dazwischen verirrt sich immer wieder ihr Finger in meinem Loch. Sie scheint Vergnügen daran zu empfinden, ihren Finger bis tief zum Ansatz hineinzutreiben. Dann wird der Lustpfahl für das Hochamt vorbereitet. Er sieht aus wie der Kampfknüppel der Elitetruppe eines südamerikanischen Diktators. Vor Beginn der Bohrung wird er ausreichend mit einer Edelschmiere bestrichen, ohne der würde der Arschfick in einer Hinrichtung enden.

Eine der Damen beginnt zuerst mit ihrem Mittelfinger, dann erweitert sie ihren Bohrer auf drei Finger, um mein Loch aufzuweiten. Schließlich wird die dicke Wurst an das Loch angelegt und nach ein paar einführenden Probedrehungen ohne Vorwarnung hineingetrieben. Und zwar nicht zur Ouvertüre nur ein kleines Stück zum Eingewöhnen. Nein. Meine Herrinnen greifen immer gleich in die Vollen. Gnadenlos und ohne Hemmungen schieben sie den Stempel bis ins Zentrum meiner Galaxie! Ich habe das Gefühl, mein Becken zersplittert in achtundzwanzig Stücke. Alles, was mir bisher in dieser Richtung widerfahren war, hatte Zahnstocherformat – das ist jetzt die Atombombe über Nagasaki »Little Fat Boy«!

Mir bleibt die Luft weg. Nachdem der Nukleus meiner Seele erreicht ist, dreht sie den Pfosten mit ihrem Handballen mehrmals im Kreis. Eine Art Kreiselpräzisionsbewegung, denke ich. So wie die Erdachse pendelt – aber ohne den Nachschub Gottes. Andererseits, wenn sich schon die Erdachse in einer Pendelrotation bewegt, warum soll sich meine Achse, mein Körperspieß nicht auch drehen? So muss sich ein Spanferkel fühlen, wenn der Schlachter es nicht getötet hat, sondern halbtot auf den Spieß pfählt. Ich erinnere mich ohnehin schon »Schweindl« genannt worden zu sein. Bis zum Grill ist es nicht mehr weit. Inzwischen beginnen meine Peinigerinnen den Dildo langsam hin und her zu schieben. Dazwischen fauchen immer wieder wohltemperierte Luftschaße seitlich aus dem Loch.

»Lass mich auch mal ran«, bittet das Wuppertal am Schiebedienst teilzuhaben.

Nun klettert eine der Tanten rittlings über mein Gesicht. Ich sehe geradewegs in ihr Arschloch, das drohend über mir schwebt.

»Du wirst jetzt das Loch blank lecken, Schweindl, dann furze ich dir ins Maul.«

Das war die Wienerin, Sozialistin, rote Kampflesbe von den masurischen Sümpfen, denke ich. Aber wessen Loch droht über mir? Die Deutsche lotet mit der Gummikanone meine Innereien aus, daneben die Befehle von der blauen Donau. Und wessen Loch senkt sich da über mich wie eine hydraulische Presse? Es muss die wortkarge Dritte sein, denke ich und spüre sogleich, wie sich ihre Arschbacken weich auf meine Wangen legen. Ich scheine von allen Teufeln geritten, denn die Geilheit hat mich in unglaubliche Tiefen fernab von jeder Moral oder Hausverstand getrieben. Ich glaube, in diesen Momenten würde ich auch Scheiße fressen!

Während der Gummistempel rhythmisch in meinem Anus fickt, mein Schwanz dazu kontrapunktisch gewichst wird, streicht meine Zungenspitze an einem Arschloch, dessen Zuordnung mir in Wahrheit noch immer ein Rätsel ist. Blind vor Geilheit und Raserei ist die Zeit in mir inzwischen stehengeblieben. Jetzt fehlen nur noch Vibratoren in meinen Nasenlöchern und Ohren! Ich bin nahe daran zu kommen oder auch nicht – wenn nicht, dann nie mehr in meinem Leben. Mir ist, als würde ich eine prallgefüllte Blase wochenlang zurückhalten. Irgendwann hört der Schmerz auf – und Karma tritt ein!

Ich hatte längst den indischen Tempel aller Tempel betreten. Liege in einem orangefarbigen Tuch gehüllt, mit einem roten Punkt auf der Stirn, Asche in die verknoteten Haare massiert, lässig auf die Seite gelehnt, auf den meterhohen Stufen eines goldenen Tempels mitten im indischen Urwald. Umgeben von monströsen Königstigern, die ihre schweren Häupter auf meinen Oberschenkeln und Füßen zur Ruhe betten. Vor wenigen Augenblicken noch erlaubte ich ihnen, sich an einer vierzehnköpfigen Bauernfamilie samt Großeltern, Tanten und Nichten zu laben. Während ich als Gott aller Tiger über ihnen throne, paffe ich eine handgedrehte *Cohiba* aus dem *La Casa del Habano* in Havanna und blase Ringel in den Himmel.

»Wann hast du das letzte Mal deine Freundin in den Arsch gefickt?«

Mir ist sogleich klar, dass diese Frage nicht von Buddha an mich gerichtet wurde. Ich glaube nicht, dass Buddha ein Wiener ist oder war. Aber so ganz sicher bin ich mir dabei auch nicht. Irgendwie sind doch alle bedeutenden Wesen dieser Erde irgendwann einmal Wiener gewesen, denke ich. Die Arschwolke über meinem Gesicht verflüchtigt sich. Ich liege wieder nackt und blank wie eine frisch gehäutete Libelle vor meinen Peinigern. Der Gummipfropfen füllt meinen Körper bis an den inneren Rand meiner Haut.

Die drei heiligen Königinnen vor mir und ich auf dem Rücken zusammengeschnürt und verkrümmt, wie der Käfer in Franz Kafkas Roman. Die Unbekannte, deren Arsch ich eben verkostet hatte, wendet sich an mich und will ausgerechnet jetzt, mit ruhiger Stimme wissen: »Erzähl uns von deiner Freundin.«

Ihre Stimme hat ein wohlklingendes warmes Timbre und hört sich sehr vornehm an. Der leicht nasale Ton verrät sie als höhere Tochter. Wahrscheinlich Hietzing, Döbling oder Neustift. Matura bei den Dominikanern. Aus denen wurden später die geilsten und heißesten Tipps von Wien. Opernball, dann später verheiratet, jedoch nie unter der Vorstandsebene. Der hochdekorierte Mann war jeden Abend entweder bei einer Ausschusssitzung oder bei einer Soirée mit dem Kanzler. Auch ein bisserl *Club 45* war meist dabei, zumindest solange der smarte Besitzer nicht im *Häf'n* gelandet war.

Daneben welkte die Schöne zu Hause langsam dahin. Bis ihre Muschi sich hier im Keller an der Zunge eines frischgebackenen IFR-Piloten festsaugte. Irgendwie kommt mir die Stimme bekannt vor ...? Hatte ich diese Stimme nicht schon einmal gehört? Ich versuche mich aus meiner verkrüppelten Position an sie zu wenden. Möchte mehr von ihr hören. Kann sie aber schwer bitten, sie möge weitersprechen. Irgendetwas, einfach so. Oder sie möge aus einem bekannten Meisterwerk von Goethe, Schiller oder Shakespeare zitieren. Diese Stimme gehört sicherlich einer wohlgebildeten, eleganten Dame, denke ich. Kann wahrscheinlich seitenweise aus der *Die Bürgschaft* oder *Schillers Räuber* rezitieren ... Sie unterbricht meine Gedanken: »Du hast doch eine Freundin, oder?«

Ich nicke stumm. Meine Stellung ist unkomfortabel, meine Knie beginnen zu schmerzen. Die Frau Generalfeldmarschall gibt sich mit der halbherzigen Antwort natürlich nicht zufrieden und bellt ungeduldig: »Was ist los mit dir? Du wurdest was gefragt. Wir wollen eine Antwort! Also was ist mit deiner Freundin?«

Ich versuche mit den Achseln zu zucken, geht aber wegen der blöden Stellung nicht.

Bevor sie mir jetzt eine glühende Zigarre in den Arsch schieben, denke ich, sag ich lieber was: »Meine Freundin? Was soll mit ihr sein?«

»Wir stellen hier die Fragen! Los antworte. Hast du eine Freundin oder nicht?«

»Kann mich hier jemand losbinden, mir schlafen die Knie ein«, sage ich ungeduldig.

»Wir denken nicht daran. Jetzt werden wie dir gleich den Arsch blutig ficken«, bellt die sozialistische Kampflesbe.

»Was wollt ihr wissen?«

»Zum letzten Mal! Ob du eine Freundin hast?«

»Ja. Nichts Festes momentan. Eher ein bissl lose.«

»Fickst du sie in den Arsch?«

»Oh Gott, nein.«

»Lass den lieben Gott aus dem Spiel! Warum nicht?«

»Weil sie das nicht mag – glaube ich zumindest.«

»Hast du sie schon einmal gefragt?«

»Nein. Eigentlich nicht – aber sie mag das sicher nicht.«

Die Stimme mit dem sanften Timbre schaltet sich ein: »Woher weißt du das?«

»Na ja, sie ist nicht der Typ dafür«, antworte ich zögernd.

»Was für'ne Type ist sie denn?«, fragt die Deutsche.

»Schwer zu sagen, aber sie mag das sicher nicht«, antworte ich zögernd.

»Beschreib uns einmal deine Freundin«, bittet die Noble.

Ich versuche meine Stellung zu ändern, um etwas Blut in meine Beine zu bekommen. Der dicke Gummipfahl steckt noch immer tief in mir.

»Sie ist knapp zwanzig. Sehr jung. Sie will eigentlich hei…«, ich stocke.

»Sie will dich also heiraten. Möchte sie ein Kind von dir?«, unterbricht sie mich.

Ich nicke.

»Du willst aber weder heiraten noch ein Kind haben. Stimmts?«

Ich nicke wieder.

Sie setzt sich an die Tischkante und legt ihre Hand auf meine Arschbacken: »Warum willst du sie nicht heiraten?«

»Weil ich momentan noch nicht heiraten will. Mir kommt das noch zu früh.«

»Typisch Mann«, faucht die Stramme dazwischen. »Ihr habt's doch nur das Bumsen im Schädel. Sonst nichts.«

Dann wieder die ruhige, vornehme Stimme: »Und wann willst du heiraten?«

Ich versuche wieder vergeblich mit den Achseln zu zucken. Meine Schultergelenke beginnen wegen der ausgestreckten Arme zu schmerzen. Nach einer kurzen Pause fragt sie weiter: »Würdest du sie später heiraten?«

»Eigentlich – nein, ich glaube später auch nicht …«

»Da sieht man wieder! Ich hab's gewusst: Männer sind alle Schweine!«, bellt die Strenge dazwischen.

»Weiß sie das?«, fragt die ruhige Stimme.

Ich werde ungeduldig: »Nein, oder ja oder ich weiß es nicht. Sie hat mich noch nicht gefragt – wir haben auch noch nicht darüber gesprochen. Es ist …«

»Ihr habt noch nicht darüber gesprochen? Die Arme weiß genau, was du auf so eine Frage antwortest. Sie traut sich nicht dich zu fragen. Und dass du ihr von vornherein die Wahrheit sagst, dafür fehlt dir der Mut. Aber nicht nur dir, sondern allen Männern. Man sollte euch gleich nach der Geburt die Eier abschneiden!«, bellt die Deutsche los.

»Sprecht ihr nie übers Heiraten?«, vernehme ich die Ruhige an meiner Seite.

Sie beugt sich zu mir und beginnt abwechselnd mit dem Dildo und meinen Hoden zu spielen. Sie macht das sehr geschickt. Mein Schwanz reagiert sofort.

Sie lächelt zufrieden und deutet auf das zuckende Rohr: »Oh, spricht er auch nicht mit ihr?«

Sie streicht sanft mit ihrem Zeigefinger an meiner Eichel, die wie zur Antwort pulsartig zu tropfen beginnt. Verspielt verteilt sie mit ihrem Finger die Flüssigkeit über den tiefroten und prall geschwollenen Lustknoten.

»Natürlich«, beginnt wieder die Strenge, »das ist das, was ihr wollt – husch, husch, dann schnell mal gespritzt, dann wird weiter geschnarcht!«

»Lass Lisa. Jetzt wollen wir einmal sehen, was unser Knabe so alles draufhat.«

Aha, Lisa heißt die elegante Dame. Sie lässt von meinem bis zum äußersten gereizten Schwanz ab. Die drei heiligen Feen binden mich los.

»So, Junge jetzt wirst du es dir selbst machen, und zwar vor uns! Haste verstanden?«

»Bitte was?«

»Du hast richtig gehört, mein Kleiner. Du wirst dir jetzt vor uns einen runterholen.«

Sie steht auf, geht zur Tür und dreht an einem Schalter. Licht geht an. Im ersten Moment bin ich geblendet. Muss die Augen zusammenkneifen. Jetzt erkenne ich meine strengen Damen. Alle drei groß, schlank. Ihre Brüste in engen schwarzen Korsagen. Winzige Slips und kniehohe Lackstiefel. Wer ist nun wer? Frage ich mich.

»Bist du schwerhörig?«

Aha, die Wiener Arbeiterführerin kommt von der Mitte, die ehemals höhere Tochter, dürfte die Rechte sein – dann bleibt für die Deutsche nur noch die Person zu meiner Linken. Ich reibe mir zuerst die Handgelenke, dann die Knie. Versuche rasch Blut hineinzupumpen. Versuche mich zu strecken.

»Los! Wir warten!«

»Jaja, schon gut – wir sind nicht am Kasernenhof«, versuche ich Zeit zu gewinnen. »Ich kann mich kaum rühren, weil ...«

»Keine Ansprachen«, werde ich barsch unterbrochen. »Los, setz dich hin, wir wollen was sehen.«

Ich setze mich auf, werfe einen fragenden Blick auf meinen Schwanz. »Wie stellt ihr euch das vor?«

»Du bist richtig niedlich, Kleiner. Was sollen wir uns schon vorstellen – du sollst deinen Schwanz nehmen und ihn mal schön abwichsen – und wir schauen dabei zu! Das stellen wir uns vor. Also los!«

Ich schüttle den Kopf, aber nicht als Verneinung, sondern aus Erstaunen, Entsetzen und Hilflosigkeit. Vorsichtig greife ich nach meinem Schwanz, umschließe ihn langsam und zögernd mit meiner Hand. Sieht aus, als wüsste ich nicht, wie man sich einen abwichst.

»Was soll das? Warum spielst du so blöd herum? Willst du uns weismachen, dass du nicht weißt, wie man sich einen runterwichst?«

Ich blicke ihr erstaunt in die Augen. Will schon sagen, nein, ich weiß es nicht! Aber das hätte die Situation nur verschlimmert.

Deshalb sage ich ihr die Wahrheit: »Aber nicht vor vollen Tribünen.«

»Oh, da haben wir uns ja ein lustiges Scherzkeks eingefangen.«

Dann legt sie einen Gang in ihrer Schärfe zu: »Wenn du nicht sofort zu wichsen beginnst, binden wir dich nieder und pissen dir ins Maul!«

Bumm! Das hat gesessen. Das ist eine neue Dimension an Heftigkeit. Ich blicke fragend zur Lady hinüber – nach meinem Eindruck würde es mich überraschen, wenn sie diesen Ton akzeptierte. Plötzlich sehe ich in ihr unmaskiertes Gesicht! Schau auf die anderen Damen – alle drei hatten in der Zwischenzeit ihre Masken vom Gesicht gezogen. Ihre Gesichter sind ernst, regungslos. Sechs Augen sind lebendig geworden.

Ich schau noch einmal zur Lady – und erinnere mich plötzlich an sie. Ich hatte sie erst vor wenigen Tagen gesehen! Ja, natürlich! Und ich erinnere mich sofort, woher ich sie kenne. Vor wenigen Tagen saß sie im *Mario* direkt neben mir. War gerade auf dem Nachhauseweg von einem meiner Citywalks, überlegte es mir aber und beschloss spontan ins *Mario*, auf gegrillte Tintenfische aus ligurischen Gewässern, zu gehen. Ich war schon bei knusprigem Weißbrot mit Olivenaufstrich, als die große Blonde mit dem langen Zopf bis zu ihren Schulterblättern, samt Entourage auftauchte. Wir hatten kurz Blickkontakt, ihre melancholischen dunklen Augen hypnotisierten mich. Muss Ende vierzig sein, dachte ich damals. Ein großer, etwas zu breit geratener Mann, kahlköpfig, in Hemdsärmel und auffallend lauter Stimme folgte in ihrem Sog. Am Ende der Truppe eine alte Dame, Alterskleinheit, krumme Beine und obligatorischer Handtasche, die am Boden streifte. Immerhin trug sie keinen Hut oder er war schon in der Garderobe deponiert. Damen dieses Alters tragen fast ausnahmslos Hüte, und zwar mit allerlei Netzen und Obstimitationen drauf. Der Herr Sohn bestellte drei Gläser Champagner und gratulierte: »Mutti, alles Gute zum Fünfundsiebziger.«

Die große Blonde mit dem langen Zopf sah ihn stumm an. Ihr Schmuck war dezent, aber teuer. Der Mann laut. Er erklärte der Mutter von den Schwierigkeiten bei den Baugenehmigungen im Süden Wiens und dass er keine Altbausanierungen mehr durchführen werde.

»Kein Geschäft mehr, Mutti. Alles ein Schaß!«

Mutti hörte gebannt zu, zumindest tat sie so. Als sie fragte, ob er mit der Eisenbahn »nach Graz gefahren« sei, wurde mir klar, dass sie taub war. Das Profil der Schönen am Nebentisch erinnerte mich an Rom. So müssen die Römerinnen zu Zeiten eines Caesar oder Marc Aurels ausgesehen haben. Ich stellte sie mir in einem langen weißen Gewand vor, goldenem Gürtel um die schmale Taille, spitze Konturen ihrer Brustwarzen.

Die Römerin sagte während der Nachspeise, dass sie jetzt in die City fahre, und legte einen Autoschlüssel auf den Tisch. Porsche

Cayenne, klar, eine römische Königin fährt nicht Lada. Dafür umfasst sie jetzt von hinten meine Eier und drückt unbarmherzig zu. Ob sie mich inzwischen wiedererkannt hat? Das ist doch der Schlingel vom Nebentisch bei *Mario*, der mir so frech in die Augen gestarrt hatte – vor meinem Mann und meiner fünfundsiebzigjährigen Schwiegermutter! Vielleicht kann sie auch noch Gedankenlesen und erinnert sich, dass ich sie in Gedanken von hinten gefickt hatte. Und dafür musste ich nun büßen. Für jeden Stoß ein Zwicker in die Hoden. Das wird heute noch eine schöne Nacht, denke ich.

»Du sollst nicht träumen, sondern uns endlich von deiner Freundin erzählen«, reißt mich Frau Feldwebel aus meinen geistigen Reminiszenzen. Ich fahre erschrocken auf und blicke in das Gesicht von Lisa. Ich glaube ein Lächeln um ihre Lippen zu erkennen. Lieblich, freundlich, warm aber doch mit einem spöttischen Touch um ihre Mundwinkel.

»Meine Freundin?«, wiederhole ich die Frage, um Zeit zu gewinnen. »Die in Kärnten macht einfach zu viel ...«, weiter komme ich nicht.

»Was heißt, die in Kärnten? Gibt's da vielleicht woanders noch eine? Vielleicht in jedem Bundesland eine?«, droht die Strenge.

Oh Gott, ich hatte mich verraten. Wenn ich alle Betthupferln aufzähle, schneiden sie mir den Hals durch.

»Also, Junge. Los. Mach schon. Lass dir mal nicht alles aus der Nase ziehen. Wie viele Mädchen machst'e noch unglücklich?«

»Na ja, da gibt's eine in Salzburg, dann in Graz, aber die habe ich schon länger nicht ge...«, wollte getroffen sagen, doch Frau Feldwebel ergänzt: »... gebumst, wolltest du sagen.«

Lisa kommt mir zu Hilfe und beruhigt das Verhör auf ein moderates Tempo: »Und hast du allen die Ehe versprochen?«

Ich schüttle hastig meinen Kopf und antworte schnell: »Nein! Keiner.«

»Klar, du wolltest sie ja auch nur bumsen, nicht?«, sagt die Deutsche.

»Na, ganz so brutal habe ich das nicht gemeint. Aber nach dem ersten Kennenlernen muss man doch nicht gleich heiraten. Ich habe keiner – keiner einzigen die Heirat versprochen! Das mach ich nicht.«

»Dafür legst du sie gleich mal flach, bevor ihr noch per Du seid! Stimmt's?«

Ich lehne mich zurück und stütze mich hinten mit den Armen ab.

»Ihr sprecht immer nur vom Bumsen! Mag sein, dass sich das in einzelnen Fällen schnell entwickelt. Auf der anderen Seite stört mich die Tatsache, kaum geht man mit einem Mädchen essen und schmust ein bissl rum, muss man am nächsten Sonntag schon zur Mutti – und der Vater will mit einem durch den Garten spazieren: Junger Mann, womit verdienen sie ihr Geld?«

Die Drei schauen mich erstaunt an. Ich benutze die Gelegenheit, endlich einmal etwas Oberwasser zu haben, und beginne: »Außerdem sind sie erotisch allesamt ...«, komme aber am Schluss etwas ins Stocken.

Die Anführerin der Oktoberrevolution am Roten Platz ist die Erste, die sich fängt und setzt ein: »Fad – nicht wahr? Fad wolltest du doch sagen. Weil Männer ja die tollsten, kreativsten und feurigsten Liebhaber seid - ihr blöden Wichser!«

Sie bekommt von der Deutschen sofort Unterstützung: »Jetzt werde ich dir mal was sagen, mein Junge. Also ihr Männer mögt einen großen Schwanz haben und feste Eier, aber mit der Erotik ist und war noch nie viel los. Ich brauch dir jetzt nur mal schnell einen runterholen, dann kommst du und damit ist die ganze Geschichte vorbei. Dann seid ihr leer in euren Köpfen – und den Eiern. Dann könnte man euch wegwerfen wie'n voll gerotztes Papiertaschentuch.«

9

Ich presse meine Lippen aufeinander und suche wie zur Rettung Lisas Augen. Gott, wie schön sie ist. Ihre dunklen Augen liegen wie warmer Samt auf mir. Sie muss eine Göttin sein. Aber wie kommt eine Göttin in solche Kreise? Wahrscheinlich brauchen auch Göttinnen zwischendurch eine Bestätigung ihrer Macht. Um ihre Mundwinkel ist noch immer dieses einerseits verführerische, andererseits spöttische Lächeln. Damit hat sie über Jahrhunderte die größten Tyrannen und Kaiser in die Knie gezwungen, denke ich. Von Alexander dem Großen, Herodes, Cäsar bis herauf zu den großen Menschenschlächtern wie Napoleon und so weiter, sind alle vor ihr gelegen und sie hat mit der Spitze ihrer kniehohen Lackstiefel ihre Köpfe wie Zigarettenkippen im Sand ausgetreten.

Lisa, warum rettest du mich nicht und nimmst mich in dein mit Leopardenfell ausgelegtes Monsterbett und lässt mich zwischen deinen Beinen für immer verschwinden? Nimm mich auf in dir, lass mich im Feuer deiner Lusthöhle verbrennen und ergötze dich an meinem Schmerz, du …!

»Sag einmal, hörst du eigentlich zu, du miese, kleine Ratte?«, reißt mich Frau »Hoch der 1. Mai« aus meinen Träumen.

»Jaja, ihr seid nicht zu überhören«, versuche ich eine schnelle Antwort.

»Werd nicht frech. Sonst werden dir gleich die Hammelbeine langgezogen.« Generalfeldmarschall ist schon auf Touren, denke ich.

»Also, jetzt erzähl mal, was laberst du deinen Mädchen so alles vor, bevor du sie flachlegst?«

»Was soll ich ihnen schon vorlabern?«

»Na, du musst ihnen doch irgendetwas versprechen – dass du sie heiraten wirst oder zumindest, dass du sie liebst, nicht?«

Ich wiege meinen Kopf von einer Seite auf die andere, versuche etwas Zeit zu gewinnen:

»Da muss man nicht viel vormachen. Ich lad sie ein, geh mit ihnen essen – aber sicher kein Heiratsversprechen!«

»Aber du musst ihnen doch irgendwie Hoffnungen machen, sonst geht doch ...«

Ich schüttle energisch meinen Kopf: »Nein! Nichts. Ich verspreche weder was noch mache ich Hoffnungen.«

Lisa übernimmt das Kommando: »Gut, also keine Versprechungen. Wie geht's weiter? Du lädst sie zum Essen ein. Und dann?«

Sie hat eine wunderschöne Nase, denke ich. Die schönste Nase aller römischen Kurtisanen. Sie scheint meine Gedanken zu erraten, denn während ich an ihre Nase denke, lächelt sie derart verführerisch, dass ich mich am liebsten vor ihr in den Staub werfen und ihre Füße küssen möchte. Oh Gott, ist diese Frau schön!

Bevor mich die Strenge wieder anmault, setze ich fort: »Nach dem Essen bringe ich sie nach Hause ...«

»Bumst du sie etwa im Auto?«

Ich muss unwillkürlich lachen: »Als ich das letzte Mal im Wagen eine hatte, war ich zwanzig.«

»Nimmst du dir ein Hotelzimmer?«

»Nein! Wenn's so weit ist, dann versuch ich sie zu mir nach Haus zu bringen.«

Lisa meldet sich: »Was heißt, wenn's so weit ist?«

»Na ja, wenn ich spüre, da könnt was gehen?«

Die Deutsche dazwischen: »Was soll das heißen, was gehen?«

Ich schau sie fragend an: »Was gehen? Ach so. Wenn ich spüre, die könnte ...« Bevor ich weitersprechen kann, schneidet die Stimme der Frau Arbeiterviertel dazwischen: »Die könnte ich ficken! Du kannst bei uns ruhig in deiner Vulgärsprache bleiben, wir sind alle schon volljährig und aufgeklärt. Also red nicht geschwollen herum und komm auf den Punkt.«

Die Deutsche setzt fort: »Nun gut. Jetzt haste sie in deiner Wohnung. Gibt's dann Kerzenschein, Champagner und so? Oder beginnst du mit deiner Briefmarkensammlung?«

Alle lachen.

»In meiner Wohnung? Nein, da gibt's keinen Wein. Ich geh mit ihr ins Bett.«

»Und weiter?«

»Was weiter? Ich fahr sie dann nachher wieder nach Haus oder wir rufen ein Taxi, weil ...«

»Also das ist wohl das Schlimmste, was ich jemals gehört habe! Typisch Mann. Schleppt sie ab, legt sie flach, spritzt und dann ab die Post! Verschwinde! Schleich di!«

Die Deutsche bellt dazwischen: »Ich habe immer gewusst, dass Männer Schweine sind – eigentlich schlimmer als Schweine!«

Ich presse meine Lippen zusammen. So weit hätte ich nicht gehen dürfen. Andererseits ist das die Wahrheit und nichts als die Wahrheit. Was haben die drei erwartet? Dass ich mit den Hasen vorher lange herumspiele? Gedichte von Rainer Maria Rilke lese? Bei mir wird da nicht lange gefummelt. Ich versuche immer, so schnell es geht, zur Sache zu kommen.

Im trotzigen Ton melde ich mich zurück: »Was glaubt ihr? Dass ich eine Laute aus dem Schrank hole und zu singen anfange? Oder ihnen ein Video zeige vom letzten Familienurlaub in Caorle? Abgesehen davon, dass ich noch nie in Caorle war.«

»Bei dir ist Sex gleichbedeutend mit Spritzen. Ein bisschen rein und raus, dann werden die Hoden geleert und aus. Verschwinde Kleine! Warum gehst nicht gleich in nen Puff?«

»Na, weil das was kostet! Diese Schweine wollen ja nicht einmal für einen Fick was bezahlen. Schnorrer auch noch!«

Ich beuge mich vor, um meinen Argumenten mehr Gewicht zu verleihen: »Ich weiß nicht, was ihr eigentlich mit diesem Tribunal wollt. Auf die Idee, dass von der anderen Seite auch einmal etwas Erotisches kommen könnte, kommt ihr nicht. Warum sollen oder müssen wir immer den großen Verführer spielen? Warum kann nicht auch einmal was von der Frauenseite kommen.«

Die schöne Lisa: »Wie meinst du das? Erklär uns das mal.«

Ich wende mich langsam zu ihr und versuche eine besonders gescheite Antwort zusammenzubringen. Ich strecke meine Beine aus, massiere die Knie, versuche Zeit zu gewinnen.

»Ich finde, dass ... also, wenn man mit jemanden schlafen will, muss das nicht gleich mit Heiraten, Familie, Schwiegermütter, Kinder und dem ganzen Zeugs zusammenhängen.«

Ich mach eine Pause. Eigentlich erwarte ich einen stürmischen Protest. Es bleibt aber vorerst einmal ruhig. Ich schau jeder meiner strengen Damen in die Augen. Noch herrscht Ruhe vor dem Sturm.

Ich atme durch und setze mein Plädoyer fort: »Ich frag mich schon lange, warum Sexualität nicht freier und ungebundener gelebt werden kann.«

Die Arbeiterführerin ist die erste, die sich meldet: »Man kann doch nicht mit jedem ins Bett gehen! Das ist doch ...«

Inzwischen verfüge ich über ausreichend Mut, um sie zu unterbrechen: »Davon ist ja keine Rede. Ich habe nicht gesagt, dass man mit jedem ins Bett muss ... Aber wenn man sich einigermaßen sympathisch ist, warum nicht? Aber das aufgesetzte Sakrale, dann Verpflichtungen und der ganze Scheiß, vermiesen einem das Vergnügen. Mir kommt vor, dass man zuerst die Prüfung bei den Müttern bestehen muss und dann ...«

Lisa unterbricht mich: »Du hast eine Mütterphobie. Woher kommt das? Hast du Geschwister?«

Ich fühle mich in meinen Gedanken unterbrochen und antworte ungeduldig: »Ja, zwei Schwestern.«

Jetzt ist die Deutsche wieder dran: »Na, da haben wir's! Zwei Schwestern – älter als du?«

Ich fühle mich in eine Ecke gedrängt, in die ich nicht hineinwollte: »Ja, beide – fünf Jahre.«

»Klar, da haben wir'n Nesthäkchen vor uns. Und dazu 'ne starke Mutter?«

Ich nicke und blicke verschämt zu Boden.

»Also alle Mütter sind nicht so«, höre ich Lisas sanfte Stimme.

»Die Mütter sind mir wurscht«, antworte ich mit trotzigem Timbre in der Stimme.

»Sieht aber nicht so aus. Für uns hört sich das so an, als glaubst du dich von den Müttern verfolgt.«

»Ich glaub, ich habe mich da in einen Wirbel hineingeredet. Die Mütter sind mir egal – wenn mir eine auf die Nerven geht, mach ich sofort Schluss.«

»Auch wenn du das Mädchen liebst?«

Ich bleibe stumm.

»Ich meine, wenn du das Mädchen wirklich liebst?«

Ich blicke Lisa in die Augen und zucke mit den Achseln.

»Der hat doch noch nie ein Mädchen wirklich geliebt«, die Stimme aus Nordrhein-Westfalen – oder woher immer sie kommt. Sicher nicht aus Bayern.

»Der ist doch ein viel zu großer Egoist, um wirklich lieben zu können.«

Ich denke: Na und? - und antworte trotzig: »Mag sein. So bin ich und so bleibe ich, so bin am ganzen Leibe ich.«

»Jetzt reicht's aber! Deine Rumlaberei geht mir auf den Nerv. Los, jetzt wichst du dir mal einen ab. Und zwar sofort!«

Ich hatte schon nicht mehr daran gedacht. Das Gespräch hatte schon philosophische Dimensionen angenommen. Wir waren längst vom Thema weit abgekommen. Aber das germanische Nibelungenweib hat natürlich das Gedächtnis eines Elefanten – und lässt sich nicht ablenken. Jetzt war ich mit einem Mal wieder gefragt. Ich soll mir einen runterwichsen – coram publico!

»Wie stellt ihr euch das vor?«, frage ich, um wieder Zeit zu gewinnen.

»Willst du uns vielleicht weismachen, dass du nicht weißt, wie man wichst, du kleine Ratte?«

»Du wir warten nicht ewig, nimm ihn schon in die Hand und wichs dir endlich einen ab!«

Ich schaue hilfesuchend zu meiner blonden Göttin. Sie hält meinem Blick stand und nickt mir aufmunternd zu. Ich dachte, sie wäre meine Verbündete. Würde mir in irgendeiner Weise zu Hilfe eilen. Zumindest könnte sie mit ihren schlanken Fingern mein Rohr umfassen und ... nicht auszudenken! Ich würde innert weniger Minuten ihr die Hand vollkleistern. Aber meine gute Fee lässt mich im Stich.

Ich schau zu meinem Schwanz hinunter und muss mit Entsetzen feststellen, dass der nicht im Traum daran denkt mitzuspielen. Ich greife nach ihm und versuche meine Hand auf und ab ... aber das Schauspiel entwickelt sich nicht nur zur Farce, sondern zur Tragödie. Das Fleischrohr verweigert seinen Dienst. Schlaff, schlapp und durchweicht wie ein alter Socken, der zu lange in einer Regenpfütze gelegen hatte, krümmt sich schamvoll dem Erdmittelpunkt entgegen. Ich drücke und knete, ziehe und stauche ... es hilft alles nichts.

Außerdem schmerzt der Prügel nach dieser Tortur – Prügel ist außerdem zu viel gesagt. Schlappe Socke ... mehr nicht. Eine Schande! Ich blicke in die Runde meiner Peinigerinnen. Die sitzen mit verschränkten Armen teilnahmslos, entspannt und beobachten mit fadem Auge meine wirkungslosen Tiraden.

Keine Chance! Mein Penis verbiegt sich, krümmt sich wie eine Weinbergschnecke, die eigentlich in ihr Haus zurück kriechen will und für sexistische Kunststücke nichts übrighat. Ich spüre Panik aufkommen. Mir wird heiß und kalt zugleich. Das ist mir noch nie passiert. Normalerweise hat man als Mann zu kämpfen nicht zu früh zu kommen. Ist das schon peinlich genug. Das ist im Grunde das Dilemma jeden Mannes – und jede erfahrene Frau kann mit wenigen Handgriffen jeden Mann dieser Erde »stehend k.o.« machen – im wahrsten Sinne des Wortes.

Welche Anstrengung es doch in Wahrheit kostet, nicht gleich los zu spritzen. Wo man im Hinterkopf weiß, wie mühsam es doch ist, eine Frau auf Glut zu bringen, sie ins Zentrum der Sonne blicken zu lassen ... da ist bei uns schon alles raus und fällt innerhalb Sekunden in sich zusammen, während ihre Lusthöhle noch staubtrocken und ihre Hypophyse noch nicht mal lauwarm angelaufen ist. Aber heute ist das alles umgekehrt. Um mich sitzen die heißesten Weiber unserer Galaxie und wollen einen steifen Schwanz abgewichst und spritzen sehen – und nichts passiert.

Am Tisch ausgebreitet ein holder Jüngling in lockigem Haar, frisch, jung, knusprig, voll im Saft stehend – nur sein Schwanz ist butterweich. Seine Hoden kauern wie verschrumpeltes Obst im Sack, kurz bevor es wegen mehligem Geschmacks aus den Regalen in den Abfall geworfen wird.

»Na, mein Kleiner, was ist los mit dir?«, höre ich aus der Ferne die Arbeiterführerin.

Die Deutsche ergänzt: »Mach mal. Wir warten nicht ewig.«

Die Aparte aus dem Nobelbezirk schweigt. Ich versuche noch einen Anlauf. Schließe die Augen, denke an ihre vollen Brüste, versuche mir vorzustellen wie sie über meine Lippen streichen, sehe in Gedanken Sharon Stone vor mir wie sie Michael Douglas die Hände wegstreckt, ohne Höschen beim Verhör ... Nein, nichts. Der Schwanz bleibt wie ein aufgeweichter Milchstrudel. Da geht nichts.

»Sag mal, ist das alles?«

»Wieso geht da nichts?«

»Komm schon ...«

Die Stimmen prasseln von allen Seiten auf mich ein. Ich weiß längst nicht mehr, wer was zu mir sagt, mir befiehlt ... mich verhöhnt. Es geht nichts! Ich schaue auf, atme durch – ich gebe auf! Rien ne va plus! Die Deutsche steht auf, beugt sich nach vorn, um meine schlappe Weißwurst näher zu begutachten.

Die Scharfe schaltet sich ein: »Was soll das? Du wirst dir doch noch einen runterwichsen können?«

Ich schüttle den Kopf: »Da geht heute nix mehr!«

»Was soll das heißen: ... geht heute nix mehr! Glaubst du, wir sitzen da, nur um dich anzusehen? So schön bist du ned. Wir wollen dich wichsen sehen. Wir wollen sehen, wie du dir einen runterholst.«

Ich schau sie stumm an.

»Na, komm schon. Du brauchst mich nicht so anzuschauen. Nimm endlich dein Nudl und wichs! Wir warten nicht ewig.«

»Aber wenn's nicht geht«, antworte ich verzweifelt.

Die Deutsche sieht mich erstaunt an: »Was ist da wirklich los? Wieso geht da auf einmal nichts? Hat ja vorhin ganz nett funktioniert ... und jetzt auf einmal nichts mehr?«

»Nein, ich weiß auch nicht, obwohl ich gar nicht ...«

»Nee, du hast doch vorhin nicht gespritzt. Also was is da nu?«

»Vielleicht weil wir da herumsitzen und ihm zuschauen?«

»Ich weiß es auch nicht«, sag ich enttäuscht.

»Soll'n wir ein bisschen nachhelfen?«, meint die Peinigerin mit Wiener Dialekt.

»Nö, das tun wir nicht. Entweder er schafft es selbst – oder er verkriecht sich mit seinem verkorksten Machismo wieder nach Hause.«

»Okay, du hast jetzt noch fünf Minuten, dann ist unsere Geduld zu Ende«, höre ich und sehe, wie die Frau Streng nach meinem Schwanz greift: »Der ist ja butterweich, da geht nix mehr.«

Die Verhöhnung erreicht ihren Höhepunkt.

»Der Herr Superman, der Herr Pilot mit den *Ray-Ban* Brillen, kann auf einmal nicht mehr ... typisch Mann!«

»Schlappschwanz«, schimpft die andere.

»So, jetzt reicht's ... pack deine Sachen, und hau endlich ab! So 'ne Scheiße«, schimpft die Deutsche.

Ich stehe langsam auf, deprimiert, blamiert, gedemütigt ... was weiß ich was noch alles. Mein Schwanz hängt schlaff und verrunzelt runter, wie eine faulige Karotte. Libido, Erotik, Ficken, alle diese schönen Dinge sind mit einem Mal aus dem Wortschatz weg, als wären sie nie dagewesen. Eigentlich fühle ich mich impotent, zeugungsunfähig – und während ich mich anziehe, wage ich meine Damen nicht einmal mit meinen Blicken zu streifen. Wie ein verprügelter Hund schleiche ich aus dem Haus, schließe leise hinter mit dir Tür und trete hinaus ins Freie.

Die frische Luft streicht angenehm kühl über meine Gesichtshaut, sie vermag mir jedoch meinen Weltschmerz nicht zu nehmen. Wie in Trance lenke ich mein Auto durch den schütteren Nachtverkehr. Gato empfängt mich am Haustor und als würde er meinen Tiefpunkt fühlen und lehnt sich schnurrend an mein Bein. Ich bücke mich zu ihm und hebe ihn hoch. Irgendwie tue ich mir selbst leid. So eine Scheiße! Das ist mir noch nie passiert. Meine ganze Libido von einer Sekunde auf die andere wie weggeblasen.

Ich drücke Gato an mich, sein Schnurren vibriert beruhigend durch mein Hirn. Nachdem ich mein T-Shirt und Jeans in die Ecke gefeuert habe, stelle ich mich unter die Dusche. Drehe immer wärmer, bis es schließlich brennend heiß über mich strömt. Mir ist, als würde ich stundenlang unter dem heißen Wasserstrahl stehen. Schließlich steige ich raus und werfe einen Blick in den Spiegel. So schauen kanadische Riesenhummer aus, wenn sie aus dem kochenden Wasser geholt werden. Gehe ins Bett, kann aber nicht einschlafen. Was war bloß mit meinen Eiern los? Da war so überhaupt nichts mehr drin. Mein Hirn wie leergefegt. Keine prallen Titten, saftig triefenden Muschis, steife Schwänze, saugende Lippen ... alles gelöscht. Wie niemals vorhanden.

Wie wird die Zukunft ausschauen? Ich fühle mich wie ein Eunuche in einem Harem aus *Tausend und einer Nacht*. Volle Brüste wackeln an einem vorbei und lösen dieselbe Erregung aus, wie ein alter Kartoffelsack. Eine Tragödie! Irgendwann knapp vor Morgengrauen schlafe ich ein. Ich wache zerknittert und vergammelt erst am späten Vormittag auf. Mein Hals ist ausgetrocknet, die Mandeln entzündet, in der Nase spüre ich einen schartigen Schmerz, eine Verkühlung kündet sich an. Das auch noch! Sonst wache ich jeden Morgen mit einem glasharten Schwanz auf – diesmal spüre ich nicht mal etwas zwischen meinen Beinen. Die Hoden scheinen überflüssig, der Schwanz scheint nur noch auf Harnentleerung reduziert. Dazu als Draufgabe, bald eitrige Mandeln, hohes Fieber ... Scheißtage stehen mir bevor.

Warum bin ich eigentlich nicht tot? War es nicht ein berühmter Rennfahrer, der mir einmal gesagt hatte, er würde den Sechspunktsicherheitsgurt deshalb verweigern, weil der ihm im Falle einer Kollision die Eier abquetschen würde: »Bevor ich nimma pudern kann, bin ich lieber hin!«

Wenn ich mir's jetzt so überlege, wäre ich auch lieber *hin*. Was ist das für ein Leben ohne steifen Schwanz, einer kundigen Hand am Rohr, einer zärtlichen Massage an den Hoden, saugenden Lippen an der Eichel, gierigem Nuckeln an steifen Brustwarzen und dem herrlich scharfen Geruch einer zu allem bereiten Fud! Ein Leben ohne Geilheit, ohne Spritzen steht mir bevor. Ohne die zärtliche Umklammerung an verschwitzten und ausreichend gefickten Weiberleibern. Ohne den Geruch von Frauenschweiß nach einem ehrlichen und wahrhaften Fick! Nichts geht mehr – vor allem nichts wird mehr gehen, dröhnt es in meinem Schädel!

Verzweiflung, Panik und Trostlosigkeit spüre ich über mich kommen. Eigentlich besteht wirklich kein Grund mehr am Leben zu bleiben. Ich habe mein Leben verwirkt! Ich schau in den Spiegel, sehe ein mit Rasierschaum zum Harlekin entstelltes Gesicht. Bevor ich meinen Vierundzwanzigstundenbart mit einer Klinge bearbeite, erinnere ich mich an die zahllosen Filme, in denen die Selbstmordanwärter sich unter heißem Wasserstrahl die Pulsadern aufschnitten. Angeblich tut es dann weniger weh. Da ich ohnehin einer der Wehleidigsten dieser Welt bin, denke ich, jetzt wäre eine gute Gelegenheit zum Vollzug. Ich bin im Bad, heißes Wasser ist da, die Rasierklinge in der Hand und verzweifelt bin ich auch. Also, man schreite zur Tat ....

Ich pfeife mich zurück. Vielleicht jetzt noch nicht, zuerst sollte der Bart weg. Alle Delinquenten haben sich vor dem Gang zum Schafott rasiert. Unrasiert in den Tod sei eine Respektlosigkeit gegenüber dem Schritt in die Ewigkeit! Vielleicht bin ich auch noch nicht verzweifelt genug, um das Wasser aufzudrehen, und dann mit der Rasierklinge ... also Wasser aufdrehen ginge schon, denke ich, nur das Procedere mit der Rasierklinge hätte noch Zeit. Der Bart ist weg, ich trockne mein Gesicht und werfe wieder einen Blick in den Spiegel. Also, so mies schau ich auch wieder nicht aus, finde ich und beschließe spontan, mich nicht zu entleiben. Bleiben wir doch noch ein bisschen auf der Welt.

Vielleicht bin ich in der Zwischenzeit zum Schwulen mutiert. Mal was Neues. Denk nur an die berühmtesten Filmstars der Gegenwart und Vergangenheit. Allesamt Schwule! Vielleicht finde ich Gefallen, wenn mir ein glattwangiger Junge im Hintern rumrührt! Who knows? Gato kommt ins Bad, spielt zuerst mit den herunterhängenden Handtüchern und gerade in dem Moment, als sich meine Gedankenwelt mit einer Zukunft als Schwuler abfinden möchte, springt er mit einem Pfauchen gegen meine rechte Wade und hakt seine Krallen ein. Einerseits berühmt für meine Wehleidigkeit, andererseits war ich auf den Überraschungsangriff nicht gefasst – wie immer, mit einem schrillen Aufschrei springe ich zur Seite und schmeiße mein Handtuch gegen Gato. Seelisch und moralisch total am Boden, verlasse ich mit hängenden Schultern das Bad.

Ich rufe auf der Webseite meiner Fluglinie meinen Dienstplan ab. Wie ein positives Zeichen Gottes geht's gleich morgen früh nach Moskau, dann retour und am selben Tag ab nach Eriwan. Russlandflüge sind für meine Stimmung reinstes Labsal. Angenehm, diese Russenbluzer, denke ich. Noch vor Takeoff sind alle besoffen wie Haubitzen – und die, die noch nicht vor Suff erblindet sind, schütten sich noch vor Erreichen des Cruiselevels ins Nirwana. Essen will von denen keiner und kurz vor der Landung kaufen die alles, was Gold ist oder nach Gold aussieht in Bausch und Bogen zusammen. Drei Tage jagen wir in einem Aufwasch über den weiten Himmel Russlands. Wegen der Kürze der Flüge kommt die Crew kaum zum Luftholen. Einchecken, Takeoff, Frühstück, Jause, dazwischen kübelweise Wodka, Whiskey ... alles, was irgendwie nach Branntwein riecht. Ich glaube, die würden den Tank vom Flieger leersaufen, wenn sie könnten.

Beim letzten Flug von Moskau hatten wir einen »Hugo« an Bord – Human Game over – steht für Leiche. Einen österreichischen Baumeister hat's in einem Moskauer Puff erwischt. Der in Wien gebliebenen Gattin wird der Schmäh vom Dinner mit Prominenz aus Politik und Wirtschaft erzählt. Dabei ist der fette Volltrottel auf einer Achtzehnjährigen ins Jenseits gefahren. Angeblich war sie sechszehn Jahre alt. Irgendjemand hat sogar von vierzehn Jahren erzählt. Aber weil eine ganze Delegation der Regierung dabei war, hat man sich auf achtzehn Jahre geeinigt. Macht ja nix!

Die Kleine ist eh nicht hin ... hat einer der Wiener Managerprolos im Flugzeug gesagt und dabei laut gelacht. Sein Sitznachbar, ein Bankdirektor, hat vor Freude in die Hände geklatscht. Mir wird schlecht, wenn ich diesen Typen in der Businessclass noch länger zuhöre. Warum schmeiße ich dieses Proletengesindel nicht einfach aus dem Flieger? Mit dem bitteren Los, auch ein Mann zu sein, muss man erst einmal ruhig leben können. Muss überleben, denke ich. Aber bin ich wirklich um so viel besser als dieses neureiche Proletenpack?

Am nächsten Tag fahre ich schon früh in die City und setz mich ins *Café Landtmann*. Meine Seele braucht Erholung. Ich vergrabe mich in meine geliebten Tageszeitungen. Zuallererst die *Frankfurter Allgemeine* mit ihrem wunderbaren Feuilleton und Literaturseiten, Bücherrezessionen und mehr. Nach der *Frankfurter* die *Neue Zürcher Zeitung*, dann englische Blätter. Am Schluss das Leintuchformat *Die Zeit*. Dem heimischen Boulevard gehe ich weiträumig aus dem Weg. Die Polittratschereien und lokalen Bassenageschichten gehen mir auf die Nerven. Bis ich heute *Die Zeit* durch bin, habe ich fast eine veritable Koffeinvergiftung.

Einerseits lenkt mich die Lektüre von meiner inneren Tragödie ab, andererseits ist sie nur mit ständigem Espressonachschub zu bewältigen. Sonst wäre ich eingeschlafen und würde wie ein Clochard über dem Tisch gekrümmt laut schnarchen. Zwei Eier im Glas, zwei Buttersemmeln – dünn mit Butter bestrichen – und als Abschluss eine kräftige Topfengolatsche trainiert meinen Magendarmtrakt für höhere Aufgaben. Ich bin überzeugt, dass die Weisheit »Kummer lasse sich wegfressen«, seine Richtigkeit hat.

Inzwischen ist es Mittag geworden. Zeit für Lunch denke ich – und korrigiere, dass sich Kummer nicht nur wegfressen lässt, sondern auch für Hunger sorgt. Ein Blick in die Runde überzeugt mich von den Büropausen ringsum, denn das *Café Landtmann* ist bis zum letzten Tisch bumsvoll. Neben geschäftigen Bankmanagern knallt jede Menge Politiker in Begleitung ihrer Spindoktoren mit Metallfersen an den Maßschuhen ins Lokal. Ich hatte mir in der Früh natürlich den besten Tisch ausgesucht, darum schleichen diese nichtsnutzigen Arschlöcher mit missmutigen Gesichtern an meinem Wunderplatz vorbei.

Naturgemäß sind alle mit den jüngst in Mode gekommenen Dreitagebärten ausgestattet. Ich wundere mich, dass diesen Deppen niemand sagt, dass ihre Köpfe frisch aus den Klomuscheln gezogenen Besen gleichen. Eigentlich schrecklich, wie sich manche Männer verunstalten, denke ich. Einige haben sogar ihre langen Haare mit einem Gummiringerl am Hinterkopf zusammengebunden. Beim Anblick dieser Volltrottel beschließe ich, nie und unter keinen Umständen schwul zu werden. Da ließe ich mir lieber meinen Hodensack abschneiden und als Eunuch in einem Provinzharem irgendwo in den kurdischen Bergen meine restlichen Jahre abarbeiten.

Neben den Herren Oberwichtig strömen die ersten nicht minder wichtigen Damen ins Café. Alle im knappen Businesslook. Entweder die Brüste prall in Wonderbras verpackt oder betont flach geschnürt. Meine Blicke streifen völlig regungslos über die Weibergruppe, als würde ich eine Herde Rentierkühe in Lappland beobachten. Und zwar nördlich Rovaniemis, bei Sodankyle. Dort wo sich die Gegend Tunturi nennt und sich die Menschen mit »Hüwapeiwa« begrüßen. Und eins, zwei, drei, Üksi, Kaksi, Kolomä heißt.

Warum mir das gerade jetzt einfallen muss, weiß ich nicht. Ich weiß nur eins, dass mir der Anblick der Managerinnentitten noch nie so egal war wie heute! Das stimmt mich bedenklich. Sonst war immer

140

das Gegenteil der Fall. Die Welt ist alles, was der Fall ist, sagte *Wittgenstein* – die Welt ist alles, was Busen ist, sagte ich einst, als ich noch als geiler Hengst durch die Savannen zog und nach Tittenbeute Ausschau gehalten hatte. Jahrzehntelang beurteilte ich Frauen grundsätzlich nach ihren Brüsten. Nona, nach der Lösung von Differentialgleichungen werde ich sie beurteilen, du Depp, sage ich mir. Und in der Tat. Lange Zeit war die Güte der Brüste das einzig wahrhafte Kriterium, ob »die Frau was hieße – oder nix hieße«. Jetzt finde ich die Wölbungen als morphogenetische Fehlleistungen der Evolution! Eine Tragödie? Ich weiß es nicht. Momentan weiß ich nur eines, nämlich, dass mir die Titten gegenwärtig egal sind. Bedenklich?

Schwer zu beurteilen – gegenwärtig lebe ich in einem so genannten tittenlosen Universum und weiß nicht einmal, wie es ist, in einem Tittenuniversum zu sein. Mir geht es wie dem Abnormalen, der nicht weiß, dass es eine normale Welt da draußen gibt und er deshalb »Ab« ist. Die Einzigen, die eigentlich zu bedauern seien, wären die Normalen – die bedauern, dass der Abnormale kein Normaler sei und deshalb die Welt der Normalen nicht wirklich genießen kann! Ich stütze meinen Kopf in die rechte Hand und begebe mich in eine altgriechische Denkerpose und hoffe, mich somit noch leichter in die Tiefe des Daseins zu denken. Auf meine Ebene – die Ebene des Sexus übertragen, hieße das, der Tittendenker würde mich als Tittenverweigerer bedauern, während ich den Tittendenker aus dem Grunde bedauerte, weil er an ...

Nein, stop, halt, hör sofort mit dieser Scheiße auf ... Titten oder Nichttitten, dieser Blödsinn macht dich noch völlig verrückt. Mir bedeuten diese Weiber nichts mehr! Aus, Ende. Mehr ist darüber nicht zu sagen. Bringst den alten Wittgenstein noch ins Spiel mit deinen blöden Titten. Wittgenstein war außerdem schwul. Also worüber man nicht reden kann, soll man schweigen. Ich werde in Zukunft zum Thema Brüste schweigen. Ist zwar ein hartes Los, vor allem wenn ich so an meine Vergangenheit denke. Oh Gott, wie habe ich einstens in den wogenden Fleischbergen geschwelgt. Mich drinnen vergraben, gespeist, geleckt, gesaugt, gelabt und gelutscht. Schmatz! Leckere volle Brüste tauchen vor meinen Augen auf. Wenn sie befreit aus den Büstenhaltern platzten und mir direkt ins Gesicht sprangen und ich gierig nach ihnen schnappte – und meine Kurtisanen mir die Nippel in den Mund schoben und wussten, dass ich ab diesem Zeitpunkt wehrlos wäre, völlig bewegungslos und ihnen zu Füßen läge und zu allem fähig wäre. Ich hätte Pisse gesoffen oder einen Massenmord begangen!

Eine volle Brust und mein ganzer Intellekt mit einem Mal gelöscht. Meine Philosophie, Mathematik, Literatur, Fliegerei, Musikverständnis ... alles weggeblasen. Dann noch ein Griff in die Hoden und mein Schicksal war besiegelt – ich wäre in einem Bruchteil einer Sekunde vom Abel zum Kain geworden. Jetzt bin ich nur noch Eunuche! Mehr nicht. Und die Spitze der Tragödie, die Weiber scheinen meine Situation förmlich zu riechen, zu spüren ... mir kommt vor, als würden sie mich herausfordernd anlachen ... die Situation brutal ausnützen und mir zuzwinkern. »Na, was ist Junge. Hast du Lust - aber dein weiches Nudl kann nicht mehr - schade!«

Als wüssten sie genau, dass ich trotz herausforderndem Lächeln zu keinem erotischen Abenteuer fähig wäre. Auch wenn sie ihre Hand auf meinen Oberschenkel legten – ginge nichts! Sonst steif wie ein frisch geschmiedetes Edelstahlrohr – jetzt schlaff wie eine aufgeweichte Semmel. Ich blicke verstört zum Fenster hinaus auf den vorbeifließenden Verkehr auf der Ringstraße und komme zur Erkenntnis, dass ich nun vor einer Zukunft ohne Ficken stünde, dazu irreparable Zeugungsunfähigkeit bis ans Lebensende, keine Kinder, werde auf ewig allein sein – welche Frau will schon mit einem zeugungsunfähigen Mann zusammenleben? Das Adoptieren von Kindern aus so genannten Armenregionen sei zwar gegenwärtig große Mode, sagte ich mir, aber für solche Schickeriablödheiten hatte ich keinen Löffel. Kaufen sich irgendwo in Senegal ein verlaustes und krätziges Kind, damit sie wochenlang in den Klatschspalten erwähnt werden – so wie sich mancher dieser Idioten ein Krokodil zu Weihnachten schenken lässt, so schenken sich diese Müßiggänger ein halbverhungertes Waisenkind aus einem Hüttendorf in Senegal. Wird's ihnen zu viel, entsorgen sie das Krokodil in die Kanalisation – darum gibt es in den Kanälen von New York bald mehr Krokodile als Ratten. Was macht man mit einem inzwischen zweieinhalb Meter großen Senegalesen? In den Kanal mit ihm geht nicht – außer er bekommt eine Stelle in der Gemeinde als Kanalreiniger oder so ähnlich. Er kann Basketballer werden, komme ich nach minutenlanger Grübelei zum Schluss.

Trinke einen Schluck meines inzwischen vierten großen Braunen. Eine Dame in schwarzem Pullover und engen schwarzer Jeans steht vor mir auf. Sie saß mit dem Rücken zu mir. Als sie aufsteht, entblößt sie ihren Hintern um gute zwei bis drei Zoll. Sie wird sich eine Nierenbeckenentzündung holen, denke ich. Vor wenigen Tagen hätte ich beim Anblick ihres wohlgeformten Hinterns sofort einen Steifen bekommen oder gleich in die Hose genässt! Jetzt denke ich an ihre entzündeten Nieren! Welche Schande! Was war da gerade vorhin – vor der Nierenbeckenentzündung? Worüber hatte ich mir den Kopf zerbrochen? War da nicht was von Senegalesen und Basketball? Wie bin ich nur auf den Senegal und Basketball gekommen?

Oh, Gott, mein Kopf, mein Denken ist durcheinander. Hängt wahrscheinlich mit der fortgeschrittenen Zeugungsunfähigkeit zusammen. Wahrscheinlich ist der Hodenschrumpfungsprozess schon dermaßen fortgeschritten, dass sich die Schrumpfung auch auf mein Denken und somit auf mein Hirn verlagert hat. Hoffentlich setzt sich das nicht auf die Fliegerei fort. Kann in Zukunft nicht nur nicht mehr ficken, sondern auch nicht mehr fliegen. Am besten, ich mach mit meinem Leben Schluss! Selbstmord ist der einzig gangbare Weg!

Die rührende Schweizer Sterbehilfegesellschaft wird mich nicht nehmen. Da muss man schon todkrank sein. Nichtficken und Nichtfliegen ist keine Todeskrankheit. Kein Arzt würde mir ein entsprechendes Attest ausstellen. Mir bleibt nur der Suizid. Ersaufen wird nicht gehen, dazu kann ich zu gut schwimmen. Vom Rathausturm springen, dazu fehlt mir der Mut. Bleibt also nur der Giftselbstmord! Hitler hatte die Kapseln bei seinem Schäferhund probiert, ich könnte sie bei Gato probieren. Aber Gato töten, nur weil ich sterben will? Das ist scheiße!

Nein, also doch kein Selbstmord, beschließe ich spontan und packe meine Sachen und fahr nach Hause. Nach zwei Tagen des Nichtstuns, langsamen Spazierengehens, dazwischen ein Glas lauwarmer Milch und Yogi-Gymnastik – vielleicht lässt sich der Schrumpfungsprozess in Kopf und Schritt doch verlangsamen. Dann folgen Charterflüge nach Mallorca. Da geht es ähnlich zu wie bei den russischen Destinationen. Es wird zwar nicht so viel getrunken, aber nüchtern kommt auch keiner beim Zielflughafen an. Wahrscheinlich vertragen die Urlauber weniger. Nach drei Tagen Charter sollte eigentlich eine Woche Erholung folgen.

Am Abend erreicht mich jedoch ein Anruf, ob ich morgen für eine erkrankte Kollegin einspringen könnte. Dubai mit achtundvierzig Stunden Aufenthalt im Wüstenland. Okay, ich willige ein. Nicht ohne Hintergedanken, versteht sich. Dort unten gibt es doch Harems ... ob die vielleicht einen guten Eunuchen brauchen? Kann mich dort mal umsehen. Wie so ein Harem ausschaut. Über die Gehaltssituation, Krankenkasse, Urlaubsansprüche, Pensionsversicherung und vor allem Zukunft und Aufstiegsmöglichkeiten. Nach wie vielen Jahren wird man Obereunuch? Eunuchenabteilungsleiter? Eunuchendirektor? Eunuchengeneraldirektor? Präsident? Wie schaut's dort unten mit einer Eunuchengewerkschaft aus? Eunuchenbetriebsrat – wäre auch eine interessante Karrieremöglichkeit. Ein ganzes Spektrum von Fragen fällt mir spontan bei den Gedanken an meine Zukunft als Eunuche ein. Und alle diese Fragen bedürfen einer Antwort! Natürlich lange bevor ich den Eunuchenvertrag unterschreibe. Denn, so hatte ich einmal gelesen – wo weiß ich nicht mehr – hat man den Schritt in die Eunuchenwelt einmal getan, gäbe es kein zurück. Einmal Eunuche, immer Eunuche! Wahrscheinlich würde man auch staatenlos werden, wie bei der Fremdenlegion, denke ich.

Der Flug nach Dubai ist weniger spannend, der Aufenthalt ebenfalls – als ich nach der ersten Nacht dort unten etwas zu schnell aufstehe, macht es in meinem Rücken einen Schnalzer und ich kann mich nicht mehr rühren. Mich hat nicht nur ein Hexenschuss erwischt, sondern ein ganzes Hexentrommelfeuer. Ich glaube mich ab dieser Sekunde nicht nur zeugungsunfähig und parallel dazu schwindender Denkfähigkeit, sondern als Draufgabe nun auch noch Querschnittslähmung! Während ich in gebückter Haltung neben meinem Bett erstarrt bin, hadere ich mit mir, warum ich nicht vor wenigen Tagen doch den Freitod gewählt hatte.

Nach minutenlangem Verharren neben meinem Bett schlurfe ich langsam ins Bad und drehe die Dusche auf. Zuerst moderate Temperatur, dann der Strahl immer heißer und präzise auf mein Kreuz gerichtet. Langsam kreisende Bewegungen des Beckens, schließlich aufrichten meines Oberkörpers in Superzeitlupe. Ich ziehe mir einen Bademantel über und rufe an der Rezeption, man möge mir die stärksten Schmerzmittel des Landes aufs Zimmer bringen.

Es dauert eine Ewigkeit bis ein Hotelpage mit ein paar Tabletten daherkommt. Ich dürfe nur eine alle fünf Stunden nehmen, betont er mehrmals. Er möge sich schleichen – sage ich zwar nicht, aber denke es mir und schütte natürlich gleich drei Stück in mich hinein. Ich will ja keine Weibermigräne vertreiben, sondern eine drohende

Querschnittslähmung! Ich lege mich ins Bett. Nach einer Stunde versuche ich aufzustehen – unmöglich! Die Schmerztabletten sind wahrscheinlich Placebos für Kleinkinder! Ich versuche ein paar Kollegen zu erreichen. Natürlich niemand da. Alle ausgeflogen. Shopping! Haben ja nichts anderes im Schädel, schimpfe ich unbeweglich ans Bett gefesselt.

Gegen Abend rufe ich wieder in der Rezeption an. Erzähle von meinem unmittelbar bevorstehenden Ableben. Nach zwei Stunden kommt eine Dame mit einem Arzt zu mir ins Zimmer. Sie unterhalten sich in einer mir unverständlichen Sprache. Der Arzt scheint nicht wirklich beunruhigt. Nach einer Weile öffnet er theatralisch seine Ledertasche, holt eine Spritze heraus und deutet mir den Hintern freizumachen. Bevor ich noch »Au« denken kann, hatte er die hoffentlich schmerzbefreiende Lösung in meine Arschbacke getrieben.

Dann lässt er mir noch ein paar Schlaftabletten da. Auch am nächsten Tag tut mein Kreuz noch höllisch weh. Das Hauptproblem ist aber das Aufstehen – vor allem, wenn ich vorher gesessen oder gelegen bin. Dann wird's streng. Wenn ich einmal stehe oder herumgehe, spüre ich so gut wie nichts. Aber als ich am Nachmittag mit dem Taxi ins Shopping-Center fahre, komme ich kaum aus dem Auto.

In leicht vorgebeugter Haltung, mit angehaltener Luft – aus diesem Grunde dem Erstickungstod nahe – schlurfe ich in die Halle. Der erste Weg führt in die Apotheke. Ich frage nach den stärksten Schmerztabletten, deute dabei immer an mein Kreuz. Ich hoffe endlich die richtige Dosierung zu bekommen. Dann noch an einem Buchgeschäft vorbei und zum Abschluss ein Restaurantbesuch mit westlicher Küche.

Der Heimflug wird zur Qual. Die Speisecontainer kommen mir gleich viermal so schwer vor wie sonst. Hinsetzen darf ich mich nicht. Obwohl ich von den Schmerztabletten gleich eine Handvoll genommen habe, wirken sie so gut wie nicht. Außer dass ich mittlerweile ein Brennen im Bauch verspüre, hat sich im Kreuz nichts geändert. Endlich Ankunft Wien und die Hoffnung ein paar Tage der Ruhe mit Gato. Nach dem Postflight-Check drückt mir der Copilot einen Zettel in Hand. Ich falte ihn auf und sehe eine Telefonnummer. Bevor er geht, klopft er mir auf die Schulter: »Heilung sofort, ich versprech's dir!«

10

Warum soll es dort Heilung geben? Die Höhle von Lourdes? Während der Heimfahrt rufe ich die Nummer an ... zu Hause steht mir das Aussteigen bevor. Niemand hebt ab. Hab nichts anderes erwartet. Es ist eigentlich ALLES gegen mich. Die Weiber, die Ärzte, die ganze Medizin, Pharmazie, meine Eier, Schwanz – niemand mag mich! Nur Gato steht zu mir. Schnurrend streicht er an meiner Wade entlang. Liebend gerne hätte ich mich runter gebeugt, ihn hochgehoben und ihn aus Dankbarkeit für seine Liebe und Treue geherzt.

Aber allein der Gedanke an einen Blick nach unten bewirkt einen Schweißausbruch. Ich wähle wieder die Telefonnummer und wie es im Leben so spielt, ich wollte gerade abschalten, als sich eine Damenstimme meldet. Ich erzähle ihr von meinen Qualen, schließlich sollte man Ärzte oder Therapeuten von seinen Leiden sofort berichten. Nach einer Weile schweigendem Zuhörens, unterbricht sie mich und sagt, sie würde mich mit Jasmin verbinden. Wer ist Jasmin? Ich komme nicht dazu, meine Frage zu formulieren, als sie das Gespräch unterbricht.

Eine dunkle rauchige Stimme meldet sich mit »Hallo, Jasmin ... Was kann ich für dich tun?«

Ich weiß zwar nicht im ersten Moment, warum wir per Du sein sollten, aber die Gedanken an meinen Hexenschuss lassen mich alle Anstandsregeln vergessen. Ich überschütte sie mit meiner dramatischen Krankengeschichte. Sie lässt mich ausreden. Im wahrsten Sinne des Wortes. Ich quassle sie voll, bis ich völlig außer Atem bin. Erst als es für Minuten still wird, sie wartet eine Weile, ob noch was von mir kommt und ich auf ihre Analyse warte, sagt sie ganz ruhig: »Ja, du solltest eigentlich, sobald es geht, zu mir kommen. Wir werden deinen Knoten nicht nur im Kreuz lösen, sondern alle anderen gleich dazu ...«

Wie bitte? Eine Heilige? Eine indische Kamasutrapriesterin mit rotem Punkt auf der Stirn und sechszehn Armen am Rücken? Was heißt, meinen Knoten im Kreuz und alle ... ich sage zu und verspreche so gegen neunzehn Uhr bei ihr zu sein. Ich schreibe mir die Adresse auf und lege mich hin. Ja, ich beschließe trotz Kreuzschmerzen mich hinzulegen. Weil ohnehin schon alles egal ist. In ein paar Stunden bin ich bei einer Heiligen, die mich von allen Knoten im Kreuz befreien will. Wusste nicht, dass das Kreuz zumindest einen Knoten, wenn nicht viele in sich beherbergen soll. Wahrscheinlich werde ich diese merkwürdige Ambulanz auch als Heiliger verlassen und sehe mich schon komplett mit Punkt auf der Stirn, Asche im verfilzten Haar, rotem Umhang, Sandalen und Wanderstab gegen Mitternacht nach Hause kommen. Aus Gato ist in der Zwischenzeit ein bengalischer Königstiger geworden.

Die Adresse ist in der Nähe des Westbahnhofs. Nicht gerade die nobelste Gegend für eine Privatklinik. Der Eingang verrät nichts. Die Fassade deutet auf ein aufgelassenes Geschäft, dessen Auslagen mit weißen Stoffvorhängen gegen Blicke abgeschirmt sind. Ich läute. Der Toröffner surrt, ich trete ein. Eine schlanke Dame begrüßt mich höflich und bittet mich in die Kabine vier, Jasmin käme gleich. Es lägen Handtücher bereit, ich könne mich vorher duschen. Kabine vier ist ein schummriger Raum, leise Musik im Hintergrund, Kerzenlicht, die Luft ist schwer von süßlichen Düften. An der Stirnseite ein grinsender Buddha, rechts und links glimmende Räucherstäbchen. Ich ziehe mich aus, gehe in die Duschkabine und lass mein Kreuz von heißem Wasser abstrahlen. Dann lege ich mich auf den Massagetisch. Die heiße Dusche, die Düfte, dazu die leise Musik in orientalischen Harmonien, machen mich müd' und müder. Meine Augenlider senken sich milde über meine Seele, als ich in den Schlaf wegtauche.

Mit einem leichten Schreck erwache ich – und bemerke eine Frau neben und über mir. Ihre Hände streichen zart über meine Brust und ich fühle wie sie Massageöl auf meiner Haut verteilt.

Sie lächelt und sagt: »Habe ich dich erschreckt? Du bist eingeschlafen ... Ich bin Jasmin.«

Ihre Stimme breitet sich wie ein sanfter orientalischer Teppich über mich. Dann beginnt sie meine Stirn, das Gesicht, später meine Brust zu massieren. Ich muss mich auf den Bauch legen. Ihre Hände streichen über meinen Nacken, Rücken ... ich habe das Gefühl, als würde sie die Knoten und Knöpfe einfach wegwischen. Schließlich walkt und knetet sie an meinen Oberschenkeln und Waden ... als sie die Innenseite meiner Schenkel bearbeitet, spüre ich plötzlich ein Rühren im Schritt. Mein Schwanz wacht auf! Mal was ganz Neues.

Ich versuche mein Becken anzuheben, damit er mehr Platz findet. Da bittet sie mich, mich auf den Rücken zudrehen. Jetzt wird's heikel, denke ich. Denn mein Schwanz ist inzwischen zu einem stolzen Rohr angewachsen und beginnt das Handtuch zu heben. Ich blicke unauffällig an mir hinunter und erkenne eine stattliche Pyramide zwischen den Lenden. Ich versuche das Handtuch zu ordnen und mein Rohr auf irgendeiner Seite unterzubringen. Es gelingt nicht so richtig. Und während ich einen aussichtslosen Kampf gegen die Schwellung führe, greift sie ganz ruhig, fast beiläufig nach dem Handtuch, zieht es seitlich weg und lässt es auf den Boden fallen.

Jetzt fällt mir zum ersten Mal ihr roter Seidenmantel auf, der vorne gerade so weit offen ist, dass ich ihre wunderbaren Brüste sehe ... und ab diesem Moment ist es mit jeder Beherrschung und Zurückhaltung vorbei. Als Draufgabe höre ich sie »Mmh« gurren und spüre ihre Hand an meinem Glied. Ich wage nicht zu atmen, als sie sich langsam runter beugt und mein bestes Stück tief in ihren Mund saugt. Ich sehe Wetterleuchten, flirrende Polarlichter und Sternschnuppen zugleich. Die letzten Tage waren zu schlimm, um im Hirn genügend Abwehrkräfte zu haben. Die heilige Jasmin muss nicht lange an meinem Schwanz lutschen, als ich wie ein Epileptiker zu zucken beginne und aus vollem Rohr fast meine Seele rausspritze.

Wie es sich für eine Heilige gehört, schluckt sie meinen ganzen Lebenssaft in sich hinein, lutscht und schleckt alles bis auf den letzten Rest auf. Mein Herz rast, als hätte ich eben den Weltrekord über hundert Meter Hürden gewonnen. Ich umarme sie, ziehe sie zu mir und klammere mich wie ein Ertrinkender an sie. Ich glaube, noch nie in meinem Leben so dankbar und glücklich zu gewesen sein, wie jetzt. Als ich nach Hause fahre, fühle ich mich wie in einem Luftkissenauto. Ich scheine plötzlich über die Fahrbahn zu schweben. Nur wenige Zentimeter ... aber genug für die Glückseligkeit. Ich bin wieder zeugungsfähig! Kann wieder Kinder kriegen!

Oh Gott, bin ich doch ein edler Mensch. Denke zuerst an die Arterhaltung. Evolution. Denke nicht gleich ans Ficken. Denke nicht an pitschnasse Muschis, Ficks zwischen prallen Brüsten oder an spielerische Zungenspitzen an meiner Eichel. Nein! Zuerst die Natur, Spezies Mensch, das Universum ... bis zum Urknall! Ich spüre das Gewicht der Schöpfung in meinem Kopf.

Meine Heilige, meine Retterin hat mit ihren Händen und Lippen die Knoten und Knöpfe in meinem Körper und auch in der Seele gelöst. Unter ihren begnadeten Händen haben sich die Verfilzungen in nichts aufgelöst – nun kann ich die Menschheit weiter retten. Nichts und niemand kann mich mehr aufhalten. Während ich knapp vor Mitternacht nach Hause schwebe, finde ich die Welt um mich herum nicht nur in einem anderen Licht, sondern überhaupt verändert. Ich sehe mich von bunten Farben, funkelnden Sternen umgeben. Sogar das leere Band der Straße finde ich durchaus attraktiv und schön.

Spontan beschließe ich für Gato und mich eine Flasche allerbesten Champagners zu öffnen. Ein Schluckerl kann ihm nicht schaden, denke ich. Zur Feier des Tages setzen wir uns auf die Veranda. Ich trage die Flasche und zwei Gläser hinaus ... und stell sie auf den Tisch. Da fällt mir das zweite Glas auf ... für wen hatte ich dieses Glas mitgenommen? Doch nicht für Gato ... Gott, bin ich ein Idiot, denke ich und hole eine Untertasse, damit mein Panther auch seine Seele laben kann.

Gato ist mir auf die Veranda gefolgt und setzt sich sogleich auf meinen Schoß. Ich lehne mich zurück, lege meine Beine auf den Tisch, leere das Glas in einem Zug – Gato hingegen scheint nicht so richtig den teuren Champagner zu schätzen. Nach einem zarten Versuch am edlen Gesöff lässt er es instant bleiben und bleibt *sober and clean*. Für mich ist die Welt wieder in Ordnung, der Kosmos im Lot. Meine Kreuzschmerzen sind weg, die Hoden füllen sich mit neuem Saft und Orion schiebt sich langsam aus dem Keller des Ostens – ich erhebe mein Glas und proste Beteigeuze zu und später Sirius. Zum Dank spüre ich zufriedenes Schnurren an meinem Schoß. Gato scheint mit dem Trinkspruch auch zufrieden. Da fällt mir mein Vater ein – wieder ein. Es ist nicht so, dass ich nie an ihn denke. Aber die Geschichte mit Beteigeuze, dem so genannten Alphastern des Orions, werde ich bis an mein Lebensende in mir tragen.

»Unser ganzes Sonnensystem bis zum Jupiter hat im Beteigeuze Platz, stell dir das vor«, hatte mein Vater zu mir gesagt. Ich war damals fünf Jahre alt, nickte, blickte zu ihm hinauf und sagte: »Ja.«

Jetzt erkläre ich Gato das Geheimnis des Universums, wiewohl er mich nicht danach gefragt hatte. Ich versuche denselben ruhigen, erklärenden Ton meines Vaters nachzuahmen. Stimmlage Bass,

Adagio ... aber keinen Widerspruch duldend. Trotzdem, warum soll ein Kater nicht über das Universum Bescheid wissen? Schließlich haben schon Araber die Sterne als Orientierungshilfen benutzt. Und wenn Gato des Nachts durch die Büsche schleicht zu seinen Katzen, Mäusejagd weniger, dann sollte er über Sterne Bescheid wissen.

Nachdem ich die Flasche halb geleert habe – allein natürlich, wandere ich langsamen Schrittes ins Schlafzimmer. Es wird eine ruhige und vor allem entspannende Nacht. Ich sehe, symbolisch gesehen, wieder Licht am Horizont. Mit den Gedanken bei Jasmin, ihren Düften, ihrer glatten Haut, ihren weichen Lippen, der Wärme ihres Körpers, schlafe ich unverzüglich ein. Ich würde sie bald wiedersehen. Nicht gleich morgen, aber so in den nächsten Ta...

Als ich aufwache, ist es nur noch eine Stunde bis Mittag. Nach ausgiebiger Entleerung des Gemächts schläft es sich immer gut. Das hat schon irgendein berühmter griechischer Philosoph gesagt – wer, weiß ich jetzt nicht mehr so genau – ist im Moment auch nicht wichtig. Währenddessen betrachte ich mein rasierschaumbemaltes Gesicht. Um die Stellen unter der Nase sorgfältig von Barthaaren zu befreien, beuge ich mich weit vor und ziehe die Oberlippe runter. Als ich damit fertig bin, richte ich mich auf – erwarte schon einen Stich im Kreuz, aber nichts dergleichen.

Jasmin muss doch eine Heilige sein – Heilige sind bekanntlich auch Wunderheilerinnen. Sie hat mit ihrer Aura – oder wie man sonst diesen Hokuspokus-Zinnober nennt – erst meine Hoden befühlt und mit der Entleerung derselben gleich meinen Hexenschuss mit *rausgezogen*, sozusagen, denke ich und muss über meine intellektuellen Eskapaden zur mittäglichen Stunde lachen. Gato schnurrt derweilen an meinen nackten Waden.

Es folgen drei Tage Moskau hin und zurück, und zwar nahezu ohne Unterbrechung, Turnaround im Laufschritt. Dazwischen eine Übernachtung in einer Moskauer Luxusabsteige. Ich bin aber so geschlaucht, dass ich von dem luxuriösen Brimborium nichts mitbekomme. Es ist wieder einmal einer dieser Dienste, in dem man irgendwann die Orientierung verliert und nicht weiß, geht es nach Wien oder nach Moskau. Irgendwann zupft mich Heidi, die Seniorstewardess am Jackenärmel und lacht: »Was ist los mit dir? Willst du hier übernachten?«

Wie in Trance fahre ich mit meinem Wagen nach Hause. Auch Gato schaut mich wie einen Fremden an. Erst nach einer heißen Dusche spüre ich wieder festen Boden unter mir. Mein Panther war in der Zwischenzeit von Mela gut versorgt worden, das Kisterl von Scheiße gereinigt und mit frischem Katzenstreu gefüllt.

Mit einem Glas Rotwein und hartem Käse setze ich mich in den alten Schaukelstuhl auf der Veranda. Gato streicht ein paar Mal an meinen Waden vorbei und springt dann mit einem Satz auf meinen Schoß. Ja, so liebe ich die Abende. Linde Luft, sternenklarer Himmel, ein Glas Rotwein und Gato schnurrend auf meinem Schoß. Ich habe mir ein T-Shirt mit dem Porträt von Rafael Ruelas, dem mexikanischen Wunderboxer angezogen. Ich hatte es mir anlässlich eines Besuchs in Las Vegas gekauft. Er hatte an diesem Abend Vinny Paz zerlegt. Ruelas war der einzige Boxer der Welt, der mit seiner Führungshand nach einem Jab einen glasklaren Uppercut ... dem Jab folgend, schlagen konnte.

Ich denke an Jasmin. Ist sie jetzt allein zu Haus? Oder hat sie gerade einen anderen in ihrer Ordination, um ihn von allerlei Schmerzen und Wunden an der Seele zu heilen? Ich lehne mich zurück und wippe langsam hin und her – Gato schnurrt im Rhythmus dazu. Ich schließe die Augen und sehe ... spüre Jasmins Körper, wie eine Python langsam über meinen Kopf kriechen, ihre Hände meinen Schwanz umfassen, ihr Becken genau über meinem Gesicht schweben, ihre Beine sich langsam spreizen und wie sich ihre Muschi weit offen und rosa schimmernd auf meinen Mund senkt. Ich spüre nicht nur, nein, ich rieche sogar ihr scharfes Odor. Es dringt tief in meine Nase ... inzwischen drängt mein Schwanz gegen die Hose. Soll ich sie anrufen? Jetzt, um diese Zeit? Ich greife zum Handy und wähle zögernd ihre Nummer. Sie hebt nicht ab. Wahrscheinlich steht sie gerade unmittelbar vor einer weiteren Wunderheilung ... ihr Massagesalon wird bald zu einer Wunderhöhle wie Lourdes werden.

Ich lache laut auf und stelle mir tausend Büßer vor, wie sie auf Knien die Gumpendorferstraße entlang bis zum Massagealtar von Jasmin kriechen und dort ihre Krücken deponieren. Und Jasmin in einem züchtig weißen Umhang mit lockigem Haar ihnen ihre rechte Hand auf den Scheitel legt.

»Steh auf, Sünder – ab jetzt steht er dir wieder!«

Ich werde sie morgen anrufen, beschließe ich und gehe zu Bett.

Den nächsten Morgen lasse ich mal ruhiger angehen. Ich rolle die Hietzinger Hauptstraße weit innerhalb der erlaubten 50 Kilometer pro Stunde entlang. Wie erwartet bin ich innerlich derart entspannt, ausgeglichen und mit mir und dem Kosmos im Reinen, dass mir die geschlossenen Bahnschranken so was von egal sind, dass ich schon selbst etwas beunruhigt bin. Nämlich über meine innere Balance. Im Radio spielen sie Mozarts *Klavierkonzert KV 466* und als Brendels Klavier übernimmt, kommen mir fast die Tränen.

Irgendwann rollt ein nahezu unendlich langer Güterzug aus Ungarn vorbei – als die Lokomotive die Schranke erreicht, dürfte die rote Laterne des letzten Wagons gerade an Tatabanya vorbeischeppern. Egal, Wolfgang Amadeus verzaubert mich derart, dass ich diese rostigen Kübel nicht einmal wahrnehme. Irgendwann hupt plötzlich jemand hinter mir ... also hatte es auch der letzte Wagon bis Wien geschafft. Ich muss weiter. Ja, im wahrsten Sinne des Wortes, ich muss endlich weiter. Ich will eigentlich nicht, bin noch nicht bereit dazu ... aber das Arschloch hinter mir ist schon bereit und hat es eilig.

Im *Café Dommayer* finde ich wieder zu meinem Frieden. Ein großer Brauner, Buttersemmeln mit Butter dünn bestrichen und zwei Eier im Glas und bin glücklich. Eigentlich bin ich leicht zufriedenzustellen, denke ich. Man nehme die ruhige und entspannende Atmosphäre eines Wiener Cafés, dazu ein nicht allzu opulentes Frühstück, und meine Seele ist im Lot. Für den inneren Frieden dann die aktuellen Zeitungen. *Die Zeit, Frankfurter*, die *Zürcher* ... es dauert heute fast drei Stunden. Gegengerechnet mit den Stunden Wien-Moskau und retour, dem ständigen hin und her, immer bumsvoll mit einer Ladung schwerer Trinker an Bord, ist das nicht einmal ein Furz eines Meerschweins. Gegen Mittag schicke ich Jasmin eine SMS: *»Sushi, 19.00 Uhr dein Ratz«* ... Ratz, für Ratte.

So hatte sie mich das letzte Mal liebevoll mit einem tiefen, feuchten Kuss und einem festen Griff in die Eier verabschiedet.

Der Tag, meine Seele, Sehkraft, Verdauungstrakt, Hirnströme sind bis auf weiteres gerettet, ihre Antwort: *»Und du ausgeruht und gut im Saft - OK«*.

Ich habe sofort einen Ständer, dass ich damit mühelos eine Betonmauer aufmeißeln könnte. Was mach ich nur bis 19.00 Uhr? Sechs, sieben Stunden mit dieser Röhre herumrennen? Warum habe ich mich nicht gleich am frühen Nachmittag angetragen? Dann würde ich um 19.00 Uhr bereits in der Intensivstation liegen – dürfte ich, nein könnte ich, nein, viel besser, müsste ich dort liegen! Müsste künstlich beatmet werden, hunderte Kanülen würden in diversen Arterien und Organen stecken und sie mit überlebensnotwendigen Säften versorgen. Alle paar Minuten müsste eine Krankenschwester – vielleicht eine Nubierin, nein, ein schlankes, rankes und groß-gewachsenes Tuaregmädel, in engem blendend weißem Minimini-kleid, die Knöpfe bis knapp über dem Nabel geöffnet – also eine von diesen heißen Hasen, müsste mir alle paar Minuten den Elekt-roschock in die Eichel knallen, weil, ja, weil ... alles aus und leerge-fickt ist. Nur der Schwanz steht wie ein Obelisk kerzengeraden bis hinauf zur Decke der Intensivstation – ja, während der Notopera-tion mussten sie sogar diese riesigen Scheinwerferbatterien – man sieht das immer in den Ärztefilmen – zur Seite schieben, weil er dem Schwanzobelisken im Wege stünde. Ich musste also von der Seite angeleuchtet werden! Alles wegen meines erigierten Schwanz-denkmals!

Als ich den Ober »zahlen« zurufe, schaut mich der zuerst etwas sonderbar an, fast mit einem Schuss Mitleid. Wie man eben Ver-rückte anschaut, deren Anblick man eigentlich ausweichen will, aber dann doch nicht wegschaut und ihnen dann freundlicherweise in die Jacke hilft – in die Zwangsjacke. Mein lachendes Gesicht, der geilen Krankenhausfantasien wegen, war für ihn offensichtlich ein bisschen zu viel des Guten.

Egal, denke ich, was weiß der schon von einer heißen Tuareg oder Tuaregin – oder einfach Tuaregmädel. Eine schwierige Frage und will schon den Ober fragen, aber der kann mir sicher auch nicht helfen, da muss ich schon allein durch, zahle und beschließe, vor meiner Fahrt nach Hause noch eine Runde durch die City zu drehen. Während der Tage meiner Abwesenheit hat sich natur-gemäß nicht viel verändert – in der Wiener City. Der Stephansdom steht noch immer, mein Schwanz übrigens auch ... trotz des stram-men Fußmarsches. Und auch sonst hatte die Innenstadt keine tief-greifenden Änderungen erfahren. Außer – tja, die Weiber sehe ich allesamt wieder in einem anderen Licht. Ich sehe leuchtende Augen ... manchmal sogar mir zuzwinkernde Augen, lange Haxen und schöne Brüste. Irgendwie habe ich den Eindruck, das Universum hat sich wieder eingerenkt.

Das Zentrum unserer Galaxie ist wieder im Sagittarius – dort soll übrigens ein riesiges schwarzes Loch lauern, das hat mir noch mein Vater erklärt. Mit den Gedanken an das schwarze Loch dort oben, passiere ich das *Segafredo* am Graben. Versuche mich zwischen bumsvoller Veranda und Kaffeehauseingang durchzudrängen – und werde plötzlich wie von einem schwarzen Loch einfach mitten unter die feschen Mädchen an einen gerade freiwerdenden Tisch unters Sonnendach gezogen, einfach hingesaugt! Ich wehre mich nicht. Bei der Kellnerin bestelle ich einen »kleinen Schwarzen kurz«, schlage die Beine übereinander, lehne mich zurück und beobachte »Leben und Treiben im Café«, so steht es immer in den Drehbüchern. Entweder »Leben und Treiben auf der Straße« – dann setzen sich meistens siebzig Frauen und Männer in Bewegung und kommen von allen nur möglichen Seiten ins Kamerabild und hasten auf der anderen Seite wieder hinaus. Und dann kommt der Star des Films, im Trenchcoat, aufgestelltem Kragen, Hut tief im Gesicht, schaut nach links, dann rechts, nimmt die Zigarette aus dem Mund, wirft sie auf den Boden und tritt den Glimmstängel aus.

Yves Montand – trifft die Agentin *Stéphane Audran*, diese geile Rothaarige mit dem Silberblick. In meinem Kopf geht's heute wieder zu ... wie dort oben in unserer Galaxie, fällt mir ein. Meine Fantasie wirbelt durch die Synapsen wie die Sternentrümmer nach einer Supernova.

»Ja«, sage ich so laut, dass alle herschauen! Das ist es. Jasmin hat in meinem Kopfuniversum eine gewaltige Supernova ausgelöst. Eine Sternenexplosion! Zwischen den Neuronen und Synapsen und Hypophyse, Mandelkern und Thalamus hat es einen Stern zerrissen und eine völlige Neuordnung hergestellt. Ich bin wieder bei klarem Kopf! Sehe Brüste, verführerische Augen, warme Schenkel ... denke wieder ans Ficken, kurz, ich bin wie ein Stern dort oben, der seine Bahn wiedergefunden hat! Taumle nicht mehr führungslos und unkontrolliert in der Galaxie umher – sondern bin wieder auf die Bahn der Klarheit, Gerechtigkeit und vor allem des rationalen Denkens zurückgekehrt! Ein Neubeginn in meinem Leben, wie ich denke.

Viertel vor sieben fahre ich zum Naschmarkt, besorge Sushi für zwei und eine Flasche Champagner. Punkt sieben stehe ich vor Jasmins Tür. Ihre beiden *Salukis* begrüßen mich als wäre ich deren

Herrchen und würde jetzt mit ihnen in den Stadtpark gehen. Ich streichle sie und schiebe jedem ein Stück Würfelzucker vom *Café Landtmann* ins Maul. Jasmin hat's nicht gesehen, sonst hätte es jetzt einen Wirbel gegeben – ich will aber keinen Wirbel, ich will sie.

Jasmin hat inzwischen in der Küche das Sushi auf zwei passenden japanischen Tellern mit Sojasauce und je zwei Stäbchenpaaren ausgestattet. Ich schau mir gerade die neuen Fotos von ihrem Hunderttausend-Euro-Pferd an, als sie nur mit einem kurzen roten seidenen Mäntelchen bekleidet hereinkommt. Die Brustwarzen stechen mir spitz entgegen.

»Jasmin, ich ...« Vielmehr als ein Stöhnen bring ich kaum heraus.

Sie stellt die beiden Sushiteller auf den Tisch, kommt zu mir und greift mir in den Schritt.

»Langsam, langsam Süßer ... zuerst das Sushi und dann du als Hauptgang«, lacht sie.

Nur mit allerletzter Kraft schaffe ich es, sie nicht sofort zu besteigen und versuche ruhig zu bleiben. Scheiße, jetzt hätte ich lieber Messer und Gabel in der Hand, als die dämlichen Stäbchen. Ich bemerke, wie meine Hand zittert, Jasmin sieht es auch und lächelt frech. Dann beginnt sie beiläufig von ihrer Mutter zu erzählen, mit der sie offensichtlich seit zwanzig Jahren im Dauerkrieg ist. Dann »Prost«, Schluck vom eiskalten Champagner, dann ein weiterer Versuch mit den Stäbchen ein Sushi zu fangen. Meine Augen tauchen immer wieder in ihr vorne halboffenes Mäntelchen. Wie soll ich da die Stäbchen ruhig halten?

Inzwischen labert sie von der Kastration ihrer Hunde und schwenkt gleich weiter auf die entzündeten Eierstöcke ihrer Tante im Waldviertel – und ohne dazwischen Luft zu holen, vergisst sie nicht zu erwähnen, dass die Gaspreise teurer geworden sind. Irgendwann drehe ich meine Ohren ab wie ein Radio. Ich konzentriere mein Denken auf ihre Muschi, ihre Brüste, ihre Lippen, das war nicht besonders schwer ... ich ficke sie bereits mental und hätte beinah in die Hosen gespritzt, wenn ich nicht vorher zu meiner Rettung mit dem Sushi fertig geworden wäre. Fast hätte ich es übersehen – sie steht plötzlich auf, greift mir in die Eier und sagt: »Komm.«

So ist meine Liebesgöttin eben, meine ewige Aphrodite, diese ständig fordernde Lusthölle, sie beendet das Dinner, das Gespräch –

eigentlich ihren Monolog, ihren Alltag, »Leben und Treiben«, als würde sie ein Buch zuklappen. Bapp! Steht auf und sagt: »Ficken!«

Eigentlich mag ich unerbittliche Konsequenzen. Keine langen Debatten. Weder Guglhupf noch Kakao, Eierlikör, Brüsseler Spitzen, Häkelarbeiten der Großmutter, reduziert auf karge japanische Kost, dazu ein paar Allgemeinheiten wie die Eierstöcke der Tanten, dann die aktuellen Gaspreise – hoffentlich will sich mich nicht mit Gas ruhigstellen - es folgt auf kürzestem Weg der Griff in den Schritt.

Zum Ficken brauchen wir weder Publikum noch Verlobungsringe, Vorsprachen bei Müttern oder langsame Spaziergänge durch den schönen Herbstgarten mit dem Vater ...

Da kannst du nicht einfach sagen: Mach mal die Beine breit! ... ermahnte mich ein deutscher Copilot, als ich seine Schwester vögeln wollte. Zur Drohung, denn seine hübsche Schwester, sei nicht »so eine« und darum dürfe ich ihr nicht schon nach dem ersten gemeinsamen Abendessen ... etwa nach dem Dessert mit der Ansage kommen: »Mach mal die Beine breit!«

Wie das damals endete, weiß ich nicht mehr so genau. Hatte es in der Zwischenzeit verdrängt. Aber es kann keine besonders aufregende Sache gewesen sein, denn normalerweise kann ich mich schon an die einzelnen Ficks erinnern – zumindest auf die wichtigsten Ficks meines Lebens. In diesem Fall blieb nur der Satz: »Mach mal die Beine breit«, hängen.

Inzwischen hatte ich am Wege ins Schlafzimmer meine Jeans, Socken, Poloshirt und Slip abgeworfen – unmittelbar vor der Bettkante gibt sie mir einen Schupps und ich liege bereit auf dem Teller der Lust. Garniert mit allerlei zartem Gemüse, gekochten Karotten, Kohlsproßen, zwei gebratenen Kartoffelscheiben ... und als Sauce tropft sie ihren Mösensaft über mich. Heute sind wir nicht in einem sündteuren Gourmettempel, sondern in einem Schnellimbiss. Jasmin hat es eilig. Sie lässt mich nicht einmal langsam ihre Auster schlürfen, sondern kommt ohne Einleitung gleich zur Sache.

Sie nimmt sich gerade Zeit mit ihren Lippen den schon traditionellen »*Black Boy*«-Gummi über mein Rohr zu lutschen, um dann gleich wie eine Dampflokomotive mit langem Güterzug hinten dran mich quer über den Kontinent zu ficken. Ich nähere mich trotz ihrer harten Schubarbeit nur langsam meinem Höhepunkt und lasse mich dann einfach los …

Als ich nachher die Stiegen runter spaziere, denke ich, entweder ist der Hauptsponsor zu ihr gerade unterwegs – oder ihre Mutter läge im Sterben und sie müsse noch schnell ins *Allgemeine Krankenhaus*, um ihr die Hand zu halten. Andererseits hatte das Ficken mit Jasmin immer etwas Maschinelles. Ein Auf und Ab und vor und zurück, wie die alten Druckmaschinen bei den Zeitungsverlagen. Nicht, dass sie mir nicht meine Seele durch den Hosensack fickte – aber irgendwie erinnerte mich das Schlachtfest an ein Computerspiel. Dort grinsen bekanntlich auch die Figuren aus dem Bildschirm, aber so wirklich zum Lachen ist einem doch nicht.

Aber gut. Alles kann man nicht haben. Meine Hoden sind leer, der Schwanz schlaff, das Sushi war gut – die halbvolle Champagnerflasche steht in ihrem Kühlschrank. Da haben wir wenigstens beim nächsten Mal noch was … oder wird sie die Flasche mit ihrem Hauptsponsor leeren? Soll so sein. Ich vergönne es ihr – und ihrem »Bankomaten« auch.

Dafür begrüßt mich Gato besonders lieb an der Haustür. Er schmust an meiner Hosenröhre herum, als wäre ich wochenlang weg gewesen. Es ist zwar schon Mitternacht, die Luft ist aber heute Abend derart warm und lind – irgendwie fallen mir Lieder von Franz Schubert ein – dass ich spontan beschließe, mich noch an die Veranda zu setzen. Im Schaukelstuhl langsam wippend, mit dem warmen Gato schnurrend auf meinem Schoß, bin ich dann prompt eingeschlafen. Um drei oder so wache ich auf. Mir ist kalt. Gato das Miststück hat mich verlassen, der natürliche Ofen ist weg, wie lange schon, weiß ich nicht, meine Oberschenkel sind eiskalt! Im Mund noch der Geschmack von Sushi und Champagner. Meine Haut riecht nach Jasmin. Ich stelle mich unter Dusche, rase im Putzkommando über meine Zähne und nach einer ausreichenden Mundspülung lege ich mich ins Bett – Gato hatte es sich dort schon gemütlich gemacht.

»Miese Ratte!«, schimpfe ich und dränge ihn zur Seite. Sonst habe ich keinen Platz in meinem Bett. So weit kommt's noch! Der Kater liegt in meinem Bett, macht sich breit – und der Oberkater, kann am Boden liegen. Er faucht kurz auf, akzeptiert aber dann, wer von uns beiden der Stärkere ist. Ich kann ohnehin nicht einschlafen. Hab Blähungen. Stehe wieder auf und gehe Richtung Toilette … unterwegs kommt mir ein Bupps aus. Na ja, ich würde wohl kaum feine Damen zu meinen Partnern zählen. Während mir der Buppser auskommt, sage ich leise »Vierzig!« Ein Relikt aus meiner Studienzeit im Internat. Wir hatten in dieser strengen Klause unter der Woche Ausgang bis 21.00 Uhr. Für Hasenaufriss zu früh. Deshalb schlugen wir unter der Woche die Zeit mit Kartenspiel tot. Und wenn jemand einen »Vierziger« ansagte, war es seine Pflicht einen ordentlichen Schaß, zu Deutsch: Bupps, zu lassen. Hatte er gerade keinen auf Lager, war der »Vierziger« ungültig – andererseits, wann immer einer von uns einen hinten rausließ, musste er anstandshalber »Vierzig« sagen. Diesen Ritus hatte ich mir bis ins hohe Alter erhalten. Auch wenn mir im Flieger, während des Dienstes einer auskam, sagte ich leise – für niemanden hörbar: »Vierzig!«

Am Wege zur Toilette regen sich einige »Vierziger« in mir – ich könnte also laufend »zudrehen«. So war es auch diesmal, mittlerweile war es halb nach drei oder »halber vier«, von welcher Seite man es immer sehen wollte. Mein Gegner hatte bereits ein so genanntes »Bummerl« am Papier, und ich in der Wohnungsluft. Ich schlurfe wieder zurück ins Schlafzimmer. Aber Halt! Ein weißer Zipfel ragt unter der Haustür schelmisch *hervür*.

Ich bücke mich langsam und behutsam ... ich kann jetzt alles brauchen, nur keinen Hexenschuss! Also langsam runter, das Kuvert unter der Tür bedächtig und ohne Hektik rausgezogen und zurück ins Bett. Was muss ich sehen zu dieser vorgerückten Stund' – inzwischen war es fünf vor vier? Gato grunzt auf meinem Polster! Also, das ist wohl die Höhe! Ich bin naturgemäß für Tierschutz und gegen Tierversuche und dem ganzen Altweiberscheiß von »Tiere haben auch eine Seele« und weiteren Schrott ... aber wenn die Katze auf meinem Polster liegt, dann scheiße ich auf den Regenwald, die Wale und alle putzigen Robbenbabys! Ohne ausufernde Grobheit wische ich Gato mit einer Handbewegung von meinem Polster. Er kapiert sofort. Auch ihm scheinen Robbenbabys egal zu sein und lässt sich auf keine biologischen Debatten ein, sondern verkriecht sich schleunigst ans Fußende und bevor ich noch bis drei zählen kann, schläft er bereits wieder, und ich öffne langsam den Brief.

»Die letzte Chance! Freitag 23.00. Pünktlich! Sonst verschwinde für immer!«

Ich lese die Zeilen mehrmals ... ein Analphabet würde sich auch nicht länger damit beschäftigen. Es war ja bei Gott keine komplexe Lyrik. Kurz und bündig. Minimalismus pur. Trotzdem. Ich liege nur mit Boxershorts bekleidet im Bett. Die Beine gespreizt, weil mein Panther unten Platz benötigt, den Brief in meinen Händen. Die letzte Chance? Freitag ist übermorgen. Also bis dorthin keine Behandlungen durch Jasmin, kein Abwichsen ... nein, wir werden unseren Samen aufstauen. Was immer sie wollen ... ich will es ihnen liefern. Und zwar auf einem silbernen Tablett. Ich spüre, dass ich diese drei Heiligen brauche. Ja, ich bin süchtig nach ihnen. Obwohl ich es nicht zugeben würde, werde ... was immer. Egal, ich habe bereits erste Entzugserscheinungen! Ich sehne mich nach ihnen. Ich brauche sie. Mein Körper, meine Seele, mein ganzes *Sosein*, mein *Für-sich-sein* im Sinne Jean Paul Sartres, dürstet nach diesen drei Königen der Erotik, der Lust ... des Lebens!

Den kommenden Tag verbringe ich am Flugplatz in Vöslau. Ich treffe dort Peter Mates, der mich als Co für einen privaten Businessflug nach Mailand engagiert. Wir sollen vier Personen mit einer Cessna 421 über ein verlängertes Wochenende nach Nizza fliegen. No Problem.

Mit dem großartigen Flieger bin ich schon zweimal von Vöslau nach Wels geflogen. Wir spielen eine Weile am Boden herum und beschließen dann spontan, einen kurzen Testflug mit einem der Cessna-Serviceleute nach Graz und zurück zu unternehmen. Peter lässt mich in Graz den Approach machen. Nach einem großen Braunen im Flughafencafé geht's wieder zurück nach Vöslau.

Ich war froh über den Flug und das ganze Drumherum, weil es mich von meinen wild kochenden Gedanken in den hinteren Kammern meines Schädels ablenkt. Wäre ich zu Hause geblieben oder ziellos in der Wiener City von einem Café zum anderen gewandert, hätte das meinem Kopf sicherlich nicht gutgetan. Am Abend blättere ich im Handbook der Cessna 421 herum und höre nebenbei, sozusagen mit einem Ohr ein interessantes Gespräch mit Elias Canetti im Radio.

Mit Anfluginstruktionen des »*International Airport Nice*« und Gato zwischen den Füßen schlafe ich irgendwann vor Mitternacht ein. Nach dem üblichen Frühstück im *Café Dommayer* fahre ich ins Fitnessstudio *Manhattan* im Süden Wiens. Wenn die drei Doms meine Seele heute Nacht demütigen werden, so sollen sie wenigstens an einem schönen Körper ihre Freude haben, denke ich. Irgendeine der strengen Weiber hat an einem der Abende etwas von einem »geilen Arsch« gesagt. Soll sie haben, soll sie haben, sage ich mir und bearbeite eines der Geräte, dass es in den Lagern und Gelenken nur so quietscht.

Nach der Sauna fahre ich in ein italienisches Restaurant in der City und labe meinen gequälten Körper mit Gnocchi und Salat. Ich brauche heute etwas Leichtes ... keine fetten dampfenden Schweinsbraten mit Knödel! Mit einem leichten Magen schläft es sich nicht nur besser, sondern Auspeitschungen, Fesselungen, glühende Eisen an den Hoden und Injektionsnadeln im Schwanz sind erträglicher ...

Nein, schreie ich mich in mir an, damit es außerhalb von mir niemand hören kann, hör auf mit dem Blödsinn! Lösche diese blödsinnigen Fantasien aus deinem Schädel, und zwar sofort. Ich versuche mich abzulenken und nehme ein gutes Buch zur Hand. Peter Kampitz *Jean Paul Sartre* ... »In-sich-sein«. Passt gut – ich muss sofort »in-mich-rein«, finde ich, denn momentan bin ich zu viel »aus–mir–draußen«. Also, rein mit mir – in mich hinein!

Gegen Abend fahr ich nach Hause. Mela war heute überraschend da, denn am Küchentisch liegt ein Zettel, ich muss diverse Waschmittel, Toilettenreiniger, Küchenrollen und vor allem Staubbeutel für den Staubsauger besorgen. Um halb elf fahre ich los. Ich lass mir Zeit. Von meinem Haus bis hinauf zur »Psycho-Hütte« ist es nicht weit. Nachdem ich meinen Wagen wieder am unteren Ende der Straße abgestellt habe, spaziere ich noch ein wenig herum ... pinkle schnell im Schatten gegen einen Baum.

Drei Minuten vor 23.00 Uhr öffne ich das Gartentor. Mein Herz pumpert wie ein Dieselmotor eines Notstromaggregats der Notaufnahme in einem Unfallspital. Das Haustor ist wie erwartet offen, an der Messingblende des Schlosses ist ein Kuvert eingeklemmt. Drinnen im Vorraum öffne ich das Kuvert. Auf einem weißen Blatt Papier stehen die knappen Anweisungen. Die Messe findet im Keller statt.

11

Im Lichtkegel meiner Taschenlampe steige ich die engen Stiegen hinunter. Im Gang bleibe ich stehen und höre in die Stille hinein. Nichts. Finster, feucht, muffig, lurchig und im Licht meiner Lampe glitzert der Feuchtschimmel an den Wänden. Ich hole den Zettel aus meiner Jeanstasche und lese noch einmal die Türnummer ... ach ja, da hinten, die letzte links. Da war ich noch nie, denke ich. Nein, ich glaube, es war die Tür ganz hinten am Ende des Gangs ... oder? Egal. Vorsichtig öffne ich die Tür, schalte meine Taschenlampe ein und stecke sie in den Hosenbund. Wieder das Flackern von Kerzen. Diesmal sind es sehr viele. Sie sind am Boden in einem großen Kreis angeordnet. In der Mitte erkenne ich ein Kuvert. Ich steige vorsichtig über die Kerzen, hebe das Kuvert auf und erkenne jetzt ein schwarzes Seidentuch daneben. Das Kuvert ist gottlob nicht verklebt, denke ich und amüsiere mich, dass ich ausgerechnet Gott lobe ... drinnen ist ein Zettel naturgemäß mit minimalistischen Anweisungen:

»Zieh dich aus. Stell dich in die Mitte des Kreises. Mit dem Tuch verbinde deine Augen. Fest und dicht!«

Okay, kein Problem. Ich suche im Flackern der Kerzen einen Tisch oder zumindest einen Platz für meine Jeans und Poloshirt. Finde aber nichts Passendes. Ich ziehe mich aus und lege meine Sachen in eine Ecke ... fein säuberlich, die Hosen zusammengelegt, darauf Slip, Socken und das Poloshirt. Davor meine Schuhe. Ich lege das schwarze Tuch zusammen – es ist aus Seide und verbinde damit meine Augen. Ich bin fair und bemühe mich, meine Augen dicht zu verbinden. Aber halt, ich war noch außerhalb des Kreises – musste also jetzt blind über die Kerzen steigen und ungefähr abschätzen, wo die Mitte des Kreises ist. Bevor ich jetzt aber einen Scheiß zusammendrehe, hebe ich den unteren Teil des Bandes etwas auf und erspähe die Lage der Kerzen und auch die Kreismitte. Trotzdem steige ich sehr vorsichtig über die Kerzen und stelle mich exakt in die Mitte des Kreises. Dann streiche ich meine Augenbinde wieder glatt und warte ...

Eine Weile tut sich nichts. Mich fröstelt. Draußen ist es wesentlich wärmer als hier unten in dieser Grotte, denke ich. Und es tut sich noch immer nichts. Ob ich im richtigen ... klar bist du im richtigen Raum, du Idiot! Sonst wären keine Kerzen hier aufgestellt ... ärgere ich mich über meine überflüssigen Zweifel.

Ich spüre einen leisen Luftzug am Rücken. Ob er von einer offenen Tür, Kellerluke oder aus einem Mund geblasen gekommen ist, kann ich nicht beurteilen. Dann wieder nichts. Es dauert endlos, bis ich den nächsten Luftzug spüre, diesmal vorne an der Brust. Ich versuche etwas zu hören ... ein Knacken, Atmen, leises Blasen durch Lippen oder Schritte ... nichts. Dann wieder ein Luftzug, nein, eher ein zarter Hauch an meinen Arschbacken. Ich zucke zusammen, weil ich von dem Lufthauch überrascht war. Ich versuche zu erraten, als welcher Richtung das nächste Lüfterl kommen wird ...

Da spüre ich ein zartes Anstreifen über die Haare an meinem rechten Unterarm. Was hat mich da berührt? Strichen da nicht eben Finger über die Haare ... oder war es ein Stück Holz? Ein roher Knüppel, von zarter Hand geführt. Ich habe das Gefühl, dass jemand ganz nahe um mich kreist. Ich höre zwar nichts, aber spüre einen Körper an mir ... ist es die ausgestrahlte Wärme, die ich spüre? Dann zwei weiche Berührungen gehaucht ... Finger ... die entlang meiner Wirbelsäule streichen. Rechts und links an den Unterarmen streicht wieder etwas über die Haare ... ganz zart. Dieses Etwas berührt nur die Haarspitzen. Da - ein Atemhauch an meinem Nacken. Ich wage mich nicht zu rühren. Stehe vollkommen still und starr, soweit es mir in dieser unheimlichen Situation gelingt.

Jetzt spüre ich deutlich Fingerspitzen rechts und links an meinem Hals. Gerade dass meine Haut berührt wird. In meiner Finsternis haben die Sinnesorgane ganz auf die taktile und olfaktorische Empfindung umgeschaltet. Etwas streicht über meine Kehle. Es ist nicht mehr weich ... sondern sehr schmal und hart. Ich spüre eine Schneide ... oh Gott, ein Messer an meiner Kehle? Hier im Keller hört mich niemand ... wollen die mir die Kehle durchschneiden? Mich schächten wie eine Sau ...

Dann eine Fingerspitze an meinem Hals, weich und nass ... vielleicht hat sie den Finger vorher mit Speichel befeuchtet. Ich versuche langsam zu atmen und meinen Brustkorb so wenig wie nur möglich anzuheben. Das taktile Wechselbad geht weiter. Plötzlich spüre ich zwei Hände ... ja, das müssen Innenhandflächen sein,

162

sage ich mir, und spüre wie sie langsam und zart entlang meiner Arme nach unten streichen.

Bis jetzt kein Grund, zu schreien oder vor Schmerz zu stöhnen ... es hängt nur eine gespenstische Drohung über mir. Einerseits erwarte ich jeden Moment eine Messerspitze zwischen meinen Rippen oder meine Eier brutal gequetscht.

Nichts dergleichen. Ich versuche, mit höchster Konzentration in die Finsternis hineinzuhören und hineinzufühlen ... ich habe noch nie eine derart laute Stille um mich gehört, gefühlt ... mir ist, als würde diese Stille meinen Schädel erdrücken. Dann eine Hand an meinen Hoden. Ganz leicht und zart spielen die Finger mit meinem Sack und den beiden Bällen. Dieses Spiel ... obwohl zart und weich ... aber jedes Spiel mit den Eiern hat etwas Bedrohliches, wahrscheinlich für jeden Mann. Denn die zarten Fingerspiele können sich blitzartig in eine Schraubstockklemme wandeln. Vor allem wenn man diesem Spiel stumm und blind folgen muss. Und somit nicht den Funken einer Chance hat, wenn der Schraubstock zuschnappt ... ich stehe vor Dominas ... oder ist es nur eine? Nein, es müssen zwei sein, denn als ich am Rücken ... oder war es am Hals und zu gleicher Zeit vorne diese zarten Berührungen spürte, denke ich, da müssen vier Hände am Werk gewesen sein – und Frauen mit vier Händen gibt es meines Wissens nur bei indischen Göttern ...

Ein Band, ein Lederband wird mir um den Hals gelegt, es wird hinten geschlossen. Vorne spüre ich einen Ring wackeln ... das Band kenne ich! Und wieder stellt sich in mir alles auf, ich erwarte ... erwarte ... aber *was*? Eigentlich die ganze Bandbreite. Beginnend bei einer schallenden Ohrfeige, Zusammenkneifen meiner Eier, einen Biss in die Eichel, einem Tritt in die Weichteile oder Zigarrenglut an meiner Brust.

Aber nichts dergleichen ... noch nicht, denke ich. Nach dem Halsband wieder minutenlange Stille, nichts. Kein Laut, keine Berührung keine Düfte. Ich spüre, wie die anfängliche Hochspannung aus meinem Körper langsam entweicht. Entweder waren sie – die eine Domina, aber mit vier Armen oder die zwei, drei, vier ... schon gegangen oder das Hochamt hebt erst an? Inzwischen beginnt in meinem Schädel ein Zwiespalt zu toben. War das schon alles? Was – das soll alles gewesen sein?

Los, kommt Mädels, zündet endlich meinen Schwanz an! Wäre mal was Neues. Hör sofort mit dieser Scheißdenke auf, rufe ich mich barsch zur Ordnung. Noch schwebt das Damoklesschwert einer ausgedämpften Zigarre – und zwar auf der Eichel – über mir, denke ich. Oder Nadeln durch die Brustwarzen ... Da beginnt mein Alter Ego sofort wieder mit seiner frechen Gegenrede: Scheiß dich nicht an! Die Weiber trauen sich das sicher nicht!

Mein Muskeltonus erschlafft, mein Oberkörper sinkt langsam in sich zusammen ... nicht wie ein Greis, aber doch – von einer aufrecht gestreckten Haltung kann keine Rede mehr sein. Und in diesen Momenten weiß ich wirklich nicht, ob meine Dominas überhaupt noch da sind – oder sich leise nach Hause vertschüsst haben. Drehe meinen Kopf nach links, nach rechts und will zur Augenbinde greifen und den Knopf am Hinterkopf öffnen. Zwei Hände fassen mich plötzlich energisch an den Schultern und drücken mich, keinen Widerstand duldend, auf die Knie. Meine Hände werden nach hinten gedrückt und ich spüre wie Handschellen sich um meine Gelenke schließen. Das Ganze geht so schnell und ist so überraschend, dass ich nicht einmal die Chance habe zu denken: Jetzt geht's los!

Ich höre Rücken von Tischen oder Sesseln, so genau kann ich das nicht herausfiltern. Auf jeden Fall setzt »Leben und Treiben« um mich herum ein. Eine Hand drückt meinen Kopf nieder, um mir unmissverständlich verstehen zu gegeben, mich nicht aufzurichten. Das geht hier alles ohne Wort und Ton. Die Dame drückt derart fest und entschlossen meinen Nacken nieder, dass ich genau weiß, sie würde keinen Millimeter höher dulden! Inzwischen haben meine Peinigerin oder Peinigerinnen und ich einen Grad des Einverständnisses entwickelt, dass ein Druck ihrer Hand und dazu ein rascher Atemstoß vollauf genügen – und ich pariere! Am Schluss der einführenden Prozedur nimmt sie mir die Augenbinde ab und setzt sich ... jetzt erkenne ich auch die Kollegenschaft.

Ich benötige etwas Zeit, um meine Augen an die Dunkelheit und an die Kerzenlichter zu gewöhnen, die sich wie Leuchtpunkte in meine Netzhaut prägen – und bekomme langsam das Gesamtbild in meinen Kopf. Die drei sitzen in einem Halbkreis um mich herum, mein Kopf etwa in Höhe ihrer Kniescheiben. An ihren Beinen tragen sie schwarze Lackstiefel, die weit über ihre Knie ragen. Alle drei tragen Gesichtsmasken, die wie das letzte Mal die oberen Gesichtshälften bedecken. Die Mittlere streckt mir ihr linkes Bein entgegen und dann geht's gleich im Kasernenhofton los: »Los Junge, jetzt leckst du mal den Stiefel sauber!«

Etwas zögerlich beuge ich mich nach vor, so als wollte ich zuerst einmal daran schnuppern.

»Was ist mit dir? Schläfst'e? Mach mal fix, brauchst nicht lang dran herumschnüffeln ...«

Bevor sie mir jetzt mit dem Stiefelspitz die Zähne eintritt, denke ich, beginne ich zuerst mit den Lippen, anfangs noch mit der gebotenen Zurückhaltung, mit der Zungenspitze entlang des Stiefelschafts. Dieses Knautschlackzeug schmeckt komisch, überlege ich, raffe mich aber dann doch auf und lecke einmal eine ganze Bahn von den Fesseln bis zu den Knien hinauf – in einem Zug! Eine Heldentat, wie ich denke, denn so etwas konnte ich mir noch vor kurzem nicht einmal im Ansatz vorstellen. Nachdem ich oben am Knie angelangt bin, tauche ich wieder hinunter zu ihren Fesseln.

»Gut so, mein Hündchen – los leck meinen Stiefel sauber – blitzeblanke, Zickezacke, mein Hündchen!«

Das Ganze empfinde ich nicht sonderlich geil, darum weigert sich auch mein Schwanz, wie ein frühgotischer Kirchturmspitz hochzufahren – vielleicht nicht gerade Kirche, überlege ich, denn das sei doch um ein Jota zu blasphemisch ... sagen wir, wie diese langen, schlanken Baukräne und mir fallen diese dünnen Stahlgerüste ein, die fast bis zur Wolkengrenze reichen und ich mir jedes Mal denke, wenn ich an so einem technischen Monstrum vorbeifahre, wie mag es dem Lenker dort oben in schwindelnder Höhe in seiner zündholzschachtelgroßen Kanzel gehen, wenn der Föhn von Mailand kommend über die Alpen fegt.

»Du sollst lecken und nicht schlafen ...!«, bellt es aus dem Preußenland.

Das Problem dabei ist weder der Stiefel noch die mangelnde Geilheit, sondern der Speichel. Das Material scheint ein Speicheltöter zu sein, denn ich muss immer wieder nachspeicheln, sonst würde mir die Zunge am Stiefel kleben bleiben. Keine besonders geile Vorstellung. Ich bemühe mich redlich – dann kommt der andere Stiefel dran. Immerhin macht sie jetzt die Beine breit und mein Blick fällt sofort ins Zentrum, ins Herz der Sonne ... dorthin wo eigentlich alles beginnt. Das Leben, die Welt, das Universum, ihre Muschi, Möse, Fud, Fica - Vagina, eleganter ausgedrückt, eben das Zentrum allen Seins. Dieser Spalt ist gottlob nicht ein rasiermesserscharf gezeichneter Strich – einer dünnen Tuschefeder, wie bei einem kleinen Mädchen, unschuldig, frei von Sünde, unverdorben, klar wie ein Hochgebirgssee, ohne jede Trübung, dafür saukalt – sondern, und darüber bin ich natürlich froh, ein von Sünde, Lust, Geilheit und erotischer Hitze quellender Vulkan, die Schambeinwölbung kein Venushügel sondern ein Vulkankegel, drohend wie der Vesuv gen Himmel ragend, jede Sekunde bereit Neapel und gleich den halben Italostiefel mit in die Luft zu jagen.

Und ihr sündiger Spalt, aus dem lockend kleine Falten und Fältchen hervorzuquellen scheinen - aber ihre Beute unerbittlich zu und in sich locken. Wie Anglerfische in den Tiefen des Ozeans, die ein paar Fädchen vor ihrem Maul tanzen lassen, um Beutetiere anzulocken. Eine Weile schauen sich diese Fischlein die herumhüpfenden Funken und Pünktchen an, werden magisch von ihnen angezogen – will schon denken, dass das Wasser in ihren Mäulchen zusammenrinnt, aber das ist naturgemäß ein Blödsinn, denn sie schwimmen ja schon im Wasser – da rinnt nichts mehr im Maul zusammen. Lenk nicht ab. Zur Sache: Diese Fischlein werden also angelockt und im Moment, in dem sie nach den vermeintlichen Beutetierchen schnappen, öffnet sich die scheunentorgroße Fressklappe des Anglerfischs und ... und der kleine Fresser wird vom großen Fresser in den Schlund gesogen!

Und das und vieles mehr, muss ich denken, angesichts dieser wunderbaren Muschi nur wenige Zentimeter vor meinen Augen. Wie mich diese Fältchen und Schlitzchen locken. Wie sie förmlich nach meiner Zunge rufen – wie die Sirenen an den Felsen in der Ägäis.

Gerne würde ich jetzt von ihrem Nektar kosten, mit der Zunge und den Lippen an ihrer Muschi lecken und saugen. Aber nein, noch bin ich zum Stiefelknecht degradiert. Und bevor mir die drei einen Hunderter-Nagel durch die Eier treiben, leck ich lieber ihre Stiefel, denke ich und mach mich weiter an die Arbeit. Der Anblick ihrer Möse erregt meinen Schwanz, ich fühle wie eine gewisse Straffheit und Festigkeit durch mein Rohr zieht und denke, immerhin, er wird schon steif. Er steht, »Ihro Gnaden« – an die Arbeit, und zwar rasch!

Bald bekommen die drei was zum Anschauen und Anfassen, so hoffe ich zumindest. Ich lecke nun die Innenseite des anderen Stiefels. Lästig finde ich dabei das Scheppern des Metallrings an meinem Halsband. Abgesehen, dass meine Körperhaltung nicht ideal für den Leckdienst ist. Kniend, vorgebeugt, mit den Händen am Rücken gefesselt, das soll mir einmal jemand nachmachen! Eine Scheißstellung, wie ich denke. Meine Augen bleiben an ihrer Möse fixiert, während ich mit leicht geneigtem Kopf, meine Zunge an ihren Stiefeln drüber lasse. Ich muss fast wie ein Heiliger aussehen. Zumindest sind diese Kerle auch immer mit einem etwas schräg geneigtem Haupt abgebildet oder in geschnitzten Figuren verewigt – und über dem Kopf der Heiligenschein. Zur Abwechslung stelle ich mir vor, ich hätte bei meiner demütigen Zungenarbeit einen Heiligenschein. Der leuchtende Ring, schwebt ungefähr eine Spanne über meinem Schädel ... und fährt naturgemäß immer mit mir an der Stiefelseite auf und nieder. Während meine Gedanken bis in den Himmel abschweifen, fährt sich meine Gebieterin wie beiläufig einmal über ihren Spalt, als würde sie eine Fliege verscheuchen – oder einen kleinen Marienkäfer. Diese süßen kleinen Dinger, die zur passenden Jahreszeit an den Oberarmen landen und mit ihren kleinen zierlichen Beinchen geschäftig auf und ab krabbeln. Aber zum Teufel noch einmal, schimpfe ich mit mir, natürlich in meinem Inneren, was führen da meine Gedanken mit mir auf. Ich lecke einer zu allem entschlossenen Domina die Lackstiefel und sehe mich mit Heiligenschein und einem Marienkäfer an ihrer Muschi ... gut, Maria und der Heilige!

Und während sie beiläufig über ihren Spalt wischt, öffnen sich die Falten für einen Sekundenbruchteil und ermöglichen mir einen kurzen Blick in den Mittelpunkt der Sonne! Zartrosa Fleisch kommt zum Vorschein und leuchtet mir verlockend entgegen, blinkt den geheimen Morsecode der Lust – und ich muss an diesem beschissenen Stiefel lecken. Ihre Muschi scheint auch schon so zu denken. Längst würde sie mich lieber zwischen ihren Saugnäpfen gefangen halten und tief in ihre klatschnasse Höhle hineinziehen, als mir verrenkten Krüppel beim Stiefellecken zuschauen. Eine wahrhaft tragische Figur!

Die Sanfte verlangt nach mir, ich erkenne sie am dunklen Timbre ihrer Stimme. Sie scheint meine Gedanken gelesen zu haben und öffnet sogleich ihre Beine und zu meiner Freude sehe ich ihren Handrücken am Schamberg reiben, während pure Lust über mich strömt. Die andere Hand fasst mich am Schopf und führt mich langsam aber entschlossen und keine Widerrede duldend ins Paradies. Oh, ihre Frucht öffnet sich wie eine Anemone tief unten im Pazifik, bereit einen Tigerhai in einem Stück zu verschlingen. Die Gute ist pitschnass wie eine Tropfsteinhöhle. Allein der scharfe Odor einer zu allem bereiten Möse treibt mich zum Wahnsinn. Ich bin noch nicht dran – nur noch wenige Zentimeter entfernt vom heilsamen Nektar, da schmecke ich schon den herrlichen Saft. Da fasst sie mich fester, krallt ihre Finger in meinen Skalp und hält mich fest. Ich war schon dran – nein, dann plötzlich halt! Was soll das? Sie zieht mich etwas zurück und hält mir den Spitz ihres Stiefels vor den Mund.

»Los, leck ihn ab«, höre ich sie sagen.

Ihre Stimme von weit her, ich schau ihr völlig verdattert in die Augen. Da zwinkert die Ratte mir zu und nickt aufmunternd und drückt mir die Spitze des Stiefels sanft an meinen Mund. Hinter mir bellt die Frau Feldwebel: »Ich glaube, wir müssen unsrem Jungen ein bisschen Beine machen. Glaubst du, du bist hier auf Kur? Los leck schon, sonst ziehen wir dir die Hammelbeine lang!«

Also bevor ich mir die Eier mit einem Seitenschneider abzwicken lasse – den dreien ist doch alles zuzutrauen, mach ich mich an die Arbeit. Die Stiefelspitze der »Sanften« schmeckt etwas besser. Entweder bilde ich mir das nur ein, weil ich die »Sanfte« mag oder es stimmt wirklich. Egal, ich sauge diesen fast bis zu einer Nadelspitze auslaufenden Spitz in meinen Mund. Und siehe da – während ich den Stiefel in mich hineinsauge, sehe ich ihr Becken im Rhythmus mitschwingen.

Oh, gnädige Frau, höhere Tochter aus besten Hietzinger Kreisen, Privatgymnasium bei den Dominikanern, Opernball, Soiree im Sacher mit den diplomatischen Spitzen, werden doch nicht geil sein und schon die ersten Sterne sehen? Diese Frau macht mich heiß. Ihr dunkler fordernder Blick ... Wenn ich so Bilanz ziehe – eine Art Zwischenbilanz, komme ich zum Schluss, dass auch die andern beiden geil sind. Keine Frage. Ihre Aufmachung, diese streng geschnürten Korsagen, die hohen Stiefel, auch in ihrem Alter schlummern wesentlich feurigere Ficks als bei allen plus minus Zwanzigern zusammen. Natürlich möchte ich die Frau Feldwebel vögeln. Aber das wird ein Kraftakt werden, überlege ich. Sie wird mit ihrer Fud ... ja, Frau Feldwebel hat keine Muschi, sondern eine strenge fordernde Fud, entweder wild auf mir schmatzen oder mich mit Butz und Stingl wegsaugen. Die ist allzeit bereit wie Hindenburg in den masurischen Sümpfen ... wenn wir ficken, habe ich nachher wahrscheinlich einen Oberschenkelhalsbruch. Ist beim Spritzen einfach zerbröselt. Und während sie nachher ihren Slip hochzieht, den BH und ihre Frisur richtet, mir einen Blick wie Marlene Dietrich zuwirft und rauchig sagt: »Warst ganz gut, Kleiner.«, verblute ich.

Sie wird nicht einmal den Notarzt rufen, sondern ihren schwarzen Lackmantel überwerfen und mit einer Zigarette im Mundwinkel abrauschen. An meinem Grabstein steht: Gefallen für Fick und Fud!

Ich habe das schon im *Mario* gespürt. Sie strahlt eine Erotik aus, die mich ungeheuer elektrisiert. Ich kann mir vorstellen, mit ihr nackt am Boden zu liegen und im *Sexus* von Henry Miller zu stöbern oder *Das Delta* der Anais Nin, Jean Paul Sartres *Der Pfahl im Fleische* oder Georges Bataille *Das obszöne Werk* zu lesen und dabei teuersten Champagner aus den Kellern ihres Bauproleten zu trinken.

Gato wird uns von der Tischplatte aus zuschauen. Und ich kaue an ihren Schamlippen und sauge ihre Klitoris in mich hinein, bis sie meine Haare büschelweise ausreißt. Ja, all das und noch vieles mehr, stelle ich mir mit dieser wunderbaren Frau aller Frauen vor ...

Und bekomme die zweite Stiefelspitze in den Mund. Hätte ich nicht meine Fantasie, ich müsste verzweifeln. So lustig ist die Stiefelleckerei nicht. Ich mag diese superheißen Stiefel, über die Knie reichend, enganliegend, lackglänzend, ... ja, ich mag sie sehen, aber nicht lecken. Ich mach ihnen aber die Freude, sollen auch ein bissl Spaß in ihrem Leben haben, denke ich und sauge und lecke an ihren dämlichen Stiefeln. Im Auge geil – aber nicht im Mund und auf der Zunge schon gar nicht. Da schmeckt das Lackzeug nicht. Das nächste Mal werde ich ihnen empfehlen, den Stiefel mit Fud-Saft einzulassen, überlege ich. Ich müsste den Wunsch nur sehr vorsichtig äußern, sonst wickeln sie mich in Stacheldraht ein – und zwar nackt und werfen mich dann hinaus in den Schnee!

Ich versuche besonders hingebungsvoll an der Stiefelspitze zu saugen und zu lecken. Ich spüre diesmal weder Übelkeit noch besondere Abscheu. Woran das liegt? Sicher hat das weniger mit dem Stiefel, als vielmehr mit seiner Trägerin zu tun. Wahrscheinlich hätte ich ihr auch den Arsch geleckt. Ich mag sie, überlege ich und schließe daraus durchaus schlüssig, wenn man jemanden verehrt, wäre man auch für die schlimmste Drecksarbeit bereit.

Während ich so in mir und mit mir – und manchmal auch gegen mich und vor allem vor mich hin philosophiere und räsoniere, habe ich ganz verschlafen, dass nun die Dritte im Bunde dran ist. Meine Angebetete hat ihre Stiefelspitze dezent zurückgezogen und die Frau Kasernenton faucht mich an: »Was ist los mit dir? Schläfst du? Los, mach!«

Ich weiß, sonst macht sie mir Beine oder zieht meine Hammelbeine lang. Ich blicke etwas verwirrt in die Runde – und ach ja, jetzt ist das Mädel aus der »Vorstadt« dran – dem Slang nach aus den düstersten Bezirken Wiens, entweder Ottakring oder Favoriten – oder vielleicht strafverschärfend beides. Die meint es ernst, spüre ich intuitiv. Sie hält mir gleich die Sohlen hin – und die sind zu meinem Entsetzen mit Schmutz, Staub und Lurch paniert, als hätte sie mit ihren Stiefeln den ganzen Dreck im Kellergewölbe aufgelesen.

»Los, ran!« ... na, wer schon? Die Frau Kaserne natürlich.

Zaghaft versuche ich, zuerst mit der Nasenspitze daran zu streichen. Mein Vorhaben wird rasch erkannt und brutal abgeschmettert.

»Du sollst den Kot abschlecken und nicht dran schnüffeln!«

Ich versuche es mit der Zungenspitze – da drückt die Gute ihre Sohle barsch gegen meine Zunge, die sofort in voller Breite an der Sohle klebt ... und spüre den sandigen Staub, Haare ... und Ekel kriecht in mir hoch. Das schaffe ich nie!

»Wenn du nicht sofort anständig die Sohlen sauber leckst, kannst du gleich zusammenpacken und abhauen ... aber für immer!«

Die Drohung war hart und mit der Konsequenz eines Scharfrichters ausgesprochen. Es klingt für mich, entweder ich lecke oder das Fallbeil kommt geflogen. Langsam und mit geschlossenen Augen streiche ich meine Zunge in voller Breite und Länge über die Sohle. Noch nie fühlte ich mich in meinem Leben so beschissen, wie jetzt! Noch nie war ich so tief gesunken, so gedemütigt wie jetzt!

Scheiße ... ja, jetzt muss mir nur noch jemand ins Maul scheißen, in den Mund rotzigen Schleim spucken oder ich müsste Kotze fressen, denke ich und spüre wie Übelkeit und damit gleichauf das ganze

170

Unglück der Welt, die Hölle der Höllen in mir hochkommt. Ja, nicht nur die Hölle – mit Satan, Whiskey und allen syphilitischen Huren zwischen Hamburg und Casablanca – nein, eine Hölle der Höllen! Die so genannte Oberüberdrüber-Hölle! Dort wo die Schlimmsten der Schlimmen in Eitersauce gekocht werden! Und während ich wie ferngelenkt an der grindigen Sohle schlecke und krampfhaft versuche an etwas anderes zu denken ... ja, scheiß auf die Weiber, denk ans Fliegen! Approach in Innsbruck bei Böen, Seitenwinden wie Hammerschlägen und Schneegestöber, Sicht unter drei Zentimeter ... und du torkelst mit einem dieser alten Flieger mit Mindestanfluggeschwindigkeit von unter zweihundert Knoten zwischen den Bergen daher! Alles rund um dich schon schwer vereist, der Propeller holpert und rattert wie ein Presslufthammer, weil du die Eistrümmer nicht mehr losbekommst. Und ich kämpfe wie ein Wilder mit dem Steuerknüppel, während die Maschine immer wieder nach rechts abschmieren will, mitten hinein in die Stadt, einen vollbesetzten Kindergarten ausrottend – ich bin schon zu tief, erkenne zwischen den Schneefetzen die ersten Blitzableiter und Fernsehantennen auf den Dächern – soll ich noch einmal durchstarten? Aber der Fuel-Indikator leuchtet schon in allen Alarmfarben – ich muss hinunter! Jetzt oder nie ... und schaue nur noch gebannt auf den sogenannten »künstlichen Horizont«, richte die Maschine noch einmal gerade, die Flaps sind nur noch Eisklumpen ...

Dann die Stimme aus den Wolken – es gibt also doch noch einen Himmel: »Gut geleckt Sklave. So und jetzt kommt der nächste Gang!«

Ich bin total verwirrt, gerade noch im Schneegestöber zwölfhundert Fuß über der Innsbrucker Innenstadt, »Goldenes Dachl« und weiterer Touristenscheiße, richte mich auf und blicke erstaunt auf meine drei Dominas vor mir, als würde ich sie das erste Mal sehen. Die Sanfte steht auf, kommt zu mir, ganz nahe, streicht mit ihrem warmen Körper an meine Schulter, fast Wiedergutmachung für meine Demütigungen und schließt die Handschellen auf. Ich richte mich aus meiner verkrüppelten Haltung, strecke meine Beine und massiere die Handgelenke. Mir tut alles weh. Ich will aufstehen und reibe meine Knie, in weiser Voraussicht, denn würde ich mich jetzt schnell erheben, würden meine Knie schmerzen, als schnitten Rasierklingen durch die Sehnen.

»Nein, du stehst nicht auf. Du bleibst vor uns sitzen und wirst dir jetzt einen abwichsen! Und wage nicht uns noch einmal so ein trauriges Schauspiel zu liefern, wie beim letzten Mal!«

Ich schau der strengen Deutschen, Frau Feldwebel, nein, Frau General, Frau Generalfeldmarschall Rommel im Afrikafeldzug gegen »*Monty*« *Montgomery* gerade in die Augen und denke: Wie stellen sie sich das vor, Frau Generalfeldmarschall? Jetzt, nachdem sie mein Maul mit Dreck und Lurch gefüllt haben, stopfen sie mir noch Scheiße von syphilitischen Walrössern ins Maul.

Mein Blick wandert über die aufgereihten Muschis, Lustspalten, ihre nassen Fotzen ... und spüre ... und spüre! Das ist jetzt meine Rettung. Ich lehne mich etwas nach hinten, die Beine leicht gestreckt von mir und greife nach meinem Schwanz. Denk jetzt nicht an einen Approach in Innsbruck bei Schneegestöber, Wolkenbruch ... der Motor fällt aus ... das Fahrwerk steckt ... kein Sprit mehr ... alles Scheiße! Nein, jetzt denk an was anderes ... ja, Sharon Stone! Diese geile Schnitte kommt als Rettung in mein Kopfkino geflogen. Die muss mir jetzt helfen, denke ich. Wenn das jetzt klappt, schreibe ich ihr nachher einen Brief ... ich schreibe ihr die ganze Geschichte! Und zwar von Anfang an. Gato im Flug von New York nach Wien, dann die Briefe, die Fesseln, *Marriotts* ... und sie wird antworten und schreiben: Komm du kleine Sau, ich werde dir deinen Schwanz lutschen, dass du glaubst die Trompeten von Jericho zu hören.

Und ich sehe diese herrliche Szene in *Basic Instinct* mit Michael Douglas, als sie ihre Beine spreizt und unter ihrem Kleid keinen Slip trägt ... und stelle mir vor, wie ich auf den Knien zu ihr rutsche und zwischen ihre Beine ... und während ich meinen Schwanz steif und fest in meiner Hand fühle und langsam zu wichsen beginne, streiche ich mit meiner Zunge am Gaumen und ... oh, Scheiße, spüre Sand in meinem Mund und mir fallen plötzlichen wieder Staub und Lurch ein, kämpfe einen fast aussichtslosen Kampf gegen meine Gedanken, hole mir aber Sharon Stone wieder in den Kopf, sehe ihre kühl erotischen Augen, ihr herausforderndes Grinsen und schaffe gerade noch einmal den Sprung *auf den fahrenden Zug* ... und wichse heftig und heftiger und ... und dann jagt endlich ein Stromstoß durch meinen Körper und eine volle Ladung Samen auf ein zufällig vor mir liegendes Handtuch. Wie es dort hingekommen war? Weiß ich nicht. Ist mir im Moment auch scheißegal! Ich war gerettet!

Das ist noch einmal gut gegangen. Wage aber nicht für alle sichtbar, erleichtert durchzuatmen. Obwohl mir sehr danach zumute ist. Mit einem simplen Trick hatte ich meinen Kopf in letzter Sekunde aus der Schlinge gezogen. Gott sei Dank, haben die drei Strengen nichts gemerkt. Ich bin sicher, hätte Frau Generalfeldmarschall von Sharon Stone in meinem Kopfkino was mitbekommen, sie hätte mich vorher Rattenscheiße und schleimige Spinnweben fressen lassen.

Ich blicke stolz und erhobenen Hauptes in die Runde. Meine Sanfte lächelt mit einem Schuss Zufriedenheit in ihren Gesichtszügen, zumindest sehe ich das so. Ihre Wiener Kollegin beobachtet mich eher neutral und die Preußin übernimmt wie erwartet sofort das Kommando.

»So! Es ist also noch nicht alles verloren. Nun darfst du uns wieder dienen«, und spreizt die Beine.

Mit dem Zeigefinger und dem Mittelfinger ihrer Rechten spreizt sie ihren Lustspalt weit auseinander und nickt mir zu.

»Komm, mein Junge. Ich will was spüren ...«

Ich krieche auf den Knien nach vor und sauge ihre Klit zwischen meine Lippen und beginne mein Spiel. Obwohl ihr Gesicht auf super-cool adjustiert ist, merke ich an ihrem Becken, dass die Gute längst mitten im Feuer steht. Ich passe mich dem Rhythmus ihres Beckens an und als sie es wieder heftig gegen mein Gesicht stemmt, bearbeite ich sie mit der Geschwindigkeit einer elektrischen Zahnbürste ... als sie losgeht wie ein chinesisches Feuerwerk.

Den Trick mit der Zahnbürste hatte ich einmal von einer Stewardess gehört, die mir gebeichtet hatte, dass der beste Freundersatz kein Vibrator, sondern eine elektrische Zahnbürste sei. Die hohen Drehzahlen sind zwar mit Zunge und Lippe anstrengend ... aber was tut man nicht alles für das Liebesglück einer Frau, denke ich.

Dann ist die herbe Wienerin dran. Aus den Augenwinkeln hatte ich beobachtet, wie sie mit ihrer Hand bereits die Ouvertüre angearbeitet hatte, während die strenge Deutsche an meinen Haaren gerissen hatte. Aus diesem Grunde konnte ich mir die Vorarbeiten ersparen und bin deshalb gleich in die Vollen gegangen. Sie war schon weit offen, nass und bereit und nicht mehr zu bremsen. Während meine Zunge emsig in ihrer klatschnassen Muschi züngelt, reibt sie in wilden Rhythmen ihre Klit – immer heftiger und schneller – als ein dicker Strahl mir voll ins Gesicht klatscht. Sie stöhnt und stößt einen schrillen Schrei aus und reißt mir fast beide Ohren samt Nervengängen, Eustachische Röhren und Riechkolben samt Nasenwurzeln aus dem Schädel. Zum Schluss keucht sie: »Du Sau duuuu ...!« Sie streichelt mir sanft über den Scheitel. Da kommt Freude auf. Inzwischen bin ich bescheiden und demütig geworden.

Dann wechsle ich zu meiner Angebeteten. Wobei ich noch immer nicht weiß, ob sie etwas von meinen Gefühlen ihr gegenüber ahnt. Ich hatte mir für sie Mozarts *Klavierkonzert KV 466* den ersten Satz, das Andante vorgenommen. Die Vorstellung des ersten Themas durch das ganze Orchester stelle ich mir als ausführliche Leckarbeit an der Innenseite ihrer Oberschenkel vor ... mit den wunderbaren Übergängen an den Hüften und streiche über die zartrosa Seitenwände ihrer wundervoll geformten Vagina. Ja, meine Prinzessin hatte eben keine Möse oder Fud ... sondern, wie es sich für eine elegante Dame aus gutem Hause gehört, eine aparte Vagina.

Das ist etwas ganz anderes! Das sind Sonaten und Symphonien. Impressionen von Turner bis Monet. Aber auch äolische Harfen mit Garbareks Saxofon an den norwegischen Fjorden. Aber zurück zu Mozart. Mit dem Einsatz des Klaviers, Brendel an den Tasten, schlürfe ich ihre Klitoris in mich hinein. Ihr Körper zuckt wie ein frisch gefangener Fisch an der Angel – ich nehme mich aber sofort zurück. Nein, noch nicht meine Süße – ich werde dich erst später an Land ziehen und wenn ich dich dann neben mir liegen habe, dann lasse ich dich erst einmal richtig toben! Ich bestreiche wieder langsam die zahllosen Falten und Fältchen ihrer Lustgrotte. Dringe mal tief und tiefer mit meiner Zunge ein, während sie ihr Becken immer aggressiver gegen mein Gesicht rammt. Ich fürchte schon um mein Nasenbein – dann ziehe ich Läufer, Turm und schließlich Pferd von links und dann Schach – Schachmatt!

Mit meinen Armen umklammere ich ihr Becken, damit sie mir nicht im Lustrausch entkommt, und spüle ihre Klit zwischen meine Lippen, bis sie voll durchs Feuer geht. Mein Mund, meine Wangen, mein Gesicht ist verklebt von ihrem Saft. Mit dem Lustkleister könnte man Wahlplakate für die nächste Bundespräsidentenwahl an alle Häuserwände von Wien kleben. Ich glaube meinen Kiefer ausgerenkt zu haben und versuche vorsichtig die Lade nach den

Seiten zu bewegen. Es knackt und kracht derart beängstigend in meinen Ohren, dass ich es sofort wieder sein lasse. Die Zunge ist dick und bamstig, das Häutchen auf der Unterseite brennt teuflisch – es muss an mehreren Stellen eingerissen sein. Oh Gott, hoffentlich nicht nähen! Allein der Gedanken daran jagt Schauer über meinen Rücken. Ich werde meine Zunge wochenlang in Olivenöl einlegen, denke ich, damit es einigermaßen wieder so wird, wie es einmal war.

Die Deutsche zaubert plötzlich eine Flasche Champagner hervor und reicht sie mir zum Öffnen. Vier Gläser sind auch auf einmal da. Der kühle Sprudel tut gut. Obwohl das Häutchen an der Zunge brennt, als würde man ein Feuerzeug darunter halten ... rinnt der edle Rebensprudel wie ein Wunderquell durch die Kehle.

»So, mein Kleiner. Da haste noch mal Glück gehabt«, nickt Frau Generalfeldmarschall – und nimmt einen zweiten Schluck. Alle sehen mich erwartungsvoll an. Ich strecke meine Beine aus und massiere meine Knie. Die Frau Generalfeldmarschall blickt in die Damenrunde und wird gleich wieder streng: »Ob du uns nun weiterhin dienen darfst, werden wir erst später entscheiden. So ´ne Blamage wie das letzte Mal wollen wir nicht mehr erleben. Du kannst gehen ...« Sie deutet zur Tür.

Ich stehe auf, wische mit einem reinen Zipfel des Handtuchs übers klebrige Gesicht, auch der getrocknete Fudsaft fühlt sich eigenartig an. Mein ganzer Schädel riecht nach Fud – als wäre er einer Riesenfud entsprungen. Afrikanischem Elefanten oder Brontosaurier ... oder so ähnlich. Ich hol mir meine Sachen und ziehe mich an. Das geht bei mir schnell. Slip, Jeans, Poloshirt, Socken, Sneakers – und fertig ist der Herr Pilot! Noch einmal fahre ich mir mit dem Handrücken über den Mund, wende mich an meine drei Dominas und verbeuge mich – fast eine Spur zu theatralisch.

»Meine Damen – ich hoffe, ihnen gedient zu haben ... und würde mich freuen, wenn sie meine Dienste wieder benötigen würden. Küss die Hände.« Noch eine Verbeugung, dann taste ich mich mit dem Rücken zum Ausgang, so wie sich die Besucher vom Kaiser in Schönbrunn vertschüssten. Man durfte ihm nie den Rücken zuwenden – so streng waren die Sitten bei diesem vertrottelten Tattergreis.

»Schon gut, schon gut«, höre ich Frau Generalfeldmarschall. Mit der rechten Hand greife ich nach der Türklinke, bin froh, dass ich sie blind treffe, und bin draußen. Im Schein der Taschenlampe marschiere ich durch den Garten. Und mir fällt auf, dass jetzt die ganze Gegend ihr Geheimnis, ihre drohende Stille, die unheimliche Finsternis verloren hatte. War das alles noch vor ein paar Stunden gespenstisch und bedrohlich, ein Knacken hier, ein Knacken dort. Erinnere mich, wie mich diese Dunkelheit während des Hingehens wie erstickende Watte umhüllte und ich kaum zu atmen wagte. Sogar das Öffnen des Haustors war mir wie ein Kanonenschuss vorgekommen. Jetzt scheint mit einem Schlag das Geheimnis gelöst und die Gespenster entlarvt. Wie nach einer Theatervorstellung. Die Lichter im Zuschauerraum voll aufgedreht, der Vorhang bleibt oben, die Schauspieler stehen demaskiert in Reih und Glied auf der Bühne und verbeugen sich vor dem Publikum.

Hat der böse Krampus einmal seine Maske abgenommen, steht nur noch der harmlose Hausmeister vor einem und bittet um etwas Trinkgeld für seine Vorstellung. Noch Minuten vorher hatten die Kinder vor ihm in die Hosen geschissen, jetzt muss er Glück haben, dass sie nicht einen Feuerwerkskörper in seine Hosentasche stecken und ihn bei lebendigem Leibe rösten. Bevor ich ins Auto steige, drehe ich mich noch einmal um: »Schön war's bei euch Mädels!« Dann fahr ich los.

12

Momentan denke ich nicht an das nächste Mal. Ja, das stimmt, denke ich. Jetzt tut mir erst einmal alles weh. Von den Knien aufwärts, Schultern, Zunge, Kiefer sogar das Nasenbein! Die Abwichserei ist mit einem ausdauernden, umfassenden Fick in Wahrheit nicht zu vergleichen, wie ich jetzt denke, während ich meinen Wagen Richtung nach Hause lenke. Nein, es war nichts als intellektuelle Anstrengung. Ich musste mit aller Kraft meinen Geist vom Schmutz und Lurch befreien – die drei hatten es mir wirklich schwer gemacht! Ich hatte aber gerade noch einmal die Kurve gekratzt, jubiliere ich innerlich und fühle Stolz in mir. Zur Bekräftigung meiner Gedanken greife ich mir in den Schritt und drücke meine Eier. Aber nicht zu fest!

Gato schläft auf meinem Schreibtisch und öffnet zur Begrüßung lässig ein Auge. Verständlich, es ist immerhin viertel vor drei Uhr morgens. Da fehlt die Lust nach einer feurigen Begrüßung. Eine heiße Dusche befreit mich von Schweiß und Lustkleister und ich werfe mich aufs Bett. Der Kater hatte inzwischen einen Stellungswechsel vorgenommen und erwartet mich am Fußende. Obwohl todmüde, kann ich wieder mal nicht einschlafen. Immerhin habe ich morgen, nein, eigentlich heute – Shit! – einen IFR-Zweimotflug nach Nizza. Ich kippe zur Sicherheit etwas Melatonin rein und lasse meine Gedanken einfach frei durchs Universum segeln.

Was ist eigentlich, wenn es sich meine Dominas überlegen und mich nicht mehr brauchen für ihre Spiele? Hast du eigentlich an diese Variante auch schon mal gedacht? Eigentlich nicht, muss ich mir in meinem inneren Zwiegespräch gestehen. In meiner Arroganz bin ich naturgemäß von meiner Unwiderstehlichkeit überzeugt! Oh Gott, was bist du doch für ein arrogantes Arschloch, bellt mein Alter Ego.

»Auf was herauf« – um eine berühmte Wiener Mundartfrage zu verwenden, bist du so fest von deiner Qualität überzeugt? Tja, leite ich meine Antwort ein, weil ich immerhin drei gestandene Weiber zum Höhepunkt leckte – und das soll mir erst einmal jemand nachmachen! Woher willst du wissen, ob die drei wirklich gekommen sind? Weiber spielen doch immer Theater – dass solltest du eigentlich nach all den Wanderjahren von einem Bett zum Bett andern wissen! Die haben aber heute kein Theater gespielt – im Gegenteil, die hatten sogar mein Versagen provoziert! Fehlte noch, dass sie auf den Boden gespuckt und mir dann befohlen hätten die Schlatze aufzulecken! Okay – und was hättest du getan?

Na, da wär's dann aus gewesen ... und während ich diesen Satz denke, spüre ich, wie Übelkeit in mir hochkommt und allein beim Gedanken an den Schleim, beginnt sich mein Magen umzustülpen. Aber das haben sie eben doch nicht getan! Stiefel, Stiefelsohle waren ohnehin schon grenzwertig genug. Viel hätte nicht gefehlt und ich hätte auf den Boden gekotzt. Und dass ich mir dann *coram puplico* einen herunterholen musste, das volle Programm mit Spritzen, das war schon eine außerordentliche Meisterleistung!

Wie kann man sich auf so eine Scheiße nur etwas einbilden, faucht schon wieder der andere. Weil es eine Meisterleistung war, Arschloch! Soll mir doch jemand nachmachen. Stiefelsohlen, Staub, Lurch, Knirschen zwischen den Zähnen und trotzdem ein Ständer, trotzdem gespritzt! Und wenn dir was ...

Als ich aufwache, ist es halb zwei Nachmittag. Mein Handy läutet. Peter ist am Apparat und fragt, wann ich zum Flugplatz fahre? Wieso? Ob ich ihn von zu Hause abholen könnte, seine Frau würde sein Auto brauchen. Kein Problem. Wann? In zwei Stunden? Okay. I´ll be there.

Nach einer ordentlichen Aufwachdusche fühle ich mich munter und stark wie nie zu vor. Jetzt freue ich mich auf den Flug! Ich bin heute richtig geil drauf. Peter wohnt nicht weit von mir. Wir sind beide im üblichen Fliegeroutfit gekleidet, schwarze Hose und kurzärmeliges weißes Hemd, *Breitling* Armbanduhr – und *Jeppesen* Fliegerkoffern in Händen. Departure ist für achtzehn Uhr angesetzt. Wir haben also genügend Zeit, unsere Vierzehner Cessna durchzuchecken und mit den elektronischen Navis herumzuspielen. Ein befreundeter Pilot macht sich gerade mit einer Cessna-Citation fertig, um Richtung Salzburg abzuheben. Die Maschine ist leer. Besetzt hätte es auf der kleinen Piste von Vöslau Probleme gegeben. Knapp nach fünf zieht die Cessna mit Vollschub los und verschwindet steil hinauf zwischen den Wolken.

Dann kommen unsere Passagiere für den Flug nach Nizza. Ein schwarzer Mercedes 500 S rollt leise auf den Parkplatz. Zwei Paare steigen aus, holen Koffer raus und nähern sich dem Flugplatzgebäude. Vorne die Männer und hintennach die Frauen. Da bleibt mir fast das Herz stehen ... eine der Damen ist Eva! Jetzt erkenne ich auch ihren Mann, diesen kleinen rundlichen Kugelblitz mit Glatze. Mein erster Gedanke ist Flucht! Ich wende mich an Peter, der hinuntergehen will, um die Gruppe zu begrüßen, und sage: »Peter, ich gehe mal zur Maschine und fange inzwischen mit dem Check an.«

Peter schüttelt erstaunt den Kopf: »Wieso, willst nicht unsere Gäste begrüßen. Der Check hat Zeit. Komm mit, los.«

Jetzt kann ich schwer abhauen – andererseits wohin? Du bist doch eine feige Sau, schimpfe ich mit mir. Wieso willst plötzlich davonrennen ... willst den Flug absagen? Peter merkt, dass es in meinem Schädel brodelt und fragt: »Was ist auf einmal los mit dir?«

Ich rufe mich sofort zur Ordnung und versuche, die Situation zu beruhigen: »Nein, vergiss es gleich wieder. Mir ist grad was eingefallen ... ob ich zu Haus was vergessen hab. Aber, nein, es ist nichts ... okay, gehen wir runter zu unseren Passagieren.«

Er schüttelt irritiert den Kopf und geht voraus. Unsere Gäste sind inzwischen im Büro des Flugzeughalters angekommen und unterhalten sich mit dem Mädchen. Als wir hineingehen, drehen sie sich abrupt um. Das Mädchen stellt uns als die Piloten vor. Händeschütteln. Bis zu diesem Zeitpunkt vermeide ich jeden Blickkontakt mit ihr, spüre aber bereits ihre blauen Augen ... sie hat mich natürlich sofort erkannt ...

Ich begrüße zuerst mit einem angedeuteten Handkuss Evas Begleiterin, sie heißt Christa – und dann wende ich mich zu ihr. Unsere Blicke bleiben für Sekunden aufeinander fixiert – für mich in diesem Moment eine Ewigkeit, dann verbeuge ich mich artig und als ich ihre Hand in Richtung meines Gesichts führe, drückt sie einmal ganz fest zu. Erkannt, entlarvt, Karten auf den Tisch, rien ne va plus!

Der Kugelblitz ignoriert mich und unterhält sich mit Peter. Ich bin ja nur der Co. Dafür habe ich deine Frau hundert Mal bis zur Bewusstlosigkeit gefickt, denke ich und wende mich an die beiden Damen in betont höflichem Ton. Ob sie spezielle Wünsche hätten, Getränke, Speisen ...? Frage auch Eva – die hat den Nerv und grinst mich herausfordernd an! »Ich hätte schon welche ... aber das hat Zeit«, lacht sie und zwinkert mit einem Auge.

Ich werde verlegen. Da rettet mich die zweite Dame und fragt, wie lange der Flug dauern würde? Ich schwadroniere etwas von günstigen Winden über den Alpen und dass wir ungefähr in zwei Stunden in Nizza wären.

»Wird's ein ruhiger Flug? Ich mag's gern ein bissl turbulent«, unterbricht mich Eva lachend und stellt mir ihre Freundin vor: »Christa, meine beste Freundin. Sie kommt aus Salzburg. Wenn ihr mal in Salzburg landet und ein Hotel sucht, das ist eine ganz feine Adresse.«

Ich spüre, wie mein Herz an Schlagzahl zulegt, reiße mich aber zusammen und versuche betont locker zu bleiben.

»Nein, gnädige Frau ... wir werden ein Kunstflugprogramm vermeiden.« Und wundere mich sogleich über meine Schlagfertigkeit. Die beiden lachen laut auf, Eva schwankt beim Lachen nach vor und hält sich mit ihrer Hand an meinem Unterarm fest. Daneben unterhalten sich die Männer, wie schnell die Cessna 421 fliegt, wie viel PS die Motoren haben und anderen Scheiß, den in Wahrheit niemand interessiert. Peter geht geduldig auf die überflüssigen Fragen ein. An meiner Front geht's dagegen fraulich zu. Die Damen wollen in Nizza natürlich auch einkaufen, heute wird sich's nicht mehr ausgehen und morgen am Sonntag hätten die Geschäfte zu ... aber am Montag! Um wie viel Uhr der Rückflug angesetzt sei, wollen beide wissen?

Ich antworte artig, dass wir den Abflug für späteren Nachmittag angemeldet hätten, und deshalb bliebe am Vormittag genug Zeit, worauf sich Eva gleich bei mir einhängt, mich mit »Stefan« anspricht und müsste ihr versprechen, sie beim Einkaufsbummel am Montag zu begleiten.

Peter rettet mich: »Darf ich den Damen meinen Co entreißen, weil wir sonst mit dem Takeoffcheck nicht mehr zurechtkommen.«

Die beiden lachen und sagen: »Schade«. Mit einem »bis später« hauen wir ab. Während wir zu unserer Cessna gehen, sagt Peter: »Heut haben wir zwei tolle Hasen an Bord.«

Ich nicke und vermeide, auf das Thema näher einzugehen, lenke ab und frage nach dem Gepäck der Herrschaften. Bevor Peter noch was sagen kann, gehe ich zurück ins Büro des Flugzeughalters und fahre gemeinsam mit dem Mädchen vom Schalter die paar Koffer zum Flugzeug. Sie hatte die einzelnen Gepäckstücke bereits vorher abgewogen und reicht mir das fertige Gewichtsprotokoll. Ich tippe die Gewichte in den Computer und errechne Takeoffspeed, Startbahnlänge und weitere wichtige Daten für unseren Flug an die Cote d'Azur. Peter trifft die Startvorbereitungen, ich ordne noch einmal die Anflugkarten für Nizza, dann gehen wir die Route durch und die einzelnen Frequenzen der *VORs* über Italien.

In meinen Augenwinkeln kommt Bewegung ins Bild. Unsere Passagiere kommen locker plaudernd über den Betonvorplatz zum Flugzeug. Unser Mädchen verabschiedet sie, wir schließen die Türen. Wenig später starten wir die Motoren, dann die Freigabe zum Start. Ich blicke noch einmal nach hinten zu unseren Gästen, alle angeschnallt. Ich schiebe den Gashebel nach vor, es geht los. Die Maschine nimmt rasch Geschwindigkeit auf, Gegenwind von zwanzig Knoten – in dieser Gegend geht immer ein ordentlicher »Blasius«, baut rasch einen starken Sog auf der Oberkante der Flügel auf, wir heben ab.

Nichts liebe ich auf der Welt so sehr, wie das Gefühl, wenn der Boden unter meinem Hintern plötzlich nach oben drückt. Ich spüre zwar noch etwas unter mir, aber die Welt, die Erde und gleich der ganze Schrott, der damit zusammenhängt, bleibt mit einem Mal unter mir und hebe ab, erhebe mich hinauf, weg, irgendwie eine Flucht ... in eine andere Welt!

Es mag vielleicht in Wahrheit nicht ganz das einzige in meinem Leben sein, sage ich mir, aber es gehört zu den Top Three, die ich wirklich mag. Etwa mit der Wärme zwischen den Schenkeln einer Frau oder wenn ich Feuerwerke beim Spritzen sehe, vergleichbar. Hast du eigentlich nichts anderes im Schädel, denke ich, als unmittelbar nach der Bundesstraße am Ende des Flugplatzes das Zentrum des österreichischen Autofahrerklubs auftaucht und noch bevor wir diese Anlage überfliegen, ich das Fahrwerk einfahre und »Gear up and locked« an Peter melde, und wir rasch höher steigen.

In einer weiten Rechtskurve steuern wir hier Richtung Italien und erreichen die Reiseflughöhe Flightlevel 180, also ungefähr sechstausend Meter. Die Sicht ist wunderbar und unsere Gäste unterhalten sich angeregt, als wir über der Hochschwab-Kette fliegen, den Niederen Tauern und die ersten Gipfel der Dolomiten. Der Flug über die Berge verläuft völlig ruhig. Über dem Como-See wende ich mich nach hinten und verteile Lunchpakete ... Lachsbrötchen,

Kaviar, Shrimps vom berühmtesten Wiener Feinkostladen *Trzesniewski*, dazu ein paar Gläser Champagner.

Eva zwinkert mir verführerisch zu, ihre Freundin bemerkt das und lächelt plötzlich mir wissend in die Augen. Hat Eva ihr schon alles erzählt? Die Männer scherzen, irgendwann fragt einer, wie schnell wir fliegen. Die Winde meinen es gut mit uns, darum schaffen wir über zweihundert Groundspeed.

»Das sind ja fast vierhundert«, sagt Evas Mann.

Ich wende mich zu ihm und antworte: »In Kilometern sind das ungefähr vierhundertdreißig.«

Wir überfliegen Mailand, lassen das Smogpolster links von uns liegen und ich lasse meine Gedanken wie unsere *Vierzehner* im tiefen Blau des Himmels schweben. Ich denke natürlich an Eva. Wann hatte ich sie das letzte Mal gesehen ... und erinnere mich, dass ich erst vor wenigen Tagen an sie denken musste.

Ich werde es ihr erzählen ... ja, denke ich, ich muss ihr erzählen, dass ich erst vor kurzem an sie denken musste ... an die Zeit damals, als ... aber übertreibe nicht!

Ich glaub, es war auf einem Parkplatz südlich von Mödling, ja, natürlich, am Eichkogel vor einem Restaurant. Irgendwie wurde unsere Abschiedsvorstellung draus. Beide wussten wir, dass unsere Beziehung zu einem Ende gekommen war. Ihr Mann, der dicke Glatzkopf, war drauf und dran die übelsten Schlächter des KGB auf mich zu hetzen. Wenn ich damals keine Ruhe gegeben hätte, hätten die Kerle mir die Haut bei lebendigem Leibe abgezogen. Erinnere mich an den Parkplatz am Eichkogel, mit dem herrlichen Weitblick über Wien, es war schon dunkel und die Lichter blitzten und blinkten in der warmen Nachtluft. Wir schwiegen uns einander an, weil wir wussten, dass es nichts mehr zu sagen gäbe. Beiden wussten über die Konsequenzen Bescheid, dass wir ab diesem Zeitpunkt uns nur noch verletzen würden. In diesem Augenblick spüre ich elektrische Ströme durch meinen Hals ... von hinten beginnend und drehe mich spontan um ... und sehe direkt in Evas stahlblaue Augen. Hatte sie mich schon seit mehreren Minuten von ihrem Sitz aus fixiert? Hatten ihre Blicke in meinem Kopf das Denken an sie am Ende sogar initiiert? Oder spürt sie, dass ich an sie denke? Ihr Blick ist ernst und klar. Vorwurfsvoll, fragend, anklagend? Warum musste das damals so abrupt enden? Warum hast du dich damals nicht mehr gerührt? Nicht angerufen? Ich bekomme ein schlechtes Gewissen. Es stimmt schon, denke ich, dass ich mich damals fast unehrenhaft aus der Affäre gezogen hatte. Es stimmt, dass ich mich damals wie immer bei Affären, leise und ohne Abschied vertschüsst hatte. Ein dramatischer Schluss hätte wenig gebracht, denke ich jetzt und sage wie aufgezogen übers p.a.system, dass rechts von uns die südlichen Ausläufer der französischen Alpen liegen. Hinter mir interessiert das niemand. Außer Eva sind alle längst eingenickt.

Das ruhige Brummen der beiden Triebwerke und die untergehende Sonne, dazu zwei, drei Gläser Champagner haben die Geister in den Schlaf gelullt. Ich drehe mich noch einmal nach Eva um, nehme meine *Ray-Ban*-Brille ab und versuche lieblich zu lächeln. Diesmal schaut sie nicht mehr so frostig drein und lächelt zurück ... wobei mir das neckische Grübchen an ihrer linken Wange nicht entgeht. Es war dieses Grübchen, mit dem sie mich fast jedes Mal bei unseren Rendezvous bis zur Lähmung hypnotisiert hatte, und mich auch jetzt sofort wieder verzaubert!

Was sie jetzt denkt, frage ich mich? Erinnert sie sich an unseren letzten Abend? Damals war sie eigentlich die Vernünftigere von uns beiden. Sie hatte mich in Wahrheit gebeten, unser Verhältnis zu beenden. Und zwar in aller Ruhe ... eine Art »geordneter Rückzug«. Ihr Mann – das fette Schwein, das jetzt vor ihr sitzt – sei »schon auf hundert«, hatte sie damals gesagt. Ich wehrte mich dagegen – aber nicht wirklich. Mir war unser Verhältnis fast etwas zu viel geworden. Zum Teil war nur noch eine tierische Fickerei draus geworden.

Wir sind nur noch wie zwei ausgehungerte Raubkatzen übereinander hergefallen ... ja, und wie ich mich jetzt hoch über der Küste Südfrankreichs erinnere, hatte ich damals sogar einen Text geschrieben, der in einer steirischen Literaturzeitschrift veröffentlicht wurde. Wie war doch nur der Titel? »Die Panther« oder »Hungrige Panther« ... so irgendwie – Scheiße, denke ich, wieso fällt dir der Titel dieser Geschichte nicht mehr ein? Und erinnere mich, wie ich ihr in meiner Wohnung, beide nackt am Boden, den Text vorlas und sie mir daraufhin wie die Pantherin in der Geschichte ihrem Pantherich den Rücken zerkratzt und meinen Halsansatz blutig gebissen und mir meinen Schwanz krumm gefickt hatte. Wo habe ich nur die Geschichte, frage ich mich und hoffe, sie in meinem Computer irgendwo in den Textablagen zu finden. Wenn ich zu Hause bin, werde ich gleich nachschauen ... ja, sie muss noch im Computer sein. Wenn nicht in der PC-Station, dann hoffentlich in einem der alten Notebooks die irgendwo in meiner Wohnung herumliegen.

Eva, mein Panther, denke ich und drehe mich wieder um nach ihr um. Ihr Kopf ist an den Fensterrahmen gelehnt, sie schaut hinunter aufs Meer. Als sie merkt, dass ich mich nach ihr umgedreht habe, blickt sie auf und lächelt ... spitzbübisch, frech, ihr typisch herausforderndes Lachen. In ihrem Blick: Warte nur mein Junge, jetzt hab dich wieder!

Ich freue mich auf Nizza. Wage aber keine Fantasien oder erotische Wunschbilder in mir aufkommen zu lassen. Ich weiß um meine Schwäche auf diesem Gebiet. Schnell nehmen Bilder und ganze Storys in meinem Kopf überhand – und die Realität schaut dann immer anders aus. Ich schau hinunter aufs Meer und sehe eine Motoryacht und sage mir, keine Träume, nichts, lass alles an dich herankommen. Wenn sich was ergeben sollte,... also nein, Schluss, nicht daran denken!

Ich wende mich an Peter, nicke ihm zu und beginne mit den Anflug-Procedures für Nizza. Übers P.A.-System kündige ich unseren Gästen die Landung in ungefähr dreißig Minuten an. Der Anflug ist bei diesem Wetter eine wunderbare Sache. Peter lässt mich die Landung machen. Demonstrativ wendet er sich kurz vor dem Touchdown an unsere Gäste, um zu zeigen, dass ich lande. Eva zuliebe küsse ich sanft den Boden. Lass unsere Vierzehner bis zum absoluten Geht-nicht-mehr ausschweben und setze auf wie auf ein Wattebett.

Die Gäste applaudieren ... ich höre Evas Stimme: »Bravo« rufen und hängt sogar ein »Stefan« dran. Ich hoffe nur, dass das ihr Gatte nichts gehört hat und sich nicht an die Zeit meiner »Verfolgung« erinnert. Er hat wirklich keine Ahnung.

Als wir zum Flughafengebäude spazieren, nimmt er mich beim Arm und sagt: »Ich muss sagen, Herr Stefan (ich erröte), das war eine der weichsten Landungen, die ich bisher erlebt hab.«

Ich, freundlich, spiele die Sache herunter: »Bei dem Wetter war das nicht so schwer, Herr Kommerzialrat« – und denke, wart du fette Sau, das nächste Mal drehe ich vorher Looping, das du deine Seele rauskotzt! Ich bin aber gut erzogen, meine Mutter hatte sich immer Mühe gegeben, also lasse ich es bei ein paar verbindlichen Worten bewenden. Viel wichtiger ist mir Eva. Aber Peter das Miststück hat sich die beiden Weiber unter den Nagel gerissen und marschiert als fescher Kapitän flankiert von den beiden Damen zum Gebäude. Ich muss mit den beiden Supermännern hintennachwatscheln.

Immerhin habe ich Evas Figur vor mir. Sie trägt enge Jeans ... sicher vom teuersten Modehaus aus Mailand und die Frau Hotel aus Salzburg ist auch nicht gerade in einem tschechischen Outlet gewesen. Beide schauen auf goldene Rolex Uhren nach der Zeit und das bissl Krimskrams, was Frau so immer bei der Hand hat, ist in kleinen *Louis-Vuitton*-Taschen verstaut. Von hinten betrachtet finde ich auf einmal die Salzburgerin auch recht biegsam. Die Kleine hat einen wunderbaren Arsch und einen knackigen Busen. Sie ist vielleicht nicht ganz so lasziv wie Eva, denke ich, neben Evas Mann gehend und so tuend als würde ich ihm zuhören, dabei mache ich gerade den Arschvergleich Eva gegen Christa. Nach eingehender Analyse komme ich zu dem Schluss – bis jetzt leider nur ein induktiver Schluss, mehr ist momentan nicht drin – dass beide sicherlich überdrüberheiße Weiber der Sonderklasse im Bett sind!

Evas Mann erzählt mir derweilen von einem Triebwerksausfall mit einer Fokker der Lufthansa beim Anflug auf Stuttgart ... und das bei Schneesturm. Vor mir wackeln die geilsten Arschbacken des Sonnensystems und der Dicke erzählt mir, dass er fast in die Hosen geschissen hatte. Sein Freund, offensichtlich der Hotelier aus Salzburg, fragt mich, ob ich auch schon kritische Situationen erlebt hatte. Jetzt stecke ich in einem Dilemma. Was soll ich jetzt tun. Soll ich sagen, nein? Das ist fad.

Oder ich erzähl jetzt eine richtige Richthofen oder Lindbergh Story. Ich bin angezogen wie ein echter Held der Lüfte, alles dran, Pilotenhemd, Pilotenhose, Pilotenkoffer – und das wichtigste Held-der-Lüfte-Utensil: Pilotenbrille von *Ray-Ban* und *Breitling* Armbanduhr. By the way – wer war der Prosaist, der einmal so treffend gesagt hatte: »Einen Flieger erkennt man an der *Breitling* Uhr, der großen Goschen und dem kleinen Nudl«, ich weiß es nicht mehr. Einzig die ölige Pilotenlederjacke fehlte – dafür war es an der Cote d'Azur zu warm. Wäre ich jetzt zum Flughafengebäude in einer Lederjacke angekommen, hätten sie mich abgeführt.

Bevor ich jetzt mit einer tollen Geschichte von Luftkämpfen über den Atlantik, Vereisung der Tragflächen über dem Mount Everest anfange – an Fantasie hatte es mir eigentlich nie gefehlt, dreht sich

Eva um, kommt zu uns, hängt sich bei ihrem Mann ein und fragt: »Also was sagst zu unseren Fliegern?«

Der Dicke nickt. »Jaja, ich glaub die beiden werden wir öfters engagieren.«

Eva schaut mich an, zwinkert und greift mit ihren Blicken voll in meine Eier. Ich bekomme Angst, hoffentlich enden die Tage nicht in einer Katastrophe. Peter und ich verabschieden uns, wir gehen zur General Aviation und erledigen die Papierarbeit. Unsere Gäste fahren mit dem Taxi ins Grand-Hotel. Der Flugzeughalter hat dort für uns auch zwei Einzelzimmer gebucht. Peter und ich nehmen uns einen kleinen Peugeot, ich möchte morgen mit ihm über Grasse zum Val Verdon fahren und ihm eine der wunderbarsten Schluchten Europas zeigen. Ich war schon öfter mit meiner Motorradpartie dort unterwegs und hab ihm davon erzählt – und er will die Orte unserer Vollgasorgien einmal sehen. Ich versprach ihm tolle Restaurants, Wein und das Weltzentrum des Parfums. Die riesigen Lavendelfelder und vieles mehr.

Nachdem wir im Hotel eingecheckt haben, gehen wir auf unsere Zimmer. Wir vereinbaren, uns in zwei Stunden für einen Spaziergang in der Lobby zu treffen. Ich stell mich zuerst ausgiebig unter die Dusche. Während ich meine Hoden einseife, denke ich an Eva und bekomme sofort einen Steifen. Oh Gott, denke ich mir, ist diese Frau was von geil! Lass bitte den lieben Gott aus dem Spiel, wenn du ans Ficken denkst, schimpft mein Alter Ego sofort aus einem der hinteren Hirnwinkel heraus.

»Mir steht er, Hochwürden«, fällt mir ein Zitat ein.

Wer hat das nur geschrieben? War es Georges Bataille oder Roland Barthes? Egal, Eva ist und bleibt eine geile Schnitte! Und überlege, wie ich sie hier irgendwie in mein Zimmer bekäme – oder muss ja nicht mein Zimmer sein, genügt auch die Wäschekammer. Oh, herrlich! Ja, die Wäschekammer. Wie kreativ! Und seife immer fester an meinem Gemäch herum, bis die Sache langsam kritisch wird. Aus der Seiferei ist längst in eine profunde Wichserei geworden und dazu die Fantasie mit Eva, nackt und weit gespreizten Beinen ... sehe ihr herausforderndes Lächeln. Furchtbar! Besonders ihr Lächeln, ihre Augen ... in ihrem Blick ist blanke Herausforderung, Drohung und ein gewaltiger Schuss an Erotik. Sie erinnert mich an Sharon Stone. Ich sehe, wie Eva mir zuzwinkert, das Grübchen an ihrer Wange. Mir wird heiß. Erinnere mich an eine Kinovorstellung – irgendwo - war es Burgkino, Gartenbau ... egal – sie legte ihren linken Arm um meinen Nacken, hielt ihre Hand fest an meine Lippen gepresst und wichste mir mit der Rechten einen runter, dass es mir fast das Hirn zerrissen hatte.

Oder die Stunden in meiner Wohnung, ein Wahnsinn. Ich erinnere mich an einen Abend ... es muss am Anfang unserer Beziehung gewesen sein. Ich lag am Boden und streckte alle viere von mir. Sie bastelte irgendwas hinter meinem Kopf herum ... ich weiß nicht mehr so genau, was sie machte. Als es plötzlich dunkel wurde und als ich die Augen öffnete, hatte ich erst ihren Busen dann ihren Bauch über mir. Sie kam ganz langsam über mich gekrochen, irgendwie erinnerte das an die Szene aus *E.T.*, als dieses riesige Raumschiff, den Himmel bedeckend sich über die Erde senkte. Alles bedeckend, zudeckend, beschützend und einnehmend zugleich, mit einem Schuss Drohung und Beherrschung, keinen Widerspruch duldend – einfach über alles drüber.

Dann kam ihr Nabel, ihr Schambein und als ihre Muschi schließlich über meinen Lippen war, senkte sie sich wie E.T.s Raumschiff und spürte ihre Zunge auf meiner Eichel erst zart, dann heftig bis zum Atompilz! Ich wäre damals gerne in Evas Muschi hineingestiegen und hätte es mir drinnen gemütlich gemacht und wäre für ewig drinnen geblieben. Und sehe hinter geschlossenen Augenlidern ihre saftige Spalte ... und da fällt mir ein, dass sie die auf dem gesamten Erdenball seltene Fähigkeit hatte, ihre Muschi in wallende Bewegungen zu versetzen. Daraus entsprangen dann immer wieder die Bilder in meiner Fantasie von wiegenden Anemonen auf dem Meeresgrund, die mit der Strömung des Wassers ...

Das war dann offensichtlich zu viel. Wahrscheinlich ist in meiner Fantasie gerade ein Zitteraal vorbeigeschwommen und hat meinem Schwanz den entscheidenden Stromstoß versetzt, denn unter kräftigen Schlägen durch meinen Körper jagt mein Schwanz Samenstrahl um Samenstrahl ins Freie. Ich beende noch mit entsprechenden Nachschlägen das herrliche Spiel mit Evas Lächeln in meinen Augen ...

Danach lege ich mich aufs Bett. Ich fühle mich entspannt und zufrieden, wie man sich eben nach getaner und vor allem erfolgreicher Arbeit fühlt. Auch der erotische Druck, der seit dem Start in Vöslau schon kritische Ausmaße angenommen hatte, war auf ein erträgliches Maß kalmiert. Ich fühle mich wie ein mit sich und der Welt im Lot befindlicher Mann. Ein herrliches Gefühl!

Entsprechend locker tänzle ich aus dem Lift in die Lobby. Peter wartet bereits. Draußen ist es stockdunkel. Wir gehen auf den Boulevard und schlendern entlang der Promenade auf der Suche nach einem Strandcafé. Wir müssen nicht lange suchen. Eine Terrasse voll hübscher Mädchen – zum großen Teil in Begleitung, aber das ist mir egal. Heute Abend ist mir nicht nach Aufriss. Wir finden einen Tisch mitten im Getriebe und bestellen Espresso – ohne Milch. Stark, heiß und schwarz.

»Sag, kennst du die Frau Zeilinger?«, eröffnet Peter das Gespräch.

»Frau Zeil ...? Ach so, ja, etwas – kennen ist vielleicht zu viel gesagt«, versuche ich auszuweichen.

Peter rührt etwas zu lange in einem Espresso, ich bin mir gar nicht sicher, ob er überhaupt ein Stück Zucker hineingeworfen hatte.

»Bist du sicher, dass du mich jetzt nicht verarschst?«

Ich antworte mit Verzögerung: »Ich kenne sie schon, aber ...«

Peter lässt mich nicht ausreden: »Geh, hör doch auf, die hat ständig vom Stefan gesprochen. Freilich kennst du sie! Tu nicht so – raus mit der Wahrheit. Was war da?«

»Wie meinst du das? Was da gewesen sein soll?«

Er dreht sich jetzt direkt zu mir, wie ein FBI-Agent beim Verhör, er hat ein bissl was von Clint Eastwood. »Stefan, ich kenne dich. Wenn so eine fesche Frau – heiß wie die Sonne – einmal vom Stefan spricht, dann ist – oder besser war Feuer am Dach. Los, erzähl!«

Ich versuche Zeit zu gewinnen, beuge mich langsam nach vorn und trinke vom Espresso. Mit einem Tonfall, der der folgenden Geschichte die Bedeutung nehmen soll, sage ich: »Du, das war vor vielen Jahren, da hatte ich sie irgendwo kennengelernt und ... das war's eigentlich schon.«

»Geh, hör auf. Ein Schmäh! Ich brauch dich doch nur anschauen – allein, wie du da blöd herumdrückst. Klar war da mehr. Hast du sie gebumst?«

Ich wiege zweifelnd meinen Kopf, schau dann plötzlich an einen Nebentisch mit zwei hübschen Mädchen.

»Weich nicht aus und lenk nicht ab! Du brauchst da gar nicht zu den Weibern rüberschaun. Also hast du sie gebumst oder nicht – und schau mir gefälligst in die Augen ... du bist ein ganz schlechter Lügner!«

»Geh Peter. Mein Gott, das ist jetzt viele Jahre her ...«

»Was heißt viele Jahre her ... so alt bist du noch nicht. Du kannst sie ja nicht mit vier gevögelt haben. Jetzt erzähl die Geschichte, verdammt noch einmal!«

»Oh heilige Maria – also, noch einmal ...«

»Lass die Heiligen aus dem Spiel. Los – ich will die Geschichte jetzt hören.«

Ich versuche noch immer, irgendwie meinen Kopf aus der Schlinge zu ziehen: »Sag einmal, wie kommst du eigentlich auf so eine Geschichte?«

»Na, weil die alles von dir wissen wollte. Wie lange du schon Pilot bist und so weiter. Als ihre Freundin sie gefragt hat, ob sie dich kennt, hat sie gelacht und gesagt: Den Stefan - was heißt kennen? Dann haben beide schmutzig gelacht.«

»Na Servas! Du, ja – ich habe sie gekannt, wenn dich das beruhigt. Wir hatten vor Jahren ein Gspusi, aber ...«

»Was heißt Gspusi? Gebumst hast du sie. Das ist die Wahrheit!«

»Ja ... wenn du es so willst, also ...«

»Stefan, was Weiber anbelangt, bist du das Schlimmste, was es auf der Welt gibt.«

Ich nehme noch einen Schluck vom Espresso, bevor er kalt wird.

»Mein lieber Peter ... und bitte glaub mir das jetzt. Das stimmt überhaupt nicht. Im Gegenteil – in Wahrheit habe ich mit den Weibern größte Schwierigkeiten.«

»Jöööö, das ist jetzt was ganz Neues.«

»Tja, es ist aber leider so. Weißt du eigentlich, dass ich in Wahrheit allein bin? Dass ich keine Freundin habe – eine fixe schon gar nicht.«

»Ich fang gleich zu heulen an - bist ja selbst schuld.«

»Ja, da hast du sicher recht. Aber das ist der Tatbestand. Ich habe niemanden – und du wirst es nicht glauben, ich hätte aber gern jemanden.«

»Ich weine bitterlich ...«

»Siehst du, das habe ich jetzt davon. Will ich einmal ehrlich über das Thema sprechen – wird's gleich ins Lächerliche gezogen.«

»Bitte spiele jetzt kein Theater. Da gibt's ja das alte Sprichwort, so wie man in den Wald ... und so weiter und so fort.«

»Wie rufe ich denn in den Wald?«

»Also, wenn ich dich so beobachte – und ich will jetzt einmal ganz ehrlich sein, aber so, wie du Frauen begegnest, merken die sofort eines: Entweder du willst sie gleich bumsen oder sie sollen sich schleichen. Was dazwischen gibt's bei dir nicht.«

Ich richte mich schockiert auf: »Sag – das stimmt doch überhaupt nicht! Ich ...«

»Mein lieber Stefan. Du bist doch ein großer Philosoph und da solltest du eigentlich wissen, dass wenn jemand zu dir sagt, du stiehlst, dann antworte nicht mit Nein, ich bin kein Dieb, sondern frag dein Gegenüber, warum glaubst du, dass ich ein Dieb bin!«

Jetzt hat er mich erwischt, denke ich, versuche wieder etwas Zeit zu gewinnen, trinke vom Espresso und antworte dann: »Glaubst du wirklich, dass ich so bin?«

»Na ja, was ich bisher von dir gesehen hab, tu ich mir schwer, was anderes zu denken – oder zu glauben.«

Er beugt sich auch nach vor, trinkt den Rest seines Espressos aus und setzt dann fort: »Wahrscheinlich hast du aber ohnehin recht. Schau mich an – meine Ehe ist im Arsch.«

»Ich weiß. Seid ihr schon geschieden?«

»Ja.«

»Das tut mir leid.«

Es tut mir wirklich leid. Peter ist ein ausgesprochen netter Kerl, fast ein bisschen zu gut für diese Welt. Ja, Peter ist eigentlich nur nett – ich kenne seine Frau zu wenig. Habe sie nur ein paar Mal gesehen. Hübsche, große Frau, zwei Kinder – jetzt hat sie einen Freund.

Nach fünfzehn Jahren beginnt nun für beide ein neuer Lebensabschnitt.

»War's schlimm?« Mir war keine andere Frage eingefallen, wahrscheinlich war das die Dümmste, die ich stellen konnte.

Er sieht mich ernst an, ich fürchte schon, dass er mich ein Arschloch schimpft, er nickt aber und antwortet ruhig: »Ja. War schlimm. Aber es war nicht mehr zu ändern.«

»Scheiße! Ich hoffe, dass ich durch so etwas nie durchmuss.«

»Vergönne ich dir auch nicht.«

»Vielleicht ist das der Grund oder meine Angst vor einer festen Beziehung, dass ich das Ganze nicht so richtig auf die Reihe bringe.«

Angesichts seines »Blues« hatte ich ganz auf Eva und meine Dominas in Wien vergessen. Wir zahlen und spazieren runter zum Strand und setzen uns auf eine Bank mit dem Blick aufs Meer. Eine wunderschöne Nacht. Jetzt fehlt nur noch ein Glas Rotwein, denke ich. Wir sitzen schweigend nebeneinander und starren aufs Meer. Die weißen Schaumkronen nähern sich wie in Zeitlupe als dünne weiße Linien dem Strand. Da fällt mir meine existenzialistische Theorie ein, die ich mir vor Wochen in meinem Kopf zusammengebastelt hatte.

Da sitzen zwei Existenzen nebeneinander – und jeder denkt und fühlt für sich die Welt, denke ich. Wir könnten uns ruhig die Hände reichen, dennoch würde jedes unserer *Ichs* seine eigenen Gedanken denken. Mein *Ich* könnte niemals in sein *Ich* hineinschauen und umgekehrt. Auch wenn wir jetzt einander erzählen würden, was jeder für sich gerade denkt, wäre dass nur ein lächerlicher Abklatsch unserer wahren Gedanken. Nein, es funktioniert nicht. Und wenn mir jetzt das Meer gefällt, dann betrifft das nur mich. Mich allein. Niemand sonst. Er könnte mir ohne weiteres sagen, dass ihm das Meer gefalle, und in seinem Inneren hasst er das Meer.

Ich lehne mich weit zurück und betrachte ihn von der Seite, ohne dass er es merkt. Seine Eheprobleme bleiben für immer seine eigenen Probleme – und zwar nur seine Probleme. Sie gehören ihm allein. Ich kann ihm nicht helfen. Auch wenn ich ihm gegenüber noch so oft mein Bedauern ausdrücken würde – er bliebe in dieser

Scheiße allein, sage ich mir. In Wahrheit, denke ich, ist die Welt immer nur meine Welt – und bleibe auch allein in und mit dieser Welt.

13

Peter wendet sich zu mir: »Komm, gehen wir was essen – ich lade dich heute ein.«

Ich protestiere nicht – wenn mich jemand einlädt, protestiere ich aus Prinzip nie. Denn der Einladende hat sicherlich einen Grund dafür, wie ich denke. Peter mag wie ich alles, was aus den Tiefen des Meeres herausgefischt wird. Wir gehen zu einem der typischen französischen Restaurants mit dunkelrotem Vordach über der Terrasse und vorne aufgebaut der Fisch des Tages, Muscheln und dazu Variationen von allerlei Meeresgetier.

»Wen vögelst'n gerade«, beginnt er wenig feierlich.

»Geh Peter! Ich sehe schon, ich muss wirklich was für mein Image machen – und zwar schleunigst!«

»Ich glaub, es ist besser für dich und die Welt, wenn du so bleibst, wie du bist«, lacht er.

Der Ober kommt, wir bestellen Muscheln, Fisch ... und vieles mehr. Beide lieben wir Rotwein, darum durchbrechen wir die Etikette und bestellen statt Weißwein eine Flasche Rot.

»Also, bei wem lässt du dich gerade nieder?«, kommt er noch einmal auf das Thema zurück.

Ich überlege, was ich ihm antworten soll – von den Dominas will ich nichts erzählen. Die anderen Mädels sind nicht so problematisch. Also entfalte ich vor ihm einen ungefähren Querschnitt meiner Sexgeografie. Salzburg, Graz, München, Pörtschach, Innsbruck und – ja, ich glaubs selber nicht, Dortmund! Dazu erkläre ich ihm abschließend mein Prinzip vom Sicherheitsradius »niemals unter 100 km«. Er verschluckt sich fast vor Lachen.

Nach einem Schluck Wein richtet er sich auf und fragt mit ernster Miene: »Sag einmal, warst du schon einmal richtig verliebt?«

»Schon - mit zwölf.«

»Blödsinn. Das habe ich nicht gemeint. Nein, jetzt – so ab zwanzig bis jetzt herauf.«

Jetzt benötige ich eine Pause, denn wenn ich es mir so überlege, so spontan heraus, dann komme ich zum Schluss, dass da nicht viel los war und auch gegenwärtig nichts los ist. Um Zeit zu gewinnen, trinke ich jetzt umständlich von meinem Wein, ziehe meine Stirn in Falten und beginne: »Also, wenn ich ehrlich bin, dann ...«

»Dann sei einmal ehrlich.«

»Tja, Peter – eigentlich fällt mir da nicht viel ein.«

»Und warum, wenn man fragen darf?« Dann beginnt er mit einer Zange die harte Schale des Hummers aufzubrechen.

»Weil ... tja, weil ich bei keinem meiner Mädels das Gefühl hatte, dass wir zusammenpassen. Ich meine, über einen längeren Zeitraum.«

»Was verstehst du unter zusammenpassen?«

»Peter, du treibst mich in die Enge.«

»Mag sein. Aber das ist Absicht. Ich will jetzt einmal alles von einem Profi-Womanizer erfahren.«

»Das ist ein gewaltiger Irrtum! Ich bin kein Womanizer. Bitte glaube mir. Ich bin in Wahrheit derjenige, der an diesen Geschichten oder Verhältnissen oder was immer, am meisten leidet.«

»Du leidest? Ach, das ist aber niedlich.«

»Klar! Weil ich mir nichts so wünschen würde, als eine dauerhafte Partnerin zu haben, die ich liebe und mit der ich diese Welt zusammen erleben könnte.«

Er schaut mich an, schüttelt den Kopf und beide vergraben wir uns im Hummerfleisch.

»Was mich brennend interessieren würde: Wo liegen die größten Differenzen zwischen deinen Weibern und dir? Eigentlich sind das allesamt tolle Mädeln. Also wo liegt das Problem?«

Ich schiebe den Teller mit den ausgelösten Schalen der Hummer zur Seite, trockne meine Hände mit der großen Stoffserviette und lehne mich bedeutungsvoll zurück. »Weil ich glaube, dass in Wahrheit das Denken und Leben von Frauen weit von unserem entfernt ist, dass Probleme von vornherein programmiert sind.«

Ich überlege ein paar Minuten, Peter macht sich inzwischen über einen herrlichen Meeresteufel her und nach einer Weile setze ich fort: »Frauen leben in einer anderen Welt. Ganz einfach. Die denken anders, leben anders … ja, für Frauen schaut die Welt anders aus. Zumindest, was mich betrifft. Das muss jetzt nicht für dich stimmen … oder für den Gast da drüben am Nebentisch. Schau, ich kann in Wahrheit immer nur über mich sprechen. Wenn ich da so herumschaue, diese Restaurantwelt … dann kann ich immer nur von meiner Restaurantwelt sprechen. Deine schaut vielleicht … oder ganz sicher, anders aus.«

»Jetzt wirst mir langsam unheimlich … isst du nichts von dem Fisch? Der ist hervorragend. Komm mit deinem Teller her.«

Er legt ein großes Stück vom Teufel drauf.

»Na ja, wahrscheinlich hast eh recht. Letzten Endes ist meine Ehe ja auch flöten gegangen. Nicht unbedingt, weil wir immer einer Meinung waren. Aber am Anfang …«

Jetzt lasse ich ihn nicht ausreden. »Siehst du Peter und das ist das große Dilemma der Liebe. Am Anfang schaut immer alles in Rosen gebettet aus. Aber meines Erachtens spielen die uns alle ein großes Theater vor. Weiber waren immer große Schauspieler …«

»Aber nicht alle«, schaltet er sich dazwischen.

»Nicht alle, nicht alle … freilich nicht alle … aber die Mehrheit. Das wäre zwar ein induktiver Schluss, aber ich kann nicht alle Weiber der Welt ficken, damit ich ein gültiges Pauschalurteil fällen kann. Trotzdem muss ich sagen, dass ich nach den Bekanntschaften, die ich bisher machte, ausnahmslos zu dieser Folgerung gekommen bin.«

»Na Servas, ein hartes Urteil. Aber wenn du davon überzeugt bist – und noch eines: Kannst du damit leben?«

»Eben nicht, Peter. Eben nicht! Das ist ja die Scheiße.«

»Hast du eigentlich eine Vorstellung – wenn auch nur wage, von deiner idealen Frau, deiner Traumfrau?«

Ich denke eine Weile nach und antworte dann: »In Wahrheit nicht so wirklich. Ich meine, ich kann dir jetzt nicht aufzählen erstens, zweitens, drittens und so fort. Aber ich wünschte mir eine Partnerin, die wirklich in ihrem Herzen die Welt so sieht, wie ich sie

sehe ...« Ich winke ab. »Ja, ich weiß schon, jetzt wirst du sage, mein
Gott, ist das ein Egoist. Dann muss ich dir aber ehrlich sagen – was
ich schon vorhin gesagt hab, ich habe nun einmal nur eine Welt in
mir, um mich ... ich kann keine andere Welt sehen. Und wenn du
mich jetzt nach meiner Frau fragst, dann kann ich nur antworten,
unsere Welten sollten größtmöglich deckungsgleich sein!«

»Da kannst lang suchen!«

Ich nicke und beginne mit dem Fisch und setze nach: »Wichtig ist –
das darf ich nicht vergessen, dass die nicht nur eine Welt vorgau-
kelt, solang wir nicht verheiratet sind! Denn das ist ja das große
Problem. Ich kann dir ein paar Ehen aus meinem Bekanntenkreis
aufzählen, wo genau das der Fall war – nach ein paar Ehejahren
fielen die Masken runter und die Scheiße war da ...!«

Peter isst schweigend an seinem Meeresteufel. Er ist noch nicht
fertig, als er sich mit der Serviette den Mund abtupft, einen Schluck
Wein trinkt und sagt: »Tja, du liegst mit deiner Theorie nicht so
weit daneben. Bei mir war es so.«

Ich bin darüber nicht überrascht.

»Meine Frau wollte eigentlich, dass ich Pilot werde. Ich war an der
TU-Wien und hab mein Diplom in Strömungstechnik gemacht. Ich
hätte gerne in der Flugzeugindustrie gearbeitet – aber Andrea hat
von einem AUA-Kapitän geträumt.«

Er lehnt sich zurück, wischt sich noch einmal mit der Serviette über
die Lippen.

»Nicht, dass ich nicht gerne fliege – aber ich habe gewusst – und sie
auch, dass ich nicht oft zu Hause sein werde. Jetzt ist sie mit ihrem
Reitlehrer zusammen.«

Ich lege die Gabel etwas zu schwungvoll auf den Teller – gerade,
dass ich sie nicht hinwerfe.

»Scheißweiber, brennt mit einem Rossknödelschlurf durch!«

Es ist jetzt ganz still am Tisch. Wie am Friedhof – nur wegen der
blöden Weibsbilder, schimpfe ich in mir. Peter unterbricht die Stille,
hebt das Glas und lacht gezwungen. »Komm, vergessen wir die
Scheiße. Prost! Du hast schon recht – fick weiter! Ich nehme jetzt ein
paar Stunden bei dir.«

Am Schluss bestellen wir uns noch zwei kleine Espressos »kurz«, dann spazieren wir langsam zurück zum Hotel. Es schon nach Mitternacht, als wir uns in die Zimmer verkriechen. Wir hoffen, morgen nicht zu spät mit unserer Tour in die »*Haute Provence*« zu starten.

Peter ist Frühaufsteher wie ich. Wir frühstücken nicht einmal im Hotel, sondern fahren gleich los. Ich schwindle mich durch den französischen Morgenverkehr, der immer etwas von einem Formel-3-Rennen hat. Die Biker und kleinen Renaults und Peugeots, zum Teil in wilden Rallye-Farben, scheinen von allen Seiten auf einen zu zielen. Ab Villeneuve Loubet sind wir auf der berühmten *Route Napoleon*, auf der der kleine Korse seinen Marsch gegen Paris begonnen hatte. Von dort geht's dann flotter bis Grasse, der Parfummetropole.

Wie beschließen hier anzuhalten und zu frühstücken. Ein kleines Café am Hauptplatz, pechschwarzer Kaffee und Weißbrot mit Butter, laben unsere Seelen.

»Wieso kennst du das Gebiet hier so gut«, möchte Peter wissen.

»Ich bin da mit einer Motorradrunde zusammen«, antworte ich und beiße in das knusprige Weißbrot. »Der Kawasaki Importeur ist ein guter Freund von mir, fliegt auch ein bissl herum. Dem gehört die Cessna 150er ... du kennst die Maschine, war mal Schulflugzeug in Wiener Neustadt. Die Charly-Mike-Lima.«

Peter nickt und fragt: »Hast du ein Motorrad?«

»Ja, ich habe mir vor Jahren eine Neunhunderter Kawa gekauft. Eine Vorführmaschine. Habe sie sehr günstig bekommen.«

»Fährst du viel damit?«

»Ja, eigentlich schon. An verlängerten Wochenenden sind wir meistens hier in der Gegend unterwegs. Donnerstag ab fünf Uhr früh geht's los, dann gleich in einem Zug bis Nizza. Und dann raubern wir in den Bergen hier herum. Sonntag Nacht sind wir wieder zu Haus.«

»Bumsti! Wie viel Kilometer sind das?«

»Wenn wir ordentlich angasen, dann kommen schon fast viertausend Kilometer zusammen.«

Peter schüttelt den Kopf: »Ihr seid ein paar Verrückte! Ist schon mal was passiert?«

»Nein, bis jetzt noch nicht. Heuer bin ich nicht so viel dazu gekommen – meine IFR-Prüfung hatte Vorrang.«

Die Straße windet sich hinauf in die Berge. Zuerst der Col du Pilon – und wie immer, wenn ich in dieser Gegend kurve, über uns strahlend blauer Himmel, kein Wölkchen weit und breit. In den Kurven bei Pas de la Faye winkt Peter ab, ich möge etwas moderater fahren, sonst kotzt er mir in den Schoß. Nach dieser Drohung kalmiere ich meine Fahrweise. Zu Mittag erreichen wir Castellane und biege nach links ins berühmte Val Verdon ... der europäische Grand Canyon. Wir halten immer wieder an und blicken in die tiefen Felsschluchten hinunter zu einem winzigen Gerinne. Wir erkennen drei Kanufahrer, die in den wilden Wasserfällen und Felsengen ums Überleben kämpfen. Von einem kleinen Parkplatz springen Paragleiter ab.

Wir fahren weiter bis Moustiers-Sainte-Marie am Ende der Schlucht und setzen uns in ein kleines Landgasthaus zum Mittagessen. Der Koch kommt persönlich aus der Küche, legt ein frisches Tischtuch auf und erklärt uns in einem unglaublichen Englisch die Speisekarte. Zu unserer Schande verstehen wir kaum Französisch. Das Essen war gut, der Wein noch besser, darum legen wir uns in eine nahegelegene Wiese.

Am späteren Nachmittag brechen wir auf und fahren auf der gegenüberliegenden Seite des Val Verdon wieder zurück nach Castellane. Ich erzähle ihm von einzelnen Kurven, die wir mit dem Knie am Asphalt schleifend mit Dampf durchgeblasen sind. Peter schüttelt seinen Kopf – in Castellane fragt er, was eine gut gebrauchte Maschine kostet. Und dann – ob ich einmal mit ihm allein hierherfahren würde – ohne die furchtbare Motorradbande. Kein Problem! Wie einigen uns, dass wir das Projekt nach seiner Scheidung konsequent weiterverfolgen werden.

Über einige Umwege und einer Pause in Grasse erreichen wir spät nachts unser Hotel. Wir sind beide recht müde, schauen nur kurz an der Rezeption vorbei, ob vielleicht Nachrichten von Wien oder unseren Gästen für uns hinterlegt waren. Nein, nichts. Ich sag zu Peter: »Also, dann bis morgen. Gute Nacht, Captain!«

»Nix, wart noch. Ein Glas Champagner noch an der Bar als Betthupferl – und danke für die wunderbare Tour heute.«

»Geh Peter, ich bin müde, können wir nicht ...«

»Nix können wir. Du kommst auf ein Glas mit. Das ist ein Befehl – los komm und mach keine Fisimatenten.«

Er hakt sich einfach unter und schleppt mich in die Bar. Ich gebe nach. In der Bar sind kaum Leute. Düstere Beleuchtung, ich sehe kaum was. Wir gehen an die Theke ... und kaum haben wir lässig die Barhocker bestiegen, als von hinten laut nach uns gerufen wird.

»Hallo, unsere Flieger sind da!«

Wir drehen uns um und erkennen unsere Gäste in einer düsteren Loge. Shit, ich wollte eigentlich aufs Zimmer. Momentan hat sich gerade eine Schlafdecke ausgebreitet. In der Loge geht's zu wie beim Karneval. Wir müssen uns dazusetzen, Champagner wird bestellt ... zur Sicherheit gleich zwei Flaschen.

Ich protestiere: »Don't drink and fly!«

Eva schaltet sich sofort ein: »Aber wir fliegen doch erst morgen am Abend!«

Ich ergebe mich und proste in die Runde. Dann überschüttet sich die Runde mit den Taten des heutigen Tages. Unsere Gäste waren in Monaco und erzählen von den engen Straßen. »Also wie dort Formel-1-Autos fahren können!«

Das sagt so ziemlich jeder, der das erste Mal in Monaco war, denke ich. Und während ich mein Gehör abdrehe, alle Geräusche rund um mich herum in meinem Inneren runter trimme, schau ich mir unsere Passagiere einmal näher an. Bisher hatte ich noch nicht die Gelegenheit.

Eva, ja ... aber die anderen hatte ich bis jetzt noch nicht so richtig perlustriert. Da war Evas Mann. Ein kleiner Dicker, Glatze, am Hinterkopf nur noch ein paar Haare. Seine Hose nahe am Platzen, kurzärmeliges Hemd. Die Unterarme haben einen stärkeren Durchmesser als meine Oberschenkel. Am wulstigen Handgelenk eine blitzende Rolex in Gold. Unter der Nase ein dünn gestrichenes Bärtchen. So sind die reichen Piefkes in den fünfziger Jahren über St. Wolfgang eingefallen und haben den »Est'rreichern gezeigt, was'ne Harke is!«

Wenn der Kerl aufrecht steht – oder sitzt, was immer, kann der nicht mal seinen Schwanz sehen! Mein Nudl, das unbekannte Wesen. Wahrscheinlich hat er immer einen Spiegel mit, den er im Bedarfsfall weit vorne hält, um nach dem Prinzip Einfallswinkel ist gleich Ausfallswinkel, seinen Schwanz zu suchen, ob er noch da sei. Auch beim Brunzen müsste er einen Spiegel benötigen und trotzdem hat er ...

Spüre einen Rempler am Oberarm und höre Evas Stimme: »Du kannst mit offenen Augen schlafen ... hörst du überhaupt zu?«

Ich fahre überrascht hoch und entschuldige mich mit einer windigen Ausrede: »Ich dachte gerade an eine Telefonnummer in Wien ... die mir nicht und nicht einfällt!«

»Sicher von einem hübschen Mädchen!«

»Nein«, und zeige zu Peter, »wir haben heute über den Kawasaki Importeur gesprochen und da ist mir jetzt eingefallen, dass ich ihn dringend anrufen muss.«

»Eine windigere Ausrede fällt dir nicht ein?«, lacht Peter. »Und dafür ziehst du dann auch noch mich in deine Geschichten hinein!«

Eva rückt zu mir und hängt sich ein und zieht mich an sich. Mir ist das peinlich. Die Augenbrauen des Dicken steigen steil nach oben.

»Also, jetzt erzählst du uns, welches Mädchen du gerade unglücklich machst!«

»Nein, nein. Da ist nix zum Unglücklichmachen. Ich bin momentan mit der Fliegerei voll eingedeckt.«

Die Salzburgerin kommt mir zu Hilfe ... wie war schnell ihr Name? Ach ja, Christa und da war irgendwas mit einem Hotel.

»Peter hat uns grad erzählt, wie ehrgeizig Sie sind!«

Ihr Mann ergänzt: »Und wie wird´s bei der AUA ausschauen?«

Ich wiege meinen Kopf und nicke wieder Richtung Peter. »Was ich gehört habe, wurde der Aufnahmestopp gerade aufgehoben und jetzt haben wieder neue Piloten eine Chance.«

Peter nimmt grad einen Schluck, stellt das Glas ab und sagt: »Ja, das stimmt. Du wirst schon deine Chance bekommen.«

»Darauf trinken wir ... da haben wir wenigstens einen echten Grund«, jubelt Evas Mann.

Die Gläser hoch, während ich so tue, als würde ich trinken und stell das Glas wieder ab. Dann sehe ich mir Christas Mann an. Tiefbraun, das Gesicht geölt wie eine Speckschwarte. Am Handgelenk Rolex in schlichtem Gold. Nicht ganz so dick wie Evas Galan, aber ausreichend füllig, seine Brüste könnten einen Büstenhalter vertragen, denke ich. Zwischendurch höre ich da was von einem Ferrari und Golfturnier bei Magna und so weiter und so fort. Klar, mit einem Polo fährt der nicht nach Kitzbühel oder Seefeld.

Promis werden in diesen Kreisen grundsätzlich nur per Vornamen erwähnt – ich werde immer müder. Dann wieder ein Rammstoß von Eva. Die merkt, dass ich eigentlich schlafen will – weiß aber auch, würde ich jetzt neben ihr liegen, wäre vom Schlafen keine Rede. Während die Männer grad übers Golfen in Marbella reden, zwinkert sie mir zu und fragt: »Seit wann fliegst du?«

Ich spüre förmlich, dass sie nahe daran war, zu sagen: *Als wir uns noch am Boden wälzten, war vom Fliegen noch keine Rede.*

Ich komme ihr auf halbem Wege entgegen: »Ich habe früh mit dem Segelfliegen angefangen und dann den Motorflugschein gemacht. Musste aber immer mit dem Geld tricksen – hab im Hangar gearbeitet und so weiter.«

Da legt sie mir sanft ihre Hand auf den Oberschenkel. Oh Gott, nur das nicht! Eva ist für mein Gefühl – also meine Welt, so ziemlich das Geilste, was es auf der Welt gibt. Sie ist die leibhaftige Sharon Stone – nur gute zwanzig Jahre jünger. An ihr ist alles auf Ficken eingestellt. Ich sehe sie an und spüre plötzlich ihre Zunge in meinem Rachen. Erinnere mich an unsere Küsse, als wir uns am Boden wälzten und sie mir in Ohren, Hals und Schultern gebissen hat.

»Und wie es dann weitergegangen?«, höre ich ihre sündige Stimme – an ihr ist alles einerseits sündig und andererseits teuer. Sündteurer eben.

»Tja, ich habe dann geschaut, dass ich auf die Stunden komme. Habe Firmlinge und Hochzeitspaare auf Rundflüge durch die Berge geflogen und dann Fallschirmspringer. Das waren immer bezahlte Flugstunden für mich. Wann immer ein Flieger in die Höhe musste, habe ich aufgezeigt.«

»Hast du nicht studiert? Du hast doch dama ...«

Gott sei Dank, hatte sie sich gleich wieder zurück gebremst. Ich werfe ihr einen strengen Blick zu, sozusagen als »Handbremse«. Sie kapiert sofort.

»Ich habe während der Fliegerei maturiert und danach studiert, und zwar Philosophie und Kommunikationswissenschaft.«

»Und? Hast fertig studiert?«

»Ja, klar. Zuerst Magisterstudium dann das Doktorat.«

Sie greift nach meiner Hand und drückt sie fest.

»Gratuliere – bist ein toller Kerl!«

Dann richtet sie sich an ihren Mann und versucht, seine Aufmerksamkeit zu bekommen.

»Hans!« ... »Hansi!« ... »Haaansi!«

Er schaut zu uns, verzieht sein Gesicht, damit wir merken, dass er gerade gestört wurde: »Ja?«

Eva zeigt auf mich.

»Stell dir vor, der Stefan ist ein richtiger Doktor!«

»Ja – na wunderbar, da trinken wir gleich wieder drauf.«

Alle heben die Gläser, prosten, trinken und dann wird sofort nachgeschenkt. Wenn das die alten Philosophen wüssten, dass wir jetzt hier in einem Hundert-Sterne-Palace-Hotel, Champagner auf die Geisteswissenschaften saufen.

Diogenes im Holzfassl - Er geh mir aus der Sonne!

Die beiden Rolexträger haben inzwischen schon einen festen Stift im Schädel – wie man in Wien einen profunden Rausch nennt. Eva wendet sich wieder zu mir, ihre Hand auf meinem Unterarm: »Du bist also ein richtiger Philosoph? Ich habe mir die immer anders vorgestellt.«

»Wie – mit Rauschebart, Nachthemd und Herrgottsschlapfen?«

Sie lacht und raunt mir zu: »Im Nachthemd wärst du mir jetzt lieber ...«

Ich lache jetzt auch, bin schon etwas befreiter als noch vorhin. Die erste Schlafwelle habe ich überwunden. Ich werde mit Zunahme der Zeit munterer und schau mir Eva von der Seite etwas genauer an. Die Dunkelheit der Bar, der Champagner in der Birne, Eva wird zauberhafter, begehrenswerter. Unsere Blicke bleiben immer länger ineinander verschweißt. Ich blase innerlich zum Rückzug. Mensch, halte dich zurück, wenn da jetzt irgendwas ... nein, nicht daran denken.

Ich richte zur Abwechslung meine Aufmerksamkeit zu Christa. Sie sitzt mir genau gegenüber. Dazwischen die drei Männer, in ihren Gesprächen über Porsche, PS und breiten Reifen. Ich frage Christa, was es mit dem Hotel in Salzburg auf sich hat.

»Ich habe ein Hotel in der Salzburger Innenstadt«, antwortet sie knapp – aber spürbar froh, dass ich ihr ein bissl Abwechslung bringe. Ich mime Interesse und frage mit einem Gesichtsausdruck, den ich sonst nur bei Politikern sehe, wenn sie Arbeiter in einem Stahlwerk besuchen und dumme Fragen stellen. »Ein Hotel in der Stadt oder am Flughafen?«

Sie beugt sich zu uns und antwortet: »Nein, in der Innenstadt. Wenn ihr mal in Salzburg seid, dann müsst ihr schon zu mir kommen.«

Da stehen die Männer plötzlich auf.

»Gut, gemma schlafen!«

Eva protestiert: »Was? Ihr seid schon müde? Geht's, ein bissl bleiben wir noch!«

Auch Christa hat keine Lust aufs Zimmer.

»Ihr könnt ja noch bleiben, aber passt bitte auf unsern jungen Piloten auf, der muss uns morgen noch heimbringen«, sagt Evas Mann und hakt sich bei Peter unter. »Gott sei Dank haben wir noch Peter – im Notfall fliegt er uns nach Hause.«

»Warum seid ihr so fad? Stefan muss uns noch sagen, wohin wir morgen einkaufen gehen«, sagt Eva.

Irgendeiner der Männer sagt: »Ihr könnt ja noch bleiben – habt eh eine Schlosskarte.«

Und bevor ich noch bis drei zählen kann, sind die beiden Rolexträger mit Peter abgerauscht und ich bin mit den beiden allein am

Tisch. Andererseits hätte Evas Mann seine Frau ohne Christa sicher nicht bei mir allein zurückgelassen. Ich schau verstohlen auf die Uhr. Es ist Mitternacht. Eva prüft die Champagnerflaschen, welche davon schon leer sind. Eine bleibt dreiviertel voll über. Sie schenkt ein.

»Prost«, lacht sie, wir stoßen an. Ich nippe ein bisschen.

Dann rückt sie ganz nah zu mir. »Also jetzt erzähl. Peter hat gesagt, dass du nicht verheiratet bist.«

Nachdem ich einen Schluckauf verhindert hab, nicke ich. »Das ist richtig. Noch hat's mich nicht erwischt.«

»Verlobt – ich meine, bist grad fix vergeben?«

»Nein, auch nix. Ich hatte mit den Prüfungen und allem Drum und Dran so viel zu tun – und schließlich habe ich ja auch noch den Job bei der AUA, da bleibt nicht viel Zeit übrig.«

»Wie lange arbeiten Sie schon bei der AUA?«, fragt Christa.

Bevor ich noch antworten kann, fährt Eva dazwischen: »Geh Christa, seid doch bitte per Du.«

Wir stoßen an, trinken ... küssen einander auf die Wange.

»Seit ungefähr neun, zehn Jahren. Da habe ich noch studiert ... Motorflugschein war auch noch nicht im Haus. Ich glaube, ich hatte gerade mit der Ausbildung begonnen. Mein Fluglehrer hat mir eigentlich den Job besorgt.«

»Und das Studium ist nebenbei so leicht gegangen?«

»Na, leicht ist übertrieben. Ich habe schon ein bisschen tricksen müssen. Mit Studienkollegen abwechselnd die Skripten mitgeschrieben und so weiter.«

Eva übernimmt wieder das Kommando, sie scheint pudelmunter und in bester Laune: »Und da ist unser Philosoph so ganz ohne Frau?«

Ich ziehe die Stirn in Falten und schüttle den Kopf.

Dann schaut sie mir auf einmal streng in die Augen. »Können mir Herr Doktor vielleicht sagen, warum er sich damals so auf die unfeine Art vertschüsst hat?«

Ich blicke verlegen zu Christa, Eva winkt ab. »Sie weiß alles.«

»Na, unfeine Art ... was hätte ich damals machen sollen? Es war eh schon der Teufel los, als ich euch in Vöslau aus dem Auto steigen sah, ist mir das Herz stehengeblieben.«

»Hast du nicht gewusst, dass wir mit euch fliegen?«

»Nein. Peter hat mich erst ein paar Tage vorher informiert. Ich habe vorher ein paar Flüge mit der AUA gehabt. Ein Glück, dass das alles geklappt hat.«

Eva hebt das Glas. »Siehst du – und was hast du dir gedacht, als du uns gesehen hast?«

»Ich war baff! Anfangs habe ich mich nicht einmal hinschauen getraut – ich wusste ja nicht, ob mich dein Mann erkennt. Weiß der was von uns?«

»Er hat damals schon von der Geschichte was mitbekommen – du weißt eh, dass der Teufel los war. Aber er hat eigentlich nie gewusst, wer damals mein stiller – nein, heißer Verehrer war.« Sie zwickt mir in die Wange.

Ich schwenke das Thema auf Christas Hotel und frage sie, ob das Hotel ihr gehöre.

»Meine Eltern haben nach dem Krieg mit einer kleinen Pension begonnen – Übernachtung, Frühstück und so. Später haben wir dann das danebenliegende Gasthaus dazu gekauft. Als ich von der *Wiener Modul-Uni* zurückgekommen bin, habe ich dann das Ganze umgebaut ... na, eigentlich von Grund auf neu aufgebaut.«

»Arbeiten deine Eltern auch noch mit?«

»Sie sind längst in Pension – aber natürlich arbeiten sie noch ab und zu mit. Der Vater schon weniger, der liegt lieber in der Sonne auf Ibiza aber die Mutter glaubt halt noch immer, dass der Betrieb ohne sie nicht geht.«

»Bist du verheiratet?«

»Nein.«

»Christa fliegt genauso in der Gegend herum, wie du. Ihr zwei seid richtig schräge Vögel«, lacht Eva, schenkt ein und wir prosten uns einander zu.

»Und dein Begleiter?«, frage ich Christa.

Sie winkt sofort ab und antwortet: »Ein Begleiter eben.«

Na ja, die Frauen, denke ich und hebe noch einmal das Glas – trinke aber auch diesmal nichts. Nippe zwar daran, schlucke runter ... aber »leere Kilometer«, wie man in Wien sagt. Eva übernimmt wieder das Kommando, drängt sich etwas näher an mich und sagt: »Aber irgendwann musst du schon heiraten, sonst bleibst du uns über. Das geht nicht!«

»Was soll da daran nicht gehen?«

»Schau, wenn du weiter so in der Welt herumschwirrst, dann habe ich ja nichts mehr von dir! Nein, du musst verheiratet sein, einen festen Wohnsitz haben ... und dann ...«

»Was, dann?«

»Na, dann wirst du dich gern wieder mit uns treffen!«

Sie lacht und stößt mit Christa an.

»Geh Eva, was soll an mir interessant sein, wenn ich verheiratet bin.«

»Weil du dann wieder wie ein Jäger auf der Pirsch bist ... als Unverheirateter bist du der Gejagte. Da kriegst vor lauter Jägerinnen, die hinter dir her sind, gar keine Luft mehr.«

Ich nicke fragend Christa zu, was sie dazu sagt. Sie nimmt einen Schluck vom Champagner und lacht.

»Also gut, wenn ihr meint, heirate ich halt ... fragt sich nur wen?«

»Geh, willst du damit sagen, dass niemand in deiner Umgebung drauf wartet, dass du einen Heiratsantrag stellst?«

»Das schon – aber die heißen allesamt nix!«

Eva legt ihren Arm um meinen Hals und zieht mich an sich. »So soll es auch sein! Glaubst du etwa, du sollst eine heiraten, die dir gefällt? Nix da. Du wirst eine heiraten, die dir auf die Nerven geht – weil dann kommst du zu uns – und zwar auf Knien!«

Allgemeines Gelächter, die Gläser sind leer und wir beschließen, unsere Midnight-Party zu beenden. Christa verabschiedet sich im ersten Stock, Eva muss in den zweiten, ich in den dritten. Als der Lift in der zweiten Etage hält, zögert sie mit dem Aussteigen. Ich klemme meinen Fuß dazwischen und ziehe sie an mich. Unsere

Lippen fahren zusammen wie zwei Magnete, küssen einander leidenschaftlich und saugen die Zunge einander tief in die Mundhöhlen hinein. Ihre Küsse waren schon immer heiß wie der Mittelpunkt der Sonne. Dann knallt sie mich mit dem Rücken gegen die Liftwand, dass es donnert. Ich spüre ihr Schambein an mir reiben und mein Schwanz schreit schon Halleluja ... als sie ganz einfach runter greift, meine Hose öffnet und ihn raus holt ... eigentlich befreit, weil er wie eine vorgespannte Stahlfeder nach draußen schnellt.

Eva sinkt auf die Knie und nimmt ihn in voller Länge tief in ihren Rachen. Als sie ihn wieder rauslässt, spüre ich ihre Zähne zart entlang des dicken Schafts gleiten. Mir wird sofort heiß in der Birne. Sie war schon immer eine der größten »Blasengel« vor dem Herrn – aber diesmal, es dürfte auch am Zeitpunkt und der ganzen Situation gelegen haben, übertrifft sie sich um Längen. Ich presse meinen Kopf gegen den Spiegel im Lift, als ich mich auf dem elektrischen Stuhl dünke. Es ist wieder einmal ein Orgasmus, dass ich glaube das gesamte Zentralnervensystem durch meinen Schwanz zu schießen.

Eva schluckt meinen Liebessaft bis zum letzten Tropfen und leckt und schleckt alles auf ... und ich verliere die letzten Reste meines Verstandes. Wir verabschieden uns mit einer innigen und warmen Umarmung, wie zwei Liebende am Kai, bevor das Schiff auf eine jahrelange Expedition in unbekannte Meere aufbricht. Eva ist schlimmer als eine Mixtur aus Heroin, Kokain, Crystal ... ich spüre wieder die »Eva-Nadel« in meinen Armbeugen. Und mit dem Vorsatz, sie unbedingt wiedersehen zu müssen, schlafe ich ein.

Trotz des späten Aufbruchs gestern Nacht sind alle putzmunter schon um zehn beim Frühstück. Ich wage nicht, Eva länger als eine tausendstel Sekunde in die Augen zu schauen. Sie dagegen grinst mir herausfordernd entgegen und schubst mich leicht beim Frühstücksbuffet. Die beiden Männer sind völlig entspannt und schon früh am Morgen bei den neuesten Porsche Modellen. Entweder sind die wirklich so blöd und stolpern ahnungslos durch diese Welt – oder sie sind hervorragende Schauspieler. Ich glaube aber eher Ersteres.

Am Frühstückstisch busselt er ihre Wange wegen jeder noch so unbedeutenden Sache. Sie schmiert auf seine Brötchen Butter ... und bekommt ein Bussi, sie gießt Kaffee in seine Tasse ... und bekommt ein Bussi. Er ist zu deppert, um ein gekochtes Ei von der Schale zu befreien, sie macht's für ihn … und bekommt ein Bussi.

Wobei sie immer – manchmal schon im Voraus, ihre Wange so hinhält, dass er gar nicht auf die Idee kommen könnte, sie auf den Mund zu küssen. Und so geht das während des Frühstücks weiter. Christa und ich zwinkern einander zu und ich frage mich, ob sie auch von unserem Liebeskampf im Lift weiß? Frauen vom Schlage Evas und Christas kennen keine Zurückhaltung. Um halb zwölf ziehen wir los. Evas Mann beschließt, mit seinem Freund den Ferrari-Händler in Nizza zu besuchen. Ich versuche mit aller Kraft, Peter mitzunehmen. Er weigert sich, ziert sich – bis Christa die Initiative übernimmt, sich einfach bei ihm unterhakt und ihn mitschleift.

Ich spüre, dass ihm noch nicht so wirklich nach »Hasen« ist, andererseits bin ich überzeugt, dass er nur so – an der Seite einer heißen Braut den ganzen Scheidungsscheiß vergessen kann. Christa ist da genau die Richtige. Die hat ein Temperament wie hundert Wiesel. Sie ist ständig in Bewegung, lacht laut und viel – und hat dazu ein brennheißes »Chassis«. Wäre Eva nicht hier, ich wäre gestern mit Christa im Lift steckengeblieben. Ich habe keine Ahnung, wo wir hingehen und auch nicht, wo das Zentrum von Nizza oder wo die interessanten Geschäfte sind. Ist auch nicht notwendig. Zielsicher wie Marschflugkörper ziehen uns die beiden auf dem kürzesten Weg in eine Straße, in der *Gucci, Vuitton, Armani, Sacchi* und wie sie heißen, wie zu einem Atomkern zusammengepfercht sind. Jetzt bin ich wieder froh, dass ich mit keiner der beiden Ladys verheiratet bin – beziehungsweise die diamantenen Visakarten nicht mit meinem schütteren Konto verbunden sind. Wäre das so, bekäme ich zumindest fünfzehn Jahre Einzelhaft, bei Wasser und altem, steinharten Brot.

Innerhalb weniger Minuten haben beide Pullis und umwerfende Oberteile gefunden, die es natürlich nur hier gibt, … und in Wien erst in fünf Jahren! Ich habe mir die Gesamtsummen auf den Rechnungen nicht angesehen – mir wäre wahrscheinlich schwindlig geworden. Das Verkaufspersonal stellt sich zum Beweis meiner These zum Abschied im Spalier auf. Die haben wahrscheinlich so etwas das letzte Mal anlässlich des Besuchs des Schahs von Persien oder der Russenmafia gemacht, denke ich.

Peter und ich tragen die großen Plastiktaschen mit den Aufschriften der teuersten Boutiquen der Cote d'Azur. Bevor wir zurück zum Hotel gehen, laden uns die Ladys auf einen Espresso ein. Auf der Terrasse merke ich, dass Christa meinen Peter schon fest um den Finger gewickelt hat. Weiber können ja so link sein, denk ich.

Plötzlich hört sie ihm aufmerksam zu. Was immer Peter sagt, auch wenn es noch so überflüssig ist oder zum Thema überhaupt nicht passt, wendet sie sich zu ihm, legt ihre Hand vor lauter Interesse auf seinen Oberschenkel und lauscht atemlos seinen Worten. Und er? Na, derselbe Depp wie alle Männer, steckt innerhalb Sekunden in der Mausefalle. Am Wege zum Hotel raunt er mir leise zu, dass es sonst niemand hört: »Christa ist eine sehr interessante Frau.«

Ich nicke ihm zu – was sollte ich sonst schon sagen? Am Nachmittag fahren Peter und ich hinaus zum Flughafen. Im Büro der General Avation erledigen wir alle Formalitäten für den Rückflug, ich überprüfe wie üblich zum x-ten Male die Wettersituation. Dann machen wir uns über unser Flugzeug her. Preflight-Check wie üblich. Der Griff nach dem Höhenruder, den Flaps ... dann der traditionelle Blick hinter Enginecowling, da fällt mir immer die Geschichte meines Fluglehrers aus Trausdorf im Burgenland ein, der mir von einem Schwalbennest auf den Zylindern des Conti-Motors in einer 150er erzählte.

Vom Tower bekommen wir dann *1830 GMT* als *Departure* ... »due to heavy traffic over Italy.«

Spielt heute *AC Milan* gegen *AS Roma*? Wir haben noch ein bissl Zeit und nachdem wir das Gepäck mit den Goodies der Boutiquen, im Flugzeug verstaut haben, bleibt noch Zeit für einen Espresso in der kleinen Bar in der General Aviation. Peter benimmt sich ein bisschen komisch. Er traut sich nicht einmal Christa in die Augen zu schauen. Jedes Mal wenn sie aufsteht, steht er auch auf. Oh, der alte Depp ist verliebt, denke ich und berühre unterm Tisch Evas Beine. Innerlich muss ich lachen: Da bestellen zwei Gestopfte um teures Geld einen Flieger an die Cote d'Azur, um bei ihren Weibern zu protzen – und dann schnappt ihnen die Crew ihre Hasen weg. Die Ehefrau des einen Millionärs bläst dem Co im Lift einen herunter ... und die andere verknallt sich in den Kapitän »in Command«. Ein schönes Wochenende!

14

Der Flug verläuft ruhig und ohne Turbulenzen. Diesmal führt die Route über Turin dann den Como-See, weiter über Innsbruck Richtung Wien und Vöslau. Ab dem Como-See ist es dunkel - und völlig ruhig in der Kabine. Über St. Pölten beginnen wir mit dem Approach. Peter legt eine Superlandung hin ... unsere Passagiere haben die Landung verschlafen. Bevor wir den Final-Groundcheck durchführen, helfen wir unseren Gästen, das Gepäck zum Auto zu bringen. Am Wege zum Auto hängt sich Eva kurz bei mir ein, steckt mir ihre Visitenkarte in die Hosentasche und flüstert mir zu: »Ich melde mich – schau dass du ausgeschlafen bist«, und zwickt mir zum Abschied in den Hintern.

Als wir uns verabschieden, steckt ihr Mann jeden von uns 100 Euro zu. Wir bedanken uns herzlich ... ich mich im mehrfachen Sinne. Dann rollt die schwere Mercedeslimousine in die Nacht hinein. Wir machen noch den Groundcheck, füllen Formulare aus, gesamte Flugstunden, Landegebühren – es dauert bis Mitternacht bis wir losfahren.

Beide sind wir zu müde, um uns während der Heimfahrt zu unterhalten. Während der Stunden in Frankreich hatten wir ohnehin alles besprochen, was zu besprechen war. Als ich Peter bei seinem Haus abliefere, tut er mir leid, als er so allein durch den Garten zu seinem Haus trottet. Es brennt kein Licht, keine Frau, keine Kinder, kein Hund erwarten ihn. Scheiße!

Bevor er nach hinten verschwindet, dreht er sich plötzlich und sagt: »Stefan, vergiss bitte nicht, gleich morgen dein Bewerbungsschreiben an die AUA zu senden. Diese Woche landen die alle auf meinem Schreibtisch.«

Ich verspreche es und fühle mich zugleich nicht besonders gut. Warum lass ich ihn jetzt allein in diesem finsteren, leeren, kalten Haus? Aber was sollte ich machen. Ihn zu mir einladen?

Gato erwartet mich wie gewohnt beim Haustor. Ich streichle ihn im Nacken, er wirft sich sofort auf den Rücken und boxt mit allen Vieren gegen meine Hand. Während ich weitergehe, springt er neben mir auf und ab und schlägt gegen meine Hosenröhre.

Peters *Blues* geht mir nicht aus dem Kopf. Ein toller Kerl, lieb und nett »bis zum geht nicht mehr« – viel lieber und netter und ehrlicher und anständiger, vor allem den Frauen gegenüber als ich – und dann diese Katastrophe! Und jetzt legt er sich allein ins Bett, das Haus dunkel und kalt ... Kinder weg ... Scheiße! Ich habe wenigstens Gato ... und meine Weiber. Meine Dominas und jetzt kommt noch Eva dazu. Ich stehe unter der Dusche und genieße den heißen Strahl in den Nacken, auf den Rücken und am Schluss lasse ich die Hitze gerade über meinen Kopf strömen. Ein herrliches Gefühl dieses warme Rieseln, als wäre mein Hirn von einer Wärmeflasche umhüllt.

Denke wieder an Peter und hoffe, dass sich vielleicht mit der Salzburgerin für ihn was ergibt. Was heißt ergibt? Na ja, dass sie sich wieder treffen, dass sie ficken ... klar! Hast du eigentlich nur Ficken im Kopf? Glaubst du im Ernst, dass Ficken alle Probleme löst? Na ja, fürs Erste sicher. Schau, zuerst die Spannung, Rendezvous, dann ein warmer Frauenkörper ... sie lutscht seinen Schwanz und alle Sorgen und Probleme sind im Sinne des Wortes wie *weggeblasen*!

Ja klar, während ich mich abtrockne, ich muss Peter unbedingt schnell mit Christa zusammenbringen und dann gleich auf dem kürzesten Weg zu ihr ins Bett mit ihm ...

Ich werde gleich morgen Christa anrufen ... Shit, ich habe von ihr keine Telefonnummer! Also, dann gleich morgen Eva, ... und Eva soll dann gleich Christa ... nein, das ist auch nicht gut, denke ich. Also was mache ich jetzt ... ich muss Peter retten! Die einzige Rettung für ihn – bevor er sich aufhängt – ist die Muschi Christas! Sie muss ihm rasch in den Schritt greifen – und aufpassen, dass er ihr nicht gleich in die Hand spritzt. Männer in dieser Situation kommen meist zu früh und viel zu schnell. Dann haben sie einen Knoten im Hirn – schämen sich und das macht die Sache noch schlimmer. Ich muss Christa vorher einweihen ... sie darf nur langsam und behutsam an seinen Schwanz! Nicht zu hastig, damit er nicht gleich spritzt! Mann zu sein ist nicht so einfach, denke ich. Männer sind in Wahrheit empfindlicher als durchsichtige Elfen, sage ich mir, während ich mich im Bett einrolle und Gato meine Kniekehlen wärmt. Ich muss Peter helfen, diese Scheißweiber ... sind meine letzten Gedanken ... dann wache ich am Morgen auf.

Schon im Bad denke ich wieder an Peter. Mir geht seine Katastrophe nicht aus dem Kopf. War seiner Frau treu, hat ihr alle Wünsche erfüllt – eine Villa in Speising, mit großem Garten, Privatgymnasium für die Kinder, klar, alles kein Problem. Ein schweineteurer Geländewagen von Porsche für die Frau Gemahlin ... sie hat das Maul nur halb aufgemacht und er ist schon gesprungen! Zuerst reiten, dann gleich ein sündteures Reitpferd, teurer als ein Porsche und mit den Rossknödeln gleich als Draufgabe ein Reitlehrer zwischen ihre Beine ... wahrscheinlich ist die Drecksau ein Meter »großer« Zwerg und geht ihr bis zum Nabel, dafür leckt er sie wie eine Ringelnatter.

Hätte Peter bei jedem Flug eine der Stewardessen am Bordklo gefickt, hätte seine Frau die Hosen voll gehabt und wäre ihm jeden Abend mit lackschwarzen Stiefeln und engen Korsetts entgegengesprungen und seinen Schwanz aus der Hose gefischt. Aber er war halt brav und anständig, eben ein Idiot.

»Being nice never pays off«, hatte mir ein Cop eines Nachts bei minus 32 Grad in Chicago gesagt.

Peter steht jetzt da, allein, verlassen, tief gekränkt – weil so ziemlich alles, was er sich unter gutem und richtigem Leben vorgestellt hatte, in die Binsen gegangen ist. Und das ist scheiße! Scheiße! Scheiße brülle ich laut, geh zum Auto und fahr ins *Café Landtmann* auf zwei Eier – nicht meine – im Glas, Buttersemmel, ausdrücklich dünn mit Butter bestrichen und einem großen Braunen. Ich hoffe, dass die morgendliche Kaffeehausatmosphäre meine Seele und das gesamte Universum wieder in Gleichklang bringt. Ich rufe am Handy die E-Mails ab. Eine Mail von Andrea! Das ist eine Premiere: Im Inhalt geht's aber weder um Gato noch um meinen Schwanz. Amerika ruft. Und zwar morgen Abend Abflug. Ich war schon lange nicht mehr in New York, geht es mir durch den Kopf – andererseits gibt es für mich nichts Schöneres als Amerika. Ich rufe sie spontan an. Als sie sich meldet, bin ich derart gut aufgelegt, dass ich mit »Miau, miau«, beginne und dann mit hoher Stimme: »Gato hier!«

Sie hakt anfangs nicht gleich ein und fragt zwei Mal mit einem etwas ungeduldigem Timbre in ihrer Stimme: »Wie bitte, wer ist da?«

Ich beruhige die Situation, wohl wissend, dass nicht jedermann zu morgendlicher Stunde zum Blödeln aufgelegt ist: »Hallo, Andrea, ich bin's Stefan!«

Sie wird gleich freundlicher: »Oh, hat dich dein Gato schon so gut erzogen, dass du nur noch in der Katzensprache kommunizierst?«

»Ja, Gato ist ein Tyrann – früher Hasensprache, jetzt Katzensprache ...«

Sie geht drauf ein und antwortet schnippisch: »Und ich dachte, der Kater hätte einen guten Einfluss auf dich – aber ich seh schon, du änderst dich nie.«

»Aber seit Katzenstreu und Whiskas in meinem Leben eine Rolle spielen, bin ich ein anderer geworden – anständiger, Andrea, viel anständiger und braver!«

»Na, da bin ich froh – hast du schon meine Infos zum USA-Flug bekommen?«

»Ja klar – und wie auch noch. Ich wollte dich eigentlich nur fragen, wie ich zu dieser großen Ehre komme – du weißt ja, ein US-Flug ist für mich ein Triple Jackpot!«

»Das freut mich. Eines noch, Stefan: Du bist doch schon einmal die Atlantikroute geflogen.«

»Ja, und bin auch ab-gecheckt und hab noch alles im Kopf. Aber sicherheitshalber werde ich mir alles noch einmal anschauen. Wann wirst du das Crewbriefing machen?«

»Na, du bist eh in Ordnung. Du bist der Einzige, der das wissen will. Ich hätte gesagt, wenn du um sechzehn Uhr im Crewoffice bist - das reicht. Wir beide werden die Business machen.«

»Andrea willst ein Bussi haben von mir – oder gleich zwei?«

»Gern. Aber ein andermal, weil mein Mann mitfliegt, und der ist eifersüchtig wie ein spanischer Stier.«

»Gut, dann werde ich über dich herfallen, wenn er eingeschlafen ist.«

»Ich bitte darum ... noch was. Vergiss das Certificate nicht ... oder schreib zumindest die Nummer ab.«

»Nein. Ich hab's ganz sicher mit. Die Ratings habe ich alle immer in den dazu gehörigen Flügen.«

»Gott bist du ein Streber. Also dann bis morgen und Grüße an den Kater.«

Jubel, Trubel, Heiterkeit – ich könnte in die Luft springen vor Freude. Vor allem Business mit Andrea – und fast strafverschärfend, bleiben wir meistens länger in New York!

Manhattan, Big Apple – here I come!

Gleich nach dem Frühstück fahr ich nach Hause und lade mir im Internet das Bewerbungsschreiben der AUA runter, fülle es gleich in einem Aufwasch aus und schicke es sofort in die Zentrale. Dann rufe ich Peter an. Ich sag ihm, dass meine Bewerbung bereits in seiner Box sein müsste und dann noch freudestrahlend von meinem bevorstehenden US-Flug. Er fliegt morgen zweimal London. Den Nachmittag verbringe ich mit den Unterlagen und Safety Procedures des Atlantikflugs mit Gato auf der Schreibtischplatte – der mich bei der Arbeit beobachtet. Um sicherzugehen, lade ich mir noch ein paar Updates runter, drucke sie aus und lege sie in die Infomappe.

Am Abend habe ich keine Lust, die Zeit mit einem blöden Fußballspiel totzuschlagen, Boxen gibt's heut nicht, das restliche Programm ... Operngebrüll und so ... interessiert mich auch nicht. Nein, ich beschließe, heute Abend im *Mario* zu dinieren. Gegrillte Tintenfische aus ligurischen Gewässern, dazu einen trockenen Roten ...

Am Wege hinunter zum Hietzinger Hauptplatz fallen mir meine Dominas ein. Tja, jetzt bin ich vier, fünf Tage unterwegs ... so ganz ohne Peitschen, Knebel und Rammbock im After! Wie werde ich das aushalten? Im *Mario* bekomme ich gerade mit aller Kraft der hübschen Empfangsdame einen kleinen Tisch. Direkt an der hohen Glaswand, die das Restaurant von der Straße trennt. Ich habe mir Lektüre mitgenommen. Immer wenn ich allein bin, muss ich irgendetwas zum Lesen haben. Im Kaffeehaus sind es die Tages- und Wochenzeitungen, im Restaurant habe ich meist Taschenbücher mit.

Diesmal ist es Jean Paul Sartres *Ekel*. Gleich nachdem ich an meinem Tisch Platz genommen hatte, schlage ich das Buch auf und tauche in die Tiefen der Lektüre: »*Das Beste wäre, die Ereignisse Tag für Tag aufzuschreiben. Ein Tagebuch zu führen, um klarzusehen. Sich nicht die Nuancen, die Kleinigkeiten entgehen zu lassen, auch wenn sie nach nichts aussehen ...*«

Eine junge hübsche Kellnerin bringt mir die Speisekarte, ich blicke irritiert auf, gebe die Karte zurück und bestelle gegrillte Tintenfische aus ligurischen ... und so fort und so weiter. Dazu ein Viertel Zweigelt und eine Flasche Mineral ... und sage: »Aber bitte ein Lautes!« – also prickelnd. Als Appetizer bringt sie passierte Oliven mit Weißbrot – ich könnte mich an dieser schmackhaften Creme dumm und deppert essen.

Dann weiter bei Sartre ... aber die Olivencreme ist bereits am Tisch, da tu ich mir mit dem Lesen schwer. Ich bestreiche eine Schnitte Weißbrot und während ich diese Köstlichkeit an meine Lippen führe, streift mein Blick die Nebentische – und wer sitzt unmittelbar neben mir, gleich am nächsten am Tisch ... es ist die »höhere Tochter« aus Hietzing oder Döbling, Sievering ... auf jeden Fall teures Viertel, die Frau des Baumillionär-Proleten mit seiner tauben Mutti. Diese wunderbare großgewachsene, elegante Dame mit den sanften Augen und der sanften Stimme und während ich sie anstarre wie das siebte Weltwunder, blickt sie ebenfalls auf und unsere Augen treffen einander. Ich halte ihrem Blick stand und es entgeht mir nicht, wie sie mir weich und warm zulächelt – zumindest bilde ich mir das ein – und glaube sogar ein verborgenes Nicken bei ihr zu entdecken.

Ganz ruhig wendet sie sich wieder ihrem Gegenüber zu, ebenfalls eine sehr elegante Dame ... aus »höheren Kreisen«. Ich versuche etwas von der Olivencreme auf das Weißbrot zu schmieren, aber meine Hände zittern vor Aufregung. Schau verschämt zu ihr hinüber, ob sie meine zittrigen Hände entdeckt hat. Hat sie nicht. Ganz ruhig führt sie die Gabel mit einem Stück Fisch an ihren wundervollen Mund. Dann trinkt sie vom Weißwein.

Das Glas schwebt ohne die geringste Unruhe an ihre Lippen. Mit einem Schlag stehe ich unter Starkstrom! Wie soll ich das schaffen, Olivencreme, Brot bestreichen, dann die ligurischen Tintenfische, Rotwein und Jean Paul Sartres *Ekel* vor mir.

Ich versuche mit autogenen Techniken ein bisschen Luft aus meinem Hirn zu blasen. Atme tief durch die Nase ein und presse mit dem Zwerchfell alle verbrauchten Giftstoffe wieder raus. Das funktioniert nicht so richtig. Ich beruhige mich erst, nachdem ich merke, dass mein Schräggegenüber mich keines Blickes würdigt und mit ihrer Nachbarin offensichtlich mit interessanten Dialogen voll und ganz ausgelastet ist. Ich kämpfe an meinem Tisch ein schweres Gefecht gegen einen übermächtigen Gegner. Antoine Roquentin hebt in Sartres *Ekel* gerade nasses, aufgeweichtes Papier aus Wasserpfützen und ich ziele mit dem Messer auf ein Stück Weißbrot. Auf der Messerspitze etwas Olivenpaste – und während ich die beiden gerade zusammenbringen will, sozusagen *vereinigen* will, stoße ich mit dem Ellbogen gegen die Tischkante und dieser kleine Stoß genügt natürlich, dass die Olivenpaste von der Messerspitze springt – und gemäß Gravitation im Sturzflug dem Boden zu.

Auf der Flugbahn liegt aber haarscharf ein Teil meiner Hose ... Scheiße, jetzt hab ich auch noch einen Olivenölfleck auf der Hose. Die ist naturgemäß jetzt zum Wegschmeißen, geht es mir durch den Kopf. Hoffe, dass das meine Domina nicht gesehen hat und auch nicht, wie ich verschämt runter blickte. Oh Gott, ich hätte zu Hause bleiben sollen, ich Vollidiot! Das Glück hat sich aber gewendet!

Der Olivenbatzen ist im freien Fall auf den Boden gefallen – vorbei an Hosenröhre, Socken und Schuhen. Und meine Angebetete hatte weder was vom Fall noch von meiner krampfhaften Suche mitbekommen. Offensichtlich doch ein Glückstag, wie ich denke und tauche das Messer wieder in die Olivenpastete. Diesmal beuge ich sicherheitshalber so weit nach vor, dass ich fast am anderen Ende lande. Sicher ist sicher. Ich bin jetzt überhaupt geschickter, sage ich mir, weil ich ohne Umwege und Gezitter meinen Mund treffe und das Olivenfleisch sicher unterbringe.

Danach ein vorsichtiger Blick zur eleganten Peitschendame hinüber, aber typisch, gelingt einem einmal etwas, sieht's keiner. Da fällt mir ein Philosoph ein, wer, weiß ich nicht mehr, der gesagt hat, oder besser gefragt hat, ob ein Baum auch dann umgefallen sei, wenn ihn niemand fallen gesehen hätte. Tja, die Philosophen, denke ich, wage einen weiteren kühnen Versuch mit der Olivencreme.

Inzwischen sind die gegrillten Tintenfische gelandet. Das Festmahl beginnt – obwohl, die Größe oder Menge der Speisen Promiausspeisungen ähneln. Bescheiden und mickrig machen sich die paar wenigen Ringelsaugnäpfe am überdimensionierten Teller aus. Ich hätte an diesem Abend sicher mehr vertragen, andererseits bin ich sicher, dass meine Angebetete nur schlanke, ranke Jünglinge unter ihrer Peitsche duldet.

Wer weiß, ich hab's ja nicht gesehen, vielleicht hat sie dem Kellner nach meiner Bestellung einen kleinen, dezenten Wink gegeben – wie es elegante Damen nun mal tun, und damit die Größe meiner Portion definiert.

»Kurzhalten, kurzhalten - den jungen Mann da neben mir. Nur kleine Portionen halten junge Schwänze frisch!«

Ich bin ein Dichter! Ein fickender Dichter! Ein prüfender Blick zum Nebentisch ... die Damen sind mit ihren Fischen gerade fertig geworden. Es folgt ein Schluck Weißwein zur inneren Klärung. Dann steht ihre Nachbarin auf und entschuldigt sich kurz auf die Toilette.

Im Nu ist die Atmosphäre elektrisch! Ich wage nicht direkt hinzuschauen, im Augenwinkel erkenne ich, dass sie sich mit der Serviette die Lippen abtupft. Natürlich auf die eleganteste Weise. So zart haben sich nur Marie Antoinette, Kaiserin Maria Theresia, vielleicht auch Sissi mit seidenen Servietten übers zarte Goscherl gestrichen.

Dann wird's im rechten Augenwinkel helle, sie wendet sich zu mir. Jetzt kann ich nicht mehr so tun, als merkte ich nicht einmal, dass am Nebentisch jemand sitzt. Ich richte mich zu ihr und deute eine Verbeugung an. So dezent und elegant ich es zusammenbringe.

»Wie geht's?«

Ihre dunkle Stimme streicht sanft durch meine Gehörgänge und bettet sich warm in den akustischen Rezeptionszentren meines Hirns. Wunderbar! Hätte jetzt gleich gerne mehr von ihrer Stimme gehört ... erinnere mich kurz, dass ich sie schon einmal, aber nur in Gedanken, um ein Rezitativ der *Bürgschaft* oder *Die Glocke* gebeten hatte. Ich nicke dankend und erzähle in Stenogrammstil, dass ich übers Wochenende in Nizza war. Tja, Nizza kann man oder besser noch, darf man in ihrer Gegenwart ruhig erwähnen. Destinationen wie Düsseldorf, Grieskirchen hätte ich sicher nicht erwähnt.

»Oh, Nizza ...«, sie hebt erstaunt ihre Augenbrauen und nickt anerkennend, »... und das Wetter an der Cote d'Azur ist natürlich schön, nicht wahr?«

Allein die Art, die Stimmlage, das Timbre, wie sie »Asüüür« ausspricht, regt mich auf und ich bekomme sofort einen Steifen. Das Französische ist nun einmal mit »französisch machen« eng verbunden. Und wenn man ein derart großer Gourmet des »Französischen« ist – in jeder Hinsicht gemeint, dann regt das nicht nur die Hypophyse, sondern legt sich auch klarerweise auf das Rohr.

Auf diesem Gebiet reagiert mein Schwanz immer etwas überempfindlich. Nicht, dass ich was dagegen hätte, aber es fällt mir auf. Kaum streichelt eine etwas dunklere Stimme an meinen Ohren – und nicht das übliche meist zu hoch angelegte Weiberkreischen und dazu noch Lippen, die förmlich Fantasien entzünden, dann fordert die Kanone nach mehr Raum. Moderne Hosen sind da kontraproduktiv. Sie erlauben keinen Ständer. Der Stoff spannt um die Oberschenkel und erlaubt keine festen, dicken Schwänze.

Ich greife dezent nach unten – sie merkt es gottlob nicht und richte meine Hose, damit *Er* mehr Platz hat. In Zukunft werde ich mir meine Hosen nach Maß, Schwanzmaß schneidern lassen – und zwar mit einem speziellen Raum für den Fall, »dass er mir steht«. Ich denke da an Ausbuchtungen wie sie die engen Hosen der *Matadore de los Toros* haben. Die haben allerdings aus purer Angeberei ein kleines Polster eingenäht. Wie die legendären Hasenpfoten der *Eintänzer* in den Wiener Witwentanzlokalen. Oder, überlege ich kurz, ich lasse mir eine Art Holster einnähen. Ein stabiles Lederholster, auf der Innenseite des Schritts. Und wenn *Er* sich wieder einmal entschließt, wie ein hydraulischer Stempel auszufahren, hat er Platz und Raum ... für seine stillen Orgien.

Während mein Hirn ruhig vor sich hin philosophiert, höre ich wie aus der Ferne ihre Stimme: »Nur übers Wochenende?«

Ich wäre kein Pilot, wäre ich nicht zu schnellen Reaktionen fähig und antworte mit nobler Nachzündung von drei Sekunden – eben die übliche Nachdenkpause großer Denker: »Ja, wir hatten private Gäste über ein verlängertes Wochenende runtergeflogen. Gestern spät abends wieder zurück.«

So und jetzt bin ich gespannt auf ihre Antwort. Ich hatte ganz bewusst »wir hatten etc. etc.« gesagt und warte nun, ob sie dazu irgendeine Stellung bezieht, aus der ich herauslesen kann, ob sie von meiner Fliegerei weiß, nämlich vom Schritt zum Berufspiloten oder nicht. Denn die Damen hatten schon einmal eine Bemerkung darüber fallen lassen.

Sie nickt interessiert – das schaut bei ihr sehr echt aus und fragt: »Private Gäste – war das mit einer kleineren Maschine?«

»Ja – also eine kleinere Reisemaschine - eine Zweimot Cessna von der Air Business Jetline. Da ist genug Platz und das geht auch recht flott bis Nizza.«

Inzwischen hat sie sich in voller Größe zu mir gedreht und geht nun in die Tiefe: »Wie lange dauert so ein Flug bis Nizza?«

Jetzt wird's dienstlich. Sie fragt nicht nach der Schwanzlänge, sondern Flugdauer. Vom Fudknaben zum Piloten, zum internationalen Airliner geadelt und wechsle auf Flugkapitänstimme. So als würde ich meinen Gästen vom Flightlevel 320 und Airspeed 600 Knoten über Grönland erzählen, mit derselben sonoren Stimme antworte ich ihr: »Man muss da mit plus minus zwei Stunden rechnen.«

»Und sind diese Maschinen komfortabel?«

»Ja, sehr. Zu viert ist Platz genug ... (Ich hätte jetzt sagen können, dass man zu viert eine Grossorgie veranstalten könnte, sage es aber nicht, meine gute Kinderstube und so), sie ist eigentlich ein Sechssitzer ... Beine ausstrecken, ja, unsere Passagiere haben am Rückflug die Sitze umgelegt und ruhig und fest geschlafen.«

»Ja? Das ist toll.«

»Alle vier sind erst am Boden – also nach dem Touch-down – aufgewacht. Wir sind ausgerollt, da ist einer der Herren langsam aufgewacht. Als wir unsere Maschine abgestellt hatten, wussten die im ersten Moment gar nicht, wo wir waren!«

»Wunderbar! Sagen Sie, was kostet so ein Wochenendtrip – zum Beispiel Nizza oder Sizilien?«

»Da muss ich passen, gnädige Frau (sie zuckt zusammen, als ich gnädige Frau sage, beherrscht sich aber sofort wieder), so ungefähr müssten Sie bei 1000 Kilometer mit sechstausend Euro oder so ... plus minus ... rechnen.«

»Das ist nicht teuer ... hab's mir schlimmer vorgestellt.«

Ihre Freundin kommt an den Tisch. Sie stellt sie mit »Katharina, meine Freundin« vor und mich als »Stefan – er ist Pilot bei einer privaten Linie.«

Bumm! Das hat gesessen. Jetzt war ich nicht mehr stehend k.o., sondern liege symbolisch flach am Boden und der Ringrichter zählt nicht nur zehn sondern bis zweihundertdreiundvierzig! Pilot einer privaten Linie, wie das klingt! Ihre Gesichtszüge wandeln sich mit einem Schlag. Hatte sie mich vorhin noch wie einen Studenten gemustert, der höchstens als Nachhilfelehrer für ihre pickelige Tochter in Frage käme, richtet sie sich plötzlich auf, streckt ihr Kreuz durch und mein Hirn notiert stolze Brüste. Und überhaupt ... eine fesche Frau. Ein anderer Typ als Lisa, aber erotisch funkensprühend! Lisa erzählt ihr von sechstausend Euro für eintausend Kilometer. Katharina rührt keine Wimper, wird sofort kreativ und bringt Paris als Vorschlag auf den Tisch. Why not? Ich weiß jetzt nicht mehr so genau, wer von uns dreien auf die Idee kommt, dass die beiden mit ihren Männern fliegen könnten ... die Idee ist so dumm, dass sie eigentlich nur von mir kommen kann.

Beide sehen mir schlagartig mit finsteren Mienen in die Augen – mit den Männern? Ich hebe abwehrend die Hände ... Lisa nennt zwei Frauennamen, Katharina ist sofort begeistert. Bevor ich bis drei zählen kann, habe ich Lisas und Katharinas Visitenkarte in der Hand. Sie wollen an einem der nächsten verlängerten Wochenenden mit Donnerstag als Feiertag, nach Paris. Shopping, Louvre ... *all inclusive.*

Sie bitten mich einen günstigen Termin für sie herauszufinden und dann soll ich anrufen ... Katharina ist die Schnellste: »Rufen Sie mich dann gleich an, Stefan. Sie haben meine Nummer ... reservieren Sie bitte, sagen wir ... für vier Personen.« Wir zahlen. Beim Abschied zwickt mich Lisa in den Hintern und zwinkert mir verführerisch zu.

15

Ich sitze spät nachts allein im Auto und fahr mit brummender Birne nach Hause. Lisas Augen gehen mir nicht aus dem Kopf. Hätte gerne mit ihr mehr gesprochen ... nicht übers Fliegen – immerhin, übers Fliegen kommen die Leut zusammen! Soll ich sie jetzt anrufen? ... ihre Handynummer ist in meiner Hosentasche. Ich will schon nach ihrer Karte greifen. Im letzten Moment lasse ich es aber bleiben. Besser nicht, denke, sie bekommt sonst den Eindruck, dass ich aufdringlich wäre. Macht einen schlechten Eindruck. Nichts hassen schöne Frauen so, als wenn Männer tagelang auf ihrem Fußabstreifer liegen.

Die Sterne stehen ohnehin gut für mich, sage ich mir. Sie können eigentlich nicht besser stehen. Die Ladys werden ganz sicher einen Flieger chartern ... und ich werde wieder die »Vierer Cessna« von der Jet-Air bestellen, natürlich mit Peter und mir als Co.

Am nächsten Tag Flug in mein geliebtes New York – bin schon gespannt, ob diesmal wieder ein Kater ... oder eine Katze sich an Bord schwindelt. Andrea macht mit uns den Security-Check für den Atlantikflug. Die Maschine ist bumsvoll, auch die Businessclass. Nachdem wir unsere Reiseflughöhe erreicht haben, servieren wir das Abendessen. Was ich an Andrea so liebe, ist die stumme, fließende Perfektion. Da wird nicht viel geredet, wenn dann nur in Kürzel, alles läuft bei ihr wie geschmiert. In der Küche gibt es kaum Blickkontakt – draußen bei unseren Gästen spielen wir liebe Familie. Ich mache bei dem Theater sehr gerne mit, denn nichts hasse ich so, als die weibische Quasselei, wo jeder Handgriff mit Worten untermalt werden muss.

Während sie den Captain und den Co bedient, schenke ich draußen nach ... oder serviere auf Wunsch Desserts. Auf Kopfnicken beginnen wir mit dem Abräumen, dazu noch ein paar Spezialwünsche, ein Glas Champagner oder Rotwein zum Einschlafen. Am Schluss werden Decken und Polster verteilt ... inzwischen haben die Filme begonnen. Ein paar Gäste arbeiten an Laptops, andere sind eingeschlafen. Die Winde über den Atlantik sind heute Nacht strenger Natur, darum werden wir etwas über zehn Stunden bis *JFK* brauchen. Nachdem alle Handgriffe wie mechanisch abgelaufen sind,

Geschirr verstaut, Container eingerastet, Läden geschlossen, werde ich immer von einer Starrstille erfasst. Ich verharre in einer Stellung, die Hände sind noch bereit, irgendetwas zu tun, zu machen ... aber es ist alles getan, alles gemacht. Meine Augen scannen noch einmal über die Bordküche, prüfen alle Hebel, Schalter und Verschlüsse ... ich möchte am liebsten noch da und dort was tun. Es ist aber alles getan. Es gibt nichts mehr zu tun. In diesen Momenten brauche ich immer ein paar Minuten um den eben noch auf Hochtouren laufenden inneren Motor, abkühlen zu lassen, die Drehzahl läuft langsam aus ...

Andrea sitzt vor mir und lächelt. Sie kennt mich – und auch meine kleinen Marotten.

»Komm, setz dich endlich hin – willst auch einen Kaffee?«

Ich atme tief durch und setz mich.

Sie deutet auf ein kleines Tablett, drauf ein Stück Sachertorte. »Es ist dein zehnter Atlantikflug. Hast du es schon vergessen?«

Ich bin verwirrt. »Nein – nicht, das heißt doch. Ich habe in meinen Aufzeichnungen nicht nachgezählt.«

»Also – gratuliere Stefan.«

Ich schau sie an und finde sie wunderbar. Andrea ist für mich nicht unbedingt die erotisch begehrenswerte Frau, sondern eher eine Art Mutter. Sie hat mir anfangs immer wertvolle Tipps gegeben – sie war die wichtigste Lehrerin in meiner Ausbildungszeit. Wir kennen einander schon seit mindestens acht Jahren. Ich bewundere immer wieder ihr Schauspielertalent. Innerhalb der Bordküche hastet sie geschäftig mit dem Gesichtsausdruck eines Bullterriers herum – kaum durch den Vorhang ins Businessabteil, lächelt sie schmalzig wie die *Resi* in einem Heimatfilm. Fehlte nur noch ein Zitherspieler im Hintergrund. Jetzt bei Sachertorte und Espresso wirkt sie entspannt und locker.

»Wie geht's deinem Kater?«, beginnt sie und legt den Teller mit der Torte auf die Seite.

»Wunderbar«, antworte ich. »Der ist schon so ein Teil meines Lebens, dass ich mir mein Zuhause ohne ihn gar nicht mehr vorstellen kann.«

»Du hast doch einen großen Garten, nicht wahr? Ich glaub, du hast mir davon einmal erzählt.«

»Ja.« Ich nicke. »Und für Gato habe ich hinten ein eigenes Türl – damit kann er raus, rein wann immer er will.«

»Lebst du allein in dem großen Haus ... auf Miete, oder?«

»Die Villa gehört eigentlich einem reichen Franzosen, der in der Schweiz lebt und der jemanden gesucht hat, der drinnen wohnt – weil er maximal zehn Tage, wenn überhaupt in Wien ist.«

»Na, das ist ja ideal für dich – benützt du das ganze Haus?«

»Nein, unmöglich. Ich habe einen kleinen Trakt im Parterre – oben sind seine Gemächer.«

»Wann ist er Wien?«

»Zum Opernball, Neujahrskonzert – wenn irgendwas Besonderes los ist in Wien. Bartoli oder Pavarotti und so ... also wann immer irgendetwas kulturell abgeht, dann kommt er angeflogen.«

»Herrlich. Meldet er seine Besuche an?«

»Ja. Da krieg ich eine E-Mail ... ich habe ihn schon mal mit meinem Wagen abgeholt, obwohl er eher auf Rolls Royce steht. Er kommt immer im Privatjet. Er hasst Linie.«

»Na, wenn er sich's leisten kann ...«

Ich ziehe meine Augenbrauen hoch und nicke.

»Und Stefan – was tut sich bei den Frauen Neues?«

»Nicht viel. Ich habe aber jetzt auch wenig Zeit gehabt. Während der letzten Monate bin ich ja jede Woche geflogen – bin für sehr viele eingesprungen und dann habe ich wegen der IFR-Prüfung gestrebert wie ein Wahnsinniger.«

»Und ist natürlich gut gegangen.«

»Ja, ein Glück. Eine Nachprüfung mit Nebengeräuschen hätte ich mir nicht leisten können. Das Ganze hat eine Lawine gekostet ... jetzt bin ich arm wie alle Kirchenmäuse zusammen.«

»Und keine Zeit für Mädels?«

Ich schüttle meinen Kopf und winke ab: »Nein, das geht nicht! Die wollen dann immer mehr ... und wenn ich sag, ich muss lernen, dann glauben sie mir das nicht! Die wollen auch nicht verstehen, dass ich das ernst nehme. Alle glauben die Fliegerei ist ein Hobby, weil man da oben eine Hetz hat. So etwas macht mich wahnsinnig!«

»Da wirst nie zu einer Frau kommen.«

»Ja, hast wahrscheinlich eh recht. Wenn ich wieder auf die Welt komme, werde ich Eunuch oder Homo.«

»Nein, tu das uns nicht an! Du bist doch ein fescher Kerl – hast du überhaupt keine Freundin?«

»Na ja, schon, aber nicht so richtig. Andererseits, wenn ich mir so die Ehen um mich herum so ansehe, da geht alles flöten!«

Andrea nickt. »Da hast du nicht unrecht – noch einen Kaffee?«

»Ja, bitte«, und halte die Tasse hin.

Sie deutet mit ihrem Kopf in Richtung Cockpit. »Unser Kapitän – der Rüdiger war vor vier Tagen beim Scheidungsrichter. Nach fünfzehn Jahren Ehe. Der Co hat es schon seit sechs Monaten hinter sich.«

»Siehst du? Ich bin vorgestern mit Peter in einer Twin-Cessna nach Nizza übers Wochenende. Er leidet wie ein Hund – der tut mir so leid, ich könnt heulen.«

»Ja, ich weiß. Der ist ein besonders lieber Kerl. Du, ich weiß auch nicht, warum so viele sich scheiden lassen – auch in meinem Bekanntenkreis scheppert´s andauernd.«

»Wie lange seid ihr schon verheiratet?«

Sie lacht und gibt mir einen Klaps auf den Arm: »Was willst damit sagen – höchste Zeit, dass es kracht? Nein, ernst – wir sind schon zwanzig Jahre verheiratet. Aber ich habe seit damals meinen Job behalten und bin ständig unterwegs. Vielleicht ist das gerade der Grund, warum wir uns noch nicht die Schädel eingeschlagen haben.«

»Hatte es bei euch auch schon gekriselt?«

»Was heißt einmal … wir hatten schon Kriege, die länger als der Zweite Weltkrieg gedauert haben. Aber am Ende haben wir uns dann immer wieder zusammengerauft. In Wahrheit haben wir es nie bis an die Spitze getrieben …«

224

»Ich glaub, solange man noch eine Türe offenlässt und miteinander reden kann, ist es noch nicht zu spät.«

Andrea nickt: »Richtig! Denn wenn es einmal so weit ist, dass man dem anderen nicht mehr zuhört – oder zuhören will, dann ist es vorbei. Und das ist sicher auch das Problem bei den meisten Ehen. Wenn es einmal ein bisschen krammelt, dann hau'n die meisten gleich alles hin. Ich glaube, viele sind zu egoistisch und ungeduldig.«

»Andererseits ist eure Ehe eine echte Ausnahme, das musst du zugeben.«

»Ja, wahrscheinlich. Bei uns lässt jeder den anderen leben. Wir kleben auch nicht aufeinander. Robert hat seinen Job, dort ist er sehr engagiert und ich mach den Job hier ... eigentlich schon bevor wir uns kennenlernten. Also eine Ewigkeit.«

»Was du vorhin gesagt hast: *Jeder lässt den andern leben*, finde ich super. Das gibt's nur selten.«

»Stefan, das ist meines Erachtens eine Grundvoraussetzung für ein Zusammensein. Vielleicht bist du ein bisschen zu egoistisch – und deshalb klappt's nicht. Oder – was glaubst du?«

»Mag sein. Aber schau, ich sag mir, dass ich nur ein Leben habe, und ich will halt Pilot werden. Geld habe ich keins. Darum muss ich zehn Jobs nebenbei annehmen, Flugbegleiter und andere Sachen, damit ich das Geld zusammen bring.«

»Und das mögen die Mädels nicht?«

»Nicht mögen, ist vielleicht nicht das richtige Wort, aber die meisten kommen aus recht wohlhabenden Häusern, wenn ich ihnen von meinen Jobs erzähle, glauben sie: Jaja, alles nicht so schlimm. Die glauben alle, das Leben spielt in Hollywood ... wo die Leute auch nur über die Arbeit reden ... aber nie wirklich was tun. Wäre auch zu fad für einen Film.«

»Und jetzt willst für immer allein bleiben?«

»Nein, will ich ganz und gar nicht. Aber ich hätte halt gerne eine Frau an meiner Seite, die halt ...«

»... alles so macht, wie du willst«, ergänzt Andrea lachend.

»Na, nicht ganz – was heißt alles, aber ...«

»Stefan! Sie soll hübsch sein, ein patenter Kerl sein, mit dir Ski-fahren, Fallschirmspringen, Kochen, Bügeln, Bergsteigen und dabei eine Mordsoberweite haben und im Bett, ...«

»Andrea! Also so schlimm bin ich auch nicht!«

Sie hebt zum Spaß drohend ihre Hand. »Ihr Männer seid's noch viel schlimmer! Da wirst du es schwer haben – nämlich nicht allein zu bleiben. Ich versteh dich schon. Du willst ein Leben nach deinen Vorstellungen leben – ohne Rücksicht auf jemanden an deiner Seite.«

Ich nicke stumm. In Wahrheit fällt mir dazu auch nicht viel ein. Denn von meinen erotischen Vorstellungen, meiner Welt des Sexus, will ich ihr eher nichts erzählen. Momentan bin ich zwischen meinen Dominas und ... seit ein paar Tagen auch auf Eva derart fixiert, dass eine andere Beziehung, nicht in Frage käme. Ich kann mir auch nicht vorstellen, dass eins der jüngeren Mädels über die Sensibilität und Erfahrung verfügt wie meine Aphroditen! Meine Göttinnen des Sexus!

Außerdem – und das ist auch nur für meinen inneren Dialog gedacht – spielen meine Damen gerne mit der Erotik. Ich merke doch, wie sich meine Dominas daran aufgeilen, wie ich unter ihren Qualen hyperventiliere – und Eva, tja, Eva fickt eben einfach nur gerne. Eva, so resümiere ich hoch über dem Atlantik, spürt gerne meinen Schwanz tief in ihrer Muschi und mag auch meine Lippen an ihrer Klit. Wobei sie mir damals – in jener göttlichen Periode des absoluten Ficks – klipp und klar erklärte, dass sie mich einem Vibrator vorziehe. Sie liebe es, während sie kommt, in meinen Nacken zu beißen, sich an meinem Hals festzusaugen oder – das mochte sie auch besonders, in meine Arschbacken zu beißen. Evas Erotik lag auf einer ganz anderen Ebene als jene meiner Dominas. Die durfte ich bis jetzt nicht ficken – im Gegenteil, ich durfte nicht einmal ordentlich spritzen. Würde ich mir nachher nicht im Bad oder unter der Dusche einen runterholen, hätte ich wahrscheinlich eine Samenstauvergiftung! Ein unheilbarer Schaden!

Andrea blickt mir in die Augen, schüttelt ihren Kopf: »Armer Stefan.«

Ich nicke und lass meinen Kopf hängen.

»Warst du schon einmal richtig verliebt, Stefan?«

Die Frage überrascht mich. Ich überlege und versuche erst nach einer Nachdenkpause eine Antwort zu formulieren. »Mein Gott, ja, natürlich war ich. Wahrscheinlich – nein, sicher war ich schon einmal verliebt. Mit dreizehn, vierzehn, fünfzehn Jahren.«

»Und was war dann weiter? Weißt du noch ihren Namen?«

»Klar! Ingrid hat sie geheißen und ... und ich schmecke ihren Kuss noch heute.«

Ich reibe verlegen an meiner Nase, als könnte ich dadurch noch einmal zurück in meine Bubenzeit.

»Was aus ihr geworden ist? Ich weiß es nicht – wahrscheinlich hat sie irgendeinen Provinzadvokaten oder Landarzt geheiratet – heiraten müssen! Ihr Vater war Direktor einer großen Stahlfirma und die Mutter hatte sicherlich, wie am Lande üblich, alles darangesetzt, das Töchterl mit einer der lokalen Größen, wie Landarzt oder Bürgermeister zu verheiraten. Die meisten Männer – wenn nicht alle, sind veritable Trinker und verhauen ihre Frauen hinter zugezogenen Vorhängen – eine glückliche, katholische Familie eben.«

»Stefan – so kenne ich dich gar nicht.«

»Du hast mich gefragt, ob ich einmal so richtig verliebt war – ja, ich glaube, als ich sehr jung war. Später geht's dann um diverse Absicherungen. Beruflich, finanziell ... man wird auch kritischer. Wahrscheinlich steigen auch die Ansprüche ... aber unterm Strich glaube ich auch, dass man egoistischer wird. Wie war's bei dir?«

Andrea lächelt verträumt. Ihre Gesichtszüge werden weich, lieblich. So habe ich sie noch nie gesehen. In mir wächst das Verlangen sie zu umarmen. Einfach umarmen, halten, wärmen.

»Klar war ich auch verliebt. Bei mir war es ähnlich wie bei deiner Ingrid. Ich musste meinem Verehrer erst einmal ein bissl Feuer machen, dass was ging!« Sie lacht spitzbübisch. »Männer sind irgendwie alle gleich.«

»Wie alt war dein Verehrer damals?«

»Na, er kam aus meiner Klasse – es war beim Skikurs. Ein Matratzenlager – Buben und Mädchen streng getrennt. Unser Religionslehrer und die Lateinprofessorin waren die Wachhunde ...« Sie kichert wie eine Vierzehnjährige. »Ich habe ihn in den Skilagerraum gelotst – er war eh zu patschert dazu. Und dort habe ich ihn dann niedergeschmust!«

»Wie alt warst du?«

»Ich glaub vierte oder fünfte Klasse ... also so um die fünfzehn herum. Ich war so verliebt, obwohl er Wimmerln im Gesicht hatte und überhaupt nicht schmusen konnte. Eigentlich war das Ganze furchtbar ... aber wir waren jung, verliebt. Alles war strengstens verboten – und wir haben es gemacht!«

»Herrlich! Und wie ist es mit dem Verliebtsein dann weitergegangen?«

»Ich habe nach der Matura ein Jurastudium begonnen, meine Eltern wollten es so. Mein Vater war Rechtsanwalt. Das hat mich dann aber nicht interessiert und bin auf die Veterinär-Uni gegangen, wurde dann schwanger ... aber das Kind ist tot zur Welt gekommen.«

»Oh Gott, das tut mir leid. War sicher eine sehr schlimme Zeit.«

Andrea nickt, ihre Gesichtszüge sacken in tristes Moll.

»Ja, sehr schlimm. Die Verlobung hatte sich auch gelöst – ich war damals schon bei der AUA, hatte ab der Matura dort am Boden volontiert und dann gleich als Stewardess gearbeitet. Ich war froh, dass ich diesen Job hatte – nichts lenkt so gut ab, wie fliegen. Da hast keine Zeit zum Nachdenken.«

Ich falte meine Hände und stütze meinen Kopf ab. Es ist minutenlang still. Nach einer Weile sagt sie: »Aber wir waren bei der Liebe – warum kannst du dich jetzt nicht mehr verlieben?«

Ich bin im ersten Moment über diese direkte Frage überrascht, fange mich aber nach einer kurzen Pause:

»Jean Paul Sartre sagt über die Liebe, das sei der Versuch, sich die Freiheit des Anderen einzuverleiben, ein Streben nach Geliebtwerdenwollen. Sartre spricht sogar über die Liebe als einen Betrug ... man will, versucht alles, dass das andere einen liebt. Klingt ein bissl kompliziert, aber hat was ...«

»Sag bloß, dass du Sartre und Beauvoir gelesen hast.«

»Ja, meine liebe Andrea, man soll es nicht glauben, aber Stefan ist auch des Lesens und Schreibens mächtig.«

»So habe ich das nicht gemeint ...« Sie klopft mir wie entschuldigend auf den Unterarm.

Wir lachen.

»Was liest du noch so, während deiner einsamen Stunden?«

»Ich mag die Franzosen ... Roland Barthes, Georges Bataille ... auch die neueren Foucault oder Derrida und ...«

»Und die deutschen Philosophen?«

»Nein, nicht besonders. Bei den Deutschen ist immer gleich alles schwerfällig und mühsam. Denen fehlt die spielerische Leichtigkeit. Ich meine das Lächeln oder ... Augenzwinkern über die Sünde. Der Heidegger mit seinen groben Stutzen und selbstgestrickter Strickjacke mit den Bauern um roh behauenen Wirtshaustisch ... schweigend beim selbstgebackenen Bauernbrot ... der deutsche Denkerernst geht mir auf den Wecker!«

Andrea krümmt sich vor Lachen und klatscht sich auf die Oberschenkel.

»Das ist ja ein ganz anderer Stefan, als ich ihn kenne. Aber du hast recht, der deutsche Humor ist nur selten lustig.«

»Bei Heidegger glaubt man, er hätte immer das ganze Allgäu am Buckel getragen. Und Goethe? Immer im strengen Gehrock und seine Weibergeschichten nur hinter zugezogenen Vorhängen, ... die deutschen Denker erweckten immer den Eindruck, als hätten sie nie im Leben einen Puh gelassen.«

»Da hast du recht! Die Franzosen sind da genau das Gegenteil – bei denen kann man sich alles vorstellen.«

Wir trinken noch einen Kaffee – Andrea zaubert noch zwei kleine Stücke Sachertorte aus ihrem Geheimfach: »Deswegen wissen wir noch immer nicht, ob du dich noch einmal verlieben kannst?«

Ich hatte gerade von der Torte abgebissen und habe nun etwas Zeit über die Frage nachzudenken. Ja, warum wirklich nicht, denke ich. Wo liegt das Problem?

»Ich glaube einfach noch nicht die richtige Partnerin gefunden zu haben«, antworte ich. »Es hat noch nicht gezündet, wie man so sagt.«

»Aber das kann nicht stimmen – denn du bist doch bis jetzt nicht nur fünf Mädchen begegnet. Was ich so gehört habe ...«

Ich fahre hoch. »Was hast du so über mich gehört?«

»Na, dass du ein ordentlicher Womanizer bist – oder sein sollst.«

»Wer sagt das?«

»Es gibt kaum jemanden, der das nicht sagt. Wahrscheinlich sehen sie dich ständig mit anderen Mädchen flirten.«

»Also stimmt schon einmal nicht! Nämlich allein aus dem Grund, weil ich noch mit keinem der Mädchen von unserem Stuff – seit ich bei der AUA arbeite, ein Pantscherl angefangen habe.«

Andrea zwinkert mit einem Auge: »Wirklich nicht?«

»Ehrlich, ich schwöre!«

»Ich glaube dir. Wer sind deine Freundinnen, woher kommen sie.«

»Andrea, ich habe es mir zum Prinzip gemacht, keine Freundinnen innerhalb eines Sicherheitskreises von hundert Kilometern!«

Andrea lacht laut auf und klatscht in die Hände: »Ja, was soll denn das schon wieder! Da tun sich ja Abgründe auf, mein lieber Philosoph. Warum ausgerechnet hundert Kilometer?«

»Weil ich sie dann nicht jeden Tag in der Wohnung habe. Momentan ist das eh alles hinfällig, weil ich keine Freundinnen im Talon hab. Zumindest nicht ...«

»Zumindest nicht?«

»Zumindest keine die für Heirat und so weiter in Frage kommt.«

»So? Wer sind die holden Maiden – beziehungsweise wofür hast du sie denn?«

Ich werde verlegen. Andrea drängt mich in die Enge. Ich kann ihr doch von meinem Geheimbund mit Dominas, Fesseln und Knebeln nix erzählen. Ich versuche auszuweichen.

»Im Moment habe ich ein Verhältnis mit einer verheirateten Frau.«

Andrea richtet sich auf. Ihr Rücken ist gerade wir ein Lineal.

»Einer verheirateten Frau?«, wiederholt sie. »Wie alt?«

»Vielleicht zehn Jahre älter ...«

»Was heißt vielleicht?«

»Andrea, du nagelst mich wie Jesus ans Kreuz. Ich weiß es wirklich nicht. Ich kenne ihren Geburtstag nicht. Habe Geburtstage noch von keinem meiner Mädels gewusst ...«

»Stefan, du bist typischer Mann als alle Männer zusammen! So wirst du nie eine liebe Frau finden.«

»Andrea«, rufe ich fast hilfesuchend, »die Geburtstage, finde ich deshalb verabscheuungswürdig, weil eigentlich die Mutter feiern sollte – oder sie sollte gefeiert werden. Wir können doch nichts dafür, dass wir geboren wurden. Wir wurden ja nicht einmal gefragt. Wir sind die ungefragt in die Welt Geworfenen – uns hat die Geburt auch nicht so weh getan wie einer Mutter. Zumindest können wir uns nicht mehr daran erinnern!«

Andrea schaut mich ungläubig an, als würde sie denken, ist dieser Ratte diese Ausrede jetzt schnell eingefallen – oder denkt er wirklich so?

»Ja, du magst damit schon recht haben, aber Frauen mögen es, wenn der Mann aufmerksam ist und sie das Gefühl haben, dass er an sie denkt. Was ist mit der verheirateten Frau – weiß ihr Mann davon?«

»Ich glaub nicht – obwohl ich manchmal das Gefühl habe, dass ihn das gar nicht so unrecht ist. Solange es nicht publik wird.«

»Du bist ein Schlimmer! Ganz ein Schlimmer!« Andrea schüttelt gespielt entsetzt, ihren Kopf. »Du weißt nicht, wie alt sie ist, noch ihren Geburtstag – kennst du wenigstes ihren Namen?«

»Also Andrea, so arg bin ich auch wieder nicht.«

»Was erwartest du dir von diesem Verhältnis? Sag jetzt nicht, dass du verliebt bist!«

»Da hast du recht – verliebt so im üblichen Sinne, sind wir nicht. Wir mögen uns und ...«

»Kommt aus den Betten nicht raus! Oder irre ich mich?«

Ich grinse verlegen. Was soll ich ihr jetzt erzählen? Die ganze Vorgeschichte mit Eva und jetzt das große Wiedersehen in Nizza? Dann die elegante Lisa, die Frau Feldwebel ...? Andererseits fällt mir jetzt ein oder auf, dass ich wirklich nicht ganz normal sein kann. Ich merke mit einem Male, dass ich überhaupt mit keiner normalen Liebesgeschichte aufwarten kann – ja, ich kann nicht einmal eine erlügen! Die Komödien aus der Gymnasiumzeit eignen sich ganz gut als Geschichten, nachdem das Dessert serviert war. Aber mehr gibt's da wirklich nicht.

Als könnte Andrea Gedanken lesen, fragt sie: »Und seit der Schmuserei, als du dreizehn oder fünfzehn warst, gibt es keine Romanzen?«

Ich denke nach und schüttle dann enttäuscht den Kopf. »Nein, da hat sich nicht viel abgespielt. Klar, ab und an Verliebtheiten. Hab mich mal in ein Mädel von der achten Klasse verknallt – aber die hatte ohnehin schon einen festen Freund und hat mich nicht einmal wahrgenommen.«

»Und nach der Gymnasiumzeit?«

»Ich habe mich dann wirklich in die Fliegerei verbohrt. Andrea, das war auch sehr teuer und ich hab alles getan, um das Geld zusammen zu bringen. Hab für Zeitungen geschrieben – auch PR-Artikel für Autofirmen. Bin schwarz für einen erkrankten Taxifahrer in Wien eingesprungen, in einer Gärtnerei gearbeitet. Beim Fliegen habe ich Rundflüge mit Firmlingen, Geburtstage von Großmüttern, Tanten und so fort, habe Fallschirmspringer geflogen – nur damit ich zu Stunden kam, die ich nicht bezahlen musste. Ich hätte sie mir auch nie und nimmer leisten können.«

»Und die Mädchen?«

»Die Mädchen haben das nicht kapiert – deren einzige Sorgen war das neue Halstuch von *Gucci*! Und ob sie sich einen weißen oder schwarzen Golf wünschen sollten – den der Papa dann kaufte! Ich konnte das »Mein Papaaaaa« schon nicht mehr hören. Da waren die älteren Frauen schon was anderes, weil ...«

»Was? Du hast damals auch schon ...?«

Ui, jetzt ist sie auf ein Geheimnis gekommen – ich habe mich verraten.

»Du warst also schon damals mit verheirateten Frauen zusammen?«

»Also alle waren nicht verheiratet, aber zumindest in festen Händen«, versuche ich etwas abzuschwächen.

Andrea schüttelt entsetzt – oder nur gespielt entsetzt – ihren Kopf.

»Du bist wirklich das Schlimmste, was mir in meinem Leben untergekommen ist! Wie bist du an die rangekommen – wie viele waren das?«

»Zum Teil hatte ich sie am Flugplatz kennengelernt. Die wollten einen Rundflug machen – ich hatte sie neben mich gesetzt, ihren Mann hinten. Ließ sie einmal ans Steuer ... eine Kurve fliegen ... ihr gesagt, wie gut sie das gemacht hatte ... nachher haben sie mir erzählt, ihr Mann ließe sie nicht mal mit seinem Wagen fahren – und hatte ihre Telefonnummern.«

Sie schüttelt entsetzt ihren Kopf. »Also da weiß man wirklich nicht mehr, wer schlimmer ist, Du oder die Damen!«

Ich zucke mit den Schultern. »Mag sein, aber keine dieser Frauen stellte irgendwelche Ansprüche ... hinsichtlich Ehe oder so. Keine wollte heiraten. Ich auch nicht. Es waren völlig freie Verhältnisse ... freie Improvisationen, wie Free Jazz.«

»Oh wie interessant Herr Philosoph! Klar war das bequem für dich! Keine Verpflichtungen, keine Bindungen nix. Die sind wahrscheinlich gekommen und gegangen, wie's grad gepasst hat. Alles offen – und natürlich hat sich immer alles in deiner Wohnung abgespielt.«

»Ja, so ziemlich alles – ja, du hast recht.«

»Die sind zu dir in die Wohnung?«

»Klar, ein Treffen in deren Wohnungen wäre zu riskant gewesen. Die Nachbarn – oder noch schlimmer, der Ehemann plötzlich vor der Tür.«

»Sie sind alle zu dir gekommen – wo hast du damals gewohnt?«

»Im sechzehnten Bezirk, halb oben am Wilhelminenberg. Eine kleine Studentenbude. Mein Großvater hat mir die Wohnung als Maturageschenk gekauft. Entweder ein Auto oder die Wohnung. Da war die Wohnung schon gescheiter.«

»Das war eine sehr kluge Entscheidung – viele Jungs hätten sich lieber ein Auto kaufen lassen.«

»Ich hatte mir später ein gebrauchtes *Puchauto* gekauft. Kannst dich noch an die kleinen Kisten erinnern?«

»Natürlich ... mein erstes Auto war ein klappriger Volkswagen. Aber die kleinen *Puchflitzer* waren schon sehr lustig.«

»Die Schmusereien in den Autos damals ...«

»Klar haben wir auch gemacht. Schon allein wegen der Eltern. Im Auto war man allein.«

»Du Andrea«, ich beuge mich vertraulich nach vorn und erzähle: »Ich hatte in Salzburg eine Freundin, die war Basketballerin. – einsfünfundachtzig! Wir haben im Auto geschnackselt, dass es eine Freude war ... sie hat den Innenspiegel abgetreten und den Schalthebel mit ihren Beinen ausgerissen ... konnte nur mit einer Kombizange nachher die Gänge reinschalten!«

Wir biegen uns vor Lachen.

»Und weißt du heute noch, wie sie geheißen hat?«

»Nicht so ganz ... ich glaube Irmgard oder Heidrun oder so ... wenn ihr Vater, der alte Nazi, davon erfahren hätte, hätte er mich an die Wand gestellt!«

»Strenge Sitten!«

»Ich kann mich noch gut an den Vater erinnern. Der Idiot ist immer in Knickerbocker, Trachtenjoppe und Salzburgerhut herumgelaufen. Der hatte damals noch immer diesen kleinen Hitlerbart unter der Nase getragen – ein unglaublicher Depp! Aber natürlich anständig bis ins Knochenmark! Ich hasse ja diese Lodenarschlöcher wie nichts auf der Welt. Hab zwei Jahre in Salzburg gelebt. Das waren für mich die traurigsten Jahre meines Lebens – ich bin mir wie in einem kafkaesken Film vorgekommen.«

»Na, Stefan. Salzburg ist aber eine schöne Stadt.«

»Finde ich überhaupt nicht. Alles Kulisse, dazu die Trachtenidioten in Haferlschuhen und der Dauerregen – nein, für mich eines der furchtbarsten Ecken Österreichs.«

Ich trinke einen Schluck Kaffee und sag dann weiter: »Kann mich noch genau an meine Jahre in der Steiermark erinnern, wie wir damals die Wiener und alles was mit Wien zusammenhing, hassten. Gut, die Wiener waren arrogant, immer auffallend modisch gekleidet – während wir am Land wie graue Mäuse dahergekommen sind. Jetzt, nach den Jahren in Wien muss ich dir ehrlich sagen

– es ist der schönste und beste Platz Europas - wenn nicht der Welt.«

Mache eine kurze Pause, schüttle den Kopf und sage dann weiter: »Die Wiener meckern zwar immer, aber diese Meckerei ist mir am Arsch lieber als dieser dumpfe Landjodelblödsinn, die hässlichen Pseudolandhäuser, Balkone mit beschissenen, kitschigen Blumen und die Weihrauchscheiße zu Advent mit dem Naziarschloch Waggerl ... die Mutter backte Brot und Engelein ...«

Andrea lacht laut und klatscht in die Hände: »Sag einmal, Stefan! Was is'n auf einmal los mit dir? Also du bist plötzlich ein ganz anderer! Für mich warst du immer der stille, brave, anständige junge Mann, der versteckt und leise alle Hasen niedergebraten hat ... wie ein Casanova im Gewand eines Ministranten und jetzt auf einmal ... du bist ja eine richtige Granate!«

Beide lachen wir schallend und merken gar nicht, dass der Captain eine Weile hinter uns lehnt und aufmerksam zuhört.

Andrea fährt erschrocken hoch. »Rüdiger, was machst denn du da? Ganz leise stehst du neben dem Vorhang und belauscht uns ... unsere Geheimnisse.«

Der Captain lacht. »Ihr zwei seid's unterhaltsamer als ein Film. Köstlich, eure Geschichten.«

16

Der Rückflug von New York ist locker wie eine »TV-Kinderstunde« – wenig Arbeit. Wir fliegen nach Mitternacht von JFK New York los und landen früh am Morgen in Wien-Schwechat. Die Passagiere schnarchen die Nacht durch, Frühstück über Shannon/Irland in Flightlevel 330 ... dann der übliche Postflight-Check nach der Landung und ab nach Hause. Gato begrüßt mich mit gewohnter Herzlichkeit. Schnurrend wetzt er gegen mein Hosenbein. Ich hebe ihn hoch und schmuse in sein Fell und küsse ihn auf die Nase: »Gato – mein Schatz! Du bist mir sehr abgegangen – kannst nicht das nächste Mal als Captain in Command nach JFK fliegen? Ich verspreche dir feinstes Beef-Tartare überm Ozean und in New York besorg ich dir auf der Fifth die feschesten Katzen.«

In Wahrheit mag er die Schmusereien nur, so lange er sie mag – wie alle Katzen. Auf meine inneren Bedürfnisse hat er noch nie Rücksicht genommen. Er strampelt sich los und springt mit einem leisen Fauchen, als Zeichen seines Unbehagens, aufs Bett. Ich lege meinen Reisekoffer neben ihn, klappe die Hälften auseinander und – Wupps! - Gato springt hinein und rollt auf den Rücken und fordert mit hochgestreckten Haxen nach Streicheleinheiten an seinem Bauch. Jetzt muss ich »parieren«!

Ich bin müde und werfe meine Uniform einfach auf den Boden und stelle mich unter die Dusche. Gato hockt am Türstock in sicherer Entfernung zur Dusche und sieht mir zu. Er kennt das Procedere und während ich mich abtrockne, marschiert er auf kürzestem Weg ins Bett. Meine Haare trockenreibend, folge ich ihm und lass mich neben ihn fallen.

Gegen Mittag wache wie aus tiefer Narkose auf – in New York ist es jetzt sechs Uhr morgen. Nachdem ich mich in »legerer Schale«, Jeans und T-Shirt mit »Erik Morales«-Aufdruck geworfen habe, geht's frohen Mutes in die Welt hinaus. Zuerst Entleerung des Briefkastens – und die stille Hoffnung einer Nachricht meiner *Herrscherinnen*. Aber nichts – Funkstille.

Ein Rückschlag meiner Laune. Hätte mich über eine strenge Nachricht gefreut – vor allem wäre ich in der Stimmung nach einer strengen Behandlung. Der Ausflug nach NY war lustig, aber anstrengend. Dazu die Zeitverschiebung, die Gewissheit heute ohnehin nicht oder nur sehr schlecht einzuschlafen – da wäre ein harter Service an Schwanz und Arsch das ideale Treatment. Aber ist halt nicht, darum rasch ab in die City.

Nach dem obligaten Kontrollmarsch durch die Innenstadt, abhaken meiner Kaffeehäuser *Landtmann*, *Segafredo* und *Bräunerhof*, geht's ohne besondere Vorkommnisse wieder nach Hause. Am Gartentürl greif ich automatisch zum Briefkasten, obwohl der Postmann schon am Vormittag da war, also war der Griff nur eine automatisierte Reflexhandlung. Und siehe da, ein weißes Kuvert im Kastl. Nicht nur ein winziger, minimalistischer Zettel, sondern ein zugeklebtes Kuvert. Ich spüre wertvolles Papier mit »Körper«, sozusagen.

Ich versuche zuerst das Kuvert mit dem Fingernagel zu öffnen, aber es ist derart sorgfältig zugeklebt, dass ich mit meinen – zugegeben stumpfen und zum Teil abgebissenen Fingernägeln nicht dazwischenkomme. Ich blicke mich um, ob ich beobachtet werde, und versuche es mit den Zähnen – funktioniert auch nicht. Zumindest nicht so, dass ein Brief drinnen unbeschädigt bliebe. Also egal, rein ins Haus, dort lagern jede Art von Messer für solche Zwecke.

Nach der üblichen Schnurrbegrüßung Gatos, setze ich mich an den Schreibtisch und hole ein besonderes Schneidwerkzeug aus der Lade. Es ist ein schlankes, handgemachtes Messer, das ich anlässlich einer Corrida in Linares zu Ehren von Manuel Laureano Rodriguez Sanchez, *Manolete*, von einem Gitano vor Jahren bekommen hatte. Dieses Messer ist vorne mit einer furchterregenden Spitze ausgestattet und deshalb ideal zum Öffnen eines dicht verklebten Kuverts.

Ich nehme das Kuvert, lehne mich zurück und lege meine Beine auf die Tischplatte – Gato hat sich dort bereits eingerollt und beobachtet mich aus halbgeschlossenen Augen. Mit einem Zug schlitze ich das Kuvert auf und hole einen Bogen Briefpapier heraus, der sich genauso wie das Kuvert nobler als die üblichen Papierln anfühlt. Ich falte das Papier auseinander und lese die mit Tinte geschriebenen Text: *»Lieber Stefan, bitte morgen um 10.00 Uhr im Mario ... Lisa.«*

Ich lese die Zeilen noch einmal und weil's so schön ist, noch einmal.

»Na, bumm«, sage ich halblaut, beuge mich nach vorn, lege den Brief auf die Tischplatte und streichle meine zweite Seele Gato. Auch er scheint mit dem Brief zufrieden und schnurrt. Den Abend schlage ich mit diversen TV-Sendungen tot, bis knapp nach Mitternacht Bettruhe angesagt ist.

Am Morgen bin ich ab halb zehn im *Mario*. Lisa steht fünf nach zehn vor meinem Tisch. Ich springe artig auf – und bin instantan von ihrer Eleganz und Schönheit *gestoned*. Sie öffnet ihren lässig eng an ihrer Taille verknoteten schwarzen *Burburry-Gürtel*, ich helfe ihr aus dem Trenchcoat und will nach hinten zur Garderobe eilen, sie winkt ab und legt ihn über die Lehne eines Sessels neben unserem Tisch. Sie trägt eine weiße Bluse ... etwas zu offen vorne ... der Anblick des Busenansatzes erhöht meinen Herzschlag um eine volle Quint.

Enger schwarzer Rock ... oh Gott, ist diese Frau ... will schon geil denken, finde aber im letzten Moment, dass geil zu vulgär für sie klingt, und suche krampfhaft nach einem passenden Prädikat ... aber sexy oder heiß? Nein, nix, passt alles nicht – Lisa ist eine Göttin, griechische Göttin, Aphrodite oder so ähnlich.

Ich versuche mich mit aller Kraft runterzubeamen – ruhig, männlich, gesetzt, erfahren zu wirken. Ja, erfahren – so wie Humphrey Bogart diese Situation gemeistert hätte. Nicht wie ein Bub, lächerliches Betthupferl mit ewigem Ständer. Schwierig. Sehr schwierig die Situation für mich, denke ich und setze mich wieder an den Tisch.

Nach einer kurzen Höflichkeitsphrase »Wie geht's«, will ich mit meinem USA-Flug das Eis brechen. Beginne mit dem Big Apple New York, sie schaut mich an, nicht gerade gelangweilt, aber auch nicht interessiert und bringt mein Schwadronieren sofort zum Stillstand, nickt und sagt nur: »Ich weiß.«

Gleichzeitig winkt sie lässig der Kellnerin und bevor ich noch was sagen kann, bestellt sie ein Wiener Frühstück ... aber statt Kaffee Tee ... British Tea, betont sie. Dann wendet sie sich wieder mir zu und fragt: »Also wie schaut's mit einem Flug nach Paris aus?«

Ich werde sofort steif im Kreuz und antwortete artig: »Ja, wunderbar – wann?«

»Nächste Woche – Donnerstag bis Sonntag.«

Ich nicke, klappe mein kleines Notizbuch auf und überreiche ihr eine Karte unseres Büros. »Wenn Sie es wünschen, organisieren wir alles – das heißt den Flug und die Unterkünfte.«

Sie nickt: »Ja, halte ich für die beste Lösung.«

»Wie viele Personen? Die Namen, Adressen ... sollen wir das Hotel auch reservieren oder haben Sie ...«

Sie schüttelt den Kopf. »Nein, machen Sie - oder euer Büro. Als Hotel möchten wir eins der oberen Kategorie ... ja, wenn ihr das auch organisiert, wäre das ideal.«

Ich will dezent nach der Rechnungsadresse fragen, Lisa scheint meine Gedanken zu lesen. »Die Rechnung soll das Büro an mich schicken ... alles zusammen.«

Ihr Frühstück wird serviert. Ich beobachte sie, wie sie ruhig und doch bestimmt die Semmeln in zwei Hälften schneidet, Butter und Konfitüre draufstreicht. Nach einem kurzen Blick auf die Uhr nimmt sie die Teebeutel aus dem Porzellangefäß und legt ihn auf einen kleinen Teller als Ablage. Dann wendet sie sich zu mir. »Wie war New York?«

»Oh, wunderbar – ich mag New York. Die drei Tage sind wie immer viel zu schnell vorübergerast.«

»Hast du was unternommen?«

Das erste Mal hat sie mich geduzt – für mich wie ein Ritterschlag. Kann mich jetzt nicht an ein du außerhalb der Folterkammern erinnern. Es klingt irgendwie freundlich, warm, vertraut und gehöre somit zu ihrem unmittelbaren Kreis. Ich erzähle ihr von einem Bookstore auf der Fifth und den Jazzclubs *Village Vanguard* und *Blue Note,* wo aber nicht viel los war. Während der letzten Jahre nichts als Touristenströme aus Japan oder Chinesen – alles ein bissl merkwürdig, erzähle ich. Die frühere Atmosphäre ist dahin – als Chet Baker den berühmtesten aller Hasen-Schmelzer *My funny Valtentine* aus seiner Trompete gehaucht hatte.

Sie richtet sich auf und fragt: »Schmelzer - was?«

»Ja, das war früher ein Ausdruck für ein besonders schmalziges Lied – wie eben *My funny Valtentine.* Und Chet Baker hat das gemeinsam mit Gerry Mulligan am Baritonsaxofon besonders schmusig interpretiert.«

»Muss ich mir mal anhören. Und die frühere Atmosphäre ist nicht mehr?«

»Nein. Das ist vorbei. Jetzt ist das eine Touristenmaschine geworden – die Gruppen werden wie eine Ochsenherde reingetrieben, zahlen hundert oder zweihundert Dollar, da ist ein Menü inkludiert – dann kommt der *so-called* Superstar auf die Bühne, spielt sein eh schon bis zum Erbrechen bekanntes Repertoire runter und exakt nach einer Stunde ist der fertig, das Menü aufgegessen und die Gäste müssen raus – weil draußen steht schon die nächste Partie aus Shanghai ...«

»Hat's dir nicht gefallen?«

»Na ja, eigentlich nicht. Ich war schon enttäuscht – das Ganze ist zu einem Touristenkitsch verkommen. Von der Spontanität des Jazz ist eigentlich nichts mehr übrig – ein bissl wie die Karl-May-Spiele im Waldviertel – Winnetou schaut nach Osten und sagt: Wir reiten über den Hügeeeel ...«

Lisa lacht schallend – so hatte ich sie noch nie erlebt.

»Winnetou im Waldviertel ...« Sie biegt sich lachend nach vorn und berührt dabei mit ihrer Hand meine Oberschenkel. Wie aufregend.

Dann wird sie wieder ernst. »Magst du Amerika?«

»Oh ja, sehr! New York gefällt mir – ich mag alles an Amerika. Also nicht nur New York, sondern auch Los Angeles, San Francisco und ...«

»Dort warst du schon überall?«

Ich nicke und erzähle begeistert von einer Autostopp-Tour von New York nach San Francisco, Monterey, Carmel, dann die ganze Westküste bis runter nach San Diego.

»Warst du in Monterey und Carmel?«

»Ja, Carmel – Clint Eastwood war dort Bürgermeister und in Carmel Island ...«

»Das kenne ich auch, dort war ich in Pebble Beach am Golfplatz ...«

»Spielst du Golf?«

Sie nickt. »Ja, aber bitte frag mich nicht nach dem Handicap und so ... für mich ist das nur Spaß. Ich mag auch Amerika – vielleicht sollten wir mal dort zusammen ... Haha.«

Ich nicke und mache gleich den Vorschlag: »Wenn wieder ein US-Flug am Programm ist, melde ich mich ...«

Sie lacht. »Übertreiben wir nicht – jetzt geht's mal nach Paris.«

Als Abschiedskuss darf ich dezent ihre Wangen berühren – am Heimweg schwebe ich über das Trottoir wie auf einer Wolke.

Am Nachmittag rufe ich im Büro unserer Business-Jet-Aviation an und reserviere die Cessna für nächste Woche *Paris Charles de Gaulle*, Donnerstag Hinflug, Sonntag Rückflug und als Crew Peter »*in Command*« und ich als Co, dazu die Namen der Damen und die Rechnung an Lisa. Das Mädel im Büro meint abschließend, dass sie uns im Falle des Falles von Donnerstag abends bis Samstag weitervermieten und uns im Standby-Modus halten würde.

Okay, mit anderen Worten, wir würden gleich nach der Landung in Paris wieder nach Wien zurückfliegen und bis Samstag »zur Verfügung« stehen und Sonntag ging's dann zu Mittag wieder nach Paris, um unsere wertvolle Damenfracht wieder nach Wien zu bringen. Peter ruft mich am nächsten Tag an und sagt, dass er seinen Dienstplan bei der Austrian geändert hat, damit er den Charter mit mir machen könne. Alles wunderbar, bin froh mit Peter zu fliegen.

Am Mittwoch vor dem Departure nach Paris der Anruf vom Büro, wir würden die Tage bis Sonntag in Paris bleiben – die Ladys wollen das so. Möglicherweise gäbe es eine Änderung der Flightschedule – früher nach Hause oder so. Okay, kein Problem. Auf meine Frage nach den Hotelkosten – angesichts der Preise in Paris, eine durchaus berechtigte Frage – kam die knappe Antwort: Wurde alles schon im Voraus bezahlt, auch für die Crew.

Unser Start ist am Donnerstag schon um acht Uhr früh angesetzt. Der Flug würde etwas mehr als zwei Stunden dauern, die Mädels hätten also genügend Zeit für einen Nachmittagstrip durch Paris. Peter und ich sind schon um sechs am Flugplatz. Preflightcheck und Weatherreport, dazu gehen wir gemeinsam noch einmal die ganze Route mit allen VORs, den Funkfeuern bis Paris durch. Vor so einen Flug gibt's immer hundert Dinge zu beachten. Peter ist bei diesen Vorbereitungen genauso spaßbefreit wie ich. Beide sind wir so mit den Vorbereitungen beschäftigt, dass wir die Ankunft unserer charmanten Fracht glatt übersehen.

Ich bin gerade dabei noch einen Visual Groundcheck um unser Flugzeug zu machen, als Peter und die Sekretärin mit den vier Damen über die Betonfläche anmarschieren. Ich habe gerade die Flaps in der Hand, als ich von hinten Lisas Stimme höre: »Hallo – Stefan.«

Ich drehe mich um und neben Peter sehe ich vier hübsche lachende elegante Damen. Lisa geht auf mich zu, hängt sich bei mir ein und sagt zu ihren Freundinnen: »Mädels darf ich euch unseren feschen Flieger vorstellen – Stefan.«

Gemeinsam mit Peter machen wir ein lustiges Erinnerungsfoto. Die Reisetaschen sind verstaut, die Mädels drinnen, alle angeschnallt und dann geht's endlich los. Wir steigen gleich nach dem Start auf Flightlevel 210, den wir vom Schwechater Tower bekommen haben und ab geht's Richtung Paris. Irgendwo nach Salzburg gehe ich nach hinten und serviere den Damen Champagner und feine Brötchen vom *Trzesniewsky* dem nobelsten Sandwichshop von Wien.

Wir hatten gestern *München-Stuttgart-Strassburg-Reims-Paris-De Gaulle* vom Air-Control bekommen. Das Wetter ist wunderbar, *Clear Sky* bis zum Eiffelturm. Unterwegs schauen Lisa und eine ihrer Freundinnen mal ins Cockpit. Als ich ihr sage, sie möge bitte angeschnallt bleiben, weil trotz des herrlichen Wetters kräftige Turbulenzen auftreten können, lacht sie und zwinkert mit einem Auge. »Ich werde dich gleich anschnallen.«

Peter wendet sich abrupt zu mir, schüttelt den Kopf und sagt: »Sag einmal, jetzt geht das schon mit dir in der Luft los?«

Ich spiele auf entsetzt. »Nein Peter – was glaubst du von mir ... sie ist ...«

»Was ich von dir glaube? Ich werde dir gleich in der Luft den Pilotenschein zerreißen!«

Nach einer Pause fügt er hinzu: »Vor dir ist wohl kein Weibsbild sicher.«

»Nein, Peter, das ist ganz anders ...«

»Ja, ich weiß, sie ist eine Cousine von der Cousine und Großtante der Mutter und so weiter. Okay, Stefan, machen wir den Anflug ...«

Er lässt mich den Touch-Down machen – und weil mir die Mädels so gut gefallen, lasse ich unsere Maschine ewig ausschweben und setze sie mit einem zarten Kuss auf den Beton ... Applaus und Bravo-Rufe.

Peter schaut zu mir. »Willst heut Abend alle vier zugleich?«

Ich spiele auf entsetzt. »Was du immer von mir denkst.«

»Das sage ich dir lieber nicht.«

Wir rollen rüber zur General Aviation, stellen die Motoren ab, ein Kleinbus kommt angerollt. Während unsere Damen aussteigen, das Gepäck aus der Maschine geholt wird, machen wir den Postflight-Check. Das dauert immer etwas. Ich werfe einen Blick raus und sehe den Bus noch immer vor dem Flugzeug – und nicke dem Fahrer zu, so als würde ich ihn fragen, warum er noch nicht losgefahren ist. Er schüttelt den Kopf, ich wende mich zu Peter und sag ihm, dass der Bus mit unseren Gästen noch immer dasteht.

Darauf sagt er: »Weil er auf uns wartet.«

Nach der Papierarbeit klettern wir aus unserer Cessna, Peter geht gleich zum Bus, während ich noch schnell eine Runde um das Flugzeug drehe. Ich habe mir das so angewöhnt. Nach dem Flug noch einen Rundgang und schau mir die Propeller an, Hydraulik, ob da was tropft, Blick in den Fahrwerksschacht – und zur Kontrolle lege ich überall kurz die Hand drauf. Unsere Gäste und Peter sind schon ungeduldig, als ich endlich zum Bus komme.

Lisa sagt: »Wir hatten schon befürchtet, dass du das Flugzeug zerlegst ...«

Dann geht's endlich in die Stadt. Ich hatte vergessen, Peter zu fragen, in welchem Hotel wir untergebracht waren, lehne mich zurück und denke, ich will ihn jetzt nicht quälen, sondern lass alles auf mich zukommen, ohne dumm und überflüssig zu fragen. Ist auch schön, einmal völlig passiv und ohne sich wichtig zu machen, einfach mal die Klappe zu halten ... und während ich so vor mich hin schwadroniere, nähert sich der Bus dem Zentrum und hält an der 40 Rue du Commandant René Mouchotte vor dem gewaltigen Hotel *Concorde Montparnasse*.

Nobel, nobel, unsere Damen wissen schon, wo man standesgemäß absteigt, denke ich und steige mit Peter aus, um mich von unseren Fluggästen brav und anständig mit »Küss die Hand« zu verabschieden. Da bemerke ich, dass Peter auch seine Tasche aus dem Bus holt und nickt mir zu. »Lässt du deine Tasche drinnen?«

Ich bin etwas verwirrt und frage: »Fahren wir mit einem anderen Auto – oder nehmen wir uns ein Taxi zu unserem Hotel?«

Peter holt tief Luft. »Bin ich froh, wenn mein Co schläft - wach auf! Nimm die Taschen und geh zum Einchecken ...«

Mir bleibt der Mund offenstehen. »Was – hier?«

Lisa gibt mir einen leichten Stoß in den Rücken. »Müssen wir Herrn Graf reintragen?«

Na Servas, geht es mir durch den Kopf – Hotel Concorde.

Wie in Trance folge ich der Gruppe – vorne unsere Fluggäste, schnatternd naturgemäß, dahinter Peter und ich.

Sicherheitshalber frage ich ihn: »Hat das unser Büro reserviert?«

»Nein, die Damen haben das so arrangiert. Sie haben Greta gesagt, dass wir möglicherweise am Samstag kurz woanders hinfliegen – käme aufs Wetter darauf an, auf jeden Fall wünschten sie Flieger und Crew während der vier Tage in Paris ... und haben für uns hier zwei Einzel gebucht.«

Nach dem New Yorker Abenteuer im Waldorf Astoria nun die Luxusabsteige Concorde ... im Himmel geht's nicht anders zu, denke ich. Bin ich am Ende ein Engel? Ja – warum nicht. Schließlich sind wir heute geflogen. Engel fliegen auch ... nicht mit einer Zwei-mot, aber egal, sie fliegen ... muss schaun, ob ich nicht auch Flü-gerln an den Schulterblättern habe.

In meinem Zimmer werfe ich mich zuerst einmal aufs Bett und schalte den Fernseher ein. Ein Fußballmatch senkt meine Laune auf Moll ... dann französische Sender ... ich kann nicht Französisch ... außer Bon Jour ... und ca va ... eher schwach. Zappe durch die Kanäle, finde aber außer ITV, BBC und die üblichen deutschen Sender nichts, was mich ein bissl aufbauen könnte. Bei den Kabel-sendern ein Porno ... dort rammeln ein paar grindige Ungarn wie Presslufthämmer auf grindige Ungarinnen ein. Komisch, in Buda-pest gibt's so viele fesche Mädels, warum müssen die für diese Filme immer solche Schrottfetzen engagieren.

Ich hole aus der Reisetasche die jüngste Ausgabe der amerika-nischen *The Ring – The bible of Boxing* heraus. Noch während ich über das Inhaltsverzeichnis schweife, muss ich eingeschlafen sein. Draußen ist es bereits finster, als ich aufwache. Am Telefon blinkt ein rotes Licht, jemand hat angerufen. Ich hebe ab, eine Stimme sagt in allen Sprachen – ist vielleicht etwas übertrieben, den auf Mongolisch hat sie nix gesagt – eine Zimmernummer und es würde jetzt mit mir verbunden. Ewiges Rufzeichen, niemand hebt ab. Ich checke die Zimmernummer – es ist Peter vom Nebenraum ...

Nach einer ordentlichen Dusche ziehe ich mich an und gehe runter ins Restaurant. Weder Peter noch die Damen sind hier. Alles ausgeflogen. Klar, die wichtigsten Shops haben hier bis in die Nacht offen und die Truppe ist wahrscheinlich mit einer Scheibtruhe unterwegs. Kann mir vorstellen, dass die Ladys in den Pariser Jagdgründen zwischen den Shops zu gnadenlosen Löwinnen mutieren. Vielleicht haben sie Peter als Aufpasser oder »Wauwau«, wie man in Wien sagt, mitgeschleppt. Vielleicht schleppen sie den Armen dann gleich in ihre Kemenate und vögeln ihm das Hirn raus ... und muss bei den Gedanken laut lachen.

Ich setze mich an einen der freien Tische, das *The-Ring-Journal* neben mir und bestelle ein Entrecote und gönne mir ein Achtel Rotwein ... trinke sonst keinen Alkohol aber ich kann schwer zum Entrecote im *Concorde*, eine Cola trinken ... sowas geht in einer so genannten *Beiz*, wienerisch für Kneipe, in der obersteirischen Provinz, aber nicht hier, wo die geile Stephane Audran oder Brigitte Bardot erst Entrecote diniert hatten und dann den Pagen in der Gynarchy-Suite vernascht haben, dass er nachher in die Intensivstation vom *Hopital de la Salpetriere* oder *Hopital Hotel-Dieu* (Hahaha – Gottes Hotel) eingeliefert werden musste, wobei sein Schwanz wie ein blankes, verchromtes Stahlrohr gen Himmel ragte und wie ein isländischer Geysir pulste und noch immer frischen Samen gegen die Decke schleuderte ... bei diesen Gedanken, muss ich hell auflachen!

Meine Fantasie war mir durchgegangen, wie ein Rennauto, bei dem das Gaspedal bei Vollgas hängengeblieben war. Alle Gäste schauen plötzlich zu mir – ich nehme rasch das *The-Ring-Magazin* zur Hand, dass es ausschaut, als hätte ich eben einen lustigen Witz gelesen, sonst rufen sie am Ende einen Krankenwagen, um mich sofort ins nächste Irrenhaus zu entsorgen.

Ich blättere noch auffällig in meiner Zeitschrift, schüttle dazwischen den Kopf, lache wieder – aber in etwas moderierter Form. Das

Entrecote ist von einer unbeschreiblichen Qualität – fast Suchtgefahr! Ich bleibe noch eine Weile sitzen und nach einem kurzen, schwarzen Espresso rausche ich wieder hinauf in mein Zimmer. Ich muss die Zeit im *Concorde* nützen. Man schläft nicht regelmäßig in so einer Edelabsteige.

Am nächsten Tag Frühstück mit Peter - und der Entschluss, den Freitag mit einer ausgiebigen Pariser Runde und den Abschluss am Eiffelturm zu verbringen. Am späten Nachmittag war ich stehend k.o.

Der Marsch durch alle Kathedralen und Museen hatten meine Kondition an den Rand des Zusammenbruchs gebracht. Auch Peter war schwer angeschlagen, als wir uns nach acht Uhr abends dem Eisengitter des Eiffelturms näherten. Er erzählte mir von einem berühmten Restaurant, irgendwo dort oben – aber erst müssten wir ganz rauffahren. Der Himmel über Paris war klar, die Aussicht unbeschreiblich.

Dann runter mit dem Lift zum Nobelrestaurant, wo Peter für uns beide einen Tisch reserviert hatte. Wir eröffnen den Abend mit einem Glas teuersten Champagners, obwohl ich von Champagner und oder ähnlichen Alkoholika wenig bis nichts verstehe, schmecke ich dennoch die Jahrhunderte, die dieses edle Gesöff im finsteren dunklen Gewölbe gelagert verbrachte. Irgendwann wurden dann die Flaschen von einer Type wie Jean Gabin mit Pfeife im Regal mehrmals gedreht und anderem Brimborium.

Peter hebt eben zu einer feierlichen Laudatio an, wie lieb und nett und was für ein guter Pilot ich sei und anderes Gesülze, er meint das alles naturgemäß als Spaß – als plötzlich unsere Mädels vor unseren Tisch stehen und ein großes Hallo beginnt. Peter springt auf und eröffnet das übliche Bussi-Bussi, während ich noch etwas überrascht in die Runde schaue. Erst der strenge Blick Lisas lässt mich ebenfalls aufspringen und mich an der Bussi-Bussi-Zeremonie teilhaben. Lisa hat mein Verhalten naturgemäß durchschaut und zwickt mir in die Hüfte und flüstert »Schlaf nicht« ins Ohr.

Eine der Damen ruft den Ober und parliert in tadellosem Französisch mit ihm. Der dienert sofort tief vor ihr »Oui, oui ...«, das verstehe ich auch noch, und rauscht ab. Nach wenigen Minuten kommt er zurück und deutet uns mit einer weiteren Verbeugung, ihm zu folgen. Im hinteren Eck wurde nun ein Sechsertisch für uns freigemacht – nun ist *Dinner for Six*.

Es geht sehr lustig zu am Tisch. Ich weiß nun, dass die Freundinnen von Lisa und Katharina, Heide und Gerda heißen und nach einem ordentlichen Schluck vom Champagner sind wir alle per du. Zur Eröffnung des Abends kommt eine Schüssel Austern auf den Tisch. Ich liebe das Geschlürfe, dass mich natürlich immer an ein Hochamt der Zunge an einer überreifen Fud erinnert und dazu den Geschmack des Meeres, der in meinem Hirn Piratenfantasien evoziert. Ich sehe plötzlich Eva vor mir, ihr Becken über meinem Gesicht schweben und ihre Finger das Tor der Lust, des Ficks, über meinen Mund weit öffnend und ihre geile Auster auf mich senkend ... rufe mich aber sofort wieder zur Ordnung, was für ein Dodel ich doch wäre ... mit feschen Frauen am Tisch im sündhaft teuren Restaurant im Eiffelturm dinierend und habe nichts anderes im Schädel als Evas Fud über meinem Mund.

Gut, zur Entschuldigung, denke ich gerade Austern schlürfend – da wäre eben der Gedankensprung zu Evas Fud nicht weit. Ich blicke auf mein Gegenüber am Tisch, Lisa, die auch eben zu mir schaut und lächelt. Ich nicke ihr lieblich zu und überlege, ob sie auch so eine allzeit bereite Fud hätte ... mit dem Geruch von Meer, wallenden Tang an Korallen und wie Henry Miller es beschrieben hatte, auf dem Meeresgrund zwischen Eiderdaunen in einem Pullmanwagon zwischen fluoreszierenden Neunaugen gebettet.

Ich kenne Lisas Fud nicht in all ihren Schattierungen, wurde von ihr bisher hauptsächlich getreten, geschlagen, in die Eier gezwickt und durfte mir vor ihr einen runterholen. Oh, wie schön. Nach den Austern kommt ein Seeteufel auf den Tisch – er sieht mich aus traurigen Augen fragend an, das von Zähnen ausreichend besetzte Gebiss drohend auf mich gerichtet. Tja, das Schicksal kann manchmal hart sein – warum bist du Depp als Fisch auf die Welt gekommen, denke ich zu ihm. Du hättest auch als gefürchteter K.o.-Schläger, Rocky Marciano, das Licht der Welt erblicken können, wie es so deppert heißt. Dann würden wir jetzt alle vor Ehrfurcht vor dir auf die Knie sinken – bei Profiboxern weiß man nie, ob sie gerade ihre Tage haben, und so könnte man schon die eine oder andere Drumm-Watschen abbekommen. Schläger bleibt immer Schläger, die spielen keine zarten Etüden von Debussy oder

Chopin – »T´schoppn« auf Polnisch, er war schließlich Pole - denke ich.

Ich schweife ab, während ich die wunderschönen Augen Lisas betrachte. Sie ist überhaupt eine aufregende Frau, denke ich und wende mich an das Stück Seeteufel, das mir der Ober nobel zugeordnet hat. Die Gespräche am Tisch interessieren mich *Nüsse* – also überhaupt nicht. Peter erzählt von unserer Tour durch Pariser Jahrhunderte – ich erinnere mich nur an den Platz, wo die Guillotine aufgestellt war, ausgerechnet von dem Arzt Joseph-Ignace Guillotin konstruiert und an Chevalier Charles-Henri Sanson, den berühmte Scharfrichter, der hier Köpforgien gefeiert hatte. Charles-Henri stammte aus einer Scharfrichterdynastie, merkwürdigerweise aus Schottland kommend – in Rouen erzogen – und hatte an die 2918 Köpfungen vollzogen! Er köpfte Ludwig den Sechzehnten, Georges Danton, Camille Desmoulin, Robespierre, Antoine de Saint-Just ... und in seiner Freizeit spielte er Violine und Cello und zählte Willibald Gluck zu seinen Lieblingskomponisten. All das und vieles mehr, ging mir durch den Kopf, als ich hinter Peter durch Paris trottete und mir die Füße schon schmerzten.

Ich blicke wieder zu Lisa und maule zu mir in meinem Inneren, wie deppert ich doch wäre, im Kreis schöner Damen ausgerechnet an Sanson und seine *Rübe-ab-Partys* zu denken. Angesichts der schönen Lisa und Köpfen, fällt mir eine Gottesanbeterin ein – macht sowas auch Lisa? Ich meine während ich meinen Schwanz tief in sie treibe und Ladung um Ladung meines edlen Samens in sie spritze – sie zur gleichen Zeit und vor allem zuerst am Kopf beginnend mich langsam und genussvoll auffrisst, dass es nur so schmatzt - und ich wie das Gottesanbetermännchen weiter spritze. Na ja, denke ich, irgendwie hat der Gedanke was.

Nach dem Dessert brechen wir auf. Irgendwie bin ich zu müde, um das Ende des noblen Dinners wahrzunehmen, und folge der illustren Gesellschaft in einen draußen bereitgestellten Kleinbus. Offensichtlich hatten die Damen an alles gedacht und statt einer Limousine gleich einen Bus bestellt.

Beim *Concord* angekommen, beschließt die lustige Runde noch die Bar aufzusuchen, eine wahre Gottesstrafe für mich. Ich will eigentlich ins Bett. Noch ein bissl Fernsehen – vielleicht gibt´s auf irgendeinem Sender einen Boxkampf oder so ... und dann friedlich die Äuglein zu. Nein, mit lautem Hallo noch in die Bar. Lisa geht hinter mir, als würde sie ahnen, dass ich am Wege in die Trinkerhöhle versuchen könnte, irgendwie seitlich abzutauchen, um in mein Zimmer zu flüchten ... Als ich schon nach einer Gelegenheit suche, sehnsüchtig zu den Toiletten-Wegweisern blicke, spüre ich sie ganz knapp hinter mir, ihren Hauch ... als würde sie im strengen Ton »hiergeblieben« sagen. Zur Flucht ist es zu spät, bin verurteilt gute Miene zu mimen.

Die Champagner-Schüttung vom Eiffelturm wird an der Bar fortgesetzt. Ich nippe an meinem Glas gerade so viel, dass es nach Trinken ausschaut, es bleibt aber bei Benetzungen meiner Lippen. Ich hasse nichts so auf der Welt, als Alkohol in meinem Schädel zu spüren. Irgendwann ist aber Schluss mit dem Gelage an der Bar. Die Runde bricht auf. Stefan verschwindet auf die Toilette – ich war vor zehn Minuten – kann nicht schon wieder, die Damen bis auf Lisa sind verschwunden – und Lisa schubst mich in den Lift. Auf der Fahrt nach oben, weiß ich eigentlich nicht, was ich ihr sagen soll und starre schweigend und dodelhaft auf die kleinen Lichter, die die Stockwerke ankündigen. Der Lift bleibt früher als bei meinem Stockwerk stehen, die Tür geht auf und bevor ich mich von Lisa höflichst von ihr verabschieden und »Gute Nacht und schlaf gut (oder süß)« artig aufsagen kann, werde ich mit einem entschlossenen Stoß aus der Liftkabine befördert. Sie fasst mich am Revers meines Sakkos und zieht mich hinterher, wie einen Ochsen zur Schlachtbank. Im Zimmer küssen wir uns leidenschaftlich, ich sauge und lutsche an ihrer Zunge, wie ein Schiffbrüchiger an einem rettenden Pfahl im tobenden Pazifik! Ihre Hand hat meine Hoden umklammert – schon beim Versuch eines Rückzugs würde sie das Gehänge samt Putz und Stingel mit Wurzel aus meinem Leibe reißen. Das nächste in meinem Kopf ist eine Art Ringkampf im Bett. Lisa und ich rollen eng umschlungen, ineinander verknotet, nackt - bis sie sich plötzlich über mir aufrichtet - ich denke »Wie schön sie ist«, und sie sagt mit ruhiger Stimme: »So mein Liebling, jetzt wirst du erstmal ins Feuer schauen!«

Sie klettert über mich und legt meinen Schwanz an ihren Spalt – lässt ihn aber nicht gleich hinein – nein, er soll ein bisschen leiden - sie legt ihn fürs Erste *nur* an und bewegt langsam ihr Becken vor und zurück. Oh, ist das geil! Ihre Klitoris reibt an meinem Rohr, ihre Augen wie zwei Laserstrahlen auf mich gerichtet, an ihren Lippen ein spöttisches Grinsen.

Lässig greift sie nach einem Päckchen Marlboro, fischt eine Zigarette heraus und entzündet sie mit ihrem goldenen *Dunhill* – sogar das leise »Sch-klack« klingt erotisch in meinen Ohren.

»So, mein Süßer - du wirst erst spritzen, wenn ich mit der Zigarette fertig bin«, haucht sie und während sie einen tiefen Zug in sich hineinzieht und den Rauch in mein Gesicht bläst, reizt sie mit ihrem Becken meinen Schwanz bis an den Höhepunkt. Die Reibung an ihrer Klit bleibt nicht ohne Folgen – ich spüre, wie sie immer mehr Feuer fängt. Ich versuche meine Gedanken abzulenken, meine Hoden beginnen schon zu kochen - in meinem Hirn rufe ich schwierige Landeanflüge ab. Schneesturm über Innsbruck, die Propeller vereist, rechts das Hafelekar – Gear down – Seitenwinde – Lisa beginnt stoßweise zu atmen, stöhnen - ich sehe die Lichter der Landebahn, dann wieder ihre Augen, ihren halboffenen Mund und verliere die Kontrolle und in wohltemperierten Rhythmen spritzt mein Rohr Ladung um Ladung auf meinen Bauch. Ich werfe mein Becken gegen sie, versuche sie hochzustemmen, in meinen Augen tobt ein Gewitter, Blitze im Hochgebirge - rucke und zucke unter ihrem Becken, wie ein frischer Fisch auf einem Schneidbrett, dem gerade der Kopf mit einem scharfen Schlachtermesser mit einem Schnitt abgetrennt wird - meine Kleopatra lacht heiser und wetzt ihr Becken noch schneller, bis mein Sack leergemolken ist.

Lisa lacht über mir, mein Schwanz liegt in voller Stärke noch immer an ihrem Lustspalt. Während ich nach Luft japse, stützt sie sich mit ihren Händen an meiner Brust, beugt sich lasziv lächelnd über mich und sagt: »It's not over yet, baby.«

Ohne mir auch nur eine Sekunde Erholung zu erlauben, beginnt sie sofort den Reststeifen zu nützen und beginnt wieder mit ihrem Becken an meinem Schwanz zu reiben. Sie richtet sich auf und massiert mit ihren Händen ihre Brüste. Oh, ist das geil – ihre Zunge leckt langsam über die Oberlippe – beugt sich zu mir runter und steckt eine der Brustwarzen in meinen Mund – mit einer Hand drückt sie an meinen Wangen, ihr Nippel ist tief drinnen – ich sauge wie wild daran.

Ich bekomme kaum Luft, während sie meinen Schwanz in immer schnelleren Tempi reibt. Längst ist das Rohr zur alten Härte geschwollen, während sie nach unten greift und ihn in ihre nasse Fotze steckt. Dann fickt sie mich mit harten, festen Stößen und als sie kommt, knallt sie mir eine schallende Ohrfeige ins Gesicht und reißt an meinen Haaren. Ich glaube mein ganzer Skalp wird abgefetzt - sie fickt immer wilder, bis auch in meinem Hirn das Feuerwerk noch einmal losgeht. Ich umfasse mit meinen Armen ihren Oberkörper, klammere mich an sie, als würde dadurch mein Leben gerettet. Als alle Tanks in mir leergespritzt sind – ich glaube, sogar Teile meines Rückenmarks sind rausgeschossen – sinken wir erschöpft zur Seite.

Nach ein paar Sekunden des Luftholens wende ich mich an sie, greife nach ihren Schultern und ziehe sie an mich. Ganz fest. Unsere verschwitzten Leiber kleben aneinander. Ich spüre ihren schnellen Atem und drücke sie an mich, streichle mit der Hand über ihren Kopf, fühle ihr verschwitztes Haar. Rieche ihren Schweiß, ihre Haut, ihren Körper, ihre Lust. So bleiben wir für Minuten ineinander verschlungen, stumm, schwer atmend liegen.

Es dauert eine Ewigkeit, bis ich in der Lage bin ein leises »Lisa« zu hauchen. Sie antwortet mit einem Druck ihrer Arme an meinem Körper. Als ich wieder was sagen will, legt sie ihren Finger an meine Lippen. »Sag jetzt nichts – mein – mein Räuber, mein süßer Pirat.«

Dann steht sie auf, holt aus dem Kühlschrank eine angebrochene Champagnerflasche und füllt zwei Gläser mit dem eiskalten Sprudel. Wir nicken einander zu, sie lacht und zwinkert mir zu – noch nie hat mir Champagner so gut geschmeckt wie jetzt.

»Du Räuber – was soll ich nur mit dir machen?«, fragt sie und schüttet sich den Rest in einem Zug hinein.

Nachdem sie sich eine weitere Zigarette angezündet hat, hockt sie mit angezogenen Beinen mir gegenüber. Ihre Augen verengen sich, sie schüttelt ihren Kopf. »Du bist ein Biest ... eigentlich sollte ich dich fesseln und knebeln«, sagt sie und lacht dabei. Dann schüttet sie in unsere Gläser den Rest aus der Flasche.

»Weißt du eigentlich, wie alles mit dir und uns angefangen hat?«

Ich schüttle den Kopf: »Nein, keine Ahnung.«

»Willst du es wissen?«

»Ja, ich bitte darum.« Ich richte mir das Kopfpolster am Rücken, lehne mich zurück und sage: »Ich höre, meine süße Kleopatra.«

Lisa schüttelt den Kopf. »Werde nicht frech – sonst kommst du gleich auf die Streckbank.«

»Die Vorstellung hat was«, lache ich.

Sie beginnt: »Ich war mit Micha und Edith übers Wochenende in New York und am Abend in einem Restaurant im Central Park. Waren ausgiebig Shoppen in der Fifth und dann in guter Stimmung. Irgendwie waren wir dann auf unsere Männer gekommen. Na, kannst dir vorstellen, dass die dabei nicht besonders gut weggekommen sind. Ein Wort hat das andere gegeben und dann die Conclusio, dass wir von den faden Kerlen eigentlich genug haben.«

Ich unterbreche sie: »Wieso? Was haben sie euch getan?«

Lisa winkt ab. »Vergiss es gleich wieder – wahrscheinlich wirst du mit fünfzig auch nicht anders sein.«

»Ich? Wieso?«

»Hör auf, weil ihr Männer alle so endet. Bauch, fett, immer müde und außer Autos und breite Reifen nix im Schädel.«

»Geh, Lisa.«

»Jaja, erspar dir jetzt deine Kommentare - auf jeden Fall hatten wir alle drei von unseren Männern genug. Die Schweine verschwinden einmal in der Woche im Babylon oder in Bratislava ... spielen dort die Helden, schmeißen mit dem Geld um sich, bis zum Geht-nicht-mehr. Und bei uns zu Hause labern sie von Terminen und andere Kacke.«

Sie nimmt wieder einen Schluck vom Champagner und sagt weiter: »Da erzählte Micha plötzlich von einem heißen Abenteuer mit einem Fitnesstrainer im *Club Med* in Guadalupe - ihr Mann schaffte das abendliche Spektakel nicht, also ging sie allein hin und begann mit einem jungen Franzosen zu flirten. Das Ganze endete dann jeden Abend am Strand in einer wilden Fickorgie ... bald hatte sie keine Lust mehr auf ihren Dicken, der fast jeden Abend stockbesoffen war.«

Nach einem weiteren Schluck Champagner erzählt sie weiter: »Kannst dir vorstellen, dass Edith und ich kaum Luft bekamen. Inzwischen waren wir drei schon sehr gut aufgelegt und haben über unsere Fantasien und Träume gesprochen. Micha war da gleich sehr kreativ – und wir steigerten uns da hinein und jede sprach von Fesselung, Peitschen – und einmal einen Jungen so richtig herzuficken ...« Lisa lacht hell auf.

»Und wie seid ihr da auf mich gekommen?«

»Ich habe ihnen vor dir in der Nachbarschaft erzählt – erinnere mich, dass du plötzlich eine Katze hattest, die ich vorher nie bei dir gesehen hatte. Bei unserem nächsten Mädeltreffen im *Mario* hatte ich dann von dir erzählt. Du bist da grad an einem der Nebentische gesessen – und Micha hat dann den Vorschlag gemacht, dich mal einzuladen und dann einfach alles mit dir zu probieren.«

»Na bumm - und dann kamen plötzlich die komischen Briefe?«

»Nein, nicht gleich – durch Zufall warst du dann mal wieder im *Mario*, gleich am Nebentisch, als wir dort frühstückten. Micha hat dich gesehen und wollte gleich zu dir rübergehen ... dann hatten wir aber beschlossen, es etwas langsamer anzugehen. Micha hat dich dann im Hotel getestet.«

»Oh, und?«

»Am nächsten Tag war ihr Kommentar: Der gehört uns.«

Personen & Ortsnamen

Kapitel 1

Gödel: Kurt Friedrich Gödel war ein österreichischer Mathematiker und Philosoph, der in die USA auswanderte. Er gilt heute als einer der bedeutendsten Logiker des 20. Jahrhunderts.

Kapitel 11

Ottakring ist ein Wiener Gemeindebezirk (Stadtteil),traditionell ein Arbeiterwohn- und Industriebezirk. Heute ist Ottakring für seine Multikulturalität bekannt.

Favoriten ist ein Wiener Stadtteil und ebenfalls ein Arbeiterbezirk, der an der Wiener Stadtgrenze liegt.

Kapitel 13

Modul: eine private Universität in Wien. Besonders ausgerichtet auf Tourismuswissenschaft, Informationstechnologie und öffentliche Verwaltung. Arbeitssprache an der Uni ist englisch.

Über den Autor

Erich Glavitza wurde 1942 in Kapfenberg geboren und promovierte in Wien zum Doktor der Philosophie und Wissenschaftstheorie. In den sechziger Jahren schrieb er für die »Salzburger Nachrichten«, »Die Presse«, den Wiener »Kurier« sowie in englischen und amerikanischen Motorsportzeitschriften. Gleichzeitig fuhr er erfolgreich Auto- und Motocrossrennen und war Stuntman in James-Bond-Filmen, doubelte Diana Rigg, hierzulande bekannt als »Emma Peel« und fabrizierte die Rennunfälle in Steve McQueens »24 Stunden von Le Mans«. Später folgte Eishockey und Sportschießen – österreichischer Meister mit der Combatpistole. Er leitete eine sehr erfolgreiche Rennfahrerschule für Jungtalente, die »Junior Racing College«.
In der Literaturzeitschrift »Sterz« wurde Erich Glavitza mit seiner Prosa »Bewältigung« und »Männermord« unter Österreichs wichtigen GegenwartsautorInnen angeführt. Er ist schon lange als Autor erfolgreich, unter seinen Veröffentlichungen waren unter anderem die Titel: »Härte ohne Grenzen«(1972), »Killer Leopard« (2008), »Wölfe«(2010), »Koschak - Get the Rolex« (2011), »Vollgas oder Nix« (2019) und zuletzt »Jochen Rindt – Deutschlands erster Autoweltmeister« (2020).
Erich Glavitza lebt in Wien, ist geschieden und hat drei Töchter, die ihn lieber am Schreibtisch als in Rennwagen sehen wollen.

Weitere SM-Bücher

Wenn Ihnen dieses Buch gefallen hat, dann könnten Ihnen auch die auf den nächsten Seiten kurz vorgestellten Titel gefallen. Um mehr über unser Sortiment zu erfahren, können Sie unsere Website besuchen: **www.schwarze-zeilen.de**

Herrenpartie – Sir D. Smith (Kurzgeschichten)

In 18 Kurzgeschichten entführt dich SIR D. Smith in den erotischen Alltag einer realen 24/7 Beziehung. Ein orgasmusreicher Ausflug ins Kino, ein reizvolles Dinner zu zweit. Ein demütigendes Spiel zu dritt, eine ausgedehnte Session in einem SM-Apartment – hart aber stets authentisch verwebt D. Smith Erlebtes und Fiktives. Du begleitest die Sklavin bei einer geheimnisvollen Entführung und erfährst, wie ihr Herr sie zum reinen Objekt seiner Begierde macht. Bei einem tiefgründigen Schachspiel vergleichen zwei Herren ihr Leben und ihre Subs, eine lustvolle Aufgabe stellt eine Sklavin vor große Herausforderungen. Ob auf einem exklusiven Schlossevent oder dem heimischen Esstisch, alle Geschichten drehen sich um gelebtes BDSM, um die erotische und verantwortungsvolle Begegnung der Dominanz mit der Devotion, um Momente des erlebten Sadomasochismus.

SIR D. Smith, Jahrgang `73, lebt mit seiner Ehefrau und Sklavin in einer exklusiven 24/7 Beziehung an der Ostseeküste. Als eine Hommage an den erotischen Alltag eines SM-Paares ist die HERRENPARTIE in ihrer thematischen Mischung und erotischen Tiefsinnigkeit das persönlichste Buch von SIR D. Smith.

»Aus Buchstaben formten sich Worte, aus Worten Sätze und aus Sätzen kleine Pornofilme für den Kopf. Schreiben ist durchaus eine Form der intellektuellen Masturbation.«

Buch Paperback (ISBN: 9783966150149) – E-Book (ISBN: 9783966150040)

Sir D. Smith – Fürsorgliche Dominanz (BDSM-Roman)

Dieser Roman erzählt von geschenkter Dominanz und freiwilliger Unterwerfung, Alltag und Sessions. Es ist die Geschichte einer bewegenden Liebe in der Schmerz als Form der Zuwendung, Zeichen einer besonderen Beziehung ist. Vorsichtig lernen die beiden sich kennen, lassen sich aufeinander ein, und durch ihre Lust getrieben entsteht eine zärtliche Flamme der Liebe, die zu einem lodernden Brand wird. Sir D. Smith zeigt in seinem Buch, dass BDSM nicht laut sein muss, und auch den liebevollen Alltag einer Beziehung bestimmen kann. Ein Buch, erotisch und gefühlvoll, für alle, die BDSM gegenüber offen sind.

Dieses Buch basiert auf dem Titel »gefallen gefallen« von Sir D. Smith, der komplett überarbeitet wurde und nun unter dem Titel »Fürsorgliche Dominanz« neu herausgeben wurde.

SIR D. Smith, Jahrgang `73, lebt mit seiner Ehefrau und Sklavin in einer exklusiven 24/7 Beziehung an der Ostseeküste. Als eine Hommage an seine Sklavin geschrieben, ist FÜRSORGLICHE DOMINANZ ein sehr persönliches Buch.

Buch Paperback (ISBN: 9783966150163) – E-Book (ISBN: 9783966150156)

Tanja Ruß – Fesselnde Sehnsucht (Ein Highland BDSM-Liebesroman)

Rebecka und Alec kennen sich schon eine ganze Weile und zwischen den beiden knistert es gewaltig. Doch Rebecka weiß, dass Alec auf BDSM steht und das schreckt sie ab. Alec hingegen spürt, dass tief in Rebecka die dunklen Sehnsüchte von Unterwerfung und Hingabe schlummern - aber er weiß nicht, wie er ihr so nahe kommen kann, dass er ihr behutsam den Weg zur Erfüllung ihrer geheimen Fantasien zeigen kann. Schließlich versucht er es mit der Hilfe von Rebeckas bester Freundin Lea, die Sie bereits aus dem Roman „Brombeerfesseln" kennen ...

Buch Paperback (ISBN: 9783945967430) – E-Book (ISBN: 9783945967393)

Tanja Ruß – Fesselnde Überstunden

Anregende BDSM-Kurzgeschichten

Die Lust nach Schmerz und Unterwerfung schert sich nicht um den Ort, an dem sie eine Frau überfällt. Oder haben Sie noch nie einen unzüchtigen Blick auf den knackigen Hintern Ihres Chefs geworfen? Sind Sie noch nie ins Schwitzen geraten, beim bloßen Anblick der muskelbepackten Typen im Fitnessstudio? Lassen Sie sich entführen in eine Welt aus Romantik, Lust und Verlangen. Genießen Sie die auf- und anregende Lektüre, in der der Autorin wieder ein „Spagat aus geilem (Lese-)Porno und erotischer SM-Romanze" gelungen ist.

Buch Paperback (ISBN: 9783945967652) – E-Book (ISBN: 9783945967522)

Lipuria – Ich war seine Sklavin

Tagebuchaufzeichnungen

Lipuria ist eine junge Frau, die weiß, was sie will. Sie steht zu ihren sadomasochistischen Neigungen und lebt diese auch als Herrin aus. Sie genießt es, Männer zu dominieren und ihnen erotischen Schmerz zuzufügen. Für sie ist ganz klar, sie ist eine Femdom.

Sie erfährt, dass ein befreundeter Arbeitskollege ebenfalls dominant ist, zwischen ihnen prickelt es heftig, doch zwei dominante Menschen, das passt doch nicht – oder? Schließlich passiert das zuvor für Lipuria Unvorstellbare, sie wechselt die Seite und ist verwirrt. Die überkochenden Empfindungen lösen ein Wechselbad der Gefühle in ihr aus. Sie fragt sich, wer sie ist und ob sie sich überhaupt selbst kannte. Doch am Ende weiß sie ganz genau, was sie in Zukunft sein möchte ...

Diese wahre Geschichte hat die Autorin nach ihren Tagebuchaufzeichnungen geschrieben. Herausgekommen ist ein packender Roman über eine ungewöhnliche Entwicklung von einer Femdom zur Sklavin.

Buch Paperback (ISBN: 9783945967676) – E-Book (ISBN: 9783945967591)